U0565418

世界名著名译文库

柳鸣九 主编

巴尔扎克集　柳鸣九 编选

邦斯舅舅

〔法国〕巴尔扎克 著　许 钧 译

上海三联书店

"世界名著名译文库"编委会

主　编　柳鸣九

编　委（按姓氏笔画排序）

王守仁　丹　飞　史忠义　宁　瑛　冯季庆　朱　虹

刘文飞　李辉凡　陈众议　陈绍敏　罗新璋　贺鹏飞

倪培耕　高中甫　黄　梅　黄　韬　谭立德

主编助理　赵延召　乌尔沁　张晓强

"世界名著名译文库"总序

柳鸣九

我们面前的这个文库，其前身是"外国文学名家精选书系"，或者说，现今的这个文库相当大的程度上是以前一个书系为基础的，对此，有必要略作说明。

原来的"外国文学名家精选书系"，是明确以社会文化积累为目的的一个外国文学编选出版项目，该书系的每一种，皆以一位经典作家为对象，全面编选译介其主要的文学作品及相关的资料，再加上生平年表与带研究性的编选者序，力求展示出该作家的全部文学精华，成为该作家整体的一个最佳缩影，使读者一书在手，一个特定作家的整个精神风貌的方方面面尽收眼底。"书系"这种做法的明显特点，是讲究编选中的学术含量，因此呈现在一本书里，自然是多了一层全面性、总结性、综合性，比一般仅以某个具体作品为对象的译介上了一个台阶，是外国文学的译介进行到一定层次，社会需要所促成的一种境界，因为精选集是社会文化积累的最佳而又是最简便有效的一种形式，它可以同时满足阅读欣赏、文化教育以至学术研究等广泛的社会需要。

我之所以有创办精选书系的想法，一方面是因为自己的专业是搞文学史研究的，而搞研究工作的人对综合与总结总有一种癖好。另一方面，则是受法国伽利玛出版社"七星丛书"的直接启发，这套书其实就是一套规模宏大的精选集丛书，已经成为世界上文学编选与文化积累的具有经典示范意义的大型出版事业，标志着法国人文研究的令人仰视的高超水平。

"书系"于 1997 年问世后，逐渐得到了外国文学界一些在各自领域里都享有声誉的学者、翻译家的支持与合作，多年坚持，惨淡经营，经过长达十五年的努力，总算做到了出版七十种，编选完成八十种的规模，在外国文学领域里成为一项举足轻重、令人瞩目的巨型工程。

这样一套大规模的书，首尾时间相距如此之远，前与后存在某种程度的不平衡、不完全一致、不尽如人意是在所难免的，需要在再版重印中加以解决。事实上，作为一套以"名家、名著、名译、名编选"为特点的文化积累文库，在一个十几亿人口大国的社会文化需求面前，也的确存在着再版重印的必要。然而，这样一个数千万字的大文库要再版重印谈何容易，特别是在人文书籍市场萎缩的近几年，更是如此。几乎所有的出版家都会在这样一个大项目面前望而却步，裹足不前，尽管欣赏有加者、啧啧称道者皆颇多其人。出乎意料，正是在这种令人感慨的氛围中，北京凤凰壹力文化发展有限公司的老总贺鹏飞先生却以当前罕见的人文热情，更以真正出版家才有的雄大气魄与坚定决心，将这个文库接手过去，准备加以承续、延伸、修缮与装潢，甚至一定程度的扩建……与此同时，上海三联书店得悉"文库"出版计划，则主动提出由其承担"文库"的出版任务，以期为优质文化的积累贡献一份力量。眼见又有这样一家有理想追求的知名出版社，积极参与"文库"的建设，颇呈现"珠联璧合"、"强强联手"之势，我倍感欣喜。

于是，这套"世界名著名译文库"就开始出现在读者的面前。

当然，人文图书市场已经大为萎缩的客观现实必须清醒应对。不论对此现实有哪些高妙的辩析与解释，其中的关键就是读经典高雅人文书籍的人已大为减少了，影视媒介大量传播的低俗文化、恶搞文化、打闹文化、看图识字文化已经大行其道，深入人心，而在大为缩减的外国文学阅读中，则是对故事性、对"好看好玩"的兴趣超过了对知性悟性的兴趣，对具体性内容的兴趣超过了对综合性、总体性内容的兴趣，对诉诸感官的内容的兴趣超出了对诉诸理性的内容的兴趣，读书的品位从上一个层次滑向下一个层次，对此，较之于原来的"精选书系"，"文库"不能不做出一些相应的调整与变通，最主要的是增加具体作品的分量，而减少总体性、综合性、概括性内容的分量，在这一点上，似乎是较前有了一定程度的后退，但是，列宁尚可"退一步进两步"，何况我等乎？至于增加作品的分量，就是突出一部部经典名著与读者青睐的佳作，只不过仍力求保持一定的系列性与综合性，把原来的一卷卷"精选集"，变通为一个个小的"系列"，每个"系列"在出版上，则保持自己的开放性，从这个意义上，文库又有了一定程度的增容与拓展。而且，有这么一个平台，把一个个经典作家作为一个个单元、一个个系列，集中展示其文化创作的精华，也不失为社会文化积累的一桩盛举，众人合力的盛举。

面对上述的客观现实，我们的文库会有什么样的前景？我想一个拥有十三亿人口的社会主义大国，一个自称继承了世界优秀文化遗产，并已在世界各地设立孔子学院的中华大国，一个城镇化正在大力发展的社会，一个中产阶级正在日益成长、发展、壮大的社会，是完全需要这样一个巨型的文化积累"文库"的。这是我真挚的信念。如果覆盖面极大的新闻媒介多宣传一些优秀文化、典雅情趣；如果政府从盈富的财库中略微多拨点儿款在全国各地修建更多的图书馆，多给它们增加一点儿购书经费；如果我们的中产阶级宽敞豪华的家宅里多几个人文书架（即使只是为了装饰）；如果我们国民每逢佳节不是提着"黄金月饼"与高档香烟走家串户，而是以人文经典名著馈赠亲友的话，那么，别说一个巨大的"文库"，哪怕有十个八个巨型的"文库"，也会洛阳纸贵、供不应求。这就是我的愿景，一个并不奢求的愿景。

2013 年元月

3

目 录

巴尔扎克最好的小说

许钧

一

谈及巴尔扎克，人们首先会想到他的《高老头》、《欧也妮·葛朗台》、《幻灭》，而《邦斯舅舅》恐怕就要稍逊一筹了。然而，我们却读到了也许会令中国读者意外的评论。安德烈·纪德曾这样写道："这也许是巴尔扎克众多杰作中我最喜欢的一部；不管怎么说，它是我阅读最勤的一部……我欣喜、迷醉……"他还写道："不同凡响的《邦斯舅舅》，我先后读了三四遍，现在我可以离开巴尔扎克了，因为再也没有比这本书更精彩的作品了。"二十世纪文学巨匠普鲁斯特也给予《邦斯舅舅》以高度的评价，称赞作者具有非凡的"观察才能"，整部作品"触人心弦"。可见《邦斯舅舅》确实是一部非常耐读的小说。

二

读《邦斯舅舅》，可以有不同的角度。

一部传统的小说，自然可以用传统的方法去解读。让我们着重看一看《邦斯舅舅》中的主要人物邦斯舅舅。

　　邦斯舅舅是个旧时代的"遗迹"。小说一开始，便以极富象征和概括性的手法，为我们描绘了他那悲剧性的外表及这外表所兆示的悲剧性的命运。

　　故事发生在十九世纪四十年代的巴黎，那是七月王朝统治时期，法国社会生活的各个方面正经受着激烈的动荡。贵族阶级逐渐没落，资产阶级政客、大银行家、投机商和大批食利者占据了法国的政治和经济舞台，而邦斯舅舅在这个时代的舞台上显得那么格格不入：他"衣着的某些细微之处依旧忠实地保留着一八〇六年的式样，让人回想起第一帝国时代"。这个"又干又瘦的"老人，"在缀着白色金属扣的暗绿色上衣外，又套着一件栗色的斯宾塞！……一个穿斯宾塞的人，要知道在这一八四四年，不啻于拿破仑尊驾一时复生"，怪不得他一出场，巴黎街头早已麻木的无聊看客也不由得发出含义丰富的微笑，带着讥刺、嘲弄或怜悯：他"身上无意中留存了某个时代的全部笑料，看起来活脱是整整一个时代的化身"，"就像人们说帝国式样家具一样，毫不犹豫地称他为帝国时代人物"。

　　这位"帝国时代人物"，原本是个颇有才华的音乐家，他的曲子还获得过罗马大奖。当初，国家把他派往罗马，本想把他造就成一个伟大的音乐家，可他却在那儿染上了古董癖，还"染上了七大原罪中恐怕上帝惩罚最轻的一桩：贪馋"。

　　一方面，邦斯那颗"生机盎然的心灵永不疲惫地欣赏着人类壮丽的创造"，在收藏和欣赏人类的艺术创造中得到慰藉和升华；另一方面，他那张挑剔的嘴巴充满嗜欲，腐蚀了他的气节，那"嗜欲潜伏在人的心中，无处不在，在那儿发号施令，要冲破人的意志和荣誉的缺口……"

从表面看，似乎是邦斯犯的那桩原罪——"贪馋"把他推向悲剧的道路，由一个具有艺术追求的音乐家"沦落到一个吃白食"的；养成了"吃好喝好"的恶习，"只要能够继续活个痛快，尝到所有那些时鲜的瓜果蔬菜，敞开肚子大吃（话虽俗，但却富有表现力）那些制作精细的美味佳肴，什么下贱事都能做得出来"。他不仅为满足自己的贪馋付出了沉重的代价，丧失了独立的人格，而且还被腐蚀了灵魂，"对交际场上那些客套，那些取代了真情的虚伪表演全已习以为常，说起恭维话来，那简直就像花几个小钱一样方便"。

然而，这仅仅是邦斯人生悲剧的一个方面，一个非本质的方面。他的悲剧的深刻原因，在于他的"穷"，在于他与他的那些富有、显赫的"亲戚"根本上的格格不入。一个在一八四四年还穿着斯宾塞的"帝国时代人物"，偏偏又生活在一群七月革命的既得利益者之中。在他身边，有法国药材界巨头博比诺，"当年闹七月革命，好处尽让博比诺得了，至少与波旁王族第二分支得到的好处不相上下"；有"不惜牺牲自己的长子"，拼命向政界爬的老卡缪佐；有野心勃勃一心想当司法部长的最高法院庭长；有公证人出身，后来当上了巴黎某区区长，捞尽了好处的卡尔多。邦斯担任乐队指挥的那家戏院的经理，也同样是个典型的资产阶级暴发户。

从本质上讲，邦斯是个艺术家。只有在艺术的天地里，他才拥有青春；只有与艺术交流时，他才显得那么才气横溢。在乐队的指挥台上，他的手势是那么有力；在他的那间充满人类美的创造的收藏室里，他是那么幸福。对于艺术和美的创造，他是那么一往情深。他"热爱艺术"，"对任何手工艺品，对任何神奇的创造，无不感到一种难以满足的欲望，那是一位男士对一位美丽的恋人的爱"。甚至，当他因为得不到爱而绝望，投入到"连富有德行的僧侣也不可避免的罪过——贪馋"的怀抱时，也是"像投入到对艺术品的热爱和对音乐的崇拜之中"。

然而，他对艺术的热爱是与他所处的那个时代的价值取向和道德标准相悖的。对七月王朝时期那些资产阶级暴发户来说，音乐只是那些音乐家的一种"糊口的"手段，戏院经理戈迪萨尔看重邦斯的，不是他的才华，而是邦斯编的乐曲可以给他招徕观众，带来滚滚财源；对爱慕虚荣，耍尽一切手段要让丈夫当上议员，乃至司法部长的德·玛维尔庭长太太来说，邦斯搜集的那些艺术品，那些稀世珍品，"纯粹是一钱不值的玩意"，艺术痴迷的邦斯，完全是"一个怪物"。

在这些人的府上，邦斯老人经受着百般的奚落、嘲讽和耍弄，最终被逐出"他们的天地"，实在是不可避免的。在他们这里，没有艺术的位置，他们"崇拜的是成功，看重的只是一八三〇年以来猎取的一切：巨大的财富或显赫的社会地位"。剧院的头牌舞女爱洛伊斯·布利兹图说得是那么一针见血：如今这个世道，"当老板的斤斤计较，做国王的巧取豪夺，当大臣的营私舞弊，有钱的吝啬抠门……艺术家就太惨了！"看来，邦斯由艺术家沦为"吃白食的"，这不能不说是艺术本身的沦丧，而邦斯的悲剧，恐怕就是艺术的悲剧了。

三

法国当代著名文学批评理论家热拉尔·热奈特在探讨普鲁斯特的《追忆似水年华》的叙事话语时指出，伟大的作品，"它们运转的动力之一就是读者有选择的认同，好感与恶感，希望与焦虑，或如我们共同的鼻祖所说的恐惧与怜悯"[①]。读巴尔扎克的《邦斯舅舅》，我们不可能不强烈地感受到作为叙述者的作者对读者的认同所产生的强大的影响力。我们会特别注意到作者赋予人物的心理和道德特征，尤其是作者着力描绘的人物外部特征对读者的价值取向、情感起伏起到的重要作用。

巴尔扎克是个公认的天才小说家，具有非凡的观察力，在他的小说，如《邦斯舅舅》中，故事是由一个能洞察一切的观察者加以叙述的。在步步深入的叙述过程中，作者善于步步缩小与读者的距离，让读者不由自主地进入他的世界，观作者所观，感作者所感，最终达到认同和共鸣。

就以作品中作者着墨较多的茜博太太为例吧。

茜博太太是邦斯居住的那座公寓大楼的女门房。她原先是巴黎有名的"牡蛎美女"之一，后来在命运的安排下，嫁给了诚实可靠的看门人茜博。通过作者的叙述，我们看到茜博夫妇俩相依为命，"为人绝对正直，在居民区很受敬重"。特别是"在大革命时期出生，根本就不知道基督教理"的茜博太太对丈夫很忠诚，再加以前在蓝钟饭店干过，做茶做饭很有两下子，居民区的门房们对她的丈夫很是羡慕。确实，对作者介绍的这样一位女门房，读者不可能

[①] 见热奈特著的《叙事话语·新叙事话语》。

不抱以好感，尤其是邦斯和施穆克住到她的这座大楼来之后，她自告奋勇，为他们俩料理家务，而拿她自己的话说，纯粹是出于"慈母般的爱"，不是为了钱。后来，邦斯被逐出上流社会，一病不起，茜博太太更是关怀备至，并声称要找"欺压邦斯的人算账，臭骂他们一顿"。面对茜博太太对邦斯的这一片真心实意，读者也不可能不深受感动，对她的为人，对她"那颗金子般的心"，读者都会啧啧称道的。

可是，作者笔锋一转，让读者跟随他发现了茜博太太的另一面：贪财、狠毒的一面。这里我们再一次看到了在巴尔扎克的《人间喜剧》中，金钱这只怪物对人的灵魂的扭曲和腐蚀。当茜博太太经唯利是图的旧货商雷莫南克的点拨，了解到寒酸的邦斯竟拥有百万家财之后，"在这女人心中那条在躯壳中伏了整整二十五年的毒蛇"被唤醒了，"激起了她发财的欲望"，她"用潜藏在心底的所有邪念"去喂这条贪婪的毒蛇，并对这条毒蛇言听计从。

随着叙述的进一步展开，作者一层层剥开了茜博太太的伪装，把一个"阴险、毒辣而又虚伪"的茜博太太活脱脱地暴露在读者面前。而作为读者，我们似乎也跟着邦斯和施穆克，经历了一个由对茜博太太的欣赏、信任，转而渐渐认清她的真面目，最终对她无比厌恶、憎恨的过程。我们不能不叹服作者非凡的叙述手法，它不是图解式的，它拥有巨大的感染力和深刻的启迪性。

巴尔扎克的笔是犀利的、无情的，面对他那匕首般的词语，任何伪装都不可避免地要被剥去。于是，邦斯身边的那些形形色色的人物一个个显出了原形：女门房茜博太太是只凶狠的"老虎"；诉讼代理人弗莱齐埃"是条蝰蛇"，"目光如毒蛇一般狠恶"，连一身的皮肤也冰冷异常，"活脱脱是一条毒蛇"。当"老虎"茜博太太在"贪欲"这条毒蛇的引诱下，用令人发指的行径把邦斯折磨得精疲力竭，昏睡过去之后，把贪婪无比的旧货商雷莫南克，工于心计的古画迷马古斯和心狠手辣的诉讼代理人弗莱齐埃引入"艺术的殿堂"——邦斯收藏馆的时刻，我们看到的是一幅多么可怖的图景：他们一见那些稀世珍品，立即像"一只只乌鸦嗅着死尸"一般，如秃鹫般猛扑过去。一边是人类美的创造，一边是凶残的猛禽，对比是如此强烈！透过这些极富蕴涵的外部符号，我们不难想象邦斯和邦斯的那些收藏品最终遭受的将是何种命运！

四

有评论说，"巴尔扎克是鼓吹天主教信仰的"，"他认为'宗教是一切社会里，把恶的数量减少，把善的数量增加的唯一手段'……"[①]在邦斯与恶的力量的那场力量悬殊的斗争中，我们确实看到了上帝对善的救助。然而，上帝的力量是那么软弱无力，它未能挽回邦斯那悲惨的、被邪恶所扼杀的命运。

《邦斯舅舅》中，施穆克是一个不容忽视的人物，因为他是"上帝身边的羔羊"，"是上帝派往邦斯身边的代表"，是对邦斯那颗始终得不到抚爱的、"绝望、孤寂的心"的一种慰藉和希望。

在浊世间，邦斯是孤独的，是孤立无援的，几十年来，"这个可怜的人从来没有听到过有人问起他的情况，问起他的生活，他的身体。不管在哪里，邦斯都像是条阴沟，别人家里见不得人的

---

① 见柳鸣九主编的《法国文学史》。

东西都往里面倒"，遭受着侮辱和打击；直到一八三五年，命运才"赐给了他一根俗语所说的老人拐杖"，在施穆克的"友情中"获得了"人生的依靠"。

确实，施穆克体现了"上帝的慈爱"，体现了"灵魂的纯洁"，他对邦斯倾注了高尚的爱。当邦斯遭到了上流社会的遗弃，经受了心灵上致命的打击之后，原本像"羊羔一样温顺"的施穆克发出"罗兰①的狂怒"，大骂那些欺侮邦斯的人，把他们叫作"畜生"！

然而，这位上帝的代表实在太"软弱、无力"了，"人世间的一切都不放过（指邦斯）这位可怜的音乐家，滚落到他头上的泥石"无情地使邦斯"陷于绝境"，而施穆克是那样"束手无策"；这位上帝的代表也实在"太幼稚，太诚实"了，当茜博太太引狼入室，对邦斯的那些珍宝下手时，施穆克非但没有丝毫的察觉，反而连连受骗，最终充当了"同谋"的角色，使邦斯八幅最珍贵的古画落入了群魔之手。当邦斯在弥留人世之际，提醒施穆克，"世上的人那么邪恶……一定要提防他们"的时候，施穆克似乎还执迷不悟，仍把茜博太太当作"天使一般的"好人。

还是经受磨难的邦斯认清了人世，认清了上帝。他知道是"上帝不愿让他过他向往的生活"，是上帝"把他遗忘了"。上帝的代表施穆克不仅未能拯救邦斯，连自己也被上帝所遗忘，死在了浊世间那帮虚伪、狡诈、阴险、贪婪的恶人之手。确实，邦斯的悲剧是颇有讥刺意味的，上帝的善未能战胜人世的恶，从这个意义上说，邦斯和施穆克的死，又是对上帝的一种否定。

---

① 诗人阿里斯多德的《愤怒的罗兰》中的主人公。

五

《邦斯舅舅》还可以当作一则"寓言"去读,它具有警世的作用;还可以当作"巴黎生活的一个场景"去读,它具有社会的认识意义……有心的读者,不妨尝试一下,多开拓几个阅读视角,那肯定会有意外的收获,享受到一份阅读的惊喜。

于玄武湖畔南京大学公寓

一九九四年八月十五日

第一章　帝国时代的一位自豪的遗老

一八四四年十月的一天，约莫下午三点钟，一个六十来岁但看上去不止这个年纪的男人沿着意大利人大街走来，他的鼻子像在嗅着什么，双唇透出虚伪，像个刚谈成一桩好买卖的批发商，或像个刚步出贵妇小客厅，洋洋自得的单身汉。

在巴黎，一个人志得意满，莫过于这种表情了。街旁那些整天坐在椅子上，以忖度来往过客为乐的人，打老远看到那位老人，一个个的脸上便露出了巴黎人特有的微笑，这笑含义丰富，有讽刺，嘲弄或怜悯，可巴黎人什么场面没见过，早就麻木了，要让他们脸上露出一点儿表情，那非得碰到活生生的绝顶怪物不可。

这位老人的考古学价值，以及那笑容如回声般在众人眼里传递的原因，恐怕一句话就能解释清楚了。有人曾问那位以逗趣出名的演员雅桑特，他那些惹得满堂哄笑的帽子是在哪儿做的，他这样回答说："那可不是我在哪儿做的，是我留存的！"是的，巴黎大众其实一个个都是做戏的，那上百万的演员中，总碰得上几个雅桑特，他们身上无意中留存了某个时代的全部笑料，看起来活脱是整整一个时代的化身，即使你走在路上，正把遭受旧友背叛的苦水往肚里咽，见了也能叫你忍俊不禁。

这位路人衣着的某些细微之处依旧忠实地保留着一八〇六年

的式样，让人回想起第一帝国时代，但并没有过分的漫画色彩。在善于观察的人眼里，这份精致使类似令人怀旧的风物愈发显得弥足珍贵。然而要辨明这些细小微妙处，非有那些无事闲逛的行家剖析路人的那份专注不可；而这位路人老远就惹人发笑，恐怕必有非同寻常之处，就如俗话说的"很扎眼"，这正是演员们苦心孤诣要达到的效果，想一亮相就博得满堂喝彩。

这位老人又干又瘦，在缀着白色金属扣的暗绿色上衣外，又套着一件栗色的斯宾塞！……一个穿斯宾塞的人，在一八四四年，要知道，那不啻于拿破仑尊驾一时复生。

斯宾塞，顾名思义，这是一位英国勋爵发明的，此君恐怕对自己那个优美的身段很得意。早在亚眠和约签订之前，这位英国人就已解决了上身的穿着难题，既能遮住上半身，又不至于像那种加利克外套死沉地压在身上，如今，只有上了年纪的马车夫的肩头才搭这种外套了；不过，好身段的人毕竟还是少数，尽管斯宾塞是英国发明的，在法国也没有时兴多久。

四五十岁的男子一见到哪位先生身着斯宾塞，脑中便会为他再配上一双翻口长筒靴，一条扎着饰带的淡青色开司米短裤，仿佛看到了自己年轻时的那身装束！上了年纪的妇人们则会回想起当年情场上的一个个俘虏！至于年轻人，他们会感到纳闷，这个老亚西比德①怎么把外套的尾巴给割了。这位过客身上的一切跟那件斯宾塞如此协调，你会毫不犹豫地称他为帝国时代人物，就像人们说帝国时代家具一样；不过，只有那些熟悉，或至少目睹过那个辉煌盛世的人，才会觉得他象征着帝国时代；因为对流行的服饰

---

① 雅典政治家（约公元前450—前404），据说他极其注意仪表，生活奢靡。

式样，人们得具备相当精确的记忆才能记清。帝国时代已距离我们如此遥远，可不是谁都可以想象当时那种高卢希腊式的实际景象的。

此人的帽子戴得很后，几乎露出了整个前额，一派大无畏的气概，当年的政府官吏和平民百姓就是凭借这种气概与军人的嚣张跋扈抗衡的。再说，这是那种十四法郎一顶的可怕的丝帽子，帽檐的内边被两只又高又大的耳朵印上了两个灰白色的印子，刷子也刷不掉。

丝质面料与帽形的纸板衬总是不服帖，有的地方皱巴巴的，像害了麻风病似的，每天早上用手捋一遍也无济于事。

在看上去摇摇欲坠的帽子底下，是一张平庸而滑稽的脸，只有中国人发明的丑怪小瓷人才有这样的面孔。

这张宽大的脸，麻麻点点，像只漏勺，一个个窟窿映出斑斑黑点，坑坑洼洼，活像一张罗马人的面具，解剖学的任何规则都与它不符。一眼看去，那张脸根本就感觉不出有什么骨架，按脸的轮廓，本该是长骨头的地方，却是明胶似的软塌塌的一层肉，而理应凹陷的部分，偏又鼓起肉乎乎的一个个疙瘩。这张怪模怪样的脸扁扁的，像只笋瓜，加上两只灰不溜秋的眼睛，上方又不长眉毛，只有红红的两道，更添了几分凄楚；雄踞脸部正中的是一只堂吉诃德式的鼻子，就像是漂来的一块冰川巨石，兀立在平原上。塞万提斯恐怕也已注意到，这只鼻子表现出一种献身伟业的禀性，可最终却落得个一场空。这副丑相，虽然已到了滑稽地步，但却没法让人笑得出来。这个可怜人灰白的眼中显露出极度的忧伤，足以打动嘲讽者，使他们咽回溜到嘴边的讥笑。人们马上会想，是造物主禁止这个老人表达柔情，否则，他不是让女人发笑，就是让女人看了难受。不能惹人喜欢，在法国人看来，实在是人生最残酷的灾难，面对这样的不幸，连法国人也缄口不语了！

这个如此不得造物主恩宠的人装束得如同富有教养的贫寒之士，于是富人们往往刻意模仿他的穿着。他脚上穿的鞋子整个儿被帝国禁卫军式样的长筒鞋罩给遮住了，这样他也就可以一双袜子穿上好些日子。黑呢裤泛着灰红色的闪光，裤线已经发白，或者说发亮，无论是裤线的褶皱，还是裤子的款式，都说明这条裤子已经具有三年的历史。他的这身衣装虽然宽大，却难以遮掩他那干瘦的身材，他这么瘦应该说是自身体格的原因，而不是按照毕达哥拉斯的方法节食的缘故；因为老头儿长着一只肉乎乎的嘴巴，嘴唇厚厚的，一笑起来便露出了一口白森森的牙齿，绝不比鲨鱼的逊色。一件交叉式圆翻领背心，也是黑呢料，内衬一件白背心，白背心下方又闪出第三层，那是一件红色毛线背心的滚边，让你不禁想起那个身着五件背心的加拉。白色平纹细布的大领结，打得煞是招摇显眼，那还是一八〇九年那阵子一个英俊小生为勾引美人儿而精心设计的打法。可是领结大得淹没了下巴，面孔埋在里边，仿佛陷进了无底洞。一条编成发辫状的丝带，穿过衬衫拴在表上，好像真防着别人偷他的表似的！暗绿色外衣异常洁净，它的历史比裤子还要长三年；可黑丝绒翻领和新换的白色金属扣说明对这身衣着已经爱护得到了再精细不过的地步。

这种后脑壳顶着帽子的方式，里外三层的背心，埋住了下巴的大领结，长筒鞋罩，暗绿色外套上缀着的白色金属扣，所有这些帝国时代的服饰陈迹，与当年那帮标新立异的公子哥儿们卖弄风情的遗风相谐成趣，也与衣褶之间难以言喻的那份精妙，以及整个装束的端庄和呆板协调一致，让人感觉到大卫①的画风，也让人回想起雅各布②风格的狭长的家具。只要瞧他一眼，就可以看出这是个教养良好但正深受某种难言的嗜癖之苦的人，要不就是个小食利者，由于收入有限，所有开销都控制得死死的，要是碎了一块玻璃，破了一件衣服，或碰上募捐施善的倒霉事，那他整整一个月里的那点小小的娱乐也就给剥夺了。

要是你在场的话，恐怕会觉得纳闷，这张怪模怪样的脸怎么会浮出微笑，平日里，那可是一副凄惨、冷漠的表情，就像所有那些为了争取最起码的生活条件默默挣扎的人们。但是，若你注意到这个奇特的老人带着一种母性的谨慎，右手捧着一件显然极为珍贵的东西，护在那两件外衣的左衣襟下，唯恐给碰坏了；尤其当你发现他那副匆匆忙忙的模样，如同当今闲人替人当差的忙碌相，那你也许会猜想他找到了侯爵夫人卷毛狗之类的东西，正带着帝国时代人物所有的那股急切的殷勤劲头，得意洋洋地带着这件宝贝去见那位娇娘，那女人虽说已经六十岁的年纪，但还是不知道死心，非要他的心上人每天上门看望不可。

世界上唯独在巴黎这座城市，你才可以碰到诸如此类的场景，一条条大街在上演着一出连续不断的戏，那是法国人免费演出的，对艺术大有裨益。

---

① 大卫（1748—1825），是法国新古典主义重要画家，一七九九年拿破仑掌权后，他成为拿破仑一世的宫廷首席画师。

② 雅各布（1739—1814），法国著名的家具工匠，曾为波拿巴及皇后约瑟芬制作家具。

第二章　一位罗马大奖获得者的结局

看这人瘦骨嶙峋的模样，虽然穿着与众不同的斯宾塞，但你也难以把他纳入巴黎艺术家之列，因为这种定型的人物有个特点，跟巴黎城的顽童颇为相似，能在俗人的想象中，激起快意，拿现在又时兴的那句俏皮的老话说，那是最离奇不过的快意。

不过，这个路人可是得过大奖的，在罗马学院恢复之时，第一支荣获学士院奖的康塔塔①，便出自他之手，简言之，他就是西尔凡·邦斯先生！……他写过不少有名的浪漫曲，我们的母亲都动情地哼唱过，他也作过两三部歌剧，曾在一八一五和一八一六年间上演，还有几首没有发表的乐曲。后来，这个可敬的人到了一家通俗剧院当乐队指挥。多亏了他的那张脸，他还在几所女子寄宿学校执教。除了薪水和授课酬金，他也就没有别的收入了。到了这把年纪，还得为一点酬劳四处上课！……这般处境，很少浪漫色彩，可却是个谜！

这个如今就剩他还穿着斯宾塞的人，不仅仅是帝政时代的象征，还昭示着一个巨大的教训，那教训就写在里外三层的背心上。他在免费告诉世人，那一称之为会考的害人致命的可恶制度坑害了多少人，他自己就是其中的一个牺牲者，那一制度在法兰西执

---

① 原指声乐曲，现泛指声乐与器乐相结合的乐曲。

6

行了百年，毫无成效，但却仍在继续实施。这架挤榨人们聪明脑汁的机器为布瓦松·德·马利尼所发明，此人是蓬巴杜夫人的胞弟，一七四六年前后被任命为美术署署长。

然而，请你尽量掰着手指数一数，一个世纪以来那些获得桂冠的人当中到底出了几个天才。首先，不管是行政方面，还是学制方面所作的努力，都替代不了产生伟人所需的那种奇迹般的机缘。在生命延续的种种奥秘中，唯此机缘是我们那雄心勃勃的现代分析科学最难以企及的谜。其次，据说埃及人发明了孵小鸡的烘炉，可要是孵出了小鸡，却又不马上给它们喂食，那你会对此作何感想呢？可是，法国人的情形恰恰如此，她想方设法用会考这只大暖炉制造艺术家；但一旦通过这一机械工艺造出了雕塑家、雕刻家、画家、音乐家，她便不再把他们放在心上，就像到了晚上，花花公子根本就不在乎插在他们衣服饰孔里的鲜花。

真正的才子倒是格勒兹、华托、弗利西安·大卫、帕尼西、德冈、奥贝尔、大卫（德·昂热）或欧仁·德拉克洛瓦那些人，他们才不把什么大奖放在眼里，而是在被称为天命的那轮无形的太阳照耀下，在大地上成长。

西尔凡·邦斯当初被国家派往罗马，本想把他造就成一位伟大的音乐家，可他却在那儿染上了对古董和美妙的艺术品的癖好。

无论是对手工的还是精神的杰作，他都十分内行，令人赞叹不已，包括对近来俗语所说的"老古董"，也一样在行。

这个欧忒耳珀①之子在一八一〇年前后回到巴黎，简直是个疯狂的收藏家，带回了许多油画、小塑像、画框、象牙雕和木雕、

---

① 希腊宗教中九位缪斯女神之一，司悲剧和音乐。

珐琅及瓷器等等；在罗马求学的那段时间里，买这些东西的花费，再加上运价，花去了他父亲的大部分遗产。

罗马留学三年期满后，他去了意大利旅行，又以同样的方式花光了母亲的遗产。

他很情愿这样悠然自得地逛逛威尼斯、米兰、佛罗伦萨、布洛涅和那不勒斯，在这每一座城市逗留一番，像梦幻者，像哲学家，也像艺术家那样无忧无虑，凭自己的才能生活，就像妓女，靠的是自己的漂亮脸蛋吃饭。

在这次辉煌的游历期间，邦斯可谓幸福之至，对于一个心地善良，感情细腻，但却因为长得丑，拿一八〇九年那句流行的话说，讨不到女人欢心的人来说，这确是可以获得的最大的幸福了；他觉得生活中的东西总不及他脑中的理想典型；不过，对他的心声和现实之间的不协调，他已经不以为然。在他心头保存的那份纯洁而又热烈的美感无疑是产生那些奇妙、细腻和优美的乐曲的源泉，在一八一〇至一八一四年间，这些乐曲给他赢得了一定的声誉。

在法国，凡是建立在潮流，建立在时髦和风靡一时的狂热之上的名声，往往造就邦斯这类人物。世界上没有哪个国家对伟大的东西如此严厉，而对渺小的东西如此不屑与宽容。邦斯很快被淹没在德国的和声浪潮和罗西尼的创作海洋之中，如果说一八二四年，邦斯还是一个讨人喜欢的音乐家，而且，凭他最后的那几支浪漫曲，还有点名气的话，那么，请设想一下到了一八三一年他会落到怎样的地步！就这样，在一八四四年，开始了他默默无闻的生命悲剧，西尔凡·邦斯落到了像个挪亚时代大洪水之前的小音符，已经没有什么身价；尽管他还给自己的那家剧院和附近的几家剧院上演的几部戏配乐，赚几个小钱，可音乐商们已经全然不知他的存在了。

不过，这位老人对我们这个时代赫赫有名的音乐大师还是很拜服的；几首卓绝的乐曲，配上精彩的演奏，往往会令他落泪。可是他还没有崇拜到像霍夫曼小说中的克莱斯勒那样几近痴迷的地步，而是像抽大烟或吸麻醉品的人那样，在心中怡然自乐，而无丝毫的表露。

鉴赏力和悟性，这是能使凡夫俗子与大诗人平起平坐的唯一品质，可在巴黎十分罕见，在巴黎，形形色色的思想就像是旅店的过客，所以，对邦斯，人们还真应该表示几分敬意呢。这位老先生事业无成，这一事实也许让人觉得奇怪，可他天真地承认自己在和声方面存在着弱点，因为他忽视了对位法的研究；如果再重下一番工夫，他完全可以跻身于现代作曲家之列，当然不是做个罗西尼，而是当个埃罗尔德，可现代配器法发展到了失控的地步，他觉得实在难以入门。

虽然荣耀无求，但他最终在收藏家的乐趣之中得到了巨大的补偿，如果非要他在自己收藏的珍品和罗西尼的大名之间作出抉择的话，信不信由你，他准会选择他那满橱的可爱珍品。这位老音乐家实践着施纳瓦德的那句公认名言，此人是位博学的名贵版画收藏家，他曾断言，人们欣赏一幅画，无论是雷斯达尔、霍贝玛、霍尔拜因的，还是拉斐尔、牟利罗、格勒兹、塞巴斯蒂亚诺的，或是乔尔乔涅、丢勒的画，如果不是只花五十法郎买来的，那就无乐趣可言。

邦斯绝不买一百法郎以上的东西；要他掏钱花五十法郎，这件东西恐怕得值三千法郎才行；在他看来，价值三百法郎的旷世珍品已经没有了。机会诚然难得，可他具备成功的三个要素：雄鹿一样的腿，浪荡汉的闲工夫和犹太人的耐心。

四十年来，在罗马和巴黎施行的这套方法结出了硕果。自打罗马回国后，邦斯每年花费近两千法郎，收藏了密不示人的各种宝物，藏品目录已达惊人的 1907 号。

在一八一一年至一八一六年间，他在巴黎四处奔走，当时花十法郎弄到的东西如今可值一千至一千二百法郎，其中有他从巴黎每年展卖的四万五千幅油画中挑选出来的油画，也有从奥弗涅人手中购得的塞夫勒软瓷；奥弗涅人可都是些黑帮的喽啰，他们常常从各地推来一车车蓬巴杜式的法兰西神品。

总之，他搜集到了十七、十八世纪的遗物，很欣赏那些才气横溢，独具个性的法国派艺术家；那些不为人所知的大家，如勒波特、拉瓦莱－普桑之类的人物，是他们创造了路易十五风格、路易十六风格，那宏丽的作品为当今艺术家的所谓创造提供了免费的样板，这些人整天弓着腰，揣摩着制图室的那些珍品，以巧妙的手法，偷梁换柱，搞所谓的创新。邦斯还通过交换得到了很多藏品，交换藏品，可是收藏家们难以言述的开心事！

出钱买奇品的乐趣只是第二位的，头等的乐趣，是做这些古董交易。邦斯是收集烟壶和微型肖像的第一人，早于多斯纳和达布朗先生，可他在玩古董这一行中却没有名气，因为他不常去拍卖行，也不在那些有名的店家露面，所以，他的那些宝物在市面上到底值多少钱，他一无所知。

已故的杜·索姆拉德生前曾想方设法接近这位音乐家；可那位老古董王子未能进入邦斯的收藏馆就作古了，邦斯收藏的东西，是唯一可以与赫赫有名的索瓦热藏品相媲美的。

在邦斯和索瓦热先生之间，确有某些相似之处。索瓦热先生跟邦斯一样，都是音乐家，也没有多少财产，收藏的方式、方法如出一辙；他们同样热爱艺术，也同样痛恨那些名声显赫的有钱人一大橱一大橱地搜罗古董，跟商人们展开狡诈的竞争。邦斯跟他的这位敌手、对头、竞争者一样，对任何手工艺品，对任何神奇的制品，无不感到一种难以满足的欲望，那是一位男士对一位美丽的恋人的爱，因此，守斋者街的拍卖行里，那伴随着估价员的当当击锤声的拍卖在他看来实在是亵渎古董的罪孽。他拥有自己的收藏馆，以便时时刻刻都可以享受，生就崇尚伟大杰作的心灵都有着名符其实的恋人的高尚情操；无论是今朝，还是昨日，他们总是兴味盎然，从不厌倦，幸而杰作本身也都是青春永驻。可见，他像慈父般护着的那件东西准是失而复得的一件宝物，携带时怀着几多情爱，你们这些收藏家们想必都有体会吧！

看了这一小传的初步轮廓，大家定会惊叫起来："嗨！这人虽然丑，却是天底下最幸福的人！"确实，人一旦染上了什么癖好，就给自己的心灵设置了一道屏障，任何烦恼，任何忧愁都可抵挡。你们这些人再也不能把着自古以来人们所说的欢乐之盅痛饮，不妨想方设法收藏点什么（连招贴都有人收集！），那准可以在点滴的欢乐中饱尝一切幸福。

所谓癖好，就是升华的快感！不过，请不要羡慕老先生邦斯，若你产生羡慕之心，那跟类似的所有冲动一样，恐怕都是误会的缘故。

这人感情细腻，充满生机的心灵永不疲惫地在欣赏着人类壮丽的创造，欣赏着这场与造化之工的精彩搏斗，可他却染上了七大原罪中恐怕上帝惩罚最轻的一桩:贪馋。他没有钱，又迷上了古董，饮食方面不得不有所节制，这可苦坏了他那张挑剔的嘴巴，开始时，这位单身汉天天都到外面去吃请，也就把吃的问题给解决了。

11

在帝政时代，人们远比我们今天更崇拜名流，也许是当时名人不多，而且也很少有政治图谋的缘故。要当个诗人、作家或者音乐家什么的，用不着花什么气力！而当时，邦斯被视作可与尼科洛、帕埃尔和贝尔顿之流相匹敌的人物，收到的请帖之多，不得不逐一记在日记簿上，就像律师登记案子一样。况且，他一副艺术家的派头，不管是谁，只要请他吃饭，他都奉上自己创作的抒情小曲，在主人府中弹奏几段；他还经常在人家府上组织音乐会；有时甚至还在亲戚家拉一拉小提琴，举办一个即兴小舞会。

　　那个时期，法兰西的俊美男儿正跟同盟国的俊美男儿刀来剑往；根据莫里哀在著名的埃利昂特唱段中颁布的伟大法则，邦斯的丑貌可谓新颖别致。当他为哪位漂亮的太太做了点事，有时也会听到有人夸他一声"可爱的男人"，不过，除了这句空话之外，再也得不到更多的幸福。

　　从一八一〇年至一八一六年，前后差不多六年时间，邦斯养成了恶习，习惯于吃好的喝好的，习惯于看到那些请他做客的人家不惜花费，端上时鲜瓜果蔬菜，打开最名贵的美酒，奉上考究的点心、咖啡和饮料，给他以最好的招待，在帝政时代，往往都是这样招待来客的，巴黎城里不乏国王、王后和王子，多少人家都在效法显赫的王家气派。当时，人们热衷于充当帝王，就像如今人们喜欢模仿国会，成立起会长、副会长、秘书长一大串的名目繁多的协会，诸如亚麻协会、葡萄协会、蚕种协会、农业协会、工业协会，等等。甚至有人故意寻找社会创伤，以组建一个治国良医协会！一只受过如此调教的胃，自然会对人的气节产生影响，而且拥有的烹调知识越高深，人的气节就越受到腐蚀。嗜欲就潜伏在人的心中，无处不在，在那儿发号施令，要冲破人的意志和荣誉的缺口，不惜一切代价，以得到满足。对于人的嘴巴的贪欲，从未有人描写过，人要活着就得吃，所以它便躲过了文学批评；但是，吃喝毁了多少人，谁也想象不到。就这而言，在巴黎，吃喝是嫖娼的冤家对头，从另一个方面来说，吃喝是收入，嫖娼是支出。

当邦斯作为艺术家而日益沦落，从常被邀请的座上宾落到专吃白食的地步时，他已经离不开那一席席盛筵，而到小餐厅去吃四十苏一餐的斯巴达式的清羹了。可怜啊！每当他想到自己为了独立竟要作出这么大的牺牲，不禁浑身直打寒战，感到自己只要能够继续活个痛快，尝到所有那些时鲜的果瓜蔬菜，敞开肚子大吃（话虽俗，但却富有表现力）那些制作精细的美味佳肴，什么下贱事都能做得出来。

邦斯活像只觅食的雀鹰，嘴巴填满了便飞，唧啾几声就算是答谢，他觉得像这样让上流社会花费，自己痛痛快快地活着，还有那么几分滋味，至于上流社会，它也有求于他，求他什么呢？无非是几句感恩戴德的空话。凡是单身汉，都恐惧待在家中，常在别人府上厮混，邦斯也是这样，对交际场上的那些客套，那些取代了真情的虚伪表演，全已习以为常，说起恭维话来，那简直就像是花几个小钱一样方便；至于对那些人嘛，他只要对得上号就行，从不好奇地去摸人家的底细。

这个阶段勉强还过得去，前后又拖了十年。可那是什么岁月！简直是多雨之秋！在那些日子里，邦斯到谁府上都变着法子卖力，好不花钱保住人家饭桌上的位置。后来，他终于落到了替人跑腿当差的地步，经常顶替别人看门，做用人。由于常受人遣使跑买卖，他无意中成了东家派往西家的间谍，而且从不掺假。可惜他跑了那么多腿，当了那么多下贱的差，人家丝毫也不感激他。

"邦斯是个单身汉，"人家总这么说，"他不知道怎么打发时间，为我们跑腿，他才乐意呢……要不他怎么办呢？"

　　不久后，便出现了老人浑身释放的那股寒气。这股寒气四处扩散，自然影响了人的感情热度，尤其他是个又丑又穷的老头。这岂不是老上加老？这是人生的冬季，鼻子通红，腮帮煞白，冻疮四起的严冬。

　　从一八三六年至一八四三年间，难得有人请邦斯一回。哪家都已不像过去那样主动求他，而是像忍受苛捐杂税那样，勉强接待这个食客；谁也不记他一份情，就是他真的效过力，也绝不放在心上。

　　在这些人府上，老人经历了人生的沧桑；这些家庭没有一家对艺术表示多少敬意，它们崇拜的是成功，看重的只是一八三〇年以来猎取的一切：巨大的财富或显赫的社会地位。而邦斯既无非凡的才气，又无不俗的举止，缺乏令俗人敬畏的才情或天赋，最后的结局自然是变得一钱不值，不过还没有落到被人一点儿瞧不起的地步。

　　尽管他在这个社会中感到十分痛苦，但像所有胆小怕事的人一样，他把痛楚闷在心里。后来，他渐渐地又习惯了抑制自己的感情，把自己的心当作一个避难所。对这种现象，许多浅薄之人都叫作自私自利。孤独的人和自私的人确实很相似，以致那些对性格内向的人说三道四的家伙显得很在理似的，尤其在巴黎，社交场上根本无人去细加观察，那儿的一切如潮水，就像倒台的内阁！

　　就这样，邦斯舅舅背后遭人谴责，担着自私的罪名抬不起头来，人家如要非难什么人，终归有办法定罪的。可是，人们是否知道，不明不白地被人冷落，这对怯懦之人是何等的打击？对怯懦造成的痛苦，有谁描写过？

这日益恶化的局面说明了可怜的音乐家何以会一脸苦相；他如今是仰人鼻息，活得很不光彩。不过，人一有了嗜好，丢人在所难免，这就像是一个个绳索，嗜好越强烈，绳索套得就越紧；它把所作的牺牲变成了一座消极但理想的宝藏，其中可探到巨大的财富。

每当邦斯遭人白眼，看到哪位呆头呆脑的有钱人投来不可一世的恩主目光时，他便会津津有味地品咂着波尔多葡萄酒，嚼着刚品出味来的脆皮鹌鹑，像是在解恨似的，在心底自言自语道：

"这不算太亏！"

在道德家的眼里，他的这种生活中有不少值得原谅的地方。确实，人活着，总得有所满足。一个毫无嗜好的人，一个完美无缺的正人君子，那是个魔鬼，是个还没有长翅膀的半拉子天使。在天主教神话中，天使只长着脑袋。在人世间，所谓正人君子，就是那个令人讨厌的格兰迪逊，对他来说，恐怕连十字街头的大美人也没有性器官。

然而，除了在意大利游历期间，也许是气候起的作用，邦斯有过稀罕的几次庸俗不堪的艳遇之外，从来就没有看见哪个女人朝他笑过。许多男人都遭受过这种不幸的命运。邦斯生来就是个丑八怪。他父母到了晚年才得了这个儿子，他身上于是刻下了这一不合时令的印记，那肤色像尸首一般，仿佛是在科学家用以保存怪胎的酒精瓶里培育出来的。

这个天生感情温柔，细腻，富于幻想的艺术家，不得已接受了他那副丑相强加给他的脾性，为从来得不到爱而感到绝望。对他来说，过单身汉生活与其说是自己喜欢，不如说是迫不得已。于是，连富有德行的僧侣也不可避免的罪过——贪馋向他张出双

15

臂；他连忙投入这一罪孽的怀抱，就像他投入到对艺术品的热爱和对音乐的崇拜之中。美味佳肴和老古董对他来说就是女人的替身；因为音乐是他的行当，天下哪有人会喜欢糊口的行当！职业就像是婚姻，天久日长，人们便会觉得它只有麻烦。

布利亚·萨瓦兰以一家之见，为美食家的乐趣正名；可是，他也许没有充分强调人们在吃喝中感受到的真正乐趣。

消化耗费人的体力，这构成了一场体内的搏斗，对那些好吃喝的人，它无异于做爱的莫大快感。他们感觉到生命之能在广泛扩展，大脑不复存在，让位于置在横膈膜之中的第二个大脑，人体所有机能顿时停止活动，由此而出现迷醉的状态。吞吃了公牛的巨蟒总是这样沉醉不醒，任人宰割。人一过了四十，谁还敢一吃饱饭就开始工作？……正因为如此，所有伟人的饮食都是有节制的。对大病初愈的人，人们总是规定其饮食，而且数量少之又少，他们往往吃到一只鸡翅，就能陶醉半天。

明智的邦斯的一切欢乐全部集中在胃的游戏之中，他往往处在大病初愈之人的陶醉状态：他要美味佳肴尽可能给他以各种感受，至此，每天倒也能如愿以偿。天下没有人会有勇气与习惯决裂。许多自杀者往往在死神的门槛上停下脚步，因为他们忘不了每天晚上都去玩多米诺骨牌的咖啡馆。

第三章　一对榛子钳

　　一八三五年，命运意外地为备受女性冷落的邦斯复了仇，赐给了他一根俗语所说的老人拐杖。这位生下来就是个小老头儿的老人在友情中获得了人生的依靠，他成了亲，社会也只允许他这桩婚姻：他娶了一个男人，这人跟他一样，也是一个老头儿，一位音乐家。

　　要不是已有了拉封丹的那篇神妙的寓言，这篇草就之作本可以"两个朋友"为题。可是，这岂不是对文学的侵犯，是任何真正的作家都会回避的亵渎行为？我们的寓言家的那篇杰作，既是他灵魂的自由，也是他梦幻的记录，自然拥有永久占有那个题目的特权。诗人在榜额刻下了"两个朋友"这四个大字的那部名篇是一笔神圣的财产，是一座圣殿，只要印刷术存在，世世代代的人们都会虔诚地步入这座殿堂，全世界的人都会前来瞻仰。

　　邦斯的朋友是位钢琴老师，他的生活及习惯与邦斯的是如此和谐，以致他不禁大发感慨，说与邦斯相见恨晚，因为直到一八三四年，他们才在一家寄宿学校的颁奖仪式上初次谋面。在违抗上帝的意志，发源于人间天堂的人海中，也许从来没有过如此相像的两个生灵。没过多少时间，这两个音乐家便变得谁也离不开谁。他们彼此都很信任，一个星期之内就像两个亲兄弟一般。总之，施穆克简直不相信世上竟还会有一个邦斯，邦斯也想不到世上还会有一个施穆克。

对这两个老实人，这番描述恐怕已经足够了，但是，并不是所有的聪明人都欣赏简明扼要的概括。对那些不肯轻信的人们，实在有必要再略作一番说明。

这位钢琴家，像所有钢琴家一样，也是一个德国人，如伟大的李斯特和伟大的门德尔松是德国人，施泰贝尔特是德国人，莫扎特和杜塞克是德国人，迈耶是德国人，德勒是德国人，塔尔贝格是德国人，德赖肯克，希勒，利奥波德·梅耶，克拉默，齐默尔曼和卡尔克布雷纳是德国人，又如赫尔兹，沃埃兹，卡尔，沃尔夫，皮克西斯，克拉拉·维克，这一个个也都是德国人一样。施穆克虽说是个大作曲家，但是，一个天才要在音乐上有不凡表现，必须要有胆略，而他的脾性却与这种胆气相斥，所以，他只能当一个演奏家。

许多德国人都不能保持天真的天性，到时便枯竭了；若上了一定年纪，他们身上还剩有几分天真的话，那么就像人们从河渠中引水一样，那几分天真准是从他们青春的源泉中汲取的；而且他们总是利用这点天真，消除人们对他们的疑惑，为他们在科学、艺术或金钱等各方面获得成功提供便利。在法国，某些狡猾的家伙则以巴黎市侩的愚笨来取代德国人的这种天真。可是，施穆克则完全保留了儿时的天真，就像邦斯无意中在身上保存下了帝政时代的遗迹。这位真正的德国贵人既是演员又是观众，他演奏音乐让自己欣赏。他住在巴黎，就像一只夜莺栖在林中，二十年来一直是独自歌唱，直到遇到了邦斯，发现了另一个他。

邦斯和施穆克一样，他们的内心和天性中都有着德国人表现特别明显的那种神经兮兮的孩子气，比如特别爱花，爱自然效果，迷到把一只只大瓶子插在自己花园里，把眼前的风景微缩成小小的景观来欣赏；又如那种凡事都要探个究竟的脾性，它往往使一个日耳曼学者不惜绑着护腿套，跋涉数百里，去查询一个事实，可那个事实明明就伏在院子素馨花下的井沿上，拿他当傻瓜讥笑；还如他们对任何微不足道的创造都非要赋予精神意义，因而产生了让－保尔·里克特的那些无法解释的作品，霍夫曼的那些印制成册的胡话，以及德国围绕那些再也简单不过的问题用书修筑的护栏，那些简简单单的问题被钻成不可测知的深渊，可那底下，准是个德国人在作怪。

他们俩都是天主教徒，两人一起去望弥撒，履行宗教义务，而且都和孩子一样，从来没有什么要向忏悔师说的。他们坚定不移地认为，音乐这一天国语言之于思想与感情，就像思想与感情之于说话，他们因此而以音乐进行相互交流，就这方面的问题进行不尽的交谈，就像恋人那样，以向自己表明，心中是充满信念的。

施穆克有多么心不在焉，邦斯也就有多么专注留神。如果说邦斯是个收藏家，那么施穆克就是梦幻家；后者钻研精神之美，前者则抢救物质之美。邦斯细细打量着一只瓷杯想要购买，施穆克则动手擤起鼻涕，想着罗西尼、贝利尼、贝多芬、莫扎特的某一动机，在感情的世界里寻找何处有可能是这一乐句的本源或重复。施穆克操理钱财总是那么漫不经心，而邦斯则因嗜癖染身而大肆挥霍，最终两人都落得个同样的结局：每年的最后一天，钱袋里总是空无一文。

若没有这份友情，邦斯恐怕早已忧郁而死；可一旦有了倾诉衷肠的对象，他的日子也就勉强能过了。他第一次把内心的痛楚往施穆克心中倾倒时，那位善良的德国人便劝他，与其付出那么大的代价到别人家去吃那几顿饭，还不如搬来跟他一起生活，跟他一起吃面包，吃奶酪。可惜邦斯没有勇气对施穆克实说，他这人的心和胃是对头，心受不了的，胃却能感到舒坦，他无论如何得有一顿好饭吃，就像一个风流男子总得有一个情妇……调调情。

施穆克是个地地道道的德国人，不像法国人那样具有快速的观察能力，所以日子长了，他才了解了邦斯，并因此而对他多了几分怜爱。要让友情牢固，最好是两个朋友中的一位自以为比另一位高一等。当施穆克发现他的朋友食欲那么强，不禁喜在心头，直搓双手，要是天使看到他这种表情，恐怕也无可指责。果然，第二天，善良的德国人便亲自去买了好吃的，把午餐办得丰盛些，而且打这之后，每天都想方设法让他的朋友尝到新的东西，因为自从他们结合以后，两人总是在家吃午饭。

千万不要错看了巴黎，想象这两个朋友逃脱了巴黎的讥讽，巴黎可是向来对什么都不留情面的。施穆克和邦斯把他们的财富和苦难全都合在了一起，进而想到要节俭地过日子，两人干脆一起合住，于是便在马莱区僻静的诺曼底街的一座清静的房子里租了一套住房，共同承担房租。由于他们经常一起出门，两人肩并肩地老在那几条大街上走，居民区里那些逛马路的闲人便给他们起了一个绰号：一对榛子钳。有了这个绰号，倒省了我在这儿来描写施穆克的长相了，他之于邦斯，恰如梵蒂冈的那尊著名的尼俄柏慈母像之于立在神殿的维纳斯像。

那幢房子的门房茜博太太是这对榛子钳家庭运作的轴心；不过，她在这两位老人最终遭受的生命悲剧中扮演的角色太重要了，还是等到她出场的时候再对她作一描写为好。

有关这两个老人的心境还有待说明的一点，恰是最难让一八四七年的百分之九十九的读者理解的东西，其原因恐怕是铁路的修建促使金融有了惊人的大发展。这事情虽然不大，但却很说明问题，因为这可以让人对这两颗心灵过分敏感的境况有个印象。

让我们借用一下铁路的形象加以说明，哪怕算是铁路当初借我们的钱，现在作为偿还吧。今天，当列车在铁轨上飞速行驶时往往把那些十分细小的沙砾碾得粉碎。要是把这些旅客看不见的细沙尘吹到他们的肾脏里，那他们便会患最可怕的肾结石病，剧疼难忍，最后死亡。那么，对我们这个以列车的速度在铁道上飞驰的社会来说，它根本不经意的那种看不见的沙尘似的东西，那种被不断吹进那两个生灵的纤维组织中的沙尘，无时不在使他们的心脏经受结石病似的侵蚀。

他们俩的心肠特别软，看不得别人痛苦，往往为自己无力救助而悲伤。至于对自己经受的痛苦，他们更是敏感得到了病态的地步。年老也罢，巴黎上演的连续不断的悲剧也罢，都没有使这两颗天真纯洁、年轻的心变硬。他们俩越活下去，内心的痛苦越剧烈。可怜那些贞洁的人，那些冷静的思想家和那些从没有极端行为的真正的诗人，都是如此。

自从这两位老人结合以来，他们做的事情差不多都很相似，渐渐形成了巴黎拉出租马车的马儿特有的那种情同手足的风格。

无论春秋还是冬夏，他们都在早上七点钟光景起床，用完早餐，便分头去他们的学校授课，需要时也互相代课。中午时分，如有排练需要他，邦斯便去他的戏院，其他的空闲时间，他便全用来逛马路。然后，到了晚上，他们俩又在戏院相聚，是邦斯把施穆克安插进戏院的，下面是事情的来龙去脉。

邦斯认识施穆克的时候，刚刚得到了一柄指挥无名作曲家的元帅权杖，一支乐队指挥棒！这个位置他并没有去求，而是当时的大臣博比诺伯爵赐给他这个可怜的音乐家的。原来那个时候，这位七月革命的资产阶级英雄动用了特权，把一家戏院许给了他的一位朋友，这是个暴发户见了脸红的朋友。那一天，伯爵坐马车，在巴黎城碰巧瞥见了他年轻时代的一位老相交，看他一副狼狈不堪的样子，身着一件褪得说不清什么颜色的礼服，脚上连鞋套也没有，像是忙着在探几笔大生意做，可惜资本承受不了。

这个朋友原是个跑生意的，名叫戈迪萨尔，以前为博比诺大商行的兴旺出过大力。博比诺虽然封了伯爵，做了贵族院议员，又当了两任部长，可丝毫也没有忘了杰出的戈迪萨尔。不仅没有忘了他，博比诺还要让这个跑生意的添上新的衣装，让他的钱袋也鼓起来；因为政治也好，平民宫廷的虚荣也罢，倒没有让这位老药品杂货商的心变坏。戈迪萨尔是个见了女人发狂的家伙，他求博比诺把当时一家破产的戏院特许给他，大臣把戏院给了他，同时还注意给他派了几位老风流，他们都相当有钱，足以合伙办一家实力强大的戏院，可他们迷的是紧身演出服遮掩的东西。邦斯是博比诺府上的食客，便成了那家许出去的戏院的陪嫁。

戈迪萨尔公司果真发了财，到了一八三四年，还想在大街上实现宏图大略：建一座大众歌剧院。芭蕾舞剧和幻梦剧有音乐，这也就需要一个勉强过得去，并且能作点曲子的乐队指挥。戈迪萨尔公司接替的那个剧院经理部早已到破产的地步，自然雇不起抄谱员。

邦斯于是把施穆克介绍到剧院，做一名专职抄谱员，干这个行当虽然默默无闻，却要求具有真正的音乐知识。施穆克在邦斯的指点之下，和喜剧院专管乐谱的头目的关系搞得很融洽，所以不必做那些机械性的工作。施穆克和邦斯这两人搭配在一起，效果不凡。施穆克和所有德国人一样，在和声学方面造诣很深，邦斯写了曲子之后，就由他精心做总谱的配器。有那么两三部走红的戏，戏中伴乐的某些新鲜段落很受行家们的欣赏，可他们把这归功于"进步"，从来不去理会到底谁是作者。所以，邦斯和施穆克被埋没在了辉煌之中，就像某些人淹死在自己的浴缸里。在巴黎，尤其自一八三〇年以来，谁要是不 quibuscumque viis[①]，用强硬的手腕把众多可怕的竞争对手挤垮，那就出不了头；因此，腰板子要很硬，可这两位朋友心脏长了结石，限制了他们做出任何野心勃勃的举动。

平常，邦斯都在八点钟左右上他那家戏院，好戏一般都在这个时候上，戏的序曲和伴奏需要极其严格的指挥。大部分小剧院在这方面比较宽松；而邦斯在跟经理部的关系上从来都是表现出无所求的态度，所以相当自由。再说，需要时，也有施穆克代他。

随着时间的推移，施穆克在乐队站住了脚跟。杰出的戈迪萨尔也看出了邦斯这个合作者的价值和用处，只是不明说而已。那时候，得像大剧院一样，他们不得不给乐队添了一架钢琴。钢琴放在乐队指挥台的旁边，施穆克心甘情愿坐上这把临时交椅，义务弹奏钢琴。当大家了解了这个善良的德国人，知道他既没有野心，也没有什么架子，也就被乐队所有的音乐师接受了。经理部以微薄的酬金，又让施穆克负责摆弄街道的那些小剧院见不到但却常又不能少的乐器，诸如钢琴、七弦竖琴、英国小号、大提琴、竖琴、西班牙响板、串铃以及萨克斯人发明的那些乐器。德国人虽说不

---

① 拉丁文，意为"想方设法"。

会耍弄自由的伟大器具，但一个个天生都会演奏所有的乐器。

这两位老艺人在剧院极受爱戴，他们在那儿如同哲人，与世无争。他们眼里像是上了一层厚膜，对任何一个剧团都不可避免的弊病视而不见，比如，迫于收入需要，剧院的芭蕾舞团里往往混杂着一帮男女戏剧演员，这种可怕的大杂烩自然会惹出种种麻烦，让经理、编剧和音乐家们大伤脑筋。善良谦逊的邦斯很尊重别人，也很珍重自己，这为他赢得了众人的敬重。再说，在任何阶层，清白的生活，完美无瑕的德行，即使心灵再邪恶的人，也会对它产生某种敬意。

在巴黎，一种美的德行就如一颗大钻石、一个珍奇的宝物一样受欣赏。没有一个演员，一个编剧，一个舞女，哪怕她多么放肆，敢对邦斯或他的朋友耍什么手腕，或开恶毒的笑话。邦斯有时也到演员休息室走走；可施穆克只知道戏院门外通往乐队的那条地下甬道。当善良的德国老人参加某场演出，幕间休息时，他也壮着胆子瞧一瞧剧场里的观众，常向乐队的首席笛手，一个生在斯特拉斯堡但原籍为德国凯尔镇的年轻人，打听那包厢里几乎总是挤得满满的人物为什么那么怪。

施穆克从笛手那儿受到了社会教育，对轻佻美女那传奇般的生活，形形色色的非法的婚姻方式，红角儿的花天酒地，以及剧院引座女郎的非法交易，他那个天真的头脑渐渐地也相信了。在这位可敬的人看来，正是这种罪孽的所谓无伤大雅，最终导致了巴比伦的堕落。他听了总是笑笑，仿佛是天方夜谭。聪明人当然明白，拿句时髦的话说，邦斯和施穆克是受剥削者；不过，他们失去了金钱，但却赢得了敬重，赢得了别人善良的对待。

剧院有一出芭蕾舞剧走红，戈迪萨尔公司转眼间赚了大钱，事后，经理部给邦斯送了一组银质的雕像，说是切利尼①的作品，其价值惊人，成了演员休息室里的谈话资料。这套雕像可花了一千二百法郎。可怜的老实人非要把礼物退回去，戈迪萨尔费了不少口舌才让他收下。

"啊！"戈迪萨尔对合伙人说，"要是有可能，就找些他这样的演员来！"

两位老人的共同生活，表面上是那么平静，可却被邦斯染上的那个癖好给搅乱了，他怎么也抵挡不了要到外面去用餐的欲望。因此，每当邦斯在换衣服，而施穆克恰好又在家里，这位善良的德国人就会对这种不好的习惯感叹一番。

"要是吃了能长胖那也行！"他常常这么说。

于是，施穆克梦想有个办法，给朋友治好这个害人的恶癖，真正的朋友在精神方面都是相通的，和狗的嗅觉一样灵敏；他们能体会朋友的悲伤，猜到他们悲伤的原因，并总放在心上。

邦斯右手的小拇指上一直戴着一只钻石戒指，这在第一帝国时代是可以的，可到了今天就显得滑稽可笑了，他这人太具行吟诗人的气质，纯粹是法国人的性格，不像施穆克，虽然人丑得可怕，但眉宇之间有股超凡脱俗的安详之气，相貌的丑陋也就不那么显眼了。德国人看到朋友脸上那种忧伤的表情，心里也就明白了，眼下困难越来越多，吃人白食这个行当是越来越混不下去了。确实，到了一八四四年，邦斯能去吃饭的人家为数已经十分有限。可怜的乐队指挥最后只能在亲戚家里跑跑，下面我们就要看到，他对亲戚这个词的含义也用得太广了。

---

① 切利尼（1500—1571），意大利佛罗伦萨金匠，雕刻家，一五四二年由法国国王批准入了法国籍。

以前获过大奖的邦斯是在布尔道德街上做丝绸生意的富商卡缪佐先生前妻的堂兄弟。邦斯小姐是宫廷刺绣商、赫赫有名的邦斯兄弟之一的独生女，而音乐家邦斯的父母就是这家刺绣行的合伙老板。这家刺绣行是在一七八九年的大革命前设立的，到了一八一五年，由卡缪佐的前妻经手卖给了利维先生。卡缪佐十年前离开了商界。一八四四年当上了厂商总会委员、国会议员。邦斯老人一直受到卡缪佐家的热情接待，所以自以为也是丝绸商店后妻生的孩子的舅舅，尽管他们之间根本谈不上有什么亲戚关系。

　　卡缪佐的后妻是卡尔多家的千金，邦斯以卡缪佐家亲戚的身份又进了人丁兴旺的卡尔多家族，这也是一个资产者家族，通过联姻，形成了整整一个社会，其势力不在卡缪佐家族之下。卡缪佐后妻的兄弟卡尔多是个公证人，他娶了希弗雷维尔家的千金。显赫的希弗雷维尔家族是化学大王，跟药材批发行业有了联姻，而昂塞尔姆·博比诺早就是这个行业的头面人物，大家知道，七月革命又把他抛到了王朝色彩最浓的政治中心。就这样，邦斯跟着卡缪佐和卡尔多进了希弗雷维尔家，接着又闯进了博比诺家，而且始终打着舅舅的招牌。

　　通过老音乐家上述这些关系的简单介绍，人们便可明白他为何到了一八四四年还能受到亲热的招待：招待他的第一位是博比诺伯爵，法兰西贵族院议员，前任农商部部长；第二位是卡尔多先生，以前做过公证人，现任巴黎某区的区长，众议员；第三位是卡缪佐老先生，众议员，巴黎市议会会员，厂商总会委员，正往贵族院努力；第四位是卡缪佐·德·玛维尔先生，老卡缪佐前妻的儿子，因此是邦斯真正的、也是独一无二的堂外甥。

　　这个卡缪佐为了跟他父亲以及他后母所生的兄弟有所区别，

给自己的姓氏加上了自己那处田产的名字:玛维尔。在一八四四年,他是巴黎国家法院下属的庭长。

老公证人卡尔多后来把自己的女儿嫁给了自己的接班人贝尔迪埃,邦斯作为家庭负担的一部分,自然善于保住在这家吃饭的地位,拿他的话说,这个地位可是经过公证的。

这个资产者的天地,就是邦斯所谓的亲戚,他在这些人家极其勉强地保留了用餐的权利。

在这十个人家中,艺术家理应受到最好招待的是卡缪佐庭长家,邦斯对这家也最最尽心。可不幸的是,庭长夫人,路易十八和查理十世的执达官、已故蒂利翁大人家的这个千金,从来就没有好好待过她丈夫的舅舅。邦斯千方百计,想感化这个可怕的亲戚,为此花了不少时间,免费给卡缪佐小姐上课,可他实在没有办法把这个头发有点发红的姑娘培养成音乐家。

而此时,邦斯用手护着珍贵的东西,正是朝当庭长的外甥家走去,每次一进外甥的家,他总觉得像置身于杜伊勒利宫,那庄严的绿色帷幔,淡褐色的墙饰,机织的割绒地毯,以及严肃的家具,使整座房子散发着再也严厉不过的法官气息,对他的心理有着巨大的压力。

可奇怪的是,他在马斯杜朗巴尔街的博比诺府上却感到很自在,恐怕是因为摆在屋里那些艺术品的缘故;原来这位前部长进入政界之后,便染上了收藏美妙的东西的癖好,也许这是为了跟政治抗衡,因为政治总是在暗中搜罗最丑陋的股份。

第四章　收藏家的千种乐趣之一

德·玛维尔庭长家住汉诺威街，那幢房子是庭长夫人在十年前，她的父母蒂利翁夫妇过世后买的，两老给女儿留下近十五万法郎的积蓄。

房子朝街道的一面，外表相当阴暗，正面朝北，可靠院子的一边朝南，紧挨院子，有一座相当漂亮的花园。法官占了整个二层，在路易十五时代，这层楼上曾住过当时最有势力的金融家。第三层租给了一位富有的老太太，整幢住房看去显得恬静、体面，与法官身份恰正相配。德·玛维尔那份丰厚的田产还包括一座城堡，那是一处壮丽的古迹，如今在诺曼底还能见到，还有一个很好的农场，每年收入一万两千法郎，当初置这处田产时，法官动用了二十年的积蓄，以及母亲的遗产。城堡周围，是一大片地，足有一百公顷。这么大的规模，如今可说是王侯派头，每年要耗费掉庭长一千埃居，因此整个田产差不多只能有九千法郎的净收入。这九千法郎，再加上他的俸禄，庭长差不多有二万法郎的进项，这看上去还是相当可观的，尤其是他还可望得到父亲遗产中理应属于他的那一半，因为他母亲就生了他一个；可是，在巴黎生活，再加上他们的地位，不能有失体面，所以德·玛维尔夫妇差不多要花掉所有的收入。直到一八三四年，他们生活都比较拮据。

德·玛维尔小姐已经二十三岁，尽管有十万法郎的陪嫁，而且还经常巧妙地暗示将来可望得到诱人的遗产，但也枉然，至今还没嫁出去，其原因，上面算的那笔账就可说明。五年来，邦斯舅舅老听庭长夫人抱怨，她看着所有的代理法官一个个都结了婚，法院来的新推事也都做了父亲，虽然她在年轻的博比诺子爵面前曾一再炫耀德·玛维尔小姐将来少不了会有份遗产，可也毫无结果，子爵毫不动心。这位子爵就是药材界巨头博比诺的长子，拿伦巴第居民区那些嫉妒的人的话说，当年闹七月革命，好处尽让博比诺得了，至少与波旁王族的第二分支得的好处不相上下。

邦斯走到舒瓦瑟尔街，准备拐进汉诺威街时，一种莫名的惶恐感觉陡然而起，这种感觉往往折磨着纯洁的心灵，给他们造成巨大痛苦，就像是恶贯满盈的歹徒见到宪兵似的，可追其原因，只不过是邦斯拿不准庭长夫人会怎么接待他。那颗撕裂了他心脏纤维的沙砾从来就没有给磨平过；相反，那棱角变得越来越尖，这家的下人也在不断猛扯那些尖刺。由于卡缪佐他们不怎么把邦斯舅舅放在眼里，邦斯在他们家越来越没有位置，这自然影响到他们家的仆人，致使他们也瞧不起邦斯，把他看作穷光蛋之类。

邦斯主要的冤家对头是一个叫玛德莱娜·威维的老姑娘，这人长得又干又瘦，是卡缪佐·德·玛维尔太太和她女儿的贴身女仆。

这个玛德莱娜的皮肤像酒糟的颜色，恐怕正是因为这种酒糟皮色和长得像蝰蛇似的那个长腰身的缘故，她竟然打定主意，要当邦斯太太。玛德莱娜一个劲地在老单身汉的眼里炫耀她那两万法郎的积蓄，可枉费心机，邦斯拒绝接受这份酒糟味太浓的幸福。这个狄多①似的女仆，想当主人的舅母不成，便处处对可怜的音乐

---

① 希腊传说中迦太基著名的建国者，维吉尔在其著作《埃涅阿斯纪》卷四中有记载。

家使坏，手段极其邪恶。每次听到老人上楼梯的声音，玛德莱娜就大声嚷叫，故意让他听到："啊！吃人家白食的又来了！"若男仆不在，由她侍候用餐的话，她总是给她的受害者杯里倒很少的酒，再掺上很多的水，把杯子斟得快溢出来，便得老人端杯往嘴边送时，十分费劲，生怕把酒给碰泼了。她还常常忘了给老人上菜，存心让庭长夫人提醒她（可那是什么口气！……舅舅听了都脸红！）；要不，她就把调味汁碰洒在他的衣服上。反正这是下级向一个可怜的上司挑起的战争，他们知道是不会受到惩罚的。

玛德莱娜既是贴身女仆，又是管家，自卡缪佐夫妇结婚起，就一直跟随着他们。她见过主人当初在外省时过的穷日子，那时，卡缪佐先生在阿郎松法院当法官；后来，先生当上了芒特法院院长，并于一八二八年来到巴黎，被任命为预审法官，又是玛德莱娜帮他们夫妇俩在过巴黎日子。她跟这个家庭的关系太密切了，自然会有些让她忌恨的事情。庭长夫人生性傲慢，野心勃勃，玛德莱娜想以庭长舅母自居，对她耍弄一番，这种欲望恐怕就隐藏着憋在肚子里的某种怨恨，而那些激起怨恨的小石子足以造成泥石流。

"太太，你们的邦斯先生来了，还是穿着那件斯宾塞！"玛德莱娜向庭长夫人禀报说，"他真该跟我说说，这件衣服保存了二十五年，他到底用的什么方法！"

卡缪佐太太听见大客厅和她的卧室之间的小客厅响起一个男人的脚步声，便看看女儿，肩膀一耸。

"你给我通报得总是那么巧妙，玛德莱娜，弄得我都没有时间考虑该怎么办。"庭长夫人说。

"太太，让出门了，我一个人在家，邦斯一打门铃，我就给他开了门，他跟家里人差不多，他要跟着我进门，我当然不能阻拦

30

他——他现在正在脱他的斯宾塞呢。"

"我可怜的小猫咪，"庭长夫人对女儿说，"我们这下可完了！我们只得在家吃饭了。"看见她心爱的小猫咪那副可怜相，庭长夫人又补充说道，"你说，我们该不该彻底摆脱他？"

"啊！可怜的人！"卡缪佐小姐回答说，"让他又少了吃一顿晚饭的地方！"

小客厅响起一个男人的咳嗽声，那是假咳，意思是想说："我在听着你们说话呢。"

"那么，让他进来吧！"卡缪佐太太一抬肩膀，吩咐玛德莱娜说。

"您来得可真早哇，舅公。"塞茜尔·卡缪佐装出可爱的讨喜的样子，"我母亲正准备穿衣服呢，真让我们意外。"

庭长夫人一抬肩膀的动作没有逃过邦斯舅舅的眼睛，他心里受到了极其残酷的一击，连句讨好的话都找不到，只是意味深长地答了一句：

"你总是这样迷人，我的小外孙女！"

说罢，他朝她母亲转过身，向她致意道：

"亲爱的外甥女，我比平常来得早一点，您不会见怪吧，您上次要的东西，我给您带来了……"

可怜的邦斯每次管庭长、庭长夫人和塞茜尔叫外甥、外甥女时，他们实在受不了，这时，他从上衣的侧口袋里掏出一只雕刻精美、长方形的圣卢西亚木小盒子。

"噢！我都给忘了！"庭长夫人冷冷地说。

这一声"噢"不是太残忍了吗？这不是把这位亲戚的好意贬得一文不值了吗？这个亲戚唯一的过错，不就是穷吗？

"可您真好，舅舅。"她接着说道，"这件小东西，我又该给您

31

很多钱吧？"

这一问在舅舅的心头仿佛引起了一阵惊悸，他本来是想送这件珍宝，来算清过去吃的那些饭钱的。

"我以为您会恩准我送给您的。"他声音激动地说。

"那怎么行！那怎么行呢！"庭长夫人继续说，"可我们之间，用不着客气，我们都很熟了，谁也不会笑话谁，我知道您也不富裕，不该这么破费。您费了那么多神，花那么多时间到处去找，这不已经够难为了吗？……"

"我亲爱的外甥女，您要是给这把扇子出足价钱，恐怕您就不会要了。"可怜人经这一激，回击道，"这可是华托的一件杰作，两个扇面都是他亲手画的；可您放心吧，我的外甥女，我出的钱，都不足这把扇子的艺术价值的百分之一呢。"

对一个富翁说"您穷"，那无异于对格拉纳达大主教说他的布道毫无价值。庭长夫人对她丈夫的地位，玛维尔的那份田产，以及她自己经常受邀参加宫廷舞会，向来都觉得很了不起，如今一个受她恩惠的穷音乐家，竟然说出这种话，她听了不可能不像触到痛处。

"那些卖您这些东西的人，就都那么笨？……"庭长夫人气呼呼地说。

"巴黎可没有笨的生意人。"邦斯几乎冷冰冰地回答道。

"那就是您很聪明呗。"塞茜尔开口说道，想平息这场争论。

"我的小外孙女，我是很聪明，我识郎克雷、佩特、华托、格勒兹的货；可我更想讨你亲爱的妈妈的欢心。"

德·玛维尔太太既无知，又爱虚荣，她不愿意让人看出她从这个吃白食的手中接受任何礼物，而她的无知恰好帮了她的大忙，她根本没听说过华托的名字。收藏家的自尊心自然是最强的，向来与作家的不相上下，如今邦斯竟敢和外甥媳妇对抗，可见这种自尊心已经强烈得到了何种程度，二十年来，邦斯可是第一次有这份胆量。邦斯也为自己这么大胆感到吃惊，连忙显出和悦的样子，拿着那把珍奇的扇子，把扇骨上那雕刻的精美处一一指点给塞茜尔看。但是，要想完全解开这个谜，了解这位老人心底何以如此惶恐不安，有必要对庭长夫人略作一番描写。

德·玛维尔太太本来是矮矮的个子，金黄的头发，长得又胖又滋润，到了四十六岁，个子还是那么矮，可人变得干巴巴的。她的脑门往前凸，嘴巴往里缩，年轻时凭着肤色柔嫩，还有几分点缀，如今那种天性傲慢的神态变了样，像是对什么都厌恶似的。在家里，她绝对霸道，这种习惯使她的面目显得很冷酷，让人见了极不舒服。年纪大了，头发由金黄变成刺眼的栗色。两只眼睛还是那么凶狠逼人，显示出司法界人士的一种傲气和内心憋着的那种妒意。确实，在邦斯常去吃饭的那些资产阶级暴发户中，庭长夫人几乎可以说是穷光蛋。她就不饶恕那个有钱的药材商，以前不过是个商业法庭的庭长，后来竟一步步当上了众议员，部长，封了伯爵，还进了贵族院。她也饶不了她的公公，竟然牺牲自己的长子，在博比诺进贵族院那阵子，让人给封了个区议员。卡缪佐在巴黎当差都十八个年头了，她一直还指望丈夫能爬上最高法院推事的位置，可法院都知道他无能，自然把他排斥在外。一八三四年，卡缪佐终于谋了个庭长职位，可到了一八四四年，司法大臣还后悔当初颁发了这一任命。不过，他们给他的是检察庭的位置，在那里，凭他多年的预审法官经历，还真作了不少判决，出了不少力。

这一次次失意，让德·玛维尔庭长夫人伤透了心，对丈夫的才能也看透了，脾气变得很可怕。她性子本来就暴，这下更是糟糕。她比老太婆还更乖戾，存心那么尖酸，冷酷，就像把铁刷子，让人害怕，别人本不想给她的东西，她非要得到。刻薄到这种极端的地步，她自然就没有什么朋友。不过，她确实很吓人，因为她身边总围着几个她那种模样的老太婆，相互帮腔。可怜的邦斯跟这个女魔王的关系，就像是小学生见了只让戒尺说话的老师。所以，邦斯舅舅突然这么大胆，庭长夫人实在不明白这是什么原因，因为她不知道这份礼物的价值。

"您从哪儿找到这个的？"塞茜尔仔细看着那件珍宝，问道。

"在拉普街一家古董铺里，是古董商不久前刚从德勒附近奥尔纳拆掉的那座城堡里弄到的，从前梅纳尔城堡还没有盖起来的时候，蓬巴杜夫人曾在那儿住过几次；人们抢救了城堡里那些最华美的木器，真是美极了，连我们那个大名鼎鼎的木雕家利埃纳尔也留下了两个椭圆框架作模型，当作艺术之最。那里有的是宝贝。这把扇子是我的那位古董商在一张细木镶嵌的叠橱式写字台里找到的，那张写字台，我真想买下来，要是我收藏这类木器的话；可哪能买得起……一件里兹内尔的家具值三四千法郎！在巴黎，人们已经开始认识到，十六、十七和十八世纪的那些赫赫有名的德法细木镶嵌大家制作的木器，简直就是一幅幅真正的图画。收藏家的功绩在于首开风气。告诉你们吧，我二十年来收藏的那些弗兰肯塔尔瓷品，要不了五年，在巴黎就有人会出比塞夫尔的软瓷器贵两倍的价钱。"

"弗兰肯塔尔是什么呀？"塞茜尔问。

"是巴拉丁选侯瓷窑的名字；它比我们的塞夫尔窑历史还悠久，就像著名的海德堡公园一样，不幸比我们的凡尔赛公园更古老，被蒂雷纳①给毁了。塞夫尔窑模仿了弗兰肯塔尔窑很多地方……真该还给德国人一个公道，他们早在我们之前就已经在萨克斯和巴拉丁两个领地造出了了不起的东西。"

母亲和女儿面面相觑，仿佛邦斯在跟她们讲中国话，谁也想象不出巴黎人有多么无知和狭隘；他们就知道一点别人教的东西，而且只有他们想学点什么的时候，才能记住。

"您凭什么辨得出弗兰肯塔尔瓷器呢？"

"凭标记！"邦斯兴奋地说，"所有那些迷人的杰作都有标记。弗兰肯塔尔瓷器都标有一个'C'字和一个'T'字（是 Charles-Théodore 的缩写），两个字母交叉在一起，上面有一顶选侯冠冕为记。老萨克斯瓷品以两柄剑为标记，编号是描金的。万塞纳陶瓷则标有号角图案。维也纳瓷器标着'V'字样，中间一横，呈封闭型。柏林瓷器是两道横杠。美茵茨瓷器标着车轮。塞夫尔瓷器为两个'L'，为王后定烧的标着'A'字，代表安托瓦内特②，上面还有个王冠。在十八世纪，欧洲的各国君主在瓷器制造方面相互竞争。谁都在挖对手的烧瓷行家。华托为德雷斯顿瓷窑绘过餐具，他绘的那些瓷品现在价格惊人（可得会识货，如今德雷斯顿瓷窑可在出仿制品，冒牌货）。那时造的东西可真妙极了，现在是再也做不出来了……"

"是么？"

"是的，外甥女！有的细木镶嵌家具，有的瓷器，现在是再也做不出来了，就像再也画不出拉斐尔、提香、伦勃朗、冯·艾克·克拉纳赫的画！……呃，中国人都很灵活，很细巧，他们今天也在

---

① 法国元帅，一六七三年率兵摧毁了海德堡公园的一部分。

② 法国国王路易十六之妻，死于断头台上。

仿制所谓御窑的精美瓷品……可两只古御窑烧出来的大尺寸花瓶要值六千、八千、一万法郎，而一件现代的复制品只值两百法郎！"

"您在开玩笑吧！"

"外甥女，这些价格让您听了吃惊，可根本算不了什么。一整套十二客用的塞夫尔软质餐具，还不是瓷的，要价十万法郎，而且还是发票价格。这样一套东西到一七五〇年在塞夫尔卖到五万利佛尔。我见过原始发票。"

"还是说说这把扇子吧。"塞茜尔说，她觉得这件宝贝太旧了。

"您知道，自您亲爱的妈妈抬举我，问我要一把扇子以后，我便四处寻找。我跑遍了巴黎所有的古董铺，也没有发现一把漂亮的；因为我想为亲爱的庭长夫人弄一件珍品，我想把玛丽·安托瓦内特的扇子弄到给她，那可是所有名扇中最美的。可昨天，看到这件神品，我简直被迷住了，那准是路易十五定做的。拉普街那个奥弗涅人是卖铜器、铁器和描金家具的，可我怎么到了他那儿去找扇子的呢？我呀，我相信艺术品通人性，它们认识艺术鉴赏家，会召唤他们，朝他们打招呼：'喂！喂！……'"

庭长夫人瞧了女儿一眼，耸耸肩，邦斯未能发觉这个快速的动作。

"我可了解他们，那些贪心的家伙！'莫尼斯特洛尔老爹，有什么新东西吗？有没有门头饰板什么的？'我开口便问那古董商，每次收集到什么东西，他总是在卖给大商人之前让我先瞧瞧。经我这一问，莫尼斯特洛尔便跟我聊开了，说起利埃纳尔如何在德勒的小教堂替国家雕刻了一些很精美的东西，又如何在奥尔纳城堡拍卖时，从那些只盯着瓷器和镶嵌家具的巴黎商人手中抢救了一些木雕。'我没有什么了不起的东西，'他对我说，'可凭这件东西,我的旅费就可以挣回来了.'说着,他让我看那张叠橱式写字台,真是绝了! 那分明是布歇的画,给嵌木细工表现得妙不可言! ……让人拜倒在它们面前! '噢,先生,'他对我说,'我刚刚从一只小抽屉里找到了这把扇子,抽屉是锁着的,没有钥匙,是我硬撬开的! 您一定会问我这把扇子我能卖给谁呢……'说着,他拿出了这只圣卢西亚木雕的小盒子.'瞧! 这扇子是蓬巴杜式的,与华丽的哥特体相仿.''啊! '我对他说,'这盒子真漂亮,我看这挺合适! 至于扇子,莫尼斯特洛尔老爹,我可没有邦斯太太,可以送她这件老古董;再说,现在都在做新的,也都很漂亮.如今画这种扇面的,手法高妙,价格也便宜.您知道现在巴黎有两千个画家呢! '说罢,我不经意地打开扇子,抑制住内心的赞叹,表情冷淡地看了看扇面上的两幅画,画得是那么洒脱,真妙不可言.我拿的是蓬巴杜夫人的扇子! 华托为画这把扇子肯定费尽了心血! '写字台您要多少钱? ''噢! 一千法郎,已经有人给我出过这个价! '我于是给扇子报了个价钱,相当于他旅行需要的费用.我们俩瞪着眼睛相互看着,我发现我已经拿住这个人了.我遂把扇子放进盒子,不让奥弗涅人再去细瞧;对盒子的做工,我一副看得入神的样子,那可真是一件珍宝.'我买这把扇子,'我对莫尼斯特洛尔说,'那是因为这盒子,您知道,是它让我动了心.至于这张叠橱式写字台,远不止一千法郎,您瞧瞧这铜镶嵌得多细! 简直是样品……可以好好利用一下……这可不是复制的,独一无二,是专为蓬巴杜夫人做的……'那个家伙只顾得为他那张写字台兴奋,忘了扇子,再加上我又给他点出了那件里兹内尔家具的妙处,作为报答,他几乎把扇子白送给了我.事隋经过就是这样! 不过,要做成这种买卖,得要有经验才行! 那简直是在斗眼力,犹太人或奥弗涅人的眼力可厉害啦！"

　　老艺术家谈起他如何以自己的计谋战胜了古董商的无知，那种精彩的神态，那股兴奋的劲头，完全可成为荷兰画家笔下的模特儿，可对庭长夫人和她的女儿来说，那全都白搭，她们俩交流着冷漠而又傲慢的眼神，像是在说：

　　"真是个怪物！……"

　　"您就觉得这事这么有趣？"庭长夫人问。

　　这一问，邦斯的心全凉了，他真恨不得揍庭长夫人一顿。

　　"我亲爱的外甥媳妇，"他继续说，"寻宝物，这可是像打猎！要跟对手面对面地斗，可他们护着猎物不放！那就得斗智了！一件宝物到了诺曼底人、犹太人或奥弗涅人手中，那就像是童话里的公主被妖魔给守住了！"

　　"那您怎么知道那就是华……您说华什么来着？"

　　"华托！我的外甥媳妇，他是十八世纪法国最伟大的画家之一！瞧，您没看见这手迹？"他指着扇面的一幅田园画面说，那画的是一群伪装的农女和贵人装扮的牧羊人跳圆舞的场面。"多么欢快！多么热烈！多棒的色彩！真是一气呵成！像是书法大师的签名，感觉不到丝毫雕琢的痕迹！再看另一面：是在沙龙里跳舞的场面！是冬春结合！多妙的装饰！保存得多好啊！您瞧，扇环是金的，两头还各饰一颗小红宝石，我把上面的积垢剔干净了。"

　　"要是这样，舅舅，我就不能接受您如此贵重的礼品了。您还是拿去赚钱吧。"庭长夫人说道，可她巴不得留下这把华美的扇子。

　　"邪恶手中物早该回到德善之手了！"老人恢复了镇静，说道，"要经历百年才能实现这个奇迹。请相信，即使在宫里，也没有哪个公主会有跟这件宝物相媲美的东西；因为很不幸，人类就惯于为蓬巴杜夫人之流卖力，而不愿为一位德高望重的皇后效劳！"

"那我就收下了。"庭长夫人笑着说，"塞茜尔，我的小天使，快去看看，让玛德莱娜备好饭，别亏待了舅公……"

庭长夫人想把这笔账一笔勾销。她如此大声地吩咐，实在有别于正常的礼节礼貌，听去仿佛是结账之后再赐给几个小钱，邦斯脸霍地红了，像个做了错事当场被人逮住的小姑娘。这颗沙砾未免太大了些，在邦斯心里翻滚了一阵。棕红头发的塞茜尔，虽然年轻，但一举一动都好卖弄，既摆出庭长的那种法官式的威严，又透出母亲的那种冷酷，她一走了之，抛下可怜的邦斯去对付可怕的庭长夫人。

第五章　一个食客免不了遭受的千种侮辱之一

"她真可爱，我的小莉莉。"庭长夫人说，她总是用以前的小名称呼塞茜尔。

"真迷人！"老音乐家转动着大拇指说。

"我简直一点也不明白我们这个世道。"庭长夫人继续说，"父亲在巴黎高等法院当庭长，又获得过三级荣誉勋位，祖父又是一个腰缠万贯的区议员，未来的贵族院议员，丝绸批发商中的首富，这又有什么用呢？"

庭长对新王朝忠心耿耿，最近给他赢得了三级荣誉勋位，有人嫉妒，说这是靠他跟博比诺之间的私人关系捞到的。我们在上文已经看到，这位部长虽然谦逊，但还是让人给封了伯爵。"那是因为我儿子的缘故。"他对许多朋友都这么说。

"如今的人只要钱。"邦斯舅舅回答道，"只看得起有钱人，而且……"

"要是老天给我留下了我那个可怜的小夏尔，那该又怎么办呢！……"庭长夫人大声哀叹道。

"噢！带两个孩子，您就苦了！"舅舅继续说道，"那就等于一份家财两人分；不过，您放心，我可爱的外甥媳妇，塞茜尔总会找到婆家的。我哪儿都没见过这么完美的姑娘。"

在那些给他一点吃喝的主子府上，邦斯的才智便枯竭到这个地步：他只会附和他们的想法，无聊地评价一番，那一唱一和，就像是古时的合唱队。他没有胆量表现出艺术家独特的个性，年轻时，他可是妙语连珠，可谦让的习惯，把他的个性几乎全给磨光了，即使偶露峥嵘，也会像刚才那样被封死。

"可我出嫁时只有两万法郎的陪嫁……"

"是在一八一九年吧，我的外甥媳妇？"邦斯插话说，"您那时可不一样，您有头脑，又年轻，还受到路易十八的保护！"

"可说到底，我女儿人聪明，心肠又好，真十全十美，像个天使，她有十万法郎的陪嫁，还不算将来可以得到的大笔遗产，可她还是待在我们身边……"

德·玛维尔太太谈到女儿，又谈起自己，就这样过了二十分钟，就像那些有好几个女儿待嫁的母亲，抱怨个不停。老音乐家在他独一无二的外甥卡缪佐家里当食客，已经有二十年的历史了，可这个可怜人从来没听到过有人问起他的情况，问起他的生活，他的身体。不管在哪里，邦斯都像是条阴沟，别人家里见不得人的东西都往里面倒。他最让人放心，大家都知道，他嘴巴严，他也不得不严，因为要是说漏了一句话，那就要吃人家的闭门羹；他除了担任听人诉说的角色，还要不断地附和人家；别人说什么他都挂着笑，不说谁的坏话，也不说谁的好话；对他来说，谁都有道理。因此，他不再算什么人，只不过是个酒囊饭袋！庭长夫人一个劲地唠叨，有所保留地跟舅舅透了个底，说要是有人来提亲，她准备就把女儿嫁出去，不再多考虑了。她甚至觉得只要男方有两万法郎的年金，哪怕年纪上了四十八，也算是门好亲事。

"塞茜尔都二十三岁了，万一不幸耽搁到二十五六，那就很难把她嫁出去了。到了那时，人们就会纳闷，一个姑娘怎么总待在家里不出嫁。对这种情形，我们这个圈子里议论得已经够多了。所有常人可接受的原因，我们都说尽了；诸如'她还很年轻'，'她太依恋父母了，离不开他们'，'她在家里很幸福'，'她很挑剔，她想嫁个好人家'等等。我们都让人笑话了，我感觉得到。再说，塞茜尔都等腻了，她感到痛苦，可怜的孩子……"

"为什么痛苦？"邦斯傻乎乎地问道。

"哎，眼看着她的那些女朋友都在她前面结婚了，她感到很丢面子。"做母亲的说道，那口气就像是受雇给小姐作陪的老太婆。

"我的外甥媳妇，自我上次有幸在这儿吃饭之后，到底出了什么事，竟会让您想到那些年纪上了四十八岁的男人？"可怜的音乐家谦恭地问。

"事情是这样的，"庭长夫人回答说，"我们本来要到法院的一位推事府上商量亲事，他的儿子三十岁，家产很可观，德·玛维尔先生可以花点钱为他在审计院谋个审计官职位。那个年轻人原来就是在那儿临时当差的。可不久前有人来告诉我们，说那个青年人忽然心血来潮，跟着玛比尔舞场认识的一个公妃跑到意大利去了……这明明是借口，是回绝。他们是不愿意让那个青年人跟我们家结亲，他母亲已经过世，他现在每年就有三万法郎的进项，以后还有他父亲的遗产。亲爱的舅舅，我们情绪不好，您应该原谅我们；刚才您来时，正碰到我们不高兴。"

每当邦斯在他害怕的主人家里时，脑子里的恭维话总是久久出不来，正当他在费劲找句好听的话准备附和庭长夫人时，玛德莱娜走进屋来，给庭长夫人送上一个小纸条，等着回话。字条里是这样写的：

我亲爱的妈妈，就把这封短信当作是爸爸从法院给我们送来的，叫您带我一起到他的朋友家去吃饭，再商谈我的婚事，这样舅公就会走了，我们也就可以按照我们原来的计划，上博比诺家去。

"先生是派谁给我送这封信的？"庭长夫人急忙问道。

"法院的听差。"冷冰冰的玛德莱娜脸也不变一下，回答道。

就这句话，老侍女便已向女主人说明，是她和塞茜尔一起出的这个鬼点子，塞茜尔实在已经不耐烦了。

"去回话，就说我和女儿五点半钟一定到。"

玛德莱娜一走，庭长夫人便装出和蔼可亲的模样，那感觉就像一个对吃喝特别讲究的人的舌头突然碰到了拌了酸醋的牛奶。

"我亲爱的舅舅，已经吩咐备饭了，您就自个儿吃吧，我们失陪了，因为我丈夫从法院送信来，告诉我又要跟推事商量亲事，我们要去那儿吃饭……您知道，我们在一起从来都不客气。您在这儿就当作在自己家吧。您也明白，我跟您从来都是直来直去，对您没有任何秘密……您不愿意让小天使的婚事错过机会吧？"

"我呀，外甥媳妇，我很想给她找个丈夫，可在我生活的这个圈子里……"

"对，不太可能。"庭长夫人不客气地打断对方的话说，"那您留下？我去穿衣服，塞茜尔会来陪您的。"

"噢！我的外甥媳妇，我可以上别处去吃饭。"老人说。

尽管庭长夫人嫌他穷，对他这副态度，让他十分痛心，可一想到要独自跟仆人待在一起，心里更是害怕。

"可为什么呀？饭菜都准备了，要不用人们会吃了的。"

听到这句让人下不了台的话，邦斯仿佛受了直流电疗法似的猛地站起身子，冷冷地对外甥媳妇行了礼，去穿他的斯宾塞。塞茜尔的卧室朝着小客厅，房门微开着，邦斯瞧了瞧他前面的一面镜子，瞥见姑娘正疯似的在笑，对着母亲又是晃脑袋，又是扮鬼脸，让老艺术家突然醒悟过来，原来这是一场卑鄙的愚弄。邦斯强忍住泪水，慢慢地走下楼梯：他眼看着自己被逐出这座房子，可不明白到底是为了什么。

"我现在是太老了，"他心里想，"世人就讨厌老和穷，这是两件丑东西。以后别人不邀请，我哪儿都不愿意再去了。"

这话何等悲壮！……

厨房在屋子的底层，正对着门房，门常开着，凡房主自家住的房子，一般都像这样，但大门总是关着的：因此，邦斯可以听见厨娘和男仆的笑声，玛德莱娜正在跟他们讲捉弄邦斯的事呢，她实在没想到这老头这么快就走了。男仆非常赞赏对这个常客的这番耍弄，他说这家伙过年时从来只给一枚小埃居！

"是的，可要是他一气之下再也不登门，"厨娘说道，"那我们每年过年也就少了三个法郎……"

"嗨！他怎么会知道？"男仆对厨娘说。

"哼！"玛德莱娜接过话说，"迟早一个样，跟我们有什么关系？他到哪家吃饭，都让主人烦，到处被人撵。"

就在这时，老音乐家朝女门房喊了一声："请开门！"听到这声痛苦的喊叫，厨房里顿时没有一点声响。

"他在听着呢。"男仆说。

"那他活该，再好也不过了。"玛德莱娜回答道，"这个吝啬鬼算是完了。"

厨房里刚才的每句话都没逃过这个可怜虫的耳朵，这最后一句话他又听到了。他顺着大街往家里走，那模样就像是个老太婆刚刚跟一群杀人犯拼了一阵。他边走边自言自语，两只脚痉挛似的直朝前迈，那在滴血的自尊心推着他向前，就像一根麦秸，被狂风席卷而去。最后，他终于在五点钟的时候来到了坦普尔大街，简直不知道是怎么来的；可奇怪的是，他觉得一点儿胃口也没有。

现在，为了理解邦斯此时回来将给家中造成何等的混乱，这里有必要信守诺言，对茜博太太作一介绍。

第六章　门房的典型男性和女性

　　诺曼底街是一条一走进去就仿佛到了外省的街道：那儿杂草丛生，来个过路人就是件轰动的大事，街坊都互相认识。房屋全都建于亨利四世时代，那时建的居民区，每条街都按外省的名字命名，居民区中心总有一座漂亮的广场，题献给法兰西。修建欧洲居民区的打算便是这个计划的翻版。世界上的一切总是在不断翻版，包括人的思想在内。两位音乐家住的房子是一座旧宅，前有院子，后有花园；可临街的前屋是在上世纪玛莱区最时髦的时候修的。两个朋友占了它的整个三层。这座分前后屋的房子属于佩勒洛特先生，这是位八旬老人，他把房子让给了二十六年来一直替他看门的茜博夫妇看管。不过，在玛莱区，人们给门房的钱不多，门房很难靠看大门过日子，所以茜博先生除了拿百分之五的房租回扣以及从每车木柴上抽点柴火烧烧之外，还靠自己的手艺挣点钱：他跟许多门房一样，也是个裁缝。时间一长，茜博不再为衣铺老板干活，因为居民区的那些小市民慢慢地都很相信他，他便有了个谁也夺不走的差事，专门为附近三条街上的居民缝缝补补，翻衲旧衣裳。门房很宽畅，也整洁，他在里面隔了一个房间。因此，茜博夫妇被当作玛莱区干门房这一行中最幸福的一对。

　　茜博个子矮小，由于整天盘膝坐在跟临街装了铁栅的窗台一般高的工作台上，皮肤成了橄榄色，他每天差不多挣四十个苏；不过，五十八岁可是干门房这一行的黄金时代；他们在门房里待惯了，守在里面，就像是牡蛎缩在壳子里一样，所以在居民区，谁都认识他们。

茜博太太原是牡蛎美人[①]，经历了一个牡蛎美人不用找便会送上门的各种风流艳事之后，在二十八岁那年，爱上了茜博，辞掉了在蓝钟饭馆的那份工作。平凡百姓家的女子的姿色是不长久的，那些在饭馆门前沿墙坐着干活的女人，更是如此。厨房间的热气射到她们脸上，脸上的线条全被烤硬了；陪跑堂们一块喝的剩酒渗进她们的皮肤，哪种花都没有牡蛎美人败得这么快。万幸的是，合法的婚姻和门房的生活来得很及时，给茜博太太保住了容貌。她保持着一种男性美，就像是鲁本斯的模特儿，诺曼底街的那些冤家对头说得很难听，管她叫"肥嫂"。她的肤色简直可以跟大块的伊西尼牛油相媲美，像透明似的，很是诱人。虽然她长得胖，可干起活来，谁也不如她麻利。现在，她已经到了那类女人不得不剃胡子的年纪。这不是说她年纪已到四十八吗？一个长胡子的女门房，那对房主来说是秩序和安全最强大的保证之一。如果德拉克洛瓦能够看见茜博太太手执扫帚的那个得意劲头，那他准会让她入画，画成一个贝娄娜[②]！

茜博夫妇——按公诉状的用语——的地位竟有一天会影响到那两位朋友的位置，这真是怪事！因此，为了做到忠实，一个书写历史的人有必要就门房的详情再作一番探究。整座房子每年约进八千法郎的租金，前屋共有三个完整的套间，房子的深度是旧宅的一倍，而且临街，院子和花园之间的旧宅也是三间房。此外，

① 指专在小饭馆剖牡蛎的漂亮女工。
② 古罗马宗教所崇拜的女战神。

一个叫雷莫南克的占了一间门面房，做废铁生意。这个雷莫南克近几个月来又改行做起了古董交易，他深知邦斯收藏的那些老古董的价值，看见音乐家进进出出，他总是在铺子里对他问候一声。按房租的百分之五的回扣算，茜博两口子每年差不多得四百法郎，而且住房和柴火都不用花钱。另外，茜博每年做活平均还差不多有七八百法郎的收入，再加上年赏，这对夫妇总共有一千六百法郎的进项，但一个子不剩地全被他们吃光了，他们两口子的生活确实比平民百姓家要好。"人生就这么一次！"茜博太太经常这么说。她是在大革命时期出生的，可见根本就不知道基督教义。

这个橘黄眼睛、目光傲慢的看门女人，过去在蓝钟饭馆干过，所以做菜做饭还真有两下子，那些同行为此很眼红她的丈夫。如今，茜博两口子已过中年，就要步入老年的门槛，可手中百来法郎的积蓄都没有。他们俩穿得好，吃得也好，再加上二十六年来为人绝对正直，在居民区很受敬重。他们没有一点儿家产，拿他们的话说，从没有图过呀别人呀一个子儿呀，茜博太太说起话来满口都是"呀"字。她对丈夫也是这么说："你呀，是个宝贝呀！"什么原因呢？这就跟她不把宗教放在眼里一样，说不出什么原因。

他们两口子对这种光明正大的生活，附近六七条街上人的敬意，以及房主交给他们的房子管理大权，非常得意，可私下里也为手中没有钱而哀叹。茜博先生经常抱怨手脚酸痛，茜博太太也总嘀咕她可怜的茜博到这个岁数还得干活。总会有那么一天，一个门房一辈子看了三十年大门之后，会起来谴责政府不公，要求给他授荣誉团勋章！只要居民区有人信口开河，跟他们提起某某女用人只干了八年十年的差事，东家的遗嘱便立有她的名字，给她三四百法郎的终身年金，那马上就会在一个个门房传开，议论纷纷，从这儿，巴黎那些干卑贱差使的人如何遭受妒忌心的折磨，人们就可以有个了解了。

"这种事呀！上东家的遗嘱，这事永远也落不到咱们这种人头上！我们没有这运气！可我们比那些仆人要有用。我们都是些信得过的，替他们管着财，守着家，可我们被当作狗看待，不折不扣，就这下场！"

"就看走运不走运了。"茜博每次从外面拿了件衣服回来，总这么说。

"当初要是我让茜博守他的门房，我去当厨娘，那我们呀，也有三万法郎的积蓄了。"茜博太太跟女邻居聊天的时候，总是把双手往那粗大的腰上一插，高声嚷嚷道，"我这辈子算是走错了，只为有个安身之地，暖暖和和地守着一间舒适的门房，图个不缺穿，不缺吃。"

当一八三六年，两个朋友搬到旧宅的三楼住下后，便在茜博两口子家里引起了某种混乱。事情是这样的。施穆克跟他的朋友邦斯一样，也有个习惯，无论住在哪儿，都让楼里的看门人，不管是男是女，给他做家务。两位音乐家搬到诺曼底街来住时，一致认为要跟茜博太太处好关系。茜博太太就这样成了他们俩的女佣，每月二十五法郎工钱，他们俩各出十二法郎五十生丁。干了一年之后，出类拔萃的女门房便给两个老单身汉当起家来了，就像她掌有博比诺伯爵夫人的舅公佩勒洛特的房子的大权一样。他们俩的事就是她的事。她张口就是"我的两位先生"。最后，她发现这对榛子钳软得像绵羊，容易相处，从不疑心别人，简直像是孩子，出于平民女子的善心，她开始保护他们，疼爱他们，侍候他们，绝对是一片真心实意，有时甚至责备他俩几句，让他们不要给别人骗了，在巴黎，有些家庭就是因为受人哄骗，增加了开销。就这样。两个单身汉每月花二十五法郎，无意中竟得到了一个母亲，这实在是原来没有想到的。

两个音乐家看到了茜博太太的种种好处，便天真地称道她，感谢她，给她赏几个小钱，这更巩固了这个联合的家庭。茜博太太更喜欢的是受人欣赏，而不太看重给多少钱。众所周知，情义往往能使工钱的价值倍增，茜博给他妻子的两位先生服务时，不管是跑腿，还是缝补衣服，一律只收半价。

第二年，在三楼和门房的相互交情中，又添了一个因素。施穆克跟茜博太太做成一笔交易，满足了他的惰性和生活中凡事都不用他操心的愿望。茜博太太每天得三十苏，一个月也就是四十五法郎，包了施穆克的中饭和晚饭。邦斯觉得他朋友的中饭很中意，出价十八个法郎，包他的一顿午餐。

这种供应伙食的方法，每月给门房的钱袋里投了近九十法郎，所以这两位房客便成了不可侵犯的人物，成了天使，大天使，成了神。真怀疑法国人的君王能受到这一对榛子钳一样的侍候，尽管国王对侍候这一套很懂行。给他们俩喝的是从牛奶盒里倒出来的纯牛奶，他们看的是二楼和四楼的报纸，不用花钱，这两层楼的房客都起得很迟，需要时可以向他们解释报纸没有到。再说，茜博太太把房间、衣物和楼台收拾得干干净净，就像佛来米人的家。施穆克从来没想过能这么享福：茜博太太把他的生活料理得很方便；他每个月给六个法郎，由她包洗衣服，缝缝补补的事情也都由她管。每个月抽烟，他花十五法郎。这三种开销每月总计六十六法郎，乘以十二，为七百九十二法郎。再加上二百二十法郎的房租和税款，总共为一千二百法郎。茜博负责施穆克的衣着，每年这一项的费用平均为一百五十法郎。

这位深沉的哲学家每年的生活开销就这么一千二百法郎。在欧洲，多少人唯一的梦想就是来巴黎住，要是他们知道在玛莱区诺曼底街，有茜博太太的关照，一年靠一千二百法郎的收入就可以过上幸福的日子，那他们准会惊喜一场!

茜博太太看见邦斯老人傍晚五点钟回家，简直惊呆了。这事不仅从未发生过，而且她的先生眼里根本没有她，连招呼都没打一声。

"哎哟! 茜博，"她对丈夫说，"邦斯先生准是成了百万富翁，要不就是疯了! "

"我看也像。"茜博回答道，他松开手中正在做的衣袖子，拿裁缝的行话说，他正在给那只衣袖钩边。

第七章 《双鸽》寓言的活样本

当邦斯先生木头人似的回到家时，茜博太太正做好了施穆克的晚饭。晚饭做的是一道荤杂烩，整个院子里都散发着香味。那是从一个多少有点克扣斤两的熟肉店买来的一些卖剩的清煮牛肉碎片，配上切成薄片的葱头，用黄油一起焖，一直到牛肉和葱头吸干了黄油，使门房的这道菜看去像油炸的一般。为茜博和施穆克精心制作的这道菜——茜博太太也跟他们一起吃——再加上一瓶啤酒和一块奶酪，就足以让德国老音乐家满意了。请你们相信，即使在鼎盛时代的所罗门吃得也不比施穆克更好。忽而是葱头焖牛肉，忽而是嫩煎仔鸡块，忽而又是冷牛肉片和鱼，调味的沙司是茜博太太自个儿发明的，做母亲的也会不知不觉地将这沙司给孩子吃，要不就是野味，当然要视大街上的饭馆转卖给布合拉街那家熟肉店的东西的质量和数量而定，这就是施穆克的日常菜单，他对**好茜博太太**给他吃的东西全都很满意，从来不说什么。可日子一长，好茜博太太把这份菜单压缩到只需二十个苏就可以对付的地步。

"我呀，去看看他呀到底出了什么事，这个呀可怜又可爱的家伙。"茜博太太对她丈夫说，"施穆克先生的晚饭都准备好了。"

茜博太太用一只普通的瓷碟盖在深底的陶质菜盘上；尽管上了年纪，她还是快步赶到了两位朋友的公寓，施穆克正给邦斯打开门。

"你怎么了，我的好朋友？"德国人见邦斯一脸烦恼的神色，不安地问道。

"等会再细谈，我现在跟你一起吃晚饭……"

"吃晚饭！吃晚饭！"施穆克喜出望外，大声地叫了起来，"可这不成吧！"他想到朋友的饮食习惯，遂又说道。

这时，德国老人发现茜博太太正在以合法的女佣身份听着他们说话。他顿时起意，掠过一个只有在真正的朋友脑中才会闪现的念头，径直向女门房走去，把她拉到楼梯平台，说：

"茜博太太，邦斯这个老实人喜欢吃好的；您去蓝钟饭店叫份精美的晚餐来，来点鳀鱼，空心粉！反正来顿吕基吕斯吃的那样的晚饭！"

"什么？"茜博太太问道。

"噢，"施穆克回答道，"来份实惠的小牛肉，要个好的鱼，再来一瓶波尔多，还要最可口的点心，比如甜米团，熏肥肉！您先付账！不要说什么了，我明天早上把钱还给您。"

施穆克搓着双手，乐滋滋地回到屋里。可听着朋友谈起刚才突然降临在他身上的一桩桩伤心事，他脸上渐渐地又恢复不安的神色。施穆克想方设法安慰邦斯，以自己的观点跟他细细分析上流社会。巴黎就像一场永不休止的暴风雨，男男女女像跳疯狂的华尔兹舞似的被卷了进去，不要对上流社会有什么要求，它只是看人外表，"从不看人内心的"。他又谈起了不知讲了多少遍的往事，说他这辈子只爱过三个女学生，为了她们他会不惜献出自己的生命，她们心里也有他；每人还平均出三百法郎，每年给他一份近九百法郎的养老金，可随着一年年过去，她们渐渐地全忘了再来看望他，全被巴黎生活的疯狂潮流给冲走了。三年来，当他上

53

门去看她们时，甚至都没有人接待他。（确实，施穆克经常在上午十点钟到这几位贵妇人的府上去。）他的养老金由公证人分季度交给他。

"可她们的心啊，都像金子似的。"他继续说，"说到底，她们一个个都是我可爱的圣塞西利亚①；德·博当图埃尔太太，德·冯特纳太太，德·迪莱太太，都是很迷人的女人。我总在香榭丽舍大街见到她们，可她们看不到我……她们很喜欢我，我可以到她们府上去吃饭，她们一定会很高兴。我也可以到她们的乡间别墅去；可我更乐意跟我朋友邦斯在一起，因为我想见他，就可以见他，每天都可以见面。"

邦斯拿起施穆克的手，放在自己的两只手里，紧紧地一握，这动作中包含着整个心灵的交流，他们俩就这样待了数分钟，就像是一对久别重逢的恋人。

"就在家吃晚饭，每天都在家吃！……"施穆克继续说道，可心里为庭长夫人的冷酷而感到庆幸。"噢！我们俩一起玩古董，这样，魔鬼永远不会到我们家来惹麻烦。"

"我们俩一起玩古董！"要理解这句悲壮之语的意思，必须首先承认施穆克对古董是一窍不通。他的友情必须拥有无比的力量，才能使他做到不砸坏让给邦斯作收藏室用的客厅和书房里的任何东西。施穆克全心地投入到音乐之中，是一个自我陶醉的作曲家，他看着朋友的所有那些不值钱的玩意儿，就像是一条鱼收到请柬去卢森堡公园观看花展。他看重这些神妙的作品，是因为邦斯在为他的这些珍宝掸去灰尘时表现出了敬意。当朋友发出赞美之声

---

① 圣塞西利亚，罗马人，活动时期为二世纪末三世纪初，为基督教女殉教士，音乐的主保圣人。

时,他便附和:"啊!多漂亮啊!"犹如一位母亲说些毫无意义的话,回答一个还不会说话的孩子比划的手势。自从两个朋友在一起生活以来,施穆克亲眼看见邦斯换了七次时钟,每次都能以次一点的换到更好的。他最后得到了最精美的布尔①钟,钟座为乌木,嵌着黄铜,饰有雕刻,为布尔的初期风格。

布尔有两种风格,就像拉斐尔有三种风格一样。他的初期风格是将黄铜和乌木融为一体,后期则一改原来的主张,致力于螺钿镶嵌。他为了战胜发明了贝壳镶嵌工艺的竞争对手,在这一行创造了种种奇迹。

尽管邦斯的介绍很有学问,施穆克还是丝毫也看不出布尔初期风格的那只精美的时钟与另六只钟的差别。但是,为了让邦斯高兴,施穆克比他朋友还更细致地爱护所有这些古董。因此,这句悲壮之言具有消除邦斯绝望之感的力量,就没有什么大惊小怪的了,因为德国人的这句话的意思是:"你要是愿意在这儿吃晚饭,我就出钱玩古董。"

"先生们请用餐。"茜博太太异常稳重地进来说道。

人们不难想象得出,当邦斯看到并津津有味地品尝着多亏施穆克的友情才得以享用的这顿晚餐时,该是怎样的惊喜。生活中,这种感觉实在难得,如果两个朋友始终忠心耿耿,彼此间总是说着"我身上有你,你身上有我"(因为人们已经习以为常),那就不会产生此种感觉;只有当朋友相处的幸福表示与尘世生活的残酷有了比较,才会有这种感觉。当两颗伟大的心灵被爱情或友谊结合在一起后,使两位朋友或情人的关系得以不断增强的,便是外

---

① 布尔(1642—1732),法国著名家具工匠,木镶嵌技艺高超,被人们称为布尔工艺。

部世界了。因此，邦斯拭去了两滴眼泪，施穆克也不得不拭着他那潮湿的眼睛。他们默默无语，但相互的情谊越来越深了，他们点头示意，这安神止痛的表情治愈了庭长夫人投在邦斯心间的那颗沙砾造成的痛苦。施穆克搓着双手，几乎把皮都搓破了，因为他出了一个令一般德国人感到诧异的主意，德国人习惯了遵从君王诸侯，脑子都僵化了，能如此突发奇想，岂不惊人。

"我的好邦斯……"施穆克说道。

"我猜到了你的意思，你是要我们俩每天都在一起吃晚饭。"

"我恨不得有钱，能让你每天都过这种日子……"善良的德国人忧伤地说。

茜博太太常从邦斯手中得到戏票，因此，在她心里，她对邦斯和她的房客施穆克是同等看待的。这时，她出了个主意：

"喂，不给酒，只要三法郎，我可以每天供你们俩晚饭，那晚饭呀，包你们呀，把盘子舔得光光的，就像被洗过一样。"

"确实如此，"施穆克附和道，"我吃茜博太太给我做的菜，比那些吃王家佳肴的人还开心……"

向来恭敬的施穆克想留下邦斯，竟也模仿小报的放肆，诽谤起王家膳食的价目来。

"真的？"邦斯说，"那我明天试一试！"

一听到这声许诺，施穆克从桌子的这头奔向另一头，把桌布、盘子、水瓶都带动了，他紧紧地搂着邦斯，那架势就像两种有亲和势的气体融合在一起。

"多么幸福啊！"他高声道。

"先生每天都在家里用晚餐！"茜博太太深受感动，自豪地说。

善良的茜博太太实现了自己的梦想，可却不知是什么原因促成了这个梦，她下楼来到门房，进门时像《威廉·退尔》一剧中的约瑟法登场时的模样。她扔下盘碟，大声叫道：

"茜博，快去'土耳其咖啡店'要两小杯咖啡，跟管咖啡炉的伙计说是我要的！"

说罢，她坐了下来，双手放在巨大的膝盖上，透过窗户望着屋子对面的墙，说道：

"今天晚上我去问问封丹娜太太！……"

封丹娜太太是给玛莱区的所有厨娘、女仆、男仆、门房等等卜卦算命的。

"自从这两位先生住到我们这儿以后，我们都在储蓄所存了两千法郎啦，前后就八年时间，真有福气！是不是该不赚邦斯晚饭的钱，把他留在家里呢？封丹娜太太肯定会卜卦告诉我的。"

茜博太太见邦斯和施穆克都没有继承人，三年来，她暗自庆幸，想必自己在她这两位先生的遗嘱上肯定占有一行位置。在这种贪心的驱动下，她热情倍增。在这之前，她向来是个诚实人，上了这长胡子的岁数，才起了这种贪心，真是为时已晚。女门房一心想彻底捆住她的这两位先生，可邦斯每天都到外面去吃晚饭，自然就逃脱了她的束缚。这位老收藏家兼行吟诗人过着游牧人似的生活，茜博太太脑中经常闪现出一些勾引他的念头，很为他的这种生活感到不快，打从这顿值得纪念的晚饭之后，她的那些隐隐约约的念头便变成了一个惊人的计划。一刻钟之后，茜博太太重又出现在饭厅，手里端着两杯上等的咖啡，旁边还有两小杯樱桃酒。

"茜博太太万岁！"施穆克欢呼起来，"她真猜透了我的心思。"

施穆克像家鸽变着法子哄信鸽似的施以温情，终于让吃白食的邦斯停止了抱怨，于是，两个朋友一起出了门。邦斯受了卡缪佐家主仆的一阵气，施穆克见他处在这种心境，是不愿丢开他这个朋友的。他了解邦斯，知道他一登上乐队的指挥台，有可能会被一些极其悲伤的情绪所左右，毁了那浪子归家的良好效果。到了半夜时分，施穆克又挽着邦斯的胳膊，陪他回家；他就像一个情郎对待可爱的情妇似的，告诉邦斯哪儿是台阶，哪儿是人行道；见到水沟，便提醒他；施穆克恨不得街面是棉花铺的，天空一片蔚蓝，众天使为邦斯演奏音乐，让他欣赏。邦斯心头那最后一个还不属于施穆克的王国，如今终于被他征服了！

　　前后差不多有三个月，邦斯每天都跟施穆克一起吃晚饭。这样一来，他首先不得不每月从收藏古董的费用中砍下八十法郎，因为他需要付出三十五法郎的酒钱和四十五法郎的饭钱。其次，尽管施穆克处处体贴他，用德国人拿手的笑话逗他，可这位老艺术家还是念念不忘过去上别人家吃饭时享用的精美的菜肴，小杯的好酒，上等的咖啡，还有那没完的闲聊，虚伪的客套，以及那一个个食客和说长道短的胡言乱语。人到暮年，要打破三十六年来的老习惯，是不可能的。再说，一百三十法郎一桶的酒，总舍不得给一个贪杯的人满斟；因此，每当邦斯举杯往嘴边送时，他总万分痛心地回想起昔日那些主人招待的美酒。就这样熬了三个月，几乎把邦斯那颗敏感的心撕裂的巨大痛苦渐渐缓和了，他心里只想着社交场上的那些惬意的往事；就像一个老风流痛惜一位因一再不忠而被舍弃的情妇！尽管老艺术家想方设法掩饰内心那份深深折磨着他的苦恼，可谁都看得出，他落了一种说不清的疾病，病根出在脑子里。为了说明由于习惯被打破而造成的这份苦闷，只要提一件小事就行，这类小事数不胜数，就像护胸甲上密密麻麻的铁丝，把一个人的心灵禁锢起来。在邦斯以前的生活中，最强烈的快感，这也是一个吃白食的最幸福的享乐，莫过于惊喜：在有钱人的府上，女主人为了给晚饭增加一种盛筵的气氛，往往得意洋洋地添一道精美的菜肴和可口的点心，这便是胃的惊喜！可如今，邦斯缺的就是这种胃的快感。茜博太太常常自豪地把菜单报给他听。邦斯生活中那种周期性的刺激便彻底消失了。他的晚饭缺乏让人喜出望外的东西，见不到我们祖父母时代那种所谓"不上桌不掀盖的菜"！而这正是施穆克所不能理解的。邦斯很要面子，不想多抱怨，如果说世上有比怀才不遇更伤心的事，那就是空有一只不被别人理解的胃。失恋这个悲剧，人们总是肆意夸大，但心灵对爱的渴望是建立在一种虚假的需要之上的；因为如果人抛弃我们，我们可以爱造物主，他有的是可以赐给我们的财富。可胃呢！……任何一切都无法与胃的痛苦相比：因为人首先得活着！邦斯多么惋惜，有的乳油，简直是真正的诗歌！有的白色沙司，纯粹是杰作！有的块菰烩肉，那是心肝宝贝！尤其是只有在巴黎才见得到的有名的莱茵鲤鱼，用的是怎样的作料啊！有的日子里，邦斯想起博比诺伯爵的厨娘，不禁叫起："啊，索菲！"若哪位路人听到这一哀叹，准会以为这家伙想起了情妇，可实际上是想到了更稀罕的东西，想到了肥美的鲤鱼！鱼配有沙司，那沙司盛在缸里亮晶晶的，舔到舌头上浓浓的，完全有资格获得蒙迪翁奖！由于老是回味过去的晚餐，乐队指挥患了胃的相思病，人瘦了很多。

　　第四个月初，即一八四五年一月底的时候，戏院里的同事对乐队指挥的状况感到不安，那个年轻的笛师——跟几乎所有的德国人一样，名叫威廉，姓施瓦布，以区别于所有叫威廉的，可这还不能跟所有姓施瓦布的区分开来——觉得有必要指点一下施穆克，让他注意到邦斯的情况。那天，正好有一出戏首场演出，用上了由德国老乐师演奏的乐器。

威廉·施瓦布指了指神情忧郁、正往指挥台上走去的邦斯，说：

"这老人情况越来越差，怕有不妙吧，瞧他目光惨兮兮的，那胳膊的动作也不像以前那么有力了。"

"人到了六十岁，都是这样的。"施穆克回答道。

施穆克就像《坎农盖特轶闻》一书中的那位母亲，为了多留儿子二十四小时，结果害了他的命，而他，为了能有跟邦斯每天一起吃晚饭的乐趣，会不惜让邦斯作出牺牲。

"戏院所有的人都感到担忧，像我们的头牌舞女爱洛伊斯·布利兹图所说的，他擤鼻涕都几乎不出声了。"

老音乐家邦斯的鼻子很长，鼻孔也大，捂在手巾里，擤起鼻涕来就像吹小号。这声音常常招致庭长夫人的数落。

"只要他高兴，让我做什么都行，"施穆克说，"他心里闷得慌。"

"说实话，"威廉·施瓦布说道，"我觉得邦斯先生这人比我们这些穷鬼强百倍，我都不敢请他参加我的婚礼。我要结婚……"

"怎么结婚法？"施穆克问。

"噢！堂堂正正地结婚。"威廉答道，他觉得施穆克这个问题提得怪，含有嘲讽的意味，可这位十足的基督徒是不可能嘲笑别人的。

"喂，先生们，都坐好了！"邦斯听到戏院经理的铃声，朝乐池里的那一小队人马扫了一眼，说道。

乐队奏起《魔鬼的未婚妻》的序曲，这是一出幻梦剧，已经上演了二百场。第一次幕间休息时，乐池里的人都走了，空空的只有威廉和施穆克两个人。剧场里的温度高达列氏三十二度。

"把您的故事讲给我听听。"施穆克对威廉说。

"噢，包厢里的那个年轻人，看见了吗？……您认出他是谁吗？"

"一点不认识……"

"啊！那是因为他戴上了黄手套，富得浑身闪金光的缘故；可他就是我的朋友弗里茨·布鲁讷，是美因河畔的法兰克福人……"

"就是常来乐池，坐在你旁边看戏的那位？"

"就是他。变成这个样，都不敢相信吧！"

这个答应讲述的故事的主人公是这样一种德国人，那脸上既有歌德笔下的梅非斯特的阴冷尖刻，又有奥古斯特·拉封丹小说人物的纯朴善良；既奸诈，又天真，既有掌柜的贪婪，又有赛马俱乐部会员的洒脱；但最主要的是那种逼得少年维特持枪自杀的厌世情绪，但他讨厌的不是夏洛蒂，而是德国诸侯。这是一张真正典型的德国人的脸，狡猾、纯朴、愚昧和勇敢兼而有之；他掌握的知识只能造成烦恼，拥有的经验只要一闹孩子气便毫无价值；他贪酒，也贪烟；不过，那双疲倦的漂亮的大眼睛闪现出狠毒的光芒，使他身上所有那些互为映衬的特点显得格外突出。

弗里茨·布鲁讷穿得像个银行家那般雅致，露出一个夺目的秃脑袋，那肤色就像提香的画中人，秃脑袋的两侧，一边长着几根金黄色的头发，煞是耀眼，这是放浪与困苦给他留下的印记，使他等到恢复银行宏业之日，还有权利给理发匠付工钱。想当初，他的脸蛋既漂亮，又滋润，宛如画家笔下的耶稣基督，可如今脸色不堪入目，在那红唇髭褐胡子的衬托下，几乎显得阴森可怕。他两只眼睛那纯净的蓝色也因与忧愁的搏斗而搅得混沌一片。最后，在巴黎遭受的千般羞辱使他的眼睛和眼眶全都变了形；可从前，母亲常常出神地望着这双眼睛，那是母亲的眼睛的神奇翻版。这位早熟的哲人，这个未老先衰的年轻人，原来是后娘虐待的结果。

这时开始讲述的是一个出生于美因河畔法兰克福的浪子的有趣故事，在那座虽然处在中心位置，但却开明的都市里，这可是一桩前所未闻的最离奇的怪事。

第八章　只要出生在美因河畔的法兰克福
　　　　　浪子也终会变为银行家、百万富翁

　　弗里茨的父亲格代翁·布鲁讷是美因河畔法兰克福那些出了名的旅馆老板中的一位，这些旅馆老板总和银行家沆瀣一气，在法律允许的范围内搜刮游客的钱袋。不过，他是个真正的加尔文教徒，娶了一位皈依改宗的犹太女人，多亏她的嫁妆，他才有了发财的资本。这位犹太女人在儿子弗里茨十二岁那年离开了人世，于是，弗里茨便由父亲和舅舅共同监护。舅舅是莱比锡的皮货商，维尔拉兹公司的老板。

　　这个舅舅的脾气可不像他的皮货那么柔和，在他的要求下，老布鲁讷不得不把小弗里茨得的遗产按银行时价折成马克，存入阿尔－萨切尔德银行，不得动用。为了报复这种犹太式的苛刻做法，老布鲁讷借口没有女人监管和帮衬，这么大一个旅店实在无法维持，于是又结了婚。他娶的是另一个旅店老板的千金，在他眼里，她简直就是颗珍珠；可是，他没有尝过一个被父母宠惯了的独生女的滋味。

　　第二个布鲁讷太太的为人，跟那些恶毒轻佻的德国姑娘如出一辙。她很快把自己的钱财挥霍一空，为第一位布鲁讷太太报了仇，使丈夫在家里成了美因河畔法兰克福自由城内最不幸的人，据说，城里的百万富翁准备让市政府立法，强制做妻子的只能疼爱自己的丈夫。这个德国女人喜欢各种各样的酸水，所谓酸水，就是德国人统称的莱茵葡萄酒；她喜欢巴黎货，喜欢骑马，喜欢首饰，她唯一不喜欢的最费钱的东西，就是女人。

她嫌恶小弗里茨，若这个加尔文教义和摩西法典造就出来的年轻人不是出生在法兰克福，没有莱比锡的维尔拉兹公司当他的监护人，她早就把他逼疯了；不过，维尔拉兹舅舅心里只有他的皮货，监管的只是存在银行里的马克，任孩子受他后娘虐待。

这个狠毒的女人虽然费了火车头那么大的劲，就是生不出一个孩子来，所以就更加痛恨美丽的布鲁讷太太生的这个小天使。在一个邪恶的念头的驱使下，这个罪恶的德国女人在弗里茨二十一岁的时候拼命鼓动他当德国人的逆子，大肆挥霍钱财。她希望英国人的马、莱茵的酸水和歌德的玛格丽特①彻底毁掉那个犹太女人的儿子和他的财产。维尔拉兹舅舅在小弗里茨成年时曾给他留了一大笔遗产。不过，尽管赌场上的轮盘赌和包括威廉·施瓦布在内的酒肉朋友花光了维尔拉兹给的钱，但年轻的浪子还是遵从上帝的意愿，成了美因河畔法兰克福城那些小兄弟们的样板，城里的人家都用他来吓唬孩子，让他们一个个变得乖乖的，担惊受怕地守着装满马克的铁皮柜。弗里茨不仅没有在青春年华夭折，反而有幸看到后娘被葬到了公墓，那墓地很美，因为德国人借口敬奉死者，毫无顾忌地在公墓里栽草种花，过足了瘾。就这样，第二位布鲁讷太太死在了她父母之前，老布鲁讷白白损失了她从他钱柜里搜刮去的那些钱财，吃尽了苦头，本来是赫拉克勒斯一般健壮的身体，可这个旅店老板到了六十七岁上便被磨得像中了那

---

① 歌德《浮士德》中的人物，经不起浮士德的诱惑而堕落。

出了名的博尔吉亚毒药一样。他受了妻子整整十年的罪，但却没有得到她留下的财产，使得他掌管的旅馆成了另一座海德堡废墟，幸亏不时有旅客的账单补贴一下，就像人们不断修缮海德堡废墟，以保证蜂拥而至的游客能兴致勃勃地参观保存完好的美丽的海德堡废墟。在法兰克福，人们谈起这件事，仿佛觉得他破产似的，在背后对他指指戳戳，议论说：

"瞧瞧，娶了一个得不到她遗产的坏女人，再加上一个用法国方式教育的儿子，到头来就是这个结果！"

在意大利和德国，法国人是万恶之源、众矢之的，但是上帝，在继续履行自己的天职……（余言如勒弗朗·德·蓬皮尼昂赞美诗中所说）

荷兰大饭店老板不仅仅把自己的火撒在旅客的身上，他们的账单也留下了他悲愤的阴影。后来，他儿子败光了家财，格代翁·布鲁讷觉得他是个间接的祸根，便什么也不给他，包括面包、水、盐、火、住房和烟！在德国，对一个开旅店的父亲来说，实在是诅咒败家子的极端做法了。地方当局不了解做父亲的开始也有错，只认为他是美因河畔法兰克福最不幸的人，便来帮他的忙；以德国人的方式找弗里茨的碴儿，把他逐出了自由城的土地。在法兰克福，司法并不比别的地方更有人情味，更合理。很少有哪个法官会追溯罪恶与灾祸之源，探清最先泼出水来的水瓮是谁捧着的。既然布鲁讷忘了他儿子，那他儿子的朋友也就不再把旅店老板放在心上。

啊！要是这个故事能在提词厢前向全体观众演出，那它准会比幻梦剧《魔鬼的未婚妻》精彩得多，尽管公元三千年前在美达不索米亚上演的那个寓意崇高的故事已经演出了几十万次。那天看戏的有记者、花花公子和一些巴黎女郎，他们纳闷在时髦的巴黎人中从哪儿冒出这么一张惨兮兮的德国人的脸，孤独一人在包厢里观看这出首次上演的新戏。

弗里茨徒步来到斯特拉斯堡，在那儿遇到了"圣经浪子"在《圣经》中未能觅到的东西。这便是阿尔萨斯表现出的优越之处，在这里，跳动着千千万万颗宽宏大度的心，向德国显示了法兰西精神与日耳曼凝聚力结合在一起的美。几天前，威廉刚刚从父母亲那儿继承了一笔遗产，拥有了十万法郎。他向弗里茨张开了双臂，向他敞开了心扉，敞开了家门，敞开了钱袋。

不幸的弗里茨浑身尘土，仿佛害了麻风病，在莱茵河彼岸的一位真正的朋友手中接过一枚真正的二十法郎的硬币，若要描写当时的情景，那无异于想要创作一曲颂歌，但唯有品达才能用他的希腊语向普天下的人广加宣扬，唤起行将泯灭的友情。请把弗里茨与威廉这两个名字和达蒙与毕底亚斯，卡斯托尔与波吕克斯，奥莱斯特与毕拉德，杜布勒伊与皮梅雅，施穆克与邦斯，或摩诺摩塔巴的那两位朋友的名字列在一起，我们可以随意给摩诺摩塔巴的那两个朋友起个名字，因为尽管拉封丹是位天才，但他塑造的不过是两个没有躯体，并不实在的影子。人们确实有理由将弗里茨和威廉两个陌生的名字与所有那些名人并列，因为如同弗里茨当初与威廉一起将自己的钱财喝光一样，如今威廉又在弗里茨的陪伴下，吃光了自家的遗产，当然还抽烟，抽各种各样的名牌烟草。

奇怪的是，两位朋友是在斯特拉斯堡的小酒店里跟斯特拉斯堡戏院那帮跑龙套的女戏子和再也愚蠢不过的阿尔萨斯姑娘稀里糊涂地把家产吃光的，而且方式粗俗不堪。每天早上，他们俩都互相提醒说：

“我们不能再这样下去了,得拿个主意,用剩下的那点钱做点事。”

“哎!今天再玩玩,”弗里茨常常这么说,“到明天……噢!明天开始……”

在败家子的生活中,今天是一个最自命不凡的豪杰,而明天则是个胆小鬼,总是恐惧前者的胆大妄为。今天是古代喜剧中的卡皮塔诺①,而明天则是现代哑剧中的皮埃罗。等两个朋友用到只剩下最后一张一千法郎的钞票时,他们双双登上了王家驿车,来到了巴黎,住进了梅伊街莱茵饭店的小阁楼,店家叫格拉夫,曾在格代翁·布鲁讷手下干过领班。他把弗里茨介绍给了银行家凯勒兄弟当银行职员,每年六百法郎的薪水。莱茵饭店的老板格拉夫是大名鼎鼎的裁缝师傅格拉夫的兄弟。于是格拉夫裁缝又收留了威廉,替他记账。就这样,格拉夫为这两个浪子找到了两个微不足道的差事,表示没有忘记当初在荷兰大饭店当学徒的日子。

一个有钱的朋友没有对一个败光家财的朋友翻脸,一个德国旅店老板又对两个身无分文的同胞表示关心,这两件事也许会让某些人觉得这个故事是瞎编的,但是真正的事实往往像是传奇,因为在我们这个时代,为了模仿事实,传奇作出了惊人的努力。

每年六百法郎薪水的银行职员弗里茨和拿同样数目工钱的记账师傅威廉发现要在巴黎这样一座到处阿谀逢迎的都市里过日子,实在困难。因此,到巴黎的第二年,亦即一八三七年,很有吹笛天分的威廉进了邦斯指挥的乐队,好挣几个钱买点黄油抹抹面包。至于弗里茨,只能靠发挥维尔拉兹家族后代的理财本事,多挣点工资。但不管他多么拼命,也许是天分有限,这个法兰克福人直

---

① 意大利即兴喜剧的定型角色,色厉内荏,源于古罗马喜剧。

到一八四三年才挣到了二千法郎的薪水。

　　贫穷，这位神圣的后母为这两位年轻人做到了他们的母亲未能做到的事情：它使他们学会了节俭、处世和生活。它给他们补上了这伟大、严厉的一课，凡是伟人，都是穷苦出身，全是受到过这种惩戒的。可惜弗里茨和威廉是相当庸碌的小人，听不进贫穷的全部教训，总是躲避它的打击。他们觉得它的胸脯坚硬，双臂瘦骨嶙峋，但这位善良的乌尔盖勒仙女，只会在天才人物的抚摸下松手，他们俩是死活也得不到的。不过，他们还是明白了金钱的价值所在，他们暗暗发誓，如果有朝一日财神上门，一定要割掉他的翅膀。

　　"哎，施穆克老爹，再说几句，就可以给您全讲清楚了。"威廉细细地用德语把这个故事讲给钢琴家听，接着说道，"老布鲁讷死了。可无论他儿子，还是我们的那位房东格拉夫都不知道，他是巴登铁路的创办人之一，从中得了很大的利，留下了四百万！我今晚是最后一次吹笛子了。要不是因为是首场演出，我几天前就走了，可我不想让乐队缺了我演奏的那一部分。"

　　"这很好，年轻人。"施穆克说，"可您娶的是哪位？"

　　"是我们的房东、莱茵饭店老板格拉夫先生的女儿。我爱埃米丽小姐已经七年了，她读过许多不道德的小说，竟推掉了所有亲事，只等着我，不管将来会有什么结果。这个姑娘会很有钱的，她是黎希留街格拉夫裁缝家的唯一继承人。弗里茨给了我一笔钱，是我们俩在斯特拉斯堡吃掉的五倍，整整五十万法郎！……他在一家银行投了一百万法郎，裁缝格拉夫先生在那儿也投了五十万；我未婚妻的父亲同意我把二十五万的陪嫁也用上，他自己再给我们投同样一笔数目的钱。这样，布鲁讷－施瓦布公司就将有二百五十万的资本。弗里茨不久前买了十五万法郎的法兰西银行股票，作为我们开户的保证金。这还不是弗里茨的全部家产，他还有父亲在法兰克福的老宅，估价一百万，他已经把荷兰大饭店租给了格拉夫家的一位堂兄弟。"

"您看您朋友时，一副伤心的样子。"施穆克细细地听着威廉的故事，问道，"您是不是嫉妒他？"

"我是嫉妒，可我是担心弗里茨失去幸福。"威廉说，"看他的样子，是个知足的人吗？这巴黎，我真替他害怕；我多么希望他能像我这样痛下决心。以前的恶魔是有可能再在他身上苏醒的。我们这两颗脑袋，最冷静的不是他的那一颗。他的穿着打扮，他用的小望远镜，全都让我感到不安。他在这戏院里只盯着那些轻佻的美人儿。啊！您要知道让弗里茨结婚有多难！他最讨厌法国所谓的献殷勤；得逼他成家，就像在英国，要硬逼一个人去见上帝。"

在所有首场演出结束时都会出现的欢闹声中，笛师向乐队指挥发出了邀请。邦斯愉快地接受了。施穆克在这三个月来第一次发现朋友的脸上浮出了笑容。他陪着邦斯回到诺曼底街，一路上缄默无语，因为他从那闪现的一丝欢乐中看到了折磨着邦斯内心的深深的痛苦。一个真正高尚的人，为人如此公正，情感如此伟大，却有着这样的弱点！……正是这让禁欲主义者施穆克感到吃惊，他伤心极了，因为他感觉到将不得不放弃每天跟好友邦斯面对面地共进晚餐！而这是为了邦斯的幸福。他不知道自己是否可以作出这种牺牲：想到这，他简直快疯了。

邦斯待在诺曼底街的阿文坦山，始终凛然地保持沉默，这自然使庭长夫人受到了震动。本来她摆脱了这个食客，心里并不难过，她和她那个可爱的女儿都认为舅公已经领会到了小外孙女开的玩笑的含义；可庭长就不一样了。卡缪佐·德·玛维尔庭长长得又矮又胖，自从在法院得到高升之后，便变得一本正经起来，他欣赏西塞罗，喜欢巴黎的歌剧院，而看轻意大利剧院，常常把这个演员跟那个演员作比较，亦步亦趋地跟着潮流走：说起话来，他照搬的是内阁公报的各种条文，发表起见解来，他便是发挥在他之前说话的推事的意思。对这个法官的性格的主要特征，人们已经相当了解，处在他的位置，他不得不对什么都很认真，尤其看重亲眷关系。

庭长与大部分完全受妻子控制的丈夫一样，在小事情上总是显示出独立性，而且这种独立性也受到妻子的尊重。可邦斯总不露面，庭长夫人随便给丈夫编造一些理由，如果说一个月来，庭长还是满足于这些解释的话，那么，最终他还是觉得事情很蹊跷：老音乐家是他家四十年的朋友，送上一把蓬巴杜夫人扇子这样贵重的礼物之后，竟然不再上门。

那把扇子，博比诺伯爵一看就知道是件珍品，在杜伊勒利宫，人们纷纷传着欣赏，这为庭长夫人赢得了许多恭维，极度地满足了她的自尊心；人们把十根象牙扇骨的美之所在细细指点给她看，那每一根扇骨雕刻之精细，令人叫绝。一位俄罗斯太太（俄国人以为是在俄罗斯的土地上）在博比诺家向庭长出价六千法郎，要买这把奇扇，一边讥笑它竟落在这种人的手中，因为必须承认，这是一把公爵夫人用的扇子。

"可爱的舅公对这类小玩意儿是很有眼力的，这不能否认。"有人出价买这把扇子的第二天，塞茜尔对她父亲说。

"小玩意儿！"庭长嚷叫起来，"可国家准备出三十万法郎买已故杜索梅拉尔参议员先生的收藏品，还准备跟巴黎市各出资百分之五十，花上近百万法郎买下克吕尼公馆，修缮后用于存放那些小玩意儿……我可爱的孩子，这些小玩意儿往往是消失的古代文明的唯一残存的见证。一只伊特鲁立亚古钵或一串项链，有时标价四万或五万法郎，正是这些小玩意儿向我们揭示了特洛亚城被围困期间艺术是多么完美，同时也告诉我们伊特鲁立亚人是逃难到意大利的特洛亚人！"

矮胖子庭长开的往往就是这类玩笑：他总是以笨拙的挖苦来对付妻子和女儿。

"塞茜尔，"他继续说道，"将了解这些小玩意儿需要的知识汇总起来，就是一门科学，它的名字叫考古学。考古学包括建筑、雕塑、绘画、金银细工、陶器、乌木细工，这是近代的艺术；还包括花边、地毯，以及所有手工创作品。"

"那邦斯舅公是个大学者喽？"塞茜尔说。

"对了！怎么再也见不到他的面了？"庭长问道，那神气就像一个人突然受到震动，那是早已淡忘的千百次观察刹那间造成的震动，拿猎人的话说，看清了猛地就是一枪。

"他恐怕是为点小事生气了。"庭长夫人回答说，"也许是他送这把扇子的时候，我没有表现出应有的感激之情。您知道，我这个人很不懂行……"

"您！您可是塞尔凡的高足之一。"庭长叫了起来，"您不知道华托？"

"我知道大卫、热拉尔、格洛斯与吉罗代，盖兰、德·弗尔邦先生，还有图尔邦·德·克利赛先生……"

"您应该……"

"我应该什么，先生？"庭长夫人俨然一副萨巴女王的神态瞪着丈夫问道。

"应该了解华托是谁，我亲爱的，现在他很时髦。"庭长答道，那卑躬屈节的样子说明他什么都是靠他太太。

这场谈话就发生在《魔鬼的未婚妻》首场演出的前几天，那些日子，全乐队的人都为邦斯一脸病态感到担忧。原先那些看惯了邦斯上门吃饭，习惯了拿他当信差用的人家也一个个感到纳闷，于是在这位老好人来往的圈子里出现了不安的情绪，更何况不少人分明看见他在戏院当他的乐队指挥。邦斯出门散步，都想方设法避免碰到老熟人，但有一次，他在莫尼斯特洛尔的店里跟前部长博比诺伯爵迎面相遇。莫尼斯特洛尔是新博马舍大街最有名最有魄力的古董商之一，邦斯以前跟庭长夫人谈起的就是他，那些商人很狡猾，使劲地天天抬价，说古董已经很稀罕了，几乎都找不到了。

"我亲爱的邦斯，怎么再也见不到您了？我们都很想您，我太太还真不明白您为什么不露面。"

"伯爵先生，"老人回答道，"在一位亲戚家里，他们让我明白了像我这把年龄的人在社会上是多余的。以前，他们接待我时虽然并不是很敬重，但至少还没有侮辱过我。我从未有求于什么人。"他带着艺术家的自豪感继续说，"我倒是常给那些欢迎我的人家做些有益的小事，算是对他们的回报；可看来我错了，为了能有幸到朋友家，亲戚家去吃饭，我就得受人摆布，任人欺压……得了，我不干吃白食这行当了。在我家里，我每天都有任何一家饭桌上都未曾给过我的乐趣，我有一个真正的朋友！"

老艺术家还算有点本事，以他的手势和音调使他的这番话显得满含辛酸，法兰西贵族院议员博比诺听了大为感动，把可敬的音乐家拉到一边：

"哎呀！我的老朋友，您到底怎么了？您就不能告诉我什么事让您这么伤心？请允许我提醒您一句，在我家，您该是受到敬重的吧……"

"您是唯一的例外。"老人说，"再说，您是大爵爷，是国务活动家，您是操心的事很多，即使有什么不到的地方，也绝对没有可说的。"

博比诺在接人待物方面练就了娴熟的外交手腕，邦斯最后还是乖乖地说出了他在庭长夫人家遭受的不幸。博比诺对庭长夫人也极为不满，一回到家就告诉了太太；博比诺夫人是个善良正直的女人，一见到庭长夫人，便把她数落了一顿。

前部长还就这件事跟庭长吹了一点风，于是在卡缪佐·德·玛维尔家便有了一场小小的风波。尽管卡缪佐在家里做不了什么主，但他的指责既是事实，又完全合法，有根有据的，他妻子和女儿不得不承认事实；两个女人丢了面子，把过错全推到仆人的头上。下人们马上被召来，受到了一顿痛骂，直到他们招认了全部事实，才被饶恕，庭长终于明白了邦斯舅舅闭门不出，实在是有其道理的。

跟家庭大权操在妻子手中的那些主人一样，庭长拿出了丈夫和法官的全部威严，向仆人宣布，从此以后，如果邦斯舅舅和所有光临他家的客人得不到对他那样的接待，就把他们全都赶出家门，他们多年在他府上当差应得的各种好处也就一笔勾销。听到这话，玛德莱娜微微一笑。

"你们只有一条出路，"庭长说，"那就是向舅老爷赔罪，让他息怒。你们就告诉他，你们能不能在这里待下去，全看他了，要是他不饶恕你们，我就把你们全都辞了。"

第九章　邦斯给庭长夫人送了一件
比扇子还贵重几分的艺术品

第二天，庭长早早出了门，以便去法院之前看望一下他舅舅。茜博太太通报德·玛维尔庭长先生驾到，他的出现简直是一件大事。邦斯平生来第一次得到这种荣誉，预感到他是赔礼来了。

"亲爱的舅舅，"庭长照例寒暄了几句之后，说道："我终于了解到了您不出门的原因。您的行为可以说增加了我对您的敬重。关于那件事，我只跟您说一句话。我的那些仆人全给辞了。我妻子和女儿感到非常痛心；她们想来看您，跟您作个解释。舅舅，在这件事上，有一个人是无辜的，就是我这个老法官。一个不懂事的小女孩想上博比诺府上吃饭，做了离谱的事儿，请不要因此而惩罚我，更何况我亲自上门求和，承认所有过错都在我们这一方……三十六年的交情了，即使觉得受到了伤害，情总该还在吧。算了吧！今晚请上我们家吃饭，讲和吧……"

邦斯语无伦次地支吾了一阵，最后告诉外甥说他乐队里有一位乐手要摔掉笛子去当银行家，他今晚要去参加这位乐手的订婚礼。

"那就明天来吧。"

"我的外甥，博比诺公爵夫人很看得起我，给我来了封信，很客气，请我去吃饭……"

"那么后天吧……"庭长又说道。

"后天，我那位笛师的合伙人，一个叫布鲁讷先生的德国人要回请那对夫婚夫妇，对他们俩今日邀请他表示答谢……"

"您人缘真够好的，大家都这么争着请您赏光。"庭长说道，"那就下个星期天吧！八天之内……就像法院里说的那样。"

"可那天我们要在笛师的丈人格拉夫先生家吃饭……"

"那就在星期六！这期间，您抽时间去安慰一下那个小姑娘吧，她已经洒过不少眼泪，对自己的过错表示忏悔了。上帝也只要求人们忏悔。您对那个可怜的小塞茜尔莫非比上帝还更严厉？"

邦斯被触到了弱处，很快说了一番远远不仅是客套的话，把庭长送到了楼梯平台。一个小时之后，庭长家的那些下人来到了邦斯家；他们一个个露出了仆役的本性，显得卑怯而又虚伪，居然哭哭啼啼的！玛德莱娜把邦斯先生拉到一旁，扑通一声跪倒在他的脚下，死活就不起来。

"先生，全都是我做的，先生，您知道我是爱您的，"她痛哭流涕，说道，"先生，那件倒霉的事情，只怪我报复心重，一时昏了头脑，现在我们把年金都要丢了！……先生，我当时是气疯了，可我不愿意让我的同伴因为我一时糊涂受到连累……现在，我已经明白了，我生来没有这个好命，配不上先生。我现在脑子清醒了，我真是痴心妄想，可我永远都是爱您的，先生。整整十年来，我一直梦想有幸让您幸福！……啊！要是先生知道我是多么爱您！也许先生透过我做的那些缺德事，早就已经看到了我的心。要是我明天死了，人家会找到什么东西呢？……一份全为了您的遗嘱，先生……是的，先生，那遗嘱就放在我箱子里的首饰底下。"

一旦拨动了这根琴弦，玛德莱娜便勾起了老单身汉的自尊心，触得他心花怒放，一个有心的女人总能达到这个目的，哪怕她并不讨喜。邦斯大度地宽恕了玛德莱娜，也原谅了所有人，说他会去和他的外甥媳妇庭长夫人说情，让所有的人都留下来。见自己能不失体面，重享昔日的快乐，邦斯真有难以言表的欢喜。这次别人是上门求情，他的尊严自然是得到了维护；可是，当他把自己得意的事情细细地跟好友施穆克说时，发现他神情悲伤，充满疑惑，但却憋在心里不说，让邦斯觉得很难过。

不过，见邦斯突然间眉开眼笑，变了一个模样，善良的德国人还是感到欣慰，尽管牺牲了近四个月来独占好友而饱尝的幸福。心病较之身病有个巨大的长处，那就是欲望一旦得到满足，它就会立刻痊愈，就像欲望得不到满足，它说发就发一样。这天上午，邦斯完全变了一个人。一个愁容满面，一副病态的老头复又变成了志满意得的邦斯，如当初给庭长夫人送去蓬巴杜侯爵夫人的扇子时一模一样。可是，对这一现象，施穆克感到莫名其妙，陷入了深深的思索之中，因为真正的禁欲主义是永远也无法领悟法国阿谀逢迎那一套的。

邦斯是个名符其实的帝政时代的法国人，集上世纪的风流雅致与为女人的牺牲精神为一身，这种精神曾在《启程去叙利亚》等浪漫歌曲中广受称道。施穆克把悲哀埋在心底，用德国哲学之花遮盖起来；可一个星期里，他便变得脸色蜡黄，茜博太太耍了点手腕，把居民区的医生请到施穆克的住处。医生担心他患上了黄疸，说了一个高深莫测的医学名词"ictère"（黄疸），把茜博太太给吓呆了！

两个朋友一道去外边吃饭，这也许是平生第一次；对施穆克来说，这无异于回德国观光了一次。确实，莱茵饭店的老板约翰·格拉夫和他女儿埃米丽，裁缝沃尔冈格·格拉夫和妻子，弗里茨·布鲁讷和威廉·施瓦布都是德国人。邦斯和公证人是喜筵上唯一的两个法国人。裁缝在新小田街和维埃多街之间的黎希留街上有一座华丽的宅第，他们的侄女就是在这里长大的，因为来旅店的人太杂，做父亲的担心她跟他们接触多了。可敬的裁缝夫妇非常爱这个孩子，待她就像是亲生女儿一样，他们把房子的底层让给了小两口。布鲁讷－施瓦布银行也将设在这里。这些事情的安排都是在近一个月前决定的，对喜事临门的布鲁讷来说，要接受遗产，也得需要这段时间。赫赫有名的裁缝师傅把未来的小两口的住房修缮一新，还配置了家具。银行的办公室设在侧面的屋子里，一边是一座漂亮的临街出租的房子，另一边就是旧宅，宅子的前后有院子和花园。

从诺曼底街去黎希留街的路上，邦斯从心神不定的施穆克那儿详细地打听到了有关那位浪子的新故事，知道了是死神替浪子灭掉了肥得流油的旅馆老板。邦斯刚刚才跟亲戚言归于好，便又燃起了欲望，想把弗里茨·布鲁讷和塞茜尔·德·玛维尔结成一对。说来也巧，格拉夫兄弟的公证人正好是卡尔多的女婿和继承人，以前，此人曾在卡尔多事务所任首席书记助手，邦斯常在他府上吃饭。

"啊！是您呀，贝尔迪埃先生。"老乐师朝从前常招待他吃饭的公证人伸出手去，说道。

"您怎么不再让我们高兴，到我们家吃饭了？"公证人问道，"我妻子一直挂念着您。我们在《魔鬼的未婚妻》的首场演出见过您，之后我们便不仅仅是挂念，而且感到奇怪了。"

"老人们都很敏感。"老人回答道，"他们错就错在落后了一个世纪；可又有什么法子呢？……作为一个世纪的代表就足够了，是不可能再跟得上眼看着他们死去的新世纪的。"

"对！"公证人一副精明的神态，说道，"谁也不能同时追赶两个世纪。"

"是的！"老人把年轻的公证人拉到一边问道，"您为什么不替我小外孙女塞茜尔做媒呢？……"

"啊！为什么？……"公证人反问道，"在我们这个世纪，奢华之风都刮进了门房，巴黎王家法院庭长的千金只有十万法郎的陪嫁，年轻人都不敢冒险把自己的命运与这样一位小姐的命运结合在一起。谁要成了德·玛维尔小姐的丈夫，在他所处的那个阶层里，根本就找不到一年只花丈夫三千法郎的妻子。十来万陪嫁的利息勉强只能支付一位新娘梳妆打扮的开销。一个单身汉，如有一万五千或两万法郎的年金，住一个精致的中二楼的小寓所，谁也不会上门向他借钱，他也只消雇一个下人，把所有的收入都拿去享受，除了裁缝师傅要他穿着体面之外，用不着再守任何别的规矩。任何有先见之明的母亲都会对他抱有好感，他在巴黎交际场中简直像是个王子。可要是结了婚，妻子就会要求有座像样的房子，要一辆她独自享用的马车；若她去看戏，就得有个包厢，而单身汉只消花钱买个单人座位就够了；总而言之，从前是单身汉自己掌管自己的钱，现在所有的钱得由妻子管。假定夫妻俩年金三万，在现在这个社会里，有钱的单身汉会变成穷鬼，连上尚蒂伊去也得看看车钱多少了。要是再有孩子……手头就拮据了。玛维尔先生和玛维尔太太都才五十来岁年纪，得等十五或二十年才可望得到他们的遗产；没有任何单身汉会有耐心把遗产搁在钱包里放这么长时间；那些在玛比尔舞厅跟妓女们跳波尔卡舞的愣小伙子们要是计算一下，心就会凉半截，所有未婚的年轻人都会研究这个问题的两个方面，用不着我们向他们多作解释。咱们之间说句实话，德·玛维尔小姐不能让求婚的男子动心，无法让人内心冲动，他们见了她只会打定不结婚的主意。要是一个年轻小伙子头脑清醒，又有两万法郎的年金，心底里想结一门能满足他勃勃雄心的亲事，那德·玛维尔小姐就很难让他称心……"

"为什么？"音乐家惊诧地问。

"哎！"公证人回答说，"如今的年轻人，哪怕长得像你我这么丑，亲爱的邦斯，几乎都不自量力，想要一份六十万法郎的陪嫁，小姐还得是名门望族出身，长相要很漂亮，人又要非常聪明，非常有教养，总之要完美无瑕。"

"那我小外孙女很难嫁出去啰？"

"只要她父母不下决心把玛维尔的田地作为陪嫁给她，那她就嫁不出去；要是他们早下决心，她早成了博比诺子爵夫人了……噢，布鲁讷先生来了，我们要去宣读布鲁讷公司的合同和婚约了。"

彼此介绍、客套了一阵之后，邦斯在家长的要求下，为婚约签了字，接着听公证人宣读了合同，在下午五点半钟左右，进了餐厅。晚餐十分丰盛，就像批发商谈妥了买卖，摆了那种盛宴。再说，这桌酒席也证明了莱茵饭店的老板格拉夫与巴黎第一流的食品供应商交情不浅。邦斯和施穆克从来没有见过这么丰盛的酒菜。有的菜肴简直让人心醉神迷！那面条细得妙不可言，胡瓜鱼炸得无与伦比，日内瓦的白鲑鱼配上名符其实的日内瓦沙司，还有布丁上的乳脂，连传说在伦敦发明了布丁的那位名医见了也会惊叹不已。直到晚上十点，众人才离开酒席。喝的莱茵酒和法国酒之多，连公子哥们也会吃惊，因为德国人可以不动声色地喝下多少酒，谁也说不清楚。必须到德国吃饭，亲眼看一看多少酒一瓶接一瓶地端上来，就像地中海美丽的沙滩上的滚滚潮水，又眼看着多少酒瓶给撤下去，仿佛德国人有着沙滩和海绵一样的巨大吸收力，是那么和谐，全无法国人的喧闹；他们说起话来也总是很有分寸，像放高利贷者的闲谈，脸红起来如科内利乌斯或施诺尔壁面上画的未婚夫妻，也就是说令人难以察觉；而往事的回忆，如同烟斗飘出的烟雾，悠悠忽忽。

在十点半钟光景，邦斯和施穆克来到花园的一张长凳上坐下，把笛手夹在中间，不知是谁促使他们诉说起他们各自的性情，观点和不幸。在这大杂烩似的知己之言中间，威廉倾吐了自己想要弗里茨结婚的愿望，而且还乘着酒意，说得铿锵有力，动人心弦。

"对您朋友布鲁讷，我这儿有个计划，不知您有何看法？"邦斯凑到威廉的耳朵上问道，"有个迷人的姑娘，通达事理，今年二十四岁，出身名门，父亲在司法界占有最高的职位之一，陪嫁十万法郎，而且可望获得一百万的遗产。"

"等等！"施瓦布说，"我这就去跟弗里茨说。"

于是两位音乐家看着布鲁讷和他的朋友在花园里绕着圈子，一次又一次地在他们俩眼前走过，倾听着对方的意见。邦斯的脑袋有点儿沉，但并没有完全喝醉，只是身子非常沉重，而思想却很轻灵，他透过酒精布起的薄雾，打量着弗里茨·布鲁讷，想在那张脸上看到某些向往家庭幸福的痕迹。片刻后，施瓦布把好友兼合伙人介绍给了邦斯先生，弗里茨非常感谢老人屈尊对他表示关切。接着便交谈起来。施穆克和邦斯这两个单身汉对婚姻大加颂扬，而且还不带任何讽刺的意味，提起了那句双关语："结婚是男人的终极。"等到在未婚夫妻的未来洞房里端上冰、茶、潘趣酒和甜点供大家享用时，那些差不多全都醉意醺醺的可敬的大商贾听说银行的大股东也要效法他的合伙人准备结婚，顿时笑声一片，热闹非凡。

施穆克和邦斯在凌晨两点沿着大街往家走，一路上得意忘形地大发议论，说这天下的事情安排得就像音乐一样和谐。

第二天，邦斯便去外甥媳妇庭长夫人家，为自己以德报怨而满心欢喜。可怜这可爱高尚的灵魂！……确实，他已经达到了崇高的境界，这是任何人都不会持异议的，因为处在我们这个世纪里，凡是按照福音书的教导履行自己义务的人，都被授予蒙迪翁奖。

"啊！他们这一下欠吃白食的情可就大了。"邦斯拐过舒瓦瑟尔街时心里暗暗说道。

要是一个人不像邦斯那样自我陶醉，懂得人情世故，凡事都留个心眼，那他回到这个人家时，一定会注意观察庭长夫人和她女儿的神色；可惜可怜的音乐家邦斯是个孩子，是个十分幼稚的艺术家，只相信道德之善，就如他只信艺术之美；塞茜尔和庭长夫人对他百般殷勤，把他给迷住了。十二年来，这位老好人只见一出出杂剧、悲剧和喜剧在眼前晃过，竟看不透社会喜剧中那一副副装模作样的嘴脸，恐怕是因为他早就麻木了。庭长夫人的灵魂和肉体一样冷酷，唯独热衷于荣耀，拼命显示出贤德，由于在家里指使人惯了，性情高傲，但却假装虔诚。凡是混迹于巴黎上流社会，了解庭长太太的人，都自可想象到，自从她认错之后，对丈夫的舅舅该是深藏着何等的仇恨。庭长太太和女儿的一切表演无不带着强烈的复仇欲望，当然，暂时不便发作。阿梅莉平生第一次向任她指使的丈夫认罪；虽然丈夫让她吃了败仗，可她还得向他表现出亲热！……可与此种情形相比的，只有红衣主教团或宗教领袖教务会上多年来始终存在的虚伪劲头。三点钟，庭长从法院回到家里，这时，邦斯差不多才刚刚说完了他结识弗雷代利克·布鲁讷的奇妙经过，从昨天夜里一直吃到今日凌晨才结束的盛宴以及有关上述的那位弗雷代利克·布鲁讷的一切情况。塞茜尔开门见山，直问弗雷代利克·布鲁讷的穿着方式如何，个子有多高，外表怎样，头发和眼睛是什么颜色，等她估摸着弗雷代利克肯定是气度不凡时，便对他性情的豪爽大加赞美。

"给一个不幸的朋友送上五十万法郎！噢，妈妈，马车和意大利包厢，我是肯定会有的……"

一想到母亲为她的种种盘算终将变成事实，那令她绝望的种种希望也将得到实现，塞茜尔几乎变得娇美动人了。

至于庭长太太，她只说了这么一句话：

"亲爱的小丫头，你在十五天之后就可结婚。"

天下所有的母亲都一样，女儿都二十三岁了，可都管她们叫小丫头！

"不过，"庭长说道，"还需要有点时间去打听一下情况；我决不把女儿随便嫁给一个人……"

"要打听情况，那就上贝尔迪埃家，合同和婚约都是在他家签的。"老艺术家回答道，"至于那个年轻人，我亲爱的外甥媳妇，您过去跟我说过的，您肯定都知道！他呀，年纪已过四十，脑袋上有一半没有头发。他想成个家，找到一个躲避风雨的港口，我没有让他改变自己的想法；人各有情趣……"

"这就更有理由要去见见弗雷代利克·布鲁讷先生了。"庭长反驳道，"我可不乐意把女儿嫁给一个病恹恹的人。"

"噢，我的外甥媳妇，要是您愿意，五天后您自己去看看我介绍的小伙子；照您的意思，只要见一面就足够了……"

塞茜尔和庭长太太表示出很高兴的样子。

"弗雷代利克是个与众不同的鉴赏家，他求我让他仔细看看我的那套小收藏品。"邦斯舅舅继续说道，"你们从来没有见过我的那些油画，那些古董，你们也来看看吧。"他对两位亲戚说，"就装作是我朋友施穆克带来的女士，跟对方认识一下，不会有什么问题的。弗雷代利克绝对不会知道你们是谁。"

"妙极了！"庭长赞叹道。

昔日遭人白眼的食客如今备受尊敬，这是可以想象的。这一天，可怜的邦斯真成了庭长太太的舅舅。幸福的母亲把仇恨淹没在欢乐的浪潮之下，以各种眼神、微笑和言语，令老人狂喜不已，这不仅仅是因为他做了善事，也因为他看到了自己的前景。将来在布鲁讷、施瓦布·格拉夫府上，不是可以吃到像签订婚约的那天的晚餐一样的酒席吗？他看到了一种理想的幸福生活，看到了一道又一道出人意料的佳肴，令人惊叹的美食和妙不可言的玉液！

"要是邦斯舅舅给我们把这件事做成了，"邦斯走后，庭长对太太说，"我们该送他一份年金，数目相当于他当乐队指挥的薪俸。"

"当然。"庭长太太说。

如果塞茜尔看中了那个小伙子，那就由她出面让老音乐家接受他们赐给的这笔肮脏的小钱。

第二天，庭长想得到有关弗雷代利克·布鲁讷先生拥有巨富的真凭实据，便到公证人府上去了。庭长夫人早已给贝尔迪埃打了招呼，他把他的新客户，原先当笛手的银行家施瓦布叫到了公证处。施瓦布听说他朋友可以攀上这样一门亲事，简直高兴极了(大家都知道德国人非常重视社会地位！在德国，做太太，就得是将

83

军太太，参事太太，律师太太），对什么条件都很通融，仿佛一个收藏家自以为让做古董生意的上了当似的。

"首先，"塞茜尔的父亲对施瓦布说，"我将在婚约上把玛维尔的地产许给女儿，我希望女儿的婚嫁采取奁产制度。这样，布鲁讷先生要投资一百万来扩充玛维尔田产，构成一份奁产，保证我女儿和她的孩子们将来不至于受银行不测风云的左右。"

贝尔迪埃摸着下巴，暗自想道：

"他可真行，这个庭长先生！"

施瓦布让人解释清楚了何为奁产制度之后，立即为朋友应承了下来。这一条款恰正满足了他对弗里茨的希望，他一直希望能找到一种办法，防止弗里茨以后重新陷于贫困的境地。

"现在正好有价值一百二十万法郎的农庄和草场要出手。"庭长说道。

"我们有法兰西银行一百万的股票，作为我们银行与法兰西银行交易的保证，这足够了。"施瓦布说，"弗里茨不愿意超过二百万的生意投资。庭长先生提出的要求，他会满足的。"

庭长把这些消息告诉了家里的两位女人，她们听了高兴得简直都快疯了。从来没有过这么肥的鱼心甘情愿地往婚姻这张网里钻。

"那你就做定了布鲁讷·德·玛维尔太太了。"父亲对女儿说，"我一定会替你丈夫争取到这个姓，以后他还会获得法国国籍。若我当上法国贵族院议员，他以后还可以继承我的位置！"

庭长太太整整用了五天时间为她女儿做准备，见面那一天，她亲自给塞茜尔穿衣，亲手替塞茜尔打扮，处处是那么用心，简直像是"蓝色舰队"的司令亲手装备英国女王的游船，供她乘船去德国访问。

邦斯和施穆克那一边，则收拾起收藏馆、住房和家具来，他们又是扫地，又是抹灰尘，就像是水兵以巧手擦洗旗舰。木雕中不见一粒灰尘，所有铅器都熠熠闪亮。保护色粉画的玻璃让人一目了然，清清楚楚地观赏到拉图尔、格勒兹和利乌塔尔的作品，利乌塔尔是《巧克力女郎》的杰出作者，可惜他那幅奇迹般的杰作生命短暂。佛罗伦萨铜雕上那无法模仿的珐琅光芒闪烁。彩绘玻璃呈现出细腻的色彩，绚丽夺目。在这场由两位诗人一般的音乐家组织的杰作音乐会上，一切都有着闪光的形式，将一个个音乐短句，投向你的心灵。

第十章　一个德国人的想法

两位女人相当精明，为了避免出场时的尴尬，便抢先登场，想占住自己的地盘。邦斯把他的朋友施穆克介绍给这两位亲戚，可在她们眼里，他简直是个呆子。两位无知的女人一心想着拥有四百万家财的新郎，心不在焉地听着老实人邦斯作艺术讲解。她们的目光也很冷漠，瞧着两个精美的框子里错落有致地放置在红丝绒上的珀蒂托珐琅。无论是梵·于伊索姆、大卫·德·海姆的花卉，还是亚伯拉罕·米尼翁的昆虫，或是凡·艾克兄弟，阿尔布鲁希·丢勒，真正的克拉纳赫，乔尔乔涅，塞巴斯蒂亚诺·德·皮翁比诺，贝克赫伊森，霍贝玛和热里科的旷世之作，都不能激起她们的好奇心，因为她们等待的是该能照亮这些财富的太阳；不过，当她们看到某些伊特鲁立亚首饰如此精美，发现一些烟壶的实际价值，也感到非常惊奇。正当她们讨好地用手拿着佛罗伦萨铜雕出神的时候，茜博太太通报布鲁讷先生驾到！她们丝毫没有转动一下身子，而是借着一块镶在巨大的乌木雕花框中的威尼斯镜子，细细打量着那位盖世无双的求婚者。

弗雷代利克事先得到威廉的提醒，把剩有的那几根头发拢在一起。他下着一条颜色深暗，但色调柔和漂亮的裤子，上穿一件式样新颖，非常雅致的丝绸背心，一件弗里斯女子手工制作的细布透孔衬衣，系一条白条纹蓝领带。表链和手杖柄出自弗罗朗－

夏诺尔老店。至于外衣，是格拉夫老爹挑最漂亮的呢料亲手裁剪的。那一双瑞典手套，说明此人早已吃光了他母亲的遗产。如果两位女人没有听到诺曼底街的车轮声，只要看一看他那双油光闪亮的靴子，就可想象出银行家乘坐的双马低篷马车。

如果说二十岁的浪子就已经有了银行家的胚胎，那么到了四十岁上，自然便会脱胎成为一个精明干练的观察家，布鲁讷心里清楚，一个德国人完全可以凭他的天真获得一切好处。这天早上，他全然一副茫然的神态，仿佛处于人生的关口，不知应建立家庭生活，还是应继续过着单身汉花天酒地的日子。在一个法国化的德国人身上，这种表情让塞茜尔觉得他是个再也典型不过的传奇小说人物。她把维尔拉兹的后代看作是少年维特。天下哪有年轻的姑娘不把自己的婚姻故事当作是一部小小说的？布鲁讷一看到那四十年来耐心搜集的美妙作品，立即兴致盎然，评价起来，邦斯也非常高兴，因为第一次有人看到了这些作品的真正价值，此时，塞茜尔觉得自己简直是世界上最幸福的女人。

"他是个诗人！"德·玛维尔小姐心里想，"在他眼里，这值几百万。诗人是不会计算的，会让他妻子去管理家产；这种人很容易摆弄，只要让他玩玩无聊的小东西就满足了。"

老人邦斯卧室的两扇窗户上，每一块玻璃都是瑞士产的彩色玻璃，最不起眼的一块也值一千法郎，而这样的精品，他总共有十六块，如今鉴赏家们都在到处寻访。一八一五年，这种彩色玻璃只卖六法郎至十法郎一块。在他的这一神奇的收藏馆中，还有六十幅画，全都是纯粹的杰作，百分之百的真迹，没有修补过一笔，其价钱只有在拍卖行热闹的竞价中才能得知。每一幅画，都配有衬框，框子绚烂夺目，价值连城，而且式样齐全，有威尼斯画框，大块的雕花装饰，像是现代英国餐具上的画样；有罗马画框，以艺术家所说的"精心雕琢"，而显得别具一格；有西班牙画框，衬以大胆的叶旋涡饰；还有佛来米的，德国的，上面刻着天真的小人像；另有嵌着锡、铜、螺钿或象牙的玳瑁框；有乌木框、黄杨框、黄铜框，以及路易十三式、路易十四式、路易十五式和路易十六式的框子，总之，全套收藏绝无仅有，集中了世上最美的式样。邦斯比德累斯顿和维也纳的艺术珍品馆的馆长还更幸运，竟藏有大名鼎鼎的布鲁斯托隆制作的框子，布鲁斯托隆可谓木雕界的米开朗琪罗。

每见到一件新古董，德·玛维尔小姐自然都要求解释。她请布鲁讷授艺，教她识别这些奇妙的珍宝。每听到弗雷代利克介绍一幅画、一件雕器，或一件铜器的美之所在和价值，她都发出天真的啧啧赞叹声，显得那么幸福，连德国人都活跃了起来，脸也变得年轻了。结果初次见面，双方都比原来希望的更进了一步，这自然是因为偶然相遇的缘故。

这次见面前后共三个小时。下楼时，布鲁讷把手伸给了塞茜尔。塞茜尔精明地放缓脚步，慢慢从楼梯上往下走，一边仍然谈论着美术，见这位求婚的男子对邦斯舅公的那些小玩意儿赞叹不已，感到十分诧异。

"您果真认为我们刚才看到的那些玩意儿很值钱？"

"噢！小姐，如果您舅公愿意把他的收藏品卖给我，我今晚就可以出八十万法郎，而且还是桩不坏的买卖。若公开拍卖，那六十幅画就不止这个数。"

"既然您这么说，我就信了。"她说道，"那肯定是真的，因为这最让您动心。"

"噢！小姐！……"布鲁讷嚷叫起来，"对您的这一责怪，我没什么可说的，我只请求您母亲允许我到她府上去，让我有幸再见到您。"

"我的小丫头，多机灵啊。"紧跟在女儿身后的庭长太太心里想，可嘴里高声回答道，"那真太高兴了，先生。希望您能跟邦斯舅舅一同来吃饭；庭长先生一定会很高兴与您认识……谢谢了，舅舅。"

说着，庭长夫人用力一把抓住邦斯的胳膊，真是意味深长，连"我们可是生死在一起了"这样的誓言都不及她这一抓有力。她拥抱了一下邦斯，边说"谢谢了，舅舅"，边朝他递了个媚眼。

等把姑娘送到车上，出租马车消失在夏尔洛街上之后，布鲁讷便跟邦斯谈起古董来，可邦斯却只提亲事。

"您看没有什么问题吧？……"邦斯问道。

"噢！"布鲁讷回答道，"小姑娘没什么分量，她母亲人有点儿一本正经……我们再看看吧。"

"将来可有一大笔财产。"邦斯提醒道，"一百多万呢……"

"星期一见！"百万富翁打断了他的话，"要是您愿意卖您收藏的那套画，我可以出五六十万法郎……"

"啊！"老人惊叫起来，他没想到自己竟这么富有，"可它们给了我幸福，我舍不得……要卖也只能在我死后交货。"

"那我们以后再说……"

"这下两桩事都开始在办了。"收藏家说道，可他心里只想着亲事。

布鲁诺给邦斯行了礼，便坐上华丽的马车走了。邦斯看着小篷车快速离去，没有注意到雷莫南克正抽着烟斗，站在门口。

当天晚上，德·玛维尔庭长太太便去公公家讨教，发现博比诺一家人也在那儿。做母亲的要是没有能猎获到一个亲戚的儿子做女婿，自然会存有几分报复心，正是为了满足这种心理，德·玛维尔太太透露说塞茜尔有了一门绝好的亲事。"塞茜尔嫁给谁呀？"大家都迫不及待地问。于是，庭长太太自以为守着秘密，说了许多似是而非的话，又咬耳朵说了许多悄悄话，再经贝尔迪埃太太一证实，第二天，在邦斯因好吃而历尽甘苦的那个资产阶级圈子里，便出现了这样的传说：

"塞茜尔·德·玛维尔要嫁给一个年轻的德国人，小伙子纯粹是出于仁慈之心才当银行家的，因他有四百万的家产；他简直是个小说人物，是个名符其实的少年维特，人长得可爱，心地又善良，过去也做过荒唐事，可现在迷上了塞茜尔，几乎都快发疯似的；真是一见钟情，再说塞茜尔赛似邦斯画中的那一个个圣母，这桩亲事肯定是十拿九稳。"

又过了一天，有几个人上门向庭长太太贺喜，可唯一的目的就是想看一看所谓的金牙齿是否确实存在。而庭长太太变换着各种辞令，令人赞叹不已，做母亲的完全可以像过去查阅《文书大全》一样，拿她的话作参考。

"要等出了市政厅和教堂，婚事才算办成，"她对施弗勒维尔太太说，"目前我们还处于见面阶段；为此，还得靠您的情分，千万别张扬我们期望中的事……"

"您真有福气，庭长太太，如今结门亲事可难了。"

"是的！这次是碰上了运气；不过结亲往往是靠运气。"

"那您果真要把塞茜尔嫁出去了？"卡尔多太太问道。

"是的。"庭长太太回答道，她当然听得出"果真"两个字的讽刺含义。"我们过去要求太苛刻，把塞茜尔的婚事耽搁了。现在什么条件都有了：财产，和蔼的性情，善良的品格，人长得又帅。我亲爱的小姑娘也完全配得上这一切。布鲁讷先生是个可爱的小伙子，气度不凡。他喜欢阔气，知道生活，疯似的爱着塞茜尔，那是真诚的爱。虽然他有三四百万的家产，可塞茜尔还算是接受了他……我们并没有这么高的奢望，可是……有钱并不坏事……”

“促使我们下决心的，倒不是男方钱多，而是对我女儿的感情。”庭长太太又对勒巴太太说，“布鲁讷先生太着急了，他要求法定期限一满就结婚。”

“他是外国人吗？”

“是的，太太；可我承认我真太幸福了。我得到的不是一个女婿，而是个儿子。布鲁讷先生感情细腻，真的很有魅力。谁也想象不到他会那么乐意接受奁产制度来结这门亲事……这对家属来说是最大的安全保障。他要买下价值一百二十万法郎的草场，以后全归入玛维尔的田产。”

第二天，她又以同一个题目，变换着做了别的文章。于是，布鲁讷先生成了王爷，无论做什么事，完全是王爷气派；他从来不计较什么；要是德·玛维尔先生可以为他取得彻底的法国国籍（司法部完全应该为他破这个小例），那女婿以后也能成为法国贵族院议员。谁都不知道布鲁讷有多大的财产，他有巴黎最骏的马，最漂亮的马车，等等。

卡缪佐一家如此兴奋地到处张扬他们期望中的事，恰正说明这桩得意的大事原来是想也不敢想的。

在邦斯舅舅家见面不久，德·玛维尔很快在太太的催促下，正式请司法部长、法院首席院长和总检察长在那个盖世无双的新婿上门的日子到家里来吃饭。尽管约的日子很仓促，三位大人物还是答应了。他们也都明白这位家长让他们起的是什么作用，于是欣然相助。在法国，人们都比较乐意救助那些想钓个有钱女婿上门的母亲。博比诺伯爵夫妇虽然觉得这样请客味道不正，但还是听凭安排，同意为那天的安排补个缺。客人总共有十一位。既然如上文所看到的，布鲁讷先生被说成一个德国最富有的资本家，情趣高雅（他爱小丫头），是纽沁根、凯勒、杜蒂勒等人未来的竞争对手，那这次聚会的目的，就是要以贵宾的地位来迫使布鲁讷先生最终拿定主意，所以，塞茜尔的祖父，老卡缪佐和他的太太不可能不出场。

"今天是我们会客的日子。"庭长太太以非常讲究的直爽口气对被她视作女婿的人说，一边向他介绍客人，"来的都是熟人。首先是我先生的父亲，您知道，他就要晋升为贵族院议员了；再就是博比诺伯爵夫妇，尽管他儿子没有相当的家产，配不上塞茜尔，可我们照旧还是好朋友；还有我们的司法部长，我们的首席院长，我们的检察长，总之，都是我们的朋友……由于议院开会要到六点钟才结束，我们用晚餐的时间不得不迟一点。"

布鲁讷意味深长地看了看邦斯，邦斯搓着双手，仿佛在说："都是我们的朋友，我的朋友！……"

庭长太太是个十分机灵的女人，她想让塞茜尔单独与她的维特待一会儿，说有点儿特别的事要跟她舅舅说，塞茜尔十分健谈，还故意让弗雷代利克看到她藏起来的一部德语词典，一本德语语法和一部歌德的作品。

"啊！您现在学德文？"布鲁讷脸一红，问道。

只有法国女人才会设出这种圈套。

"啊！"她说，"您真坏！……先生，翻我藏起来的东西，这可不好。我想读歌德的原著，"她补充说，"我学德语已经两年了。"

"德语语法肯定很难懂吧，这书还只裁了十页……"布鲁讷天真地指出。

塞茜尔不知所措，扭过身去，不让他看见她发红的脸色。德国人是经不起这种表示的，他挽起塞茜尔的手，拉过她的身子，用目光盯着她，她一声不吭，两人就像是奥古斯都·拉封代纳小说中的未婚夫妻一样，难为情地你看着我，我望着你。

"您真可爱！"他说。

塞茜尔装出怪嗔的样子，像是在说："您呀！谁见了您会不爱呢？"

"妈妈，一切都很顺利！"她凑到刚和邦斯一起过来的母亲耳边，说道。

处在这样一个夜晚的一个家庭的情景是无法描绘的。人人都为做母亲的给女儿抓到了一门好亲事而感到高兴。大家尽说些一语双关或双管齐下的道喜的话，布鲁讷装着不明白，塞茜尔心领神会，而庭长则巴不得有人多说好话。塞茜尔以再也巧妙不过的手段，悄悄地告诉邦斯，说她父亲想送给他一份一千二百法郎的年金，邦斯一听，全身的血都涌到了耳根，嗡嗡作响，仿佛看见戏台边所有的煤气灯霍地全都亮了起来。他一口回绝，说经布鲁讷指点，他知道自己有的是财产。

部长、首席院长、检察长、博比诺夫妇和所有忙前忙后的人一个个全都走了。屋里很快只剩下了老卡缪佐、退休的公证人卡尔多和他的女婿贝尔迪埃。邦斯老人见都是家里人，便愚不可及地向庭长夫妇表示谢意，感谢塞茜尔刚才的提议。心肠好的人都是这样，凡事都好冲动。布鲁讷觉得给邦斯的这笔年金像是一笔奖赏，马上就像犹太人一样，考虑起自己的一份来，于是摆出一副姿态，显示出精于盘算的小人那种远远不仅是冷漠的若有所思的样子。

"我的收藏品或它们卖的价钱，不管我跟我们的朋友布鲁讷做成交易，还是我留着不卖，将来总是要归到你们家的。"邦斯说道，告诉亲戚家他拥有巨大的财富，他们听了非常吃惊。

布鲁讷看到所有这些无知的人物顿时对从贫困境地跃入富豪圈子的邦斯表示出好感，在这之前，他已经发现塞茜尔是全家的偶像，她父母非常宠她，于是，他存心逗一逗这些体面的布尔乔亚，逗得他们惊讶不已，连连发出赞叹声。

"我跟小姐说过，邦斯先生的画对我来说值这个价；可就独一无二的艺术珍品的价值而言，任何人都不能断言在公开拍卖时这套收藏品到底值多少。光那六十幅画就可卖一百万，我看其中有好几幅单价就可卖到五万法郎。"

"要是您的继承人就好了。"前公证人对邦斯说道。

"可我的继承人，是我的小外孙女塞茜尔。"老人只认他的亲戚关系，回答道。

顿时激起一片对老音乐家的赞美之情。

"她将来一定是一个很富有的继承人。"卡尔多走时笑着说。

最后只留下了老卡缪佐、庭长、庭长太太、塞茜尔、布鲁讷、贝尔迪埃和邦斯。大家都以为下面就要举行向塞茜尔的正式求婚仪式。果然，等到就剩下这些人在场时，布鲁讷开口问了一句，在亲戚们听来，这一句可是个好征兆。

"我想小姐是独生女吧……"布鲁讷问庭长太太。

"当然是的。"她骄傲地回答道。

"这样您就不会跟任何人发生纠葛了。"老人邦斯说道，他一心想让布鲁讷拿定主意，开口求婚。

布鲁讷却变得心事重重，可怕的沉默造成了极度异常的冷场，仿佛庭长太太方才招认了她的小丫头患有癫痫病似的。庭长觉得女儿不该在场，朝她递了个眼色，塞茜尔马上明白，走了出去。布鲁讷还是缄口不语。大家面面相觑。局面变得十分尴尬。老卡缪佐毕竟经验丰富，把德国人领到庭长太太的卧室，说要让他瞧瞧邦斯寻觅到的扇子，他猜想肯定是出现了什么难题，便示意他儿子、儿媳和邦斯让他单独跟孙女的未婚夫待一会儿。

"瞧瞧这件杰作！"老丝绸商拿出扇子说道。

"值五万法郎。"布鲁讷细看之后，回答道。

"先生，您不是来向我孙女求婚的吗？"未来的法兰西贵族院议员问道。

"是的，先生。"布鲁讷回答说，"我请您相信，对我来说，没有比这更让我高兴的亲事了。我再也不可能找到比塞茜尔更漂亮，更可爱，更让我称心的姑娘，可是……"

"啊！不要说什么可是，"老卡缪佐说，"要不，让我们马上看一看您的'可是'的含义，我亲爱的先生……"

"先生，"布鲁讷严肃地说，"我很高兴我们彼此没有什么承诺，因为对大家来说，独生女是个非常珍贵的条件，可对我来说则不然，请相信我，我不知道它有什么好处，反而是个绝对的障碍……"

"怎么，先生，"老人惊诧不已，说道，"您竟把巨大的利益看作是个缺点？您的品德实在不凡，我倒想知道其理由所在。"

"先生，"德国人冷静地说，"我今天晚上来，是带着向庭长先生的女儿求婚的愿望的。我多么想给塞茜尔小姐一个辉煌的前程，只要她同意，就把我的所有财富都献给她；可是，一个独生女，是个被父母宠惯了的孩子，养成了随心所欲的习惯，从来没有被人违拗过。在这里和在许多人家一样，我发现都有着对这类女神的崇拜：您的孙女不仅是全家的偶像，而且庭长太太还把她捧到……您知道我的意思！先生，我亲眼见过我父亲那个家正是由此原因而变成地狱的。我的继母造成了一切灾难，她也是独生女，受人疼爱，结婚前可谓是最迷人的姑娘，可结婚后变成了魔鬼的化身。我不怀疑塞茜尔小姐可能是这一套观点的一个例外；可我已经不年轻了，我已经四十岁，年龄的差异会造成困难，是不可能会让一个年轻的姑娘获得幸福的，她已经习惯于庭长太太对她百依百顺，对她的话，庭长太太简直是像接圣旨一般。我有什么权利要求塞茜尔小姐改变她的思想和习惯呢？过去，对她的反复无常，她父母都乐于迁就，可将来面对的，是一个自私自利的四十岁的男人；若她坚持不改，那失败的就是那个四十岁的男人。因此，我还是做个诚实的人，我先撤走。再说，倘若非要我对仅来此拜访一次的原因作出解释，那我愿意完全牺牲自己……"

"如果这就是您的原因，"未来的贵族院议员说，"那不管它们有多么古怪，还是有道理的……"

"先生，请不要怀疑我的诚意。"布鲁讷有力地打断对方的话，说道，"如果您认识一位可怜的姑娘，家里兄弟姐妹一大群，尽管没有家产，但却很有修养，这样的姑娘法国就有很多，只要她的性格能给我保证，我就娶她为妻。"

这番表白之后，出现了一阵沉默，弗雷代利克趁机离开了塞茜尔的祖父，客客气气地向庭长夫妇行了礼，告辞走了。塞茜尔跑了出来，只见她脸色煞白，像死人一般，以此对他的维特的告退方式作出了生动的评价。她刚才一直躲在母亲的藏衣间里，所有的话她都听到了。

"被他拒绝了！……"她凑到母亲耳边说。

"为什么？"庭长太太问公公，公公很为难。

"借口很漂亮,说独生女都是些被宠坏了的孩子。"老人回答说，"不过他并没有全错。"老人又补充说道，他抓住这个机会，指责起儿媳来，二十年来，儿媳实在让他感到厌烦。

"我女儿是死定了！您是要了她的命！"庭长太太扶着女儿冲着邦斯说，塞茜尔觉得应验母亲的话奇妙无比，于是顺势倒在了母亲的怀里。

庭长和他妻子把塞茜尔扶到一张椅子上，她终于晕了过去。祖父连忙打铃叫来下人。

第十一章　掩埋在沙砾下的邦斯

　　"我发现全是先生策划的阴谋！"愤怒的母亲指着可怜的邦斯说。

　　邦斯直起身子，似乎听到最后审判的号角在他耳边奏响。

　　"先生，"庭长太太继续说，两只眼睛仿佛喷射出绿色的毒汁，"别人跟您开了个玩笑，并无恶意，先生却想以侮辱来报复。让谁会相信那个德国人没有丧失理智？他要不是进行残酷报复的帮凶，就是疯了。邦斯先生，您想方设法，要让我们这个家丢脸，蒙受耻辱，那么，希望您以后好自为之，免得让我在这里看到您生气。"

　　邦斯简直成了一尊雕像，两只眼睛直勾勾地盯着地毯上的玫瑰花饰，转动着大拇指。

　　"怎么，您还站在这里，忘恩负义的魔鬼！……"庭长太太吼叫道，一边转过身去。"要是先生上门，就说我们不在家，我丈夫和我都不在。"她指着邦斯，对下人们说，"快去请医生，让。你，玛德莱娜，把鹿角精拿来！"

　　在庭长太太看来，布鲁讷提出的理由不过是借口而已，里面肯定还隐藏着秘不可宣的理由；不过，正因为如此，这门亲事算是必断无疑了。在重大关头，女人们往往主意来得特别快，德·玛维尔太太找到了补救这次失败的唯一办法，那就是把一切都归咎于邦斯，说他是早有预谋，存心报复。这一想法对邦斯来说，实在恶毒，可却能保住家庭的面子。德·玛维尔太太对邦斯始终怀有刻骨仇恨，于是把女人家常见的疑心变成了事实。一般来说，女人们都有特别的信仰，特有的伦理道德，凡是对她们的利益和爱好有利的，都被认为是现实。庭长太太走得就更远了，整个晚上，她都在说服丈夫相信自己的那一套，到了第二天，法官也对他舅舅的罪过确信无疑。大家一定会觉得庭长太太的所作所为实在卑鄙可恨，可处在这种情况下，哪一个做母亲的都会效法卡缪佐太太，宁可牺牲一个外人的名誉，也不能让女儿的名誉受损。手段当然会有不同，但目的是一致的。

音乐家快步走下楼梯；可到了街上，便步履缓慢地走着，一直走到戏院，像机器人似的进去，又像机器人似的走到指挥台上，机器人似的指挥起乐队来。幕间休息时，他对施穆克都似理非理的，施穆克只得掩饰住内心的不安，心想邦斯准是疯了。在一个像邦斯一样孩子气的人身上，刚刚发生的一幕不啻是一场灭顶之灾……本来他想给人以幸福，可却激起了可怕的仇恨，这世界存在的一切不是彻底颠倒了吗？在庭长太太的眼睛、手势和声音里，他终于看到了不共戴天的仇恨。

第二天，卡缪佐·德·玛维尔太太作了一项重大的决定，这是逼出来的，但庭长还是同意了。他们终于决定，把玛维尔田产、汉诺威街的住宅，外加十万法郎，作为塞茜尔的陪嫁。早上，她便动身去见博比诺伯爵夫人，因为她心里明白，只有拿一门现成的亲事才能弥补这样的失败。她谈起了邦斯可怕的报复和他存心策划的可鄙的阴谋。当人家听到对方借口姑娘是独生女，断了这门亲事，那德·玛维尔太太所说的一切也就可信了。最后，庭长太太巧妙地炫耀起拥有博比诺·德·玛维尔这样一个姓氏的好处之多和陪嫁的数目之大。按诺曼底的田产百分之二的利计算，玛维尔那处不动产约值九十万法郎，汉诺威街的房子估价为二十五万。只要是通情达理的，哪一家都不会拒绝结这样一门亲事的。因此，博比诺伯爵夫妇答应了亲事。另外，既然成了一家人，为了这个家的荣誉，他们答应一定帮助对前一天发生的倒霉事作出解释。

就这样，在塞茜尔祖父老卡缪佐的府上，前几天的那帮人又聚到了一起，那一次，庭长太太曾为布鲁讷大唱颂歌，今天又同样是这位庭长太太，由于谁都怕跟她开口，她只得勇敢地主动作一番解释。

"真的，"她说道，"如今只要涉及婚姻，总是防不胜防，尤其是与外国人打交道。"

"为什么呢，太太？"

"您遇到什么事了？"施弗勒维尔太太问。

"您没听说我们跟那个布鲁讷的倒霉事？那个人斗胆想向塞茜尔求婚……可他父亲是个开小酒店的德国人，舅舅是个卖兔子皮的。"

"这怎么可能？您目光可是很亮的！……"一位太太说。

"那些冒险家太狡猾了！不过，我们通过贝尔迪埃，还是了解到他的一切底细。那个德国人的朋友是个吹笛子的穷鬼！跟他来往的有一个是在玛伊街开小客栈的，还有一些裁缝……我们还了解到他过的是荒淫无度的生活，他已经吃光了母亲的遗产，像这样的怪物，再多的家产也不够他败的……"

"不然，您家小姐可真要吃大苦了！……"贝尔迪埃太太说。

"那人是怎么介绍给您的？"年迈的勒巴太太问。

"是邦斯先生要报复我们；他给我们介绍了那个漂亮的先生，

想让我们丢脸！……那个叫布鲁讷的，德文是'小井'的意思（他们把他当作王爷介绍给了我们），可他身体相当糟糕，秃脑袋，烂牙齿；我见了他一面，就对他不相信了。"

"那您跟我说过的那一大笔家财呢？"一位年轻的妇人怯生生地问。

"他的家产并不像说的那么大。做裁缝的，开旅馆的，以及他本人，刮尽了钱箱，凑钱开了一家银行……如今，开银行意味着什么呢？那简直是一张倾家荡产的许可证。做太太的睡觉时有一百万，可一觉醒来，有可能只剩下'自己的私房钱'。一见他的面，听他一开口，我们就已经看透了那个先生，他对我们的习惯一无所知。看他戴的手套，穿的背心，就知道他是个做工的，父亲在德国开小酒店，没有什么高尚的情操，就能喝啤酒，抽烟！……啊！太太！每天要抽二十五烟斗的烟！我可怜的莉莉会有什么好日子过？……我现在还心悸呢。是上帝救了我们的命！再说，塞茜尔也不喜欢那人……一个亲戚，我们家的一个常客，二十年来每星期要到家里来吃两顿饭，我们待他好极了，他还真会演戏，当着司法部长、检察长、首席院长的面，宣布塞茜尔是他的继承人，我们哪能料得到他竟然会耍这样的诡计呢？……那个布鲁讷和邦斯先生串通一气，互相吹嘘拥有几百万！……不，我敢说，太太们，你们也会上这种艺人的当的！"

短短几个星期，博比诺家，卡缪佐家，再加上那些主动参战的人家，轻而易举就在上流社会获得了胜利，因为谁也不替邦斯辩护，邦斯这个可怜虫，吃白食的，阴谋家，吝啬鬼，伪君子，经受着众人的蔑视，被视作伏在旁人家中取暖的毒蛇，极其邪恶的小人，危险的江湖骗子，应该把他彻底忘掉。

假维特回绝亲事差不多一个月之后，一直经受神经性高热病折磨的邦斯才可怜巴巴地第一次下床，由施穆克扶着，在太阳底下沿着大街散步。在坦普尔大街，看到这一对榛子钳一个病得这副样子，另一个令人感动地照顾着正在恢复健康的朋友，再也没有人笑话他俩了。等到了普瓦索尼埃尔大街，邦斯一闻到生机勃勃的闹市气息，脸上也有了血色；在这条大街上，人很多，空气流动，富有活力，所以在罗马那个又挤又脏的犹太人居住区，连疟疫都不见了。也许是以前他看惯了这场面的缘故，反正见到巴黎这热闹的景象，确实对病人起了作用。在杂耍剧院的对面，邦斯跟施穆克分了手，方才，他俩一直肩并肩往前走，可病体正在恢复之中的邦斯时不时撇下他的朋友，仔细瞧着小店里才摆出来的新玩意儿。没想到他迎面撞见了博比诺伯爵，这位前部长是邦斯最尊敬、最崇拜的人士之一，所以，他毕恭毕敬地跟伯爵打了招呼。

"啊！先生，"法国贵族院议员冷冷地回答说，"你存心要侮辱人家，让人家丢脸，想不到你还变着法子来跟那个人家的亲戚打招呼，你那种报复手段，只有艺人才想得出……先生，请记住，从今天开始，我们谁也不认得谁了。你在玛维尔家的所作所为，激起了整个上流社会的愤怒，博比诺伯爵夫人也同样很气愤。"

前部长说罢便走，把邦斯丢在那儿，像遭雷击一般。无论是情欲、法律、政治，还是社会当权者，他们打击别人的时候，是从来不问对方的情形的。这位国务活动家，为了家族的利益，恨不得把邦斯碾个粉碎，自然丝毫看不到这个可怕仇敌的身体是多么虚弱。

"你怎么了，我可怜的朋友？"施穆克问，他的脸色跟邦斯的一样苍白。

"我的心口刚刚又挨了一刀。"老人扶着施穆克的胳膊,回答道,"我想只有善良的上帝才有权利行善,所以,所有想掺和做这种苦差事的人都受到极其残酷的惩罚。"

艺术家的这句讽刺话,实际上是这个好心的老人为消除出现在朋友脸上的恐惧神色而作出的最大努力。

"我想也是。"施穆克简单地附和道。

对邦斯来说,这实在是无法解释的事,塞茜尔结婚,卡缪佐家和博比诺都没有给他送请帖。在意大利人大街上,邦斯看见卡尔多先生朝他走来。由于法国贵族院议员早已有话在先,邦斯极力避免耽搁这位人物走路,只是跟他打了个招呼。去年,邦斯每隔半个月都要去卡尔多府上吃饭,可如今,这位区长兼巴黎议员却怒气冲冲地看了邦斯一眼,没有给他还礼。

"你去问问他,他们到底有什么跟我过不去的。"老人对施穆克说。对邦斯遇到的倒霉事,施穆克实际上连细枝末节都清楚。

"先生,"施穆克机智地对卡尔多说,"我朋友邦斯刚刚生了一场病,您恐怕没有认出他来吧?"

"当然认得。"

"可您有什么好责怪他的呢?"

"您那个朋友是个忘恩负义的魔鬼,他这种人,如果说还活着,那完全是如俗话所说,杂草除了也会长的。对那些艺人,人们确实有必要多提防点,他们一个个像猴子一样,很刁,也很邪恶。您那个朋友想方设法要糟蹋他那个家族,让一个年轻的姑娘丢脸,只是因为别人开了一个并无恶意的玩笑,他要报复。我不愿意再跟他有任何关系;我会尽量忘记我认识这个人,忘记他的存在。先生,这些想法是我全家所有人的想法,也是他的家庭,以及过去所有看得起邦斯，接待过他的人的想法……"

"可是，先生，您是一个通情达理的人，如果您允许的话，请让我给您解释一下事情的经过……"

"要是您乐意，您尽管做他的朋友好了。"卡尔多回答说，"可不要多说了，我觉得有必要先把话跟您说明白，不管是谁，只要试图为他开脱，辩护，我都不答应。"

"为他分辩都不行？"

"对，他的行为是可耻的，所以是无法分辩的。"说罢，塞纳省议员便抬腿继续走他的路，不想再听别人一个字。

"已经有两个当权的跟我过不去了。"等施穆克把所有那些野蛮的诅咒告诉给邦斯之后，邦斯微微一笑，说道。

"所有人都跟我们过不去。"施穆克痛苦地说，"我们走吧，免得再碰到别的畜生。"

施穆克这一辈子简直像羊羔一样温顺，他是生来第一次骂出这样的话。他那几乎超凡脱俗的宽容之心从不曾受到过骚扰：即使世间的一切灾难都落在他的头上，他也会天真地一笑了之；可是如今看到别人欺侮灵魂高尚的邦斯，欺侮这位默默无闻的亚里士多德，这位逆来顺受的天才，这个洁白无瑕的灵魂，这个慈悲的心肠，这块纯洁的金子……他像阿尔塞斯特一样，实在太气了，气得把邦斯以前的那些东家叫作畜生！在这个温和的人身上，这份激动无异于罗朗的狂怒。施穆克唯恐再碰到什么人，让邦斯转身往坦普尔大街方向走去；邦斯任他引路，因为这位病人所处的境地，就像是那些陷入绝境的斗士，已经不在乎挨多少拳了。可偏偏命中注定，人世间的一切都不放过这位可怜的音乐家。滚落到他头上的泥石恐怕无所不包：有贵族院议员，有国会议员，有亲戚，有外人，有强者，有弱者，也有头脑简单的人们！

邦斯往家里走时，在普瓦索尼埃尔大街上看见卡尔多女儿迎面走来，这位女人年纪轻轻但吃过不少苦头，所以还是比较宽容的。她曾因做了一桩至今仍未公开的错事，成了丈夫的奴隶。在邦斯过去常去吃饭的人家中，贝尔迪埃夫人是他唯一真呼其名的女主人，他叫她"菲利茜"，而且往往觉得她是理解他的。这位性情温柔的女性为迎面遇到邦斯舅舅显得有点尴尬；因为尽管邦斯跟老卡缪佐第二位妻子家没有任何亲戚关系，可他还是被当作舅舅看待的；菲利茜·贝尔迪埃见躲不过邦斯，索性在病人面前停下脚步。

"舅舅，我并不相信您是恶人；可要是我听到的有关您的传闻中，有四分之一是真的话，您这人就太虚伪了……噢！您别为自己分辩！"看见邦斯做了个手势，她急忙补充说道，"这用不着，原因有二个。一是我没有任何权利去谴责、评判或控诉什么人，因为我知道，在别人看来最有罪过的人往往都可以为自己申辩；二是您的申辩无济于事。为德·玛维尔小姐和博比诺子爵办理婚约的贝尔迪埃先生对您非常生气，要是他知道我跟您说过什么，知道我还跟您说话，他一定会指责我的，现在大家都跟您过不去。"

"我看得一清二楚，太太！"老音乐家声音激动地说，向公证人的妻子恭恭敬敬地行了个礼。

接着，他又步履艰难地继续往诺曼底街走去，身体的整个重量落在施穆克的胳膊上，让德国老人觉得邦斯是硬撑着已经衰弱的身体。邦斯的这第三次遭遇，不啻是躺在上帝脚下的羊羔发出的判决；羊羔是可怜人的天使，平民的象征，它的愤怒，传达了上天的最后判决。两个朋友回到家中，一路上彼此没有说一句话。在人的一生中，有的时候只能感觉到有个朋友在自己身边。安慰的话要说出来，只会刺痛伤口，让人看到那伤口是多么深。老钢琴家如你们看到的一样，天生重友情，又有着吃过苦头的人特有的敏感，知道什么是痛苦。

这次出门散步恐怕是老人邦斯最后一次了。老人一病未愈，又得了一场病。由于他是多血质兼胆质的人，胆汁进了他的血中，因此患了严重的肝炎。除了这连续两场病，他这一辈子还没有得过其他的病，所以他不认识医生。忠诚而富于同情心的茜博太太出于好心，甚至带着慈母的爱，喊来了本区医生。在巴黎，每个居民区都有一个医生，他的姓名和地址只有本区最下等的阶级，如布尔乔亚和看门人才知道，他们都称他为本区医生。这种医生既管接生，也管放血，在医学界属于《小广告》中那种无事不包的打杂用人之类。可这样的医生由于长期实践，医术较高，而且也不得不对穷人好一点，所以一般来说，都受到人们的爱戴。布朗大夫被茜博太太领到病人家，施穆克很快认出了医生。医生不太经意地听着老音乐家诉苦，说他整个夜里，一直搔着皮肤，那皮肤已经完全失去知觉了。老人的双眼黄黄的一圈，跟他说的症候恰正相符。

"您这两天来肯定有过十分伤心的事。"大夫对病人说。

"唉！是的！"邦斯回答说。

"您害的病，这位先生上次也差点害上。"大夫指着施穆克说，"是黄疸病。可这不要紧。"布朗大夫一边开着处方，又补充了一句。

尽管这最后一句话给人很大安慰，但大夫给病人投出的是希波克拉底①式的目光，虽然以通常的同情心为掩饰，但其中深藏的

---

① 古希腊名医，被誉为医学之父，首次提出医生要尽其所能为病人服务，并保守在给病人诊疗中得悉的秘密等。

死刑判决，是所有想了解真情的人都能看出来的。茜博太太用她那双间谍式的眼睛直逼大夫，对布朗大夫那种耍医学辞令的口气和假装的表情已经悉心领会，便跟着大夫走了出去。

"你觉得这不要紧吗？"茜博太太在楼台上问大夫。

"我亲爱的茜博太太，您先生已经死定了，不是因为胆汁进了他的血中，而是因为他精神已经垮了。不过，要是精心照顾，您的病人还有可能救过来；但得让他离开这儿，带他去旅行……"

"用啥旅行？……"女门房说道，"他只有靠戏院的那个位置挣点钱花，他的这位朋友也只是靠几位贵妇人施舍给他的一点年金过日子，据说，他以前为那几位好心的太太效劳过。这两个孩子，我都照顾了九年了。"

"我这一辈子尽看见一些人死去，他们并不是病死的，而是死于不可救药的致命伤，死于没有钱。在多少顶楼小屋里，我不仅没有让人付诊费，反而不得不在人家的壁炉架上留下百来个铜子！……"

"可怜又可爱的布朗先生！……"茜博太太说，"啊！街上有些守财奴，真是些从地狱里放出来的鬼，他们却有十万镑的年金，要是您有这些钱，那肯定是大慈大悲的上帝派到人间的代表！"

大夫因为深得本区看门人的敬重，总算也有一些主顾，可以勉强过日子，他朝上苍抬起眼睛，活像达尔杜弗似的一噘嘴巴，向茜博太太表示感谢。

"我亲爱的布朗先生，您说只要精心照顾，我们这位心爱的病人还有救？"

"是的，只要他别太伤心，精神上不受到过分的打击。"

"可怜的人啊！谁能伤他的心呢？这人呀，可是个好人，世界上除了他的朋友施穆克，再也找不出来了！我倒要去把事情弄个一清二楚！谁气坏了我先生，让我去好好骂他一顿……"

"请听着，我亲爱的茜博太太，"大夫已经走到了大门口，又说道，"您先生的病有个主要的特点，就是常常会为一件小事而烦躁不安，看样子他不可能找人看护，只有您照顾他了。这样的话……"

"你们是在说邦斯先生吗？"那个做废铜烂铁生意的咬着烟斗问。

他说着从门槛上站了起来，加入了女门房和大夫的谈话。

"是的，雷莫南克老爹！"茜博太太对奥弗涅人说。

"他呀，比莫尼斯特洛尔先生，比所有玩古董的老爷都富……我很在行，可以告诉你们，可爱的邦斯有的是宝贝！"

"噢，那一天，趁两位先生出门，我让您看所有那些古玩意儿的时候，我还以为您是在讥笑我呢。"茜博太太对雷莫南克说。

在巴黎，路石长耳朵，大门长舌头，连窗户的铁栏都长着眼睛，所以在大门口谈话，是再也危险不过的事了。他们说的这最后几句话，就像是一封信末尾的附言，走漏了风声，无论对说话的人，还是对听话的人来说，都是个危害。只要举一个例子，就足以印证这一故事介绍的情况。

第十二章　黄金是个怪物　斯克利布先生词，梅伊比尔曲，雷莫南克景

在帝政时代，男人都很注意修饰自己的头发。一天，当时的一位第一流的理发师从一幢房子里走出来，他刚刚在那里为一位漂亮的女人做完头发，楼里那些有钱的住户也都是他的主顾，其中有一位老单身汉，雇的女管家恨死了先生的继承人。这个单身汉年纪还不大，但重病在身，刚刚请了几名名医会诊，当时，他们还没有被称为医界之王。这几位医生碰巧和理发师一起出门，他们演戏似的会诊之后，既然科学和真理在手，照例都会交换一下看法，所以在大门口分手的时候，他们议论了起来。"这人死定了。"奥德里大夫说。"他活不到一个月了……"代斯甫兰接着说，"除非发生奇迹。"这番话全被理发师听到了耳朵里。此人跟所有理发匠一样，跟当用人的都有联系。在邪恶的贪心支配下，他很快跑到单身汉的家里，答应给女管家一笔相当诱人的奖赏，条件是她得鼓动主人下决心，把大部分家产押作终身年金。重病在身的老单身汉五十六岁，但看上去要老一倍，因为他过去的风流事太多了。在他的家产中，有一幢漂亮的房子，坐落在黎希留街，当时价值二十五万法郎。理发师对这座房子垂涎欲滴，最后还真以三万法郎的终身年金得了手。这是发生在一八〇六年的事。理发师后来退了休，如今已经七十多岁了，直到一八四六年还在付那笔年金。

可那单身汉已经九十六岁了，还像是在童年似的，跟他的女管家埃弗拉尔太太结了婚，看来以后的日子还很长。理发师当初给了女用人三万法郎，整座房子总共花了他一百多万，可今天也不过值八九十万法郎。

奥弗涅人跟这位理发师一样，把盖世无双的小伙子布鲁讷跟塞茜尔见面那一天在门口跟邦斯说的最后几句话，全听到了耳中。此后，他便一心想潜进邦斯的收藏馆去看一看。雷莫南克跟茜博家关系密切，不久便趁两位朋友出门的时候，被领进了他们的屋子。雷莫南克被那么多值钱玩意儿看昏了头，觉得该亮一手，这是生意人的行话，意思是说，这笔财富值得下手。五六天以来，他脑子里尽打着这个主意。

"我这人很少开玩笑，"他对茜博太太和布朗大夫说，"让我们好好谈一谈，要是那位老实巴交的先生愿意接受五万法郎的终身年金，我就送你们一箱家乡酒，只要你们对我……"

"是真话？"医生对雷莫南克说，"五万法郎的终身年金！……可要是老人真这么有钱，有我给他看病，有茜博太太照料他，他的病一定能好……因为肝病对体格健壮的人来说，只是小毛病……"

"我是说五万法郎吧？可有位先生就在这门口跟他提过七十万法郎呢，还只是那些画，嗨！"

听到雷莫南克这"嗨"一声，茜博太太以异样的神色看了看布朗大夫，橘黄色的眼睛里被魔鬼点了一道邪恶的光芒。

"算了！别听这种胡话了。"医生嘴里说道，可得知他的病人完全付得起他的出诊费，心里还是挺高兴的。

"大夫医生，既然先生病在床上，如果可爱的茜博太太愿意让我把我的那位行家领来，我敢肯定不要两个小时，就能弄到那七十万法郎……"

"好了，朋友！"大夫回答说，"噢，茜博太太，注意千万不要让病人生气，您得有耐心，因为弄不好就会惹他生气，让他心烦的，甚至您对他过分关照也不行；您得有思想准备，他会觉得什么都不称心……"

"那就实在太难了……"女门房说道。

"噢，请听我的，"医生口气威严地说，"邦斯先生的命就捏在照顾他的人手中了；我因此每天得来看他，也许一天两次。我今天出诊就从这里开始……"

医生看那投机商一本正经的样子，觉得病人真有可能发财，于是突然一改面对穷苦病人的命运时内心深处的冷漠，变得一腔温情，关怀备至。

"他一定会像皇上一样得到照料。"茜博太太假装出热情，回答道。

女门房等医生拐进夏尔洛街，便又跟雷莫南克谈了起来。做废铜烂铁生意的背倚小店的门框，正在抽着烟斗里最后几口烟。他摆出这副姿态，并不是无意的，他是想让女门房到他这儿来。

这家小店以前是家咖啡店，奥弗涅人承租之后，小店一直还是保持原来的样子。和所有现代的铺子一样，玻璃橱窗上有个长长的横招牌，上面的诺曼底咖啡馆几个字还清晰可见，奥弗涅人恐怕没有花一个子，让建筑行业的某个油漆徒工在诺曼底咖啡馆下面的空当里用刷子刷了一行黑字：雷莫南克，废铁商，收购旧货。不用说，诺曼底咖啡馆的玻璃杯、桌子、高脚凳、隔板等所有家具都给卖了。雷莫南克以六百法郎租了这个空空荡荡的店面，以及后间、厨房和中二楼的一间卧室。这间卧室以前是咖啡馆的领班住的，因为诺曼底咖啡馆还另租了一套独立的住房。咖啡店领班原来还着实装饰了一番卧室，可如今只剩下了与铺里一样的浅绿色墙纸、橱窗外坚固的铁栏杆和插销了。

七月革命后，雷莫南克在一八三一年来到这儿，起初摆摊子，摆出一些破门铃，裂了缝的盘子，废铁，旧天平和被法律禁用的旧秤，法律采用了新度量衡，可偏偏国家不执行，因为仍然公开流通的货币中有路易十六时代制作的一个苏和两个苏的硬币。后来，这位奥弗涅人以抵过五个同乡的力气，收购厨房器具，旧框子，旧铜器和缺角断把的瓷品。买进卖出多了，小店不知不觉地像是尼古拉的滑稽戏，货物的品质越来越好。废铜商用这种神奇但却稳妥的赌法，连本带利地把钱投下去，其效果在较有哲学头脑的过客眼里是很明显的，这些人对那些精明的店家不断增加的价值都要琢磨一番。画框和铜器渐渐取代了白铁器、油灯和瓶瓶罐罐。接着又出现了瓷器。小铺一时成了旧画店，又很快转为博物馆。最后有一天，布满灰尘的玻璃橱窗擦得雪亮，店铺里也装饰一新，奥弗涅人脱下了呢裤和上衣，穿上了礼服；在人们的眼里，他就像一条守着宝物的龙；他身边聚了许多珍品，他本人也成了精明的行家，资本下得越来越大，但从不上任何阴谋诡计的当，因为对这一行的诀窍，他全都十分熟悉。这魔鬼就待在那儿，就像一个老鸨守着她供顾客挑选的二十位年轻姑娘。对这个人来说，艺术的美和奇迹是微不足道的，他既精明又粗俗，盘算的是利润，盘剥的是外行。他简直成了一个做戏的，装出对他的画，对他的嵌木细工家具依依不舍，或装出为难的样子，编造收购价，甚至主动让人看购货清单。总之，这家伙变化多端，同时扮演各种角色，如若克利斯①、丑角雅诺②、蒙多尔③、阿巴贡④或尼哥底母⑤。

到了第三年，便在雷莫南克店里看到了较为漂亮的座钟，盔甲和古画；他出门时，总叫他的妹妹，一个极为丑陋的胖女人步行从乡下赶来帮他看店。这个雷莫南克女人简直像是个白痴，目光呆滞，穿着打扮像个日本偶像，凡是她兄弟定下的价钱，她连一个生丁也不让；另外，她还兼管家务，并且解决了看似无法解决的难题，竟能靠塞纳河上的雾过日子。兄妹俩吃面包、鲱鱼以及一些开饭店的扔在饭店拐角垃圾堆上的烂蔬菜叶子。连面包在内，他们两个每天的开销不超过十二个苏，而这点钱，女雷莫南克还要靠缝衣纺线把它挣回来。

雷莫南克初到巴黎时，只是给人家当差，在一八二五至一八三一年间，他专为博马舍街的古董商和拉普街的锅商跑腿，许多古董商的历史一般来说都是像这样开始的。犹太人、诺曼底人、奥弗涅人和萨瓦人这四个人种具有同样的天性，他们发财的手法也如出一辙。不花一个钱，什么蝇头小利都得挣，连本带利地聚钱，这就是他们的发财宪章。而这一宪章确实很实在。

那时，雷莫南克已与他从前的东家莫尼斯特洛尔重修于好，跟一些大商人做生意，常到巴黎郊区去做旧货买卖（寻找机会，专捡一些手头有货但却外行的人做挣大钱的买卖），大家都知道，巴黎郊区方圆有四十古里。干了十四年之后,他有了六万法郎的财产，还有一个货物充足的小店。诺曼底街的房屋租金低，他一直住在

---

① ② 法国十八世纪家喻户晓的戏剧人物，为常受愚弄的小丑。

③ 出处不详。

④ 莫里哀笔下的吝啬鬼形象。

⑤ 《圣经》人物，法利赛人。耶稣被钉在十字架上后，是他帮助约瑟埋葬了耶稣。

那儿，也没有额外的收入，只管把自己的那些货卖给商人，赚一些薄利。他谈生意用的都是别人听不懂的奥弗涅土话。他始终有个梦想，希望有朝一日到大街上去开店；他想成为一个有钱的古董商，能直接跟鉴赏家们打交道。确实，他骨子眼里是个很厉害的商人。由于他什么事都是自己动手，脸上厚厚的一层，灰不溜秋的，都是铁屑和汗碱，再加上他习惯于干体力活，久而久之像一七九九年的老兵那样能吃苦，处事不惊，使得他的表情愈发显得不可捉摸。就长相而言，雷莫南克看去瘦瘦小小的，两只小眼睛长得像猪眼睛一样。配上那冷飕飕的蓝色，显示出犹太人的贪得无厌和刁钻奸猾，然而却没有犹太人表面的谦卑和内心深处对基督徒的无比鄙视。

茜博家和雷莫南克家的关系就像是恩主与受恩人的关系。茜博太太对奥弗涅人的一贫如洗深信不疑，常把施穆克和茜博吃剩下的东西卖给他们，价格便宜得令人难以置信。雷莫南克家买一磅硬邦邦的面包头和面包心，只付两个半生丁，一盆土豆一个半生丁，其他东西也如此。狡猾的雷莫南克在人家眼里从来都不是为自己做生意的料。他总是为莫尼斯特洛尔做买卖，说自己的一点钱都被那些有钱的商人扒走了。因此，茜博一家真心实意地为雷莫南克家鸣不平。十一年来，奥弗涅人始终穿着他那身呢上衣、呢裤和呢背心；不过奥弗涅人特有的这三件行头已经是补丁叠补丁，那都是茜博免费一手修补的。大家可以看到，犹太人并不都在以色列。

"您不是在拿我开玩笑吧，雷莫南克？"女门房说，"邦斯先生真的会有这么一笔财产，却过现在这种日子吗？他家里连一百法郎都没有！……"

"收藏家们都是这个德性。"雷莫南克说教似的回答道。

"那您真觉得我先生有七十万法郎？"

"这还只是他的那些画……其中有一幅，要是他要五万法郎，即使让我去上吊，我也要把钱弄到。放肖像的那个地方，有一些嵌珐琅的小框子，里面铺着红丝绒，您知道吧？……那呀，是珀蒂托珐琅，有个以前当过药材店老板的政府部长每块出价一千埃居……"

"两个框子里总共有三十块呢！"女门房说道，两只眼睛张得大大的。

"那您就算算他的宝物值多少钱吧！"

茜博太太一阵昏眩，身子转了半圈。她很快起了一个念头，要让老人邦斯在他的遗嘱上提上自己一笔，就像所有女管家那样，一个个都享有年金，惹得玛莱区多少人起了贪心。她想象着自己住到巴黎郊区的一个乡镇上，在自己的一座乡村屋子里扬眉吐气地过日子，精心养些家禽，拾掇园子，度过自己的晚年，让人服侍得像是王后；还有她那可怜的茜博，也该像所有不被理解、遭人遗弃的天使一样，好好享一享福了。

看到女门房这一天真而又突然的动作，雷莫南克确信此事必定能成。在收旧货这一行（就是专门上门搜集旧货的行当）中，难就难在要能进得人家的家门。人们实在难以想象，为了能进布尔乔亚的家，收旧货的如何要尽司卡班式的诡计，斯加纳雷尔式的手段，又如何像多利纳似的去勾引人家上钩。那一出出喜剧，完全有资格搬上舞台，而且哪一部剧都像这儿一样，总是以仆人们的贪婪为基础。尤其在乡下或外省，为了三十法郎的现金或东西，仆人们会不惜促成让收旧货的净赚一两千法郎的买卖。比如为了得到一套古塞夫勒软瓷餐具，那故事讲起来会让你看到，比起收旧货的商人，明斯特国际会议上竞相要弄的一切外交手腕，奈梅亨，乌得勒支，列斯维特和维也纳会议上发挥的一切聪明才智，都要逊色得多；收旧货的商人的可笑之处，也要比谈判者的更为实在。他们有的是手段，可让任何人一头扎进个人利益的深渊，就像那些外交使节，绞尽脑汁，以种种计策拆散最为牢固的联盟。

"我把茜博太太的心都说动了。"雷莫南克见妹妹回到自己的位置，在那张散了架的草垫椅子上坐定后，对她说道，"所以，我现在就想去问一问那个独一无二的行家，请教一下我们那个犹太人，那可是个好犹太人，借我们的钱只收百分之十的利息！"

雷莫南克看透了茜博太太的心。这种脾性的女人，只要想到，就能做到：她们会不择手段以达到目的；会在顷刻间从百分之百的诚实变成极端的卑鄙。再说，诚实和我们的各种情操一样，可一分为二：有反面的诚实和正面的诚实。

反面的诚实便是茜博家的那一种，只要发财的机会还没有落到他身上，他们都是诚实的。正面的诚实，便是那种处于诱惑之中而不堕落的诚实，如收账员的诚实。

废铁商那番魔语打开了利益的闸门，各种坏念头如潮流般通过这一闸门流进女门房的脑中和心里。茜博太太从门房奔到了那两位先生的住处，说得确切一点，她简直是飞去的；邦斯和施穆克正在屋里唉声叹气，她脸上罩起同情的面具，出现在他们房门口。施穆克见打杂的女人进来，便示意她不要当着病人的面说出大夫讲的实话，因为这位朋友，情操高尚的德国人，早已在大夫眼里看出了真情；茜博太太点了点头，表示回答，显出非常痛苦的样子。

"噢，我亲爱的先生，您感觉怎么样？"茜博太太问。

女门房站在床跟前，双拳顶着腰，两只眼睛充满爱怜地瞅着病人，可从中迸射出灼灼金星！在善于观察的人看来，这是多么可怕，仿佛是老虎的目光。

"差极了！"可怜的邦斯回答道，"我觉得一点胃口都没有了。""啊！这世道！"他紧紧握着施穆克的手，施穆克坐在病人的床头，抓着邦斯的手，刚才病人恐怕正在跟他谈自己病倒的原因："我的好施穆克，我当初要是听你的劝告就好了！打从我们住到一起后，就该每天在家吃饭！就该跟那个社会断绝来往，那个社会就像一车石子轧鸡蛋似的在我头上碾过，到底为什么呀？……"

"噢，算了，我的好先生，不要抱怨了。"茜博太太说，"大夫跟我说了实话……"

施穆克扯了一下女门房的裙子。

"噢！您完全可以恢复的，可得精心照顾才是……您放心吧，您呀，身边有个好朋友，不是我吹嘘，还有我这么一个女人，像母亲照顾儿子一样照料您。茜博以前得过一场病，布朗大夫说他没救了，就像俗话说的，给他遮上个裹尸布，当死人丢下不管了，可我还是把他救过来了！……您呀，还没有病到这个地步呢，感谢上帝，虽然您病得不轻，但请相信我……凭我一个人，就能把您养好！放心吧，不要这样惊慌失措的。"

她拉了拉被子，盖好了病人的手。

"噢，我的宝贝儿子，"她说道，"施穆克先生和我呀，我们会在您床头陪您过夜的……包您比王子侍候得更周到……再说，您也有钱，为治好您的病，该要用的不要推辞……我刚刚跟茜博商量妥了；哎，那个可怜的人，没有我能做什么呢？……噢，我刚刚跟他讲了半天道理，我们俩都非常喜欢您，他已经同意我夜里在这里过……对他这样的男人来说，这实在是了不起的牺牲，是的！因为他还像新婚第一天那样爱着我。我不知道他是怎么回事！是因为门房里两人整天守在一起的缘故吧！……您不要这样露在外边！……"她冲到床头，把被子拉到邦斯胸上盖好。"要是您不乖，不听布朗先生的话，我就不管您了，您知道，布朗先生就像是人间的好上帝……得听我的话……"

"对，茜博太太！他一定会听您话的。"施穆克回答道，"就是为了他的好朋友施穆克，他也会好好活着的，我敢担保。"

"千万不要烦躁。"茜博太太说，"因为您的病会惹您动肝火，即使您自己不闹脾气。我们得的病都是上帝传来的，我亲爱的好先生，上帝在惩罚我们的罪过，您呀，准是犯过值得指责的小过错！……"

病人微微摇了摇头。

"噢！算了吧，您在年轻时也许爱过女人，有过荒唐事，也许在什么地方还留下了爱情的果子，现在没有吃，没有穿，也没有住的地方……男人都是魔鬼！今天爱你，明天就把什么都给丢到了脑后，连奶妈的工钱都会给忘了！……可怜的女人啊！……"

"可这辈子只有施穆克和我可怜的母亲爱过我。"可怜的邦斯伤心地说。

"得了！您不是圣人！您过去也年轻过，您二十岁的时候肯定是一个英俊小伙子……我呀，您人这么好，我也会爱上您的……"

"我一直丑得像个癞蛤蟆！"邦斯绝望地说。

"您说这话是谦虚，您呀，只会谦虚。"

"不，我亲爱的茜博太太，我再跟您说一遍，我向来都很丑，我从来就没有被人爱过……"

"啊！就您?……"女门房说，"您想让我相信，到了现在这个年纪，您还是像个贞洁的少女一样……让别人都信去吧！一个音乐家！又是在戏院里做事！即使是个女的跟我这样说，我也不会相信。"

"茜博太太，您会惹他生气的！"施穆克见邦斯像条虫似的在床上乱扭，高声说道。

"您也给我住嘴！你们俩都是老风流……丑也不碍事，俗话说得好，世上没有配不上锅的丑锅盖！茜博都让巴黎最漂亮的牡蛎女给爱上了……你们要比他强多了……你们人又好！……算了吧，你们都做过荒唐事！上帝惩罚你们抛弃了你们的孩子，就像亚伯拉罕一样！……"

病人已经很虚弱，可还是挣扎着做了个否定的姿势。

"可您放心吧，这并不会妨碍您跟玛土撒拉①一样长寿。"

"可您让我清静一下。"邦斯嚷叫道，"我从来就不知道什么叫被人爱！……我从来没有过孩子，我在这世上孤单一人……"

"喏，是真话?……"女门房问，"您人这么善良，您知道，世上的女人就爱善良，是善良勾住了她们的心……所以我觉得您在年轻的时候不可能没有……"

"把她带走！"邦斯凑在施穆克耳旁说，"她烦死我了！"

"那施穆克先生，是有过孩子的吧?……你们这些老单身汉，全都是这个德性……"

"我！"施穆克撑起双腿猛地站起来，嚷叫道，"可是……"

---

① 据《圣经》，玛土撒拉活了九百六十九岁。

"算了，您也一样，您呀，也没有继承人，是不是？你们俩一个样，都像地上长的蘑菇……"

"瞧您说的，走吧。"施穆克回答道。

说着，善良的德国人英勇地拦腰抱住茜博太太，不管她怎么喊叫，硬把她拖到客厅。

第十三章　论神秘学

"都这把年纪了，您还想糟蹋一个可怜的女人！……"茜博太太在施穆克的两只胳膊里挣扎着嚷叫道。

"别嚷！"

"您，两个人中还您最好呢！"茜博太太说，"啊！跟你们这些从来没有过女人的老头儿说爱情，算是我错了！我点起了您的欲火，魔鬼！"她看见施穆克气得眼睛直闪，又嚷叫道，"救命呀！救命呀！有人在抢我！"

"您是个畜生！"德国人答道，"快讲，大夫说了些什么？……"

"你们对我就这样粗暴，"茜博太太被松开之后，哭泣着说，"可我为了你们俩，都不惜下火海！哎！人家都说日久见人心……真是千真万确啊！茜博也不会对我这样凶……我一直把你们当作自己的孩子对待；我没有孩子，昨天，对，就是昨天的事，我还跟茜博说，'朋友，上帝拒绝给我们孩子，心里还是清楚的，这不，我楼上就有两个孩子！'就这话，我以上帝的圣十字架，以我母亲的灵魂发誓，我跟他说过的，确实……"

"哎！可大夫到底说了些什么？"施穆克愤怒地问，他这一辈子是第一次跺脚。

"噢，他呀，"茜博太太把施穆克拉到饭厅，说道，"他说我们这位可爱的心肝宝贝病人性命有危险，要是没人好好照顾他的话；可有我在，尽管您对我这么凶；我还一直以为您有多么温和呢，可您这么凶！……啊！都到了这把年纪，您还要糟蹋女人，大淫棍……"

"大淫棍，我？……您难道就不明白我只爱着邦斯！"

"好极了，您以后不会缠着我的，是不是？"茜博太太对施穆克微微一笑，说道，"您算是识相的，要是谁糟蹋了茜博的名誉，他准会砸烂谁的骨头！"

"您好好照料他吧，我的小茜博太太。"施穆克说道，想拉茜博太太的手。

"啊！瞧您，又来了不是！"

"请听我说！要是我们能救他的命，我所有的一切都归您……"

"那我这就去药店，需要什么买什么……要知道，先生，治他的病，花费大着呢：您怎么办呢？"

"我去干活挣钱！我要邦斯受到王后一样的侍候……"

"他会侍候好的，我的好施穆克先生；您呀，就别担心什么了。茜博和我，我们有两千法郎的积蓄，都归您二位用了，我在这儿垫钱已经垫很长时间了，别提了！……"

"真是好女人！"施穆克抹了一下眼睛，高声道，"多好的心肠！"

"您的眼泪是对我的尊重，是对我的报答，请把泪水擦干！"茜博太太口气夸张地说，"我是世界上最无私的人；但进去时千万不要含着眼泪，不然邦斯先生会以为他的病很重。"

施穆克被这番体贴感动了，他终于拉着茜博太太的手，紧紧地一握。

"放过我吧！"以前的牡蛎女朝施穆克深情地望了一眼，说道。

"邦斯，"善良的德国人进屋说道，"茜博太太是个天使，虽然啰唆，但还是个天使。"

"你以为？……一个月以来，我变得多心了。"病人摇了摇脑袋回答说，"经历了这么多苦难之后，除了上帝和你之外，我再也不相信谁了！……"

"等你病好了，我们三个人可以过着王子一样的生活！"施穆克大声道。

"茜博！"看门的女人进了门房，气喘吁吁地说，"啊，朋友，我们要发财了！我两位先生没有继承人，也没有私生子，什么人也没有……噢！我一定要上封丹娜太太家去算一卦，看看我们能得多少年金！……"

"我的女人呀，"矮个子裁缝说，"别指望死人会给你好鞋穿。"

"哎呀！你还要来教训我，你？"她亲热地拍了一下茜博，说道，"我知道是怎么回事！布郎先生已经给邦斯先生判死刑了！我们要发大财了！我一定会上他的遗嘱！……让我来安排！你缝你的针，看你的门房，这行当，你不会再干多长时间了！我们以后到乡下去，到巴底涅尔去。会有一座漂亮的房子，一个漂亮的花园，你高高兴兴地去拾掇，我呀，会有个女用人！……"

"喂，邻居，那上面情况怎么样？"雷莫南克问，"您打听到那套收藏值多少钱了吗？"

"不，不，还没有！别这么着急，我的好伙计。我呀，我先把更要紧的事打听出来了……"

"更要紧的事！"雷莫南克叫了起来，"可哪有比这还更要紧的事？……"

"哎呀，小毛孩！让我来掌舵。"女门房威严地说。

"总共七十万法郎，您得百分之三十，您那后半辈子的日子就过得舒服了⋯⋯"

"放心吧，雷莫南克老爹，等到有必要弄清老人收藏的那些东西到底值多少，我们再看⋯⋯"

到药店买了布朗大夫吩咐的那些药之后，女门房决定第二天再去封丹娜太太家问卦，心想第二天一大早就去，赶在别人前面，也许女巫算的卦会更清楚，更明白，因为封丹娜太太家常常门庭若市。

整整四十年里，封丹娜太太一直是有名的勒诺尔曼小姐的对头，可她的命比勒诺尔曼的长，如今是玛莱区的女巫。算卦的女巫对巴黎下等阶级的重要性，她们对没有知识的人们拿什么主意时所起的影响，大家是想象不到的；在巴黎，无论是厨娘，女门房，由情人供养的女人，还是打工的，凡是靠希望过日子的人，都要去请教那些具有神奇而无法解释的占卜能力的特殊人物。对神秘学的信仰远要比学者、律师、医生、法官和哲学家想象的更普遍。平民百姓有着一些永不泯灭的本能。其中之一，被人们愚蠢地称为迷信，可它不仅仅溶在平民百姓的血液中，也出现在上层人士的脑子里。在巴黎，找人算卜问卦的政治家为数就不少。对不信的人来说，判断性星相学（两词的结合极为奇怪）不过是利用了我们的好奇心，而好奇心是我们最强的天性之一。因此，他们彻底否认占卜在人的命运与行星位形之间建立的对应关系，所谓的行星位形，通过构成星相学的那七八种主要方法便可测得。可是，神秘学和许许多多自然现象一样，尽管受到不信神的人们或唯物主义哲学家的排斥，亦即受到那些只相信可见的、确凿的事实，只认蒸馏瓶或现代物理学和化学天平提供的结果的人们的排斥，但它们依然存在，仍在延续，只是没有发展而已，因为近两个世纪以来，这种文化已被优秀人士抛弃了。

倘若仅看占卜可行的一面，相信仅凭一副牌，经过洗，分，再由卜卦人根据神秘的规则分成几堆之后，便可立即表现出一个人过去经历过的事和只有他一人知晓的秘密，那确是荒谬可笑的；但是，蒸汽、火药、印刷、眼镜、镌版术等发明，以及最近的大发明银版摄影术，都被定过荒谬的罪名，而且航空至今还被认为是荒谬的。如果有人去跟拿破仑说，一座建筑也好，一个人也罢，在大气中时时刻刻都有一个代表它们的形象出现，天下存在的所有物体在大气中也都有一个可以感觉得出，但却捉摸不到的光迹，那拿破仑准会把他扔进夏朗东疯人院，就像当初诺曼底人萨洛蒙·德·戈给黎希留送上蒸汽船的伟大成果时，反而落难，被黎希留投进了比赛特尔疯人院。然而，达盖尔以他的发明所证实的，就是这一切！对某些富有洞察力的人来说，如果上帝在每一个人的相貌上都刻下了其命运的印记，所谓相貌，可作为人体的总的表现，那么，手代表着人的整个活动，也是人的整个表现的唯一方式，为何就不能集中地概括人的相貌呢？由此便产生了手相学。社会不是在模仿上帝吗？对一个具有先知能力的人来说，凭一个人的手相，便能预言他将来的生活，这就像人们看到一个士兵说他会打仗，看到一个律师说他会说话，看到一个鞋匠说他会做鞋子或靴子，看到一个农夫说他会施肥耕种一样，并没有更加离奇的东西。让我们举一个明显的例子吧。人的天才是非常明显的，要是在巴黎街上溜达，哪怕再无知的人看见一个伟大的艺术家从身边走过，也会认出他是个大艺术家。如果是一个笨伯，人们不是也可凭与天才人物给人的感觉完全相反的印象，一眼就可看出来吗？一个普普通通的人，倒几乎是难以被人发觉的。凡是专门观察巴黎社会特征的人，只要看见一个过客，他们大多能说出他的职业。在十六世纪的画家笔下描绘得活灵活现的那些巫魔夜会的神秘事，如今已不成其为神秘了。那一源自于印度的神奇民族，那些为波希米亚人之父的埃及人，不过是让他们的主顾吃了点印度大麻。而把扫帚当马骑，从烟囱往外飞，以及那种种千真万确的幻象，诸如老婆子变成少妇，疯狂的舞蹈，美妙的乐曲等构成魔鬼信徒那些荒诞行为的一切咄咄怪事，都完全可以从吃麻醉品产生的幻觉中得到解释。

如今，许许多多千真万确，得到验证的事都是从神秘学发展而来的，总有一天，这些神秘学会像人们传授的化学和天文学一样得到传播。最近，巴黎设立了斯拉夫文、满洲文教席，设立了像北欧文学一样难以讲授清楚的文学教席，这些教席非但不能给人传授知识，反而应该接受教育，教授们也只能重复有关莎士比亚或十六世纪的那些陈词滥调，然而奇怪的是，作为古代大学最辉煌的学科之一的神秘哲学，却未能在人类学的名目下恢复其地位。在这一方面，既伟大又幼稚的德国已走在了法国前面，因那儿已经讲授这门哲学，比起那些名目繁多，但只不过是同一回事的哲学来，这门学问要有用得多。

有的人可以从原因的胚胎中看到将来的后果，这就像伟大的发明家可以从俗人看不见的自然效果中看到一种工业，一门科学，这再也算不了什么奇特异常，让人大惊小怪了；这只是一种公认的能力所起的作用，从某种意义上说，就好比精神的梦游。因此，如果说各种推测未来的方式赖以存在的这一假设看似荒谬的话，那么事实却是存在的。请注意这样一个事实，对于预言家来说，预测将来的重大事件并不比猜测过去的历史更费神，而在不信这一套的人们的观念中，过去和将来都是不可知的。既然业已发生的事件会留下痕迹，那么设想将来的事件有其发生的根源，也就可信了。只要一位算命先生能够细致地向您解释在您过去的生活中只有您一人知道的事情，那他也就可以告诉那些存在的前因将带来的后果。在这个意义上说，精神世界是从物质世界的模子里刻出来的；同样的因果作用应该是一致的，当然也有着因各自环境不同而产生的差异。正如物体实实在在地投射在大气中，留下一个影子，被银版摄影在半路上抓拍下来一样，思想，这些真实而活跃的创造物，也会印在应称之为精神世界大气的地方，在那里发生作用，带着自己的影子（为表现一些尚无确称的现象，只得采用这些说法）在那里生活，因此，某些具有罕见才能的人也就完全可以发现这些思想的形象或迹象。

至于占卜通灵所采用的方法，只要是问卜人亲手摆弄过占卜者借以表现其生活吉凶的工具，那要解释其奥秘所在，就再也容易不过了。实际上，现实世界上的一切都是相互联系的。任何运动都与某个动因相吻合，而任何动因都与整体相联系；因此，整体表现在任何一个细小的运动之中。拉伯雷是近代最伟大的人物，早在三个世纪之前，他就已经将毕达哥拉斯、希波克拉底、阿里斯托芬和但丁的思想概括为一句话："人是一个小宇宙。"三个世纪之后，瑞典的伟大先知斯维登堡又说地球是一个人。先知和怀疑论的先驱就这样不约而同，道出了最伟大的格言。在人的生命中，就如在地球的生命中一样，一切都是注定的。任何偶然性，哪怕是最微不足道的，都隶属这一命运。因此，伟大的事物，伟大的抱负，伟大的思想都必然反映在最细小的行动上，而且极其忠实，对一个被叫作波希米亚人，算命先生，江湖骗子之类的通灵者来说，只要一个阴谋家洗过一副牌，切过一副牌，那他就会在牌上留下他阴谋的秘密。只要人们承认必然性,亦即承认原因的连贯性，那判断性星相学就会存在，就会成为过去那样的一门大学问，因为它包含着曾造就过伟大人物居维埃的演绎法；不过，星相学的演绎是自然而然的，不像居维埃那位伟大的天才那样，在工作室度过一个个不眠之夜，进行演绎推断。

判断性星相学，亦即占卜术，流行了七个世纪，它不像今天这样只影响平民百姓，而是作用于最伟大的智者，作用于帝王、皇后和富豪。古代最伟大的科学之一，动物磁气学，就是从神秘学脱胎而来的，就如化学源于炼丹术士的熔炉，颅骨学、相面术、神经学也脱胎于占卜星相之学；这些科学显然是新兴的，创建这些科学的伟人们跟所有发明家一样，只犯有一个错误，那就是把孤立的事实绝对系统化，而其生成的原因至今还难以分析。竟然有一天，天主教会和现代哲学与司法机构达成一致，对通灵术的神秘仪式及通灵术的信徒们下禁令，加以迫害和丑化，因而在神秘学的流行与研究中造成了一个长达百年的令人遗憾的空白。即使如此，平民百姓和许多有识之士，尤其是女性，仍然在捐款支持那些能够揭开未来面纱的人士所拥有的神秘力量，出钱向他们买希望、勇气和力量，也就是说唯有宗教可以赋予的一切。所以，始终有人在从事占卜星相术，当然也冒着一定风险。多亏十八世纪的百科全书派提倡宽容，如今的巫师已免受任何酷刑的惩罚，只有当他们从事欺诈行为，占卜问卦时进行恐吓，以勒索钱财，构成诈骗罪时才会被送进轻罪法庭问罪。不幸的是，在从事这一高妙的通灵术时，往往伴有诈骗和犯罪行为。其原因如下：

造就通灵者的神奇天赋通常只出现在所谓的愚鲁之人身上。他们就像是上帝选民的圣器，存放着令人类惊诧的灵丹妙药。正是这些愚鲁之人产生了预言家，产生了一个个圣彼得，一个个隐士。只要人的思想保持完整，形成一体，不耗在高谈阔论、耍弄阴谋上，不为文学创作、学术研究、行政管理、发明创造、建立战功等方面的努力所分散，那它就能迸发出惊人的强烈火焰，因为这火焰一直被抑压着，就像一块未经琢磨的钻石保存着各个刻面的光彩。只要机会降临，这一灵性就会爆发，拥有飞越空间的双翼，洞察一切的神眼：昨日，还是一块煤，今天被一道无名的液体渗透之后，便是一块光芒四射的钻石，除非上帝偶然显示奇迹，不然永远都不可能表现出这种非凡的力量。正因为如此，占卜者几乎总是一些头脑处于混沌状态的乞丐，一些外表粗鲁的人，就像是卷入苦难的急流，在人生之辙遭碾压的石子，经历的只是肉体的磨难。所谓预言家，通灵者，就是农夫马丁，他曾经向路易十八道出了唯有国王知道的秘密，令王上不寒而栗；就是勒诺尔曼小姐，或是跟封丹娜太太一样当厨娘的，或是一位几乎一点没有开窍的黑女人，一个跟牛羊为伴的牧人，或是一个印度的行乞行者，坐在浮屠旁苦修其身，把自己的精神修炼得胜于梦游者，神通广大。

自古以来，神秘学的大家往往都出在亚洲。这些人在平常的情况下往往保持着普通的状态，在某种意义上发挥着导电体的化学和物理功能，时而是惰性金属，时而又成为充满神秘电流的通道；可一旦他们恢复自我，便会进行占卜活动，顿起歹念，结果被送进轻罪法庭，投进监狱。纸牌占卜术对平民百姓具有巨大影响力的最后一个证明，便是可怜的音乐家邦斯的生死，完全取决于封丹娜太太给茜博太太占卜的结果。

尽管在十九世纪法国社会全史这样一部篇幅浩繁，叙述详尽的史书中，不可避免地会有某些重复，但封丹娜太太的破屋在《不自知的喜剧演员》中已有描写，这里恕不赘述。不过，我们仍有必要提醒大家注意，茜博太太走进老坦普尔街的卦丹娜太太家时，就像是英国咖啡馆的常客去这家店中吃饭一样，熟门熟路。茜博太太问卜的历史已有多年，她常把一些好奇心十足的年轻姑娘或长舌妇领到封丹娜太太家里来。

　　替用纸牌算命的女巫当执达员的老用人没有向女主人通报，便开了圣殿之门。

　　"是茜博太太！……进来。"她接着说，"里面没有人。"

　　"哦，小妹子，你这么早赶来到底有什么事啊？"女巫师问道。

　　封丹娜太太当时已有七十八岁，看她的相貌，像个十足的帕尔卡女神①，所以完全无愧于女巫师这一称号。

　　"我心里乱糟糟的。给我算个大卦！"茜博太太大声道，"事关我的财运。"

　　于是，她把自己目前的情况解释了一遍，要求给个预言，看看她那卑鄙的希望能否实现。

　　"你不知道什么叫大卦吗？"封丹娜太太像煞有介事地问。

　　"不知道，我没有那么多钱去见识这玩意儿！……一百法郎！请原谅就这点钱！从哪儿去弄这一百法郎呢？可我今天无论如何要来一大卦！"

　　"我不常算大卦的，小妹子。"封丹娜太太回答道，"我只在重要的场合给有钱人算大卦，他们付给我二十五个金路易②呢；你知

---

① 掌生、死、命运的三女神之一。
② 一个金路易值二十法郎。

道,算大卦,可伤神了,简直要我的命!那神灵在翻江倒海,就在这,就在我肚子里。就像过去所说的,在赶巫魔夜会!"

"可我告诉你,大慈大悲的封丹娜太太,这关系到我的前程……"

"好吧,凭你给我介绍了许多主顾,我就为你去通一通神灵!"封丹娜太太回答道,干瘪的脸上顿时显示出并非伪装的恐怖神情。

她离开了壁炉房那张脏乎乎的旧安乐椅,往一张桌子走去,桌子铺着绿毯,毯子已经磨得可以数出线条,左侧睡着一只大得吓人的癞蛤蟆,紧挨着一只笼子,笼子门开着,里边有一只羽毛蓬乱的黑母鸡。

"阿斯塔洛!来,我的儿子!"她说道,用一根长长的织衣针在蛤蟆的背上轻轻地扎了一下,蛤蟆仿佛心领神会地看了她一眼。"还有你,克娄奥巴特小姐!……留神了!"她又在老母鸡的嘴巴上轻轻触了一下,说道。

封丹娜太太凝神冥思,一动不动;那模样就像是死人一般,两只眼睛乱转,翻着白眼;然后身子一挺,声音低沉地说了一声:

"我来了!"

她像个机器人一样给克娄奥巴特撒了点小米,拿起大卦,抽风似的洗了洗牌,深深地叹了口气,让茜博太太切牌。当活脱脱的死神戴着油腻的头巾,披着吓人的短褂,瞧着黑母鸡啄着小米,并使唤名叫阿斯塔洛的蛤蟆爬到分开的纸牌上去时,茜博太太不由得脊背发凉,浑身哆嗦。只有伟大的信仰才会产生伟大的激情。有还是没有年金,这才是问题,恰如莎士比亚所说。

第十四章　霍夫曼故事中的一个人物

女巫打开一本巫书，用阴沉的声音念了一阵，接着又细细察看着剩下的小米和蛤蟆往后爬的路线，就这样过了七八分钟之后，她那两只白眼睛才投向纸牌，卜算纸牌的意义。

"你会成功的！尽管这事并不会像你认为的那样发展。"她说道，"你有很多事得做。不过，你不会白费气力，一定会采摘到果实的，你以后要做不少坏事，可对你来说，就像所有在病人身边的人一样，总是要图谋他们的遗产的。在做这桩邪恶的事时，你会得到一些重要人物的帮助……以后，你会在临终受难时感到后悔，因为你将死在两个越狱犯的刀下，一个是红头发的小伙子，一个是秃头的老头子，原因嘛，就是你以后跟第二个丈夫一起搬到乡下住以后，那村子里的人猜想你很有钱……噢，小妹子，干这件事，还是平平安安过日子，全由你自己做主。"

骷髅似的老巫婆表面冷冰冰的，可心里激奋不已，两只窟窿眼里燃起烈焰。预言一出，封丹娜太太仿佛感到一阵昏眩，那神态酷似被人惊醒的梦游者。她神色诧异地望着一切，接着认出了茜博太太，看她满脸恐惧的样子，似乎很奇怪。

"哦，小妹子，"她一改刚才预言时的声调，说道，"你高兴吗？……"

茜博太太神情呆滞地望着女巫，一句话也答不上来。

"啊！你刚才要来大卦！我把你当作老相识看待。就收你一百法郎吧……"

"茜博，要死？……"女门房嚷叫道。

"我跟你说过很可怕的事吗？……"封丹娜太太异常天真地问。

"是的！……"茜博太太从衣兜里掏出一百法郎，放在桌旁，说道，"要死在刀下！……"

"啊！瞧，是你自己要算大卦！可你放心吧，纸牌算出来要死在刀下的人并不都会死。"

"这可能吗，封丹娜太太？"

"啊，我的小美人，我可不知道！你自己想敲未来的门，我一拉门铃，他便来了！"

"他是谁？"茜博太太问。

"噢，是神灵呀，会是谁呢！"女巫不耐烦地答道。

"再见，封丹娜太太！"女门房大声道，"我以前没见识过大卦，你真把我给吓坏了，噢，别提了！……"

"太太一个月也不会这样算两次！"女用人把看门的女人一直送到楼梯平台，说道，"这太伤身子了，会把她累死的。她现在马上得吃三块猪排，睡上三个小时。"

走在街上，茜博太太的所作所为，完全像那些找人请教事情之后，对各种指点所采取的做法。她相信预言中对自己有利的一部分，而对所说的灾难却表示怀疑。第二天，她拿定了主意，考虑要把一切都策划好，想办法让邦斯的收藏馆让给她一部分，发一笔大财。因此，在一段时间里，她一心想着把各种方法协调好，以达到目的。上面我们解释过，所有粗野之人不像上等人那样耗费自己的聪明才智，完全集中自己的精神力量，所以当他们拿定主意，动用这可怕的武器时，他们的力量异常强大而猛烈，这一现象在茜博太太身上有了无以复加的表现。人一旦拿定主意，就会产生类似越狱的奇迹，或情感的奇迹，这位女门房亦然，在贪心怂恿之下，变得像陷入困境的纽沁根一样强悍，表面看似愚蠢，内心却如专门勾引别人的拉巴尔弗利纳一样精明。

几天之后，在一天早晨七点钟左右，茜博太太见雷莫南克正在开铺门，便假装亲热地凑了上去。

"怎么才能了解到堆在那两位先生家里的那些玩意儿到底值多少钱？"她问雷莫南克。

"啊！那太容易了。"古董商回答道，他一口可怕的土话，为了行文清晰，实在没有必要再把它表现出来了，"如果您跟我老老实实的，我可以介绍给您一个鉴赏家，那个人很诚实，知道那些画值多少钱，差不了一两个苏……"

"谁呀？"

"马古斯先生，是个犹太人，如今他做买卖不过是为了消遣而已。"

埃里·马古斯这个名字在《人间喜剧》中已经再也熟悉不过，用不着再多作介绍，如今他已经隐退，不再做古画古玩的生意，而是以商人的身份效仿收藏家邦斯的做法。大名鼎鼎的鉴赏家们，如已故的亨利，在世的皮诺和莫莱先生、戴雷、乔治和洛埃恩先生，以及博物馆的鉴赏家们，比起埃里·马古斯来，全都是些小孩子，埃里·马古斯可以透过百年积尘，辨认出一部杰作，各种画派和各个画家的笔迹，他没有认不出的。

这个犹太人是从波尔多来巴黎的，他于一八三五年离开商界，但犹太民族恪守传统，按照大多数犹太人的习惯，他依旧一身寒酸的打扮。在中世纪，对犹太人的迫害迫使他们穿得破破烂烂，以避免别人的怀疑，而且老是抱怨，哭哭啼啼，叫苦不迭。在过去，那是不得已的做法，可习惯成自然，变成了一个民族的本能和陋习。埃里·马古斯什么买卖都做，诸如钻石、古画、花边、高级的古董、珐琅、精美的雕刻、古代的金银器等，进进出出，生意越做越大，发了大财，可到底有多大家产，谁也不知道。确实，世界上的所有古玩珍宝全都汇集到巴黎，二十年来，城里古董商的人数多了十倍。至于画，只有罗马、伦敦和巴黎这三座城市才有交易。

　　埃里·马古斯住在米尼姆路，这是一条小街，但路面挺宽，直通罗亚尔广场。他在街上有一座古宅，如人们所说，那是在一八三一年用买一小块面包的钱置下的。这座华丽的建筑拥有路易十五时代装饰得最为豪华的一套房间，因为这原是莫朗古尔府邸。房子是由这位大名鼎鼎的审计院长盖的，由于他的地位关系，这座建筑在大革命中没有受损，既然老犹太人一反犹太人的清规戒律，打定主意要做这幢房子的主人，那请相信，他自然是有道理的。老人跟我们大家一样，最终都免不了会染上一种近乎疯狂的嗜好。尽管他跟已故的好友高布赛克一样吝啬，还是抵挡不住宝物的诱惑，做起了古董买卖；可是他的口味越来越精，变得十分挑剔，像这种嗜好，只有国王才有，而且这些国王还得有钱，还得喜欢艺术。他跟普鲁士的第二个国王如出一辙，普鲁士国王挑选掷弹手，对象得身高六尺才能让他动心，一旦遇到，他便会疯一般地不惜重金，想方设法招进他的掷弹手博物馆；而这位退休的古董商，感兴趣的只是那些完美无瑕的画，得是画家的真迹，而且还必须是画家第一流的精品。因此，每逢大拍卖，埃里·马古斯从不缺席，他察看过所有的市场,跑遍了整个欧洲。这颗被利欲左右的心冷若冰霜，但一见到珍品，便会热起来，绝对像一个玩腻了女人的色鬼，见到完美的姑娘，便激动不已，一心追逐无可挑剔的美女。这位爱画的唐璜，这位理想的崇拜者，他在艺术欣赏中得到了比吝啬鬼瞧着黄金更高级的享受。他生活在一个名画构成的后宫里！

存放他那些宝物的地方，就像君主儿女的住所，占据了房子的整个二楼，房子经埃里·马古斯精心装修，显得富丽堂皇！窗子上挂着最漂亮的威尼斯绣金窗帘。镶木地板上铺着最华丽的萨伏纳里地毯。近百幅名画都配有光彩夺目的画框，每个框子都重新描过金，那是由塞尔维亲笔描的，别有情趣。埃里认为塞尔维是巴黎城唯一认真的描金匠，老犹太人亲自教他使用英国金，这种英国金比法国金箔工制作的不知要好多少。在描金这一行中，塞尔维的地位就像是装订业的图弗南，是一位热爱自己作品的艺术家。全套房间的窗户全都装有钉有铁皮的护窗板。埃里·马古斯住在三层顶楼的两个房间里，里面的家具都很寒酸，装满了破衣烂衫，散发出犹太人特有的气味，虽然人已到暮年，但他始终没有改变过去的生活方式。

底层摆满了犹太人做交易的画和从国外运来的一箱箱东西，还有一个很大的画室，莫莱差不多专门在这儿为他卖力，可莫莱是现代最巧妙的古画修复大师，本应由美术馆聘用的。底楼还有他女儿的一套房间。女儿是犹太人晚年的结晶，自然也是犹太人种，她跟所有的犹太姑娘一样，长得十分漂亮，体现了亚洲人种的那份纯粹与高贵。诺埃弥由两位狂热的犹太女仆负责照料，还有一位叫作阿布朗戈的波兰犹太人给她当前哨把门。阿布朗戈曾阴差阳错地卷入了波兰事件，埃里·马古斯出于种种盘算，救了他一命。平常，阿布朗戈守着这座死气沉沉、荒凉而又阴暗的房子，待在门房里，带着三条凶狠无比的狗，一条是纽芬兰狗，一条是比利牛斯山种，还有一条英国种的獒狗。

　　下面可以看到，犹太人的安全是以何等谨慎的防范措施为基础的，他可以毫无忧虑地旅行，安安心心地睡觉，用不着担心别人来暗害他最宝贝的女儿，或来偷窃他的画和他的黄金。阿布朗戈的工钱每年增加两百法郎，恐怕等马古斯离世之后再也不会有什么收入了，不过，马古斯教会了他在居民区放高利贷。不管来什么人，阿布朗戈都非得透过门房那装着粗粗的铁栏杆的小窗户看一眼，才开门放行。这个门房跟赫拉克勒斯一般，力大无比，他十分爱戴马古斯，就像桑丘·潘沙待堂吉诃德一样。而那几条狗白天都给关着，吃不到一点东西；到了晚上，阿布朗戈才把它们放出来，按照老犹太人奸猾的办法，让一条狗守在花园的一根柱子下，柱子上挂着一块肉；另一条狗守在院子里的一根同样的柱子下；还有一条守在底层的大厅里。你们自可明白，这些狗本能就是守家的，如今又被饥饿给困得死死的，所以，即使见到一条漂亮的母狗，它们也不会离那夺彩竿下的宝地；它们不会离开一步，去嗅什么东西。要是来了什么陌生人，这三条狗准都以为那家伙是来抢吃的，因为那杆子上的肉等到第二天清晨阿布朗戈醒来后才拿下来给它们吃。这一套恶毒的方法有着一个巨大的好处，那就是这几条狗从来不叫，马古斯凭自己的才能已经让它们恢复了野性，像莫希干人一样野蛮而又狡猾。后来有一天，几个坏家伙见房子静静的，贼胆也大了，便不多考虑，以为这下准能把犹太人的钱箱洗个精光。其中一个受命充当先锋，爬上花园的围墙，要往下边跳：獒狗明明听到了动静，可让那人往下跳。等到那家伙的脚走近了，它猛地一口咬下，吃进了肚子。那贼居然还鼓足勇气又翻过墙头，拖着那条只剩下骨头的腿一直往前走，最后昏倒在同伙的怀里，给抬走了。《司法报》自然没有放过这条奇妙的巴黎夜新闻，刊登出来之后，被当成了捧场的笑话。

马古斯已经七十五岁，可他可能一直活到一百岁。他过着跟雷莫南克兄妹差不多的日子。所有的费用不超过三千法郎，其中还包括给女儿开销的钱，世上任何人的生活都不如这个老人的有规律。他每天天一亮起来，吃一点抹有蒜泥的面包，算是午餐，然后一直挨到吃晚饭的时间。晚餐也同样简单得像修道院里的一般，全家在一起吃。从他起床到中午这段时间，怪老头在那间摆着耀眼的宝物的屋子里不停地来回走动，先把家具和画上的灰全都掸净，然后开始欣赏，从来没有厌倦的时候。接着，他再下楼到他女儿房间去，陶醉在做父亲的幸福之中；最后，他出门到巴黎四处奔跑，观察拍卖的情况，参加各种展览，等等。见到一件跟他的条件相符的宝物，他便会精神焕发，又有了事要策划，要动手，又有了马伦戈战役，可以一显身手了。他要尽手腕，非要用便宜的价钱把新相中的贵妃弄到手不可。马古斯有一张欧洲地图，有宝物的地方,图上标得一清二楚。他委托各地的同伙为他刺探行情，当然也给一笔奖赏。不过,花了如此的心血,自有非凡的回报！……

拉斐尔的两幅画不知下落，拉斐尔迷们坚持不懈地四处寻访，可它们就在马古斯手中，他手上还有那幅名叫《乔尔乔涅情人》的真迹，画家当年就是为这位女性而死的，眼下所谓的那些真迹不过是马古斯手中掌握的这幅名画的临本，据马古斯估计，此画价值五十万法郎。犹太人还藏有提香的名作《基督葬礼》，这是提香专为查理五世画的，大画家派人给天皇送画时还附了一封亲笔信，如今此信就贴在画的下角。马古斯还有提香的另一幅真迹，腓力二世的所有肖像都是依据此作画成的。犹太人收藏的另九十七幅画都具有同样的气派和声名。因此，马古斯嘲笑我们的美术馆，因为阳光从玻璃窗射进馆里，那玻璃的作用就像凹凸镜，把最美的作品都损坏了。画廊只能从顶上取光。马古斯每次总是亲自启闭收藏馆的护窗，对他的画，就像对他的另一个宝贝——女儿一样，简直无微不至。啊！老画迷深谙名画之道！在他看来，任何名作都拥有自己独特的生命，而且每天都有变化，它们的美取决于光线，是光线赋予它们不同的色彩；他谈起画来，就像从前荷兰人提起自己的郁金香；而且他总是在一定的时间，当天气晴朗，某幅名画光辉灿烂，色彩纷呈的时候，前来欣赏。

这个身材矮小的老头儿，上穿一件不值钱的大褂，内衬一件已经穿了十个年头的丝绸背心，下着一条脏乎乎的裤子，光秃秃的脑袋，深陷的面孔，微微抖动的胡子，标枪似的白须，咄咄逼人的尖下巴，牙齿一个不剩的瘪嘴巴，一双眼睛像狗眼一样发亮，两只手瘦骨嶙峋，没有一点肉，鼻子像座方尖碑，皮肤粗糙冰冷，他笑眯眯地看着这些天才的奇妙创作，在这一幅幅静止不动的画当中，他简直就是一幅活图画！一个犹太人，置身于三百万的家财之中，这永远都是人类可以提供的最美妙的景观之一。我们的伟大演员罗伯尔·梅达尔，不管他具有多么卓越的演技，都无法达到这种诗情画意。世界上，这类心中有着某种信仰的怪物就巴黎这座城市最多。伦敦的怪物最终总会厌倦自己的癖好，就像他们厌倦自己的生活一样；而在巴黎，狂人们跟他们的癖好能心心相印，幸福相处。你可以常常碰到邦斯、埃里·马古斯之类的人物，身穿十分寒酸的衣服，那鼻子像法兰西学院的常任秘书一样，总是往两边翘！一副对什么都无所谓，什么都没感觉的样子，既不注意女人，也不注意橱窗，仿佛漫无目的地走去，口袋里空空的，连脑子里也好像是空空的，见到这种人，你准会纳闷他们有可能属于巴黎哪个部落。噢，这些人可都是百万富翁，收藏家，地球上最狂热的人，他们为弄到一只杯，一幅画，一件稀奇的东西，会不惜上轻罪法庭，弄个身败名裂，埃里·马古斯在德国就做过这等事情。

这便是雷莫南克神秘地领茜博太太去求见的专家。每次在大街遇到埃里·马古斯，雷莫南克都要向他求教。犹太人也多次通过阿布朗戈借钱给这个老伙伴，因为他知道此人还是可靠的。米尼姆距离诺曼底街只有两步路，所以不到十分钟，两个想亮一手的同谋便到了。

"您去见的是巴黎最富有的老古董商，最内行的专家……"雷莫南克说。

茜博太太简直惊呆了，眼前的小老头穿着连茜博也不屑缝补的上装，正监视着他的那位古画修复师在底层冷飕飕的大厅里聚精会神地修补古画，当茜博太太遇到那两只像猫一样冰冷、狡猾的眼睛射来的目光时，她不由得浑身直打哆嗦。

"您有什么事，雷莫南克？"他问。

"有一批画需要估价；巴黎只有您才能告诉我这样一个可怜的锅商那些画可以出什么价，我又不像您，没有成千上万的家财！"

"画在哪儿呢？"埃里·马古斯问。

"这位就是替那位先生住的房子看门的，还替那先生家里做杂务，我跟她都讲妥了……"

"货主叫什么名字？"

"邦斯先生。"茜博太太回答道。

"我不认识他。"马古斯说道,一副坦率的样子,一边轻轻地踩了一下那位修补古画的画家的脚。

　　画家莫莱知道邦斯收藏馆的价值,他猛地抬起脑袋。这种手段只能在雷莫南克和茜博太太头上耍一耍。犹太人的那两只眼睛就像是称黄金的天平,一瞥便称出了女门房有多少分量。这两人肯定不知道邦斯老人和马古斯之间常在暗中较量。事实上,这两位冷酷的收藏家一直相互嫉妒。所以,犹太人方才是心中一亮,他从来也不敢希望有朝一日能踏进那个戒备如此森严的后宫。巴黎唯有邦斯收藏馆能与马古斯收藏馆抗衡。犹太人比邦斯晚了整整二十年才想到当收藏家;可因为他既是收藏家又是商人,邦斯的收藏馆对他是关闭的,对杜索姆拉尔,亦是如此。邦斯和马古斯两人心里都一样嫉妒。可那些拥有画廊的人们所追求的名声,他俩却都不喜欢。对埃里·马古斯来说,能够细细瞧一瞧老音乐家那些绝伦的藏品,实在太幸福了,无异于一个追逐女人的家伙,虽然朋友对他一再隐瞒,但他还是潜入了朋友那位漂亮的情妇房中。雷莫南克对这个怪人十分敬重,凡是真正的力量,哪怕是神秘的,也都具有诱惑性,这使得女门房变得服服帖帖,格外温顺。她失去了平日在门房里对待房客以及那两位先生的横蛮口气,接受了马古斯的条件,答应一定在当天把他领进邦斯的收藏馆。这等于将敌人引入阵地的心脏,在邦斯的心窝扎上一刀。十年来,邦斯从来不许茜博太太让任何人进入他的家门,家里的钥匙都由他自己保管,由于她对古董的看法跟施穆克完全一致,所以也就答应了。事实上,善良的施穆克把邦斯的这些宝贝当作小玩意儿,为邦斯的癖好感到遗憾,无形中影响了女门房,也瞧不起这些古董,从而保证了邦斯的收藏馆在很长时间内未受任何外人侵入。

自从邦斯病倒在床上之后，施穆克接替了他在戏院和寄宿学校的位置。可怜的德国人忙得只能在早上和吃晚饭的时间见他朋友一面，尽自己的努力勉强把一切事情做好，保住他们俩原来的主顾；可他内心痛苦不已，加上这么多事，弄得他精疲力竭。寄宿学校的女学生和戏院的人从施穆克那儿了解到了邦斯得病的情况，见可怜人总是这么伤心，于是常常向他打听消息；钢琴家实在太悲痛了，连那些无动于衷的人也被打动，表示出同情的样子，那神态，就像巴黎人听到出现了最大的不幸。善良的德国人和邦斯一样，生命之源受到了打击。他既经受着自己的痛苦，同时也为朋友的病而悲痛。为此，每次授课时，他有一半时间都在讲邦斯；他经常傻呵呵地中途停止讲解，想起朋友的病来，连年轻的女学生也静静地听着他解释邦斯的病情。课间休息时，他往往抽空跑回诺曼底街，看看邦斯。半个月来，茜博太太尽可能地不断增加病费的开支，托管的钱用光了，她连连告急，钢琴教师惊恐不安，但他却出乎意外地感到自己竟有勇气强压住了内心的恐慌。他生平第一次想到要挣钱，而这只是为了家里不缺钱，当一位女学生真的为两位朋友的处境所感动，问施穆克怎么能忍心把邦斯一个人丢在家里时，他像个蒙在鼓里的老实人，带着纯洁的微笑回答道：

"小姐，我们有茜博太太！那可是个宝贝！是颗珍珠！把邦斯侍候得像个王子！"

可是，施穆克一出门，这家，这病人也就随茜博太太怎么摆布了。半个月来，邦斯没有吃什么东西，躺在床上，没有一点力气，茜博太太要铺床，只得扶着他起来，让他到安乐椅上去坐一坐。这样的身体，邦斯怎么可能监视住茜博太太这个所谓的天使呢？不用说，茜博太太是趁施穆克吃饭的时候去埃里·马古斯家的。

茜博太太回来的时候，德国人正在跟他生病的朋友说再见。打从她知道邦斯可能有一笔财产之后，她便再也没有离开过她手下的这位单身汉，就像孵小鸡似的总守在他身边！她坐在床前的一张舒适的安乐椅上，用她这一类女人的拿手好戏，东家长西家短地不停地唠叨，替邦斯解闷。下面我们可以看到，这个女人摇身一变，变得讨人喜欢，很温柔，心也细，总替人着想，以马基雅维里式的手腕，在老人邦斯的心中确立了自己的位置。

第十五章　看门老太婆的闲聊与手腕

茜博太太被封丹娜太太那一大卦的预言吓坏了，她在心底暗暗发誓，一定要来软的，用纯粹为道义性的卑鄙手段，最终达到目的，让先生的遗嘱列上自己的名字。十年里，她一直不知道邦斯收藏馆的价值，如今在她看来，这不是整整十个春秋的忠诚、老实和无私的表现吗，她只希望这笔雄厚的资本能得到兑现。打从那一天，雷莫南克一句金言，唤醒了这女人心中那条在躯壳中伏了整整二十五年的毒蛇，激起了她发财的欲望之后，她便用潜藏在心底的所有邪念喂它，下面，我们可以看到，这条蛇给她出的主意，她是如何付诸实施的。

"唉，他喝点什么了吗，咱们那个小天使？他是不是好些了？"她问施穆克。

"不好！我亲爱的茜博太太！不好！"德国人抹着眼泪回答说。

"噢！您也不要太紧张了，我亲爱的先生，有事要拿得起放得下……即使茜博死了，我也不会像您这样愁眉苦脸的。算了！我们的小天使身体结实着呢。再说，他以前据说很规矩的！您不知道规矩人寿命有多长！他现在病得是很重，这不假，可有我这样照顾他，他会好的。放心吧，去做您的事，我来陪着他，设法让他把大麦水给喝了。"

"没有您，我真要愁死了……"施穆克说，一边紧紧地握了一下他这位好主妇的手，表示信任。

茜博太太抹着眼睛走进邦斯的房间。

"您怎么了，茜博太太？"邦斯问。

"是施穆克先生把我心里弄得七上八下的。他在为您哭呢，好像您死了似的！"她回答道，

"尽管您身体不好，但还不至于糟到为您哭的地步；可这给我影响太大了！我的天哪，我真傻到这个分上，对别人就这么喜欢，心里就牵挂着您，比对茜博还关心！因为说到底，您对我来说什么都不是，除了同是夏娃的后代，又不沾亲带故的；哎，说实话只要提到您，我心里就乱糟糟的。只要能看到您像平常那样走动，吃饭，从古董商手里弄得到东西，我砍掉一只手也心甘，当然是左手，就当您的面砍……要是我有孩子，我想我一定会像爱您一样爱他，真的！喝吧，我的宝贝，来！满满一杯！您喝呀，先生！布朗先生说过：'要是邦斯先生不想去拉雪兹神父公墓，那他就该多喝水，一个奥弗涅人白天能拉多少水卖，他就该喝多少。'所以，您就喝吧！喝呀！"

"可我在喝，我的好茜博太太……喝这么多，连我的胃都给淹了……"

"好，这就好！"女门房接过空杯子说，"您这样就有救了！布朗先生有个跟您一样的病人，他的孩子一点也不管他，得不到别人照料，没有水喝，结果就因为这个病死了！……您瞧，得喝水，我的小宝贝……那人两个月前才埋了……您知道，我亲爱的先生，要是您死了，那个好人施穆克也就跟着您完了……他像个孩子，说实话。啊！他多爱您，那人羊羔似的！连女人也没有像这样爱一个男人的！……喝也喝不下，吃也吃不下，半个月来像

您一样瘦多了，瘦得皮包骨头……这都让我看了嫉妒，因为我也很喜欢您；可我还没有到这个程度，还没有失去胃口，甚至相反！由于不停地上楼下楼，我两条腿酸得厉害，到了晚上，像块铅似的一倒。不是吗，为了您，我都顾不上可怜的茜博了，吃喝让雷莫南克小姐来管，他对我嘀嘀咕咕的，因为吃得糟透了！我跟他说，人嘛，也得知道为别人受苦，还解释说，您病得实在太重了，不能丢开您……您又没有什么钱，雇不起人照顾您！我在这儿替您做事，给您照顾家，都十个年头了，要是来个女看护照顾您，我还受不了呢……那些女人呀，全都靠她们那张嘴！她们吃起饭来顶十个，要喝酒，要吃糖，要用脚炉，样样图舒服……要是病人不在自己的遗嘱上列上她们的名字，她们还偷东西……您今天要是雇了个女看护到这儿来，明天就会发现少了一幅画，少了一件什么东西……"

"噢！茜博太太！"邦斯控制不住自己，嚷叫道，"不要离开我！……不许别人动我的东西！……"

"有我在呢！"茜博太太说，"只要我还有力气，我就会在这儿……放心吧！布朗先生也许对您的宝贝东西在打什么主意，他不是就想给您雇一个女看护照顾您吗……我把他给顶回去了！我对他说：'先生只要我，他了解我的习惯，我也知道他的习惯。'他被我一说，不吭声了，雇来照看病人的女看护，全都是贼！我就恨这种女人！……您才不知道她们多么有心计呢。有个老先生……要知道，还是布朗先生跟我说的呢……对啦，有个叫萨巴迪埃太太的，一个三十六岁的女人，从前在王宫市场做拖鞋生意的——您知道在王宫那边有个市场，后来给拆了……"

邦斯点点头。

"好……那女人呀，没有运气，她男人什么酒都喝，中风死了；可她人长得很漂亮，得说实话，这长相没有给她什么好处，尽管据别人说，她有些好朋友，是当律师的……就这样，因为命不好，她专门做侍候产妇的活计，家住巴尔杜贝克街。后来，她还照顾过一个老先生，请不要见怪，那人害了尿道的毛病，像阿图瓦人打井似的给他导尿，得好好照料，那女人只得搭一张帆布床，睡在老先生的房子里。这些事,说出来都没有人相信！您也许会对我说：'男人呀，做什么事都不守规矩！他们太自私！'总之，您可以理解，那女人就待在那儿，跟那先生聊天，给他解闷，跟他讲故事，逗他说话，就像我们现在这样，是不是，两个人一起瞎聊……她最后知道这病人也有几个侄子，他们都是些魔鬼，让他吃了很多苦，说到底，我亲爱的先生，那位女人救了那位先生的命，做了他的老婆，他们生了个孩子，漂亮极了，住在夏尔洛街开肉铺的布尔德旺太太是那女人的亲戚，做了孩子的教母……这回真是运气来了！……我呀，也结了婚；可我就是没有孩子，我可以说，全是茜博的错，他太爱我了；因为，要是我想……算了。拖家带口的，我们怎么办，茜博和我三十年来老老实实做人，口袋里没有一个钱，我亲爱的先生！可让我觉得安慰的，是我从来没有拿过别人一里亚①的东西，我也从来没有做过对不起谁的事……就算假设吧，这没关系的，因为再过六个星期，您肯定能恢复健康，到街上去溜达。哦，就是您把我写到您的遗嘱上去，我也会不安心的，非得找到您的继承人，把钱还给他们才行……凡是不靠自己汗水挣来的钱，我都很害怕……您会对我说：'可是，茜博太太，您不要这样折磨

---

① 法国古铜币名，相当于四分之一苏。

自己；这钱是您自己挣来的，您照顾这些先生，就像待自己孩子一样，您每年要给他们节省一千法郎……'处在我的位置上，您知道，先生，存个万把法郎的厨娘有的是。就算假设吧，有人也会对我说：'那个让人尊敬的先生给您留一小笔养老金，也是应该的！……'噢，不！我呀，从不图什么……我真不明白怎么有的女人做好事是为了贪图小利……这就不是做好事了，是不是，先生？……我这个人，从不去教堂！我没有时间；可是我的良心会告诉我什么是好事……不要这么乱动，我的小猫！……您不要在身上乱抓！我的天哪，您脸色多黄啊！您黄得都变成棕色了……真奇怪，短短二十天，人就会黄得像个柠檬！——老老实实，这就是穷苦人的财富，人总得有点东西！就算假设吧，要是您活到了头，我第一个会跟您说，您应该把属于您的一切东西都给施穆克先生。这是您应该做的，因为您整个家只属于他一个人！他这个人呀，这么爱您，就像狗爱主人一样。"

"对！对！"邦斯说，"我这一辈子只有他爱我……"

"啊！先生，"茜博太太说，"您这就不客气了；还有我呢！我就不爱您？……"

"我没有这么说，我亲爱的茜博太太……"

"算了！您是把我当女用人，普通的厨娘，好像我没心肝似的！啊！我的天哪！十一年来给两个单身老头操碎了心！一心一意照顾他们，为了给他们找到一块好的布里奶酪，一跑就是十来家小店，让人家说闲话，为了让你们吃到新鲜黄油，甚至跑到中央菜市场去；什么事情都得留神，十年来我没有砸坏您一件东西，连只角都没有碰坏过……就像母亲待孩子一样！可到头来却落得一个我亲爱的茜博太太，先生的心里明明就对你没感情，可你却把先生侍候得像王子一样，就是小罗马王也没有侍候得像您这么周到！……我敢打赌他肯定没有得到像您这样的照顾！他年纪轻轻就死了，这就是个证明……唉，先生，您真不公平……您忘恩负义！还不是因为我只是个看门穷老太！啊！我的天哪，您难道也认为我们都是些狗？……"

"天哪，我亲爱的茜博太太……"

"说到底，您也是个有学问的人，您给我讲讲，我们这些看门的为什么就被别人这么看待，谁都觉得我们没有感情，讥笑我们，可这世道不是在讲公平吗！……我呀！难道就不值别人的女人！我以前可是巴黎最漂亮的一个姑娘，人家叫我牡蛎美人，天天都有人向我表白爱情，一天有七八回……要是我乐意！噢，先生，您认识对门那个卖废铜烂铁的矮个子男人吧，就算假设吧，要我做了寡妇，他会闭着眼睛娶我，他呀，一见到我，就把两只眼睛睁得大大的，整天对我说：'啊！您的胳膊真漂亮，茜博太太！……昨天夜里，我做了个梦，梦见您的胳膊是面包，我是黄油，我躺在了上面！……'瞧，先生，看看这两只胳膊！……"

她说着卷起衣袖，露出世界上最漂亮的胳膊，要说她的手有多红有多干巴，她的胳膊就有多白多滋润；这胳膊很丰满，圆滚滚的，还有小窝窝，就像利剑出鞘，从那普普通通的美利奴粗呢衣袖中往外一亮，让邦斯一阵眼花，不敢细看。

"我的刀劈开过多少牡蛎，"她继续说道，"我这两只胳膊就打开过多少个心！瞧，这是茜博的，这可怜的宝贝，只要我开口，他一定会为我往悬崖下跳，可我为了您，抛下他不管，我是错了。什么办不成的事，我都为您做，可您却来一声我亲爱的茜博太太……"

"请听我说，"病人说，"我又不能管您叫我的母亲，我的妻子……"

"不，我这一辈子，我这一生，再也不把谁放在心上了！……"

"可让我说！"邦斯继续说，"噢，我刚才是讲施穆克。"

"施穆克先生！对，这是个有良心的。"她说道，"是的，他是爱我，因为他穷！有了钱，人就没有心肠了，您是有钱！您去雇个女人侍候您吧，瞧她会让您过什么日子！她会把您折磨得像只鳃角金龟……医生说得让您多喝水，她肯定什么都不给您吃！把您往死里送，好夺您的东西！您不配茜博太太的服侍！……算了！等布朗先生来，您让他给您找个女看护侍候您吧！"

"唉，见鬼！请听我说呀！"病人生气地嚷叫道，"我讲我朋友施穆克，又没有讲什么女看护！……我心里很清楚，真心真意爱我的，只有您和施穆克！……"

"您不要这么生气好不好！"茜博太太也叫了起来，向邦斯扑去，按他睡下。

"可我不爱您吗？……"可怜的邦斯说。

"您爱我，这，是真的吗？……算了，算了，对不起，先生！"她一边哭一边说，抹着眼泪，"唉，是的，您是爱我的，就像主人爱仆人，事实就是这样……给仆人扔个六百法郎的养老金，就像往狗窝里扔块面包！……"

"啊！茜博太太！"邦斯叫了起来，"您把我当什么人了？您不了解我！"

"对！您对我是比较爱！"她见邦斯瞧了她一眼，继续说，"您把您好心的胖茜博太太当作您母亲那样爱，是不是？唉，是这样，我是您母亲，是你们俩的母亲！……我的孩子，啊！我要是知道谁让您受这个气，我一定把他们的眼珠子给挖出来，哪怕上法庭，上重罪法庭！……那些家伙该死，砍头还便宜了他们呢！……您心这么善良，这么软，您有一颗金子一样的心，上帝创造了您，让您到世上来是为了使一个女人幸福的……是的，您一定会使她幸福的……这看得出来，您生来就是这样的人……我呀，打一见到您待施穆克先生那么好，我心里就想：'不，邦斯先生这一辈子算是白过了！他生来就是个好丈夫……'是的，您是爱女人的！"

"唉！是的，"邦斯说，"可我从来没有过女人……"

"真的？"茜博太太大声道，带着挑逗的神态靠近邦斯，拿起他的手，"您不知道有个对丈夫百依百顺的妻子是什么滋味？这可能嘛！我呀，要是您，要是不尝尝人世间这最大的幸福，我就不离开这个世界！……可怜的小宝贝！要是我还像当年那个模样，说实话，我一定会抛下茜博跟您过！可是您长着这么一个鼻子，多神气，您是怎么搞的，我可怜的小天使？……您会对我说：'并不是所有女人都了解男人的！……'她们随随便便地结婚，真是不幸，叫人可怜。我呀，我觉得您一定有成打的情妇，什么舞女啦，女戏子啦，公爵夫人啦，您不是常常不在家嘛！……见您一出门，我就对茜博说：'瞧，邦斯先生又到那些不要脸的地方去逛了！'我说的是真话！我是这么说的，因为我认定有很多女人爱着您！老天爷创造了您，就是让您得到爱的……噢，我亲爱的好先生，您第一次在这里吃晚饭那一天我就看出来了，嗬！您让施穆克先生多开心啊，您自己也感动了吧！他第二天还高兴得落泪呢，对我说：'茜博太太，他在这里吃的晚饭！'弄得我也跟着落泪，傻乎乎的。后来，当您又到城里到处去逛，上人家家里吃饭，他多么伤心！啊！您做得对，是应该让他做您的继承人！对，这个好人，这个可爱的男人，对您来说是一个家！……不要把他忘了！不然，上帝不会让您进他的天堂的，只有那些对得起自己的朋友，给他们留下年金的人，上帝才让进天堂。"

邦斯一再想回答，可没法插嘴，茜博太太像刮风似的不停地说着。如果说人们已经有了办法，可以叫蒸汽机停止转动的话，那要让一个看门的女人的舌头停止活动，恐怕得让天才的发明家绞尽脑汁。

"我知道您要跟我说什么！"她接着说，"我亲爱的先生，人生病时立张遗嘱不会要命的；要我是您，就得预防万一，我就不愿丢下这只羊羔，他可是善良的上帝的好绵羊啊；他什么都不懂；我可不愿意让他落到那些强盗一般的生意人和全是混蛋的亲戚手中！瞧，这二十年来，有过什么人来看望过您吗？……您要把您的财产留给他们？有人说这里的东西哪一样都值钱，您知道吗？"

"我知道。"邦斯说。

"雷莫南克知道您是个收藏家，他自己是做旧货生意的，他说只要您走后把您那些画给他，他愿意给您三万法郎的年金……这可是桩好买卖！我要是您，这笔买卖做定了！可我觉得他跟我说这话是在笑话我……您应该提醒施穆克先生，让他知道所有这些玩意儿的价值，因为他这个人，很容易会被人骗的，像个孩子，您这些美丽的东西值多少钱，他可一点都没有个数！他根本就不在意，要是他不是为了对您的爱，一辈子都把这些东西留着，要是他在您走后还活着，他会把它们当作一块面包送人的。您一死，他也活不长的！可有我在呢！我会保护他的，会对付别人的！……有我和茜博在。"

"亲爱的茜博太太，"邦斯被这番可怕的表白说动了心，凡是平民百姓说的话，那感情好像都是很天真的，"要是没有您和施穆克，我该怎么办呢？"

"啊！我们确实是您在这世上唯一的朋友！这的确不错！可两颗善良的心抵得过所有的亲属。不要跟我讲什么亲属了！就像以前那个演员说的，亲属就好比舌头，是世界上最好的，也是最坏的东西……您的亲戚，都在哪儿呢？您有吗，有亲戚吗？……我从来没有见过……"

"就是他们把我气倒在病床上的！……"邦斯不胜悲痛地嚷道。

"啊！您有亲戚！……"茜博太太猛地站了起来，仿佛那椅子像是突然烧红了的铁。"哎哟，他们真客气，您的亲戚！怎么回事！到今天早上，整整二十天了，您病得都快死了，可他们还没有来问过一声！这一切，做得太过分了！……要我是您，我宁愿把财产送给育婴堂，也不留给他们一个子儿！"

"哦，我亲爱的茜博太太，我想把我拥有的一切留给我的小外孙女，她是我嫡堂外甥卡缪佐庭长的女儿，您知道，就是两个月前有个早上来过的那个法官。"

"啊！就是那个小矮胖子，叫他那帮下人来替他老婆赔罪的……那个……那个贴身女仆还没完没了地向我打听您的，那个老妖精，我恨不得用扫帚柄给她的丝绒短斗篷打打灰！哪里见到女用人披丝绒短斗篷的！没见过，我发誓，这世道都反了！为什么要闹革命呢？有钱的叫花子，要是有法子，就去吃两顿夜饭吧！可我说法律是没有用的，要是连路易·菲利普都保不住自己的地位，还有什么神圣的东西呢；因为说到底，要是我们都平等的话，不是吗，先生，一个女仆人就不该披丝绒短斗篷的，我茜博太太，老老实实做了三十年的人，我就没有……这事可真绝了！是什么人，都看得出的，女用人就是女用人，像我，就是个看门的！为什么当兵的肩上都有肩章，披着菠菜籽形状的流苏？各有各的等级！喂，您想要我明说吗？告诉您吧，法国完了！……皇帝在的时候，不是吗，先生，情况就不一样。我就对茜博说：'瞧，你看见了吧，家里的女用人披丝绒短斗篷，这家人准是没有心肝………

"没心肝！是的。"邦斯回答道。

于是，邦斯跟茜博太太吐出了他的委屈与辛酸，茜博太太不停地咒骂那些亲戚，对这个悲惨的故事的每一句话都表示出极端的同情。最后，她哭了！

要理解老音乐家和茜博太太之间突然产生的亲情，只需设想一下这个单身汉的处境：生平第一次病得这么重，倒在床上受罪，孤单单一人，独自打发日子，加上害了肝病，痛苦难言，那日子就更难熬了，因为这病把最美满的生活都给断送了，而且他无事可做，不像过去那样忙忙碌碌，陷入了巴黎人那样萎靡不振的状态，心里老惦记着巴黎城不花钱就能看到的一切。这种极度昏暗的孤独，这种痛苦，它对精神的打击要比对肉体的打击更大，生活的空虚逼着单身汉去依赖照顾他的人，就像一个落水的人紧抓着木板不放，更何况这人生性软弱，心又软，又容易轻信别人。所以，邦斯乐滋滋地听着茜博太太闲聊。施穆克和茜博太太，还有布朗大夫，就是整个人类，而他的房间就是整个宇宙。既然人得了病，就会把自己的注意力集中到目光可及的范围，而且往往表现出自私的心理，依恋房间里的人和东西，那么一个老单身汉，没有人关心，一辈子都没有过爱，他会依恋到何种程度，大家自可判断。病了二十天，邦斯有时竟然会为没娶玛德莱娜·威维为妻感到后悔！同样，二十天来，茜博太太在病人的心中的位置越来越重要，他觉得要是没有她，那就完了；因为施穆克对可怜的病人来说是另一个邦斯。茜博太太的手段妙就妙在无意中表达了邦斯自己的心思。

"噢！大夫来了。"她听到了门铃声，说道。

她说着丢下了邦斯，知道犹太人和雷莫南克到了。

"不要弄出声来，先生⋯⋯"她说，"别让他发觉什么！动了他的宝贝，那他可不得了。"

"只要随便走一圈就够了。"犹太人拿着一个放大镜，一副小型望远镜，说道。

第十六章 日渐堕落

存放着邦斯收藏馆大部分作品的客厅是一间法国贵族雇用的设计师们通常设计的那种老式客厅，宽二十五尺，长三十尺，高十三尺。邦斯拥有的六十七幅画全挂在客厅的四面墙上，墙壁装有白色描金的护壁板；但因年代已久，壁板已经发黄，描金也已泛红，这倒造成了和谐的色调，丝毫没有损坏画的效果。雕柱上放着十四尊雕像，有的在墙角，有的在画的中间，雕像的底座全都出自布尔之手。沿墙摆着几个齐肘高的乌木雕花橱，富丽堂皇，橱里放着古玩。客厅中央，一排雕花的餐具柜把世上最为珍奇的手工艺品展现在人们眼前：象牙，铜器，木雕，珐琅，金银器，瓷器，等等。

犹太人一踏进这间至圣所，便径直朝四件珍品走去，他认出这是整个收藏品中最精美的四件，这些画家的作品正是他所缺少的。这对他来说，就像是博物学家们没有采集到的标本，为了这些标本，他们会不惜从西到东，跑遍全世界，足迹布满热带、沙漠、大草原、沼泽地、原始森林。第一幅画是塞巴斯蒂亚诺·德·比翁博的，第二幅是弗拉·巴尔托洛梅奥·德拉·博尔塔的，第三幅是霍贝玛的一幅风景画，最后一幅是阿尔布雷希·丢勒画的一幅女人肖像，真是四件宝物！塞巴斯蒂亚诺·德·比翁博是绘画艺术中一个辉煌的里程碑，集三大画派的精华于一身。他原是威尼斯的画家，后来到罗马在米开朗琪罗指导下学习拉斐尔的画风，米开朗琪罗有心拿他跟拉斐尔对阵，通过手下的这员干将，跟那位艺术之王一争高低。因此，这位懒惰的天才将威尼斯画派的色彩，佛罗伦萨画派的布局和拉斐尔的风格融于他创作的为数极少的几幅画中，据说，这些画的底图是米开朗琪罗绘的。只要细细观看一下巴黎美术馆的那幅《巴乔·班迪内利肖像》，就可看到集三大画派之气势为一身的塞巴斯蒂亚诺在艺术已达到何等完美的境界，他的这幅画可与提香的《戴着手套的人》，拉斐尔的那幅兼有柯勒乔之妙的《老人肖像》和莱奥纳多·达·芬奇的《查理八世》相媲美，而且丝毫也不逊色。这四颗珍珠是一样的水色，一样的光泽，它们一样圆，一样亮，具有一样的价值。人类的艺术已经到了极致，再也不能超越。它胜过了自然，因为自然界的原物只具有短暂的生命。塞巴斯蒂亚诺这位伟大的天才虽然懒得不可救药，但他的作品是不朽的，邦斯收藏的，是他的那幅画在板岩上的《在祈祷的马尔特骑士》，此作之清新、完美和深刻，甚至为《巴乔·班迪内利肖像》所不及。弗拉·巴尔托洛梅奥画的是《神圣家族》，这幅画被许多鉴赏家当作了拉斐尔的作品。霍贝玛的画若拍卖可值六万法郎。至于阿尔布雷希·丢勒，他的这幅女人肖像酷似纽伦堡的那幅著名的《霍尔兹舒尔肖像》，巴伐利亚、荷兰和普鲁士国王曾出价二十万法郎想买这幅作品，但几次都未成功。霍尔兹舒尔骑士是阿尔布雷希·丢勒的朋友，丢勒画的莫非是骑士的妻子或女儿？……这种假设是可能的，因为邦斯这幅画上的女人姿态与另一幅的显然是对称的，纹章的置法，在两幅肖像画上是一致的。最后，画旁所标的"四十一岁"与纽伦堡的那幅画所提示的年龄也正吻合，纽伦堡的霍尔兹舒尔家族一直奉若神明地收藏着《霍尔兹舒尔肖像》，最近才完成了此画的雕版。

埃里·马古斯依次看着这四幅杰作，不禁热泪盈眶。

"若您保证我出四万法郎就可得到这几幅画，我每幅画给您两千法郎的酬金！……"他凑到茜博太太耳边说道。听到从天上掉下来的这一笔钱，茜博太太都惊呆了。

犹太人赞叹不已，或更确切地说，他欣喜若狂，精明的脑袋和贪婪的习性受到了极大的震撼，正如大家所看到的，他整个儿陶醉了。

"那我呢？……"雷莫南克问，他对画还不在行。

"这里的一切全都一样棒！"犹太人狡猾地咬着奥弗涅人的耳朵说，"随便挑上十幅，跟我一样条件，就发财了！"

这三个贼你望着我，我望着你，贪欲受到了满足，每人都在品尝着这人世间最大的快乐，可就在这时，响起了病人的声音，像钟声似的回荡……

"是谁呀？……"病人嚷叫道。

"先生,快躺下！"茜博太太向邦斯扑去,硬是又让他躺在床上,说道:"哎呀！您是要找死吗？……噢,不是布朗先生,是那个好人雷莫南克,他对您放心不下,来打听您的消息！……大家对您多好啊,全楼的人都在为您着急呢。您还担心什么呢？"

"可我觉得你们有好几个人在。"病人说。

"好几个人在！噢！……是嘛，您是在做梦吧？……您最后非发疯不成，我发誓！……好，您瞧吧。"

茜博太太猛地打开门，示意马古斯赶紧走开，让雷莫南克上前来。

"喂，我亲爱的先生，"奥弗涅人顺着茜博太太刚才的话说道，

"我来打听一下您的消息，整个楼房的人都在为您担心呢……谁也不喜欢死神进门的！……噢，莫尼斯特洛尔老爹，您跟他很熟的，他让我跟您说一声，要是您需要钱，他愿意为您效劳……"

"他是派您来瞧一瞧我的古玩的……"老收藏家带刺地说，话中充分地表现出不信任。

人得了肝病，几乎都有一种特别的反感心理，而且这毛病说犯就犯，他们会把窝在自己心里的火全都往一件东西或一个人身上撒，而邦斯以为别人是要打他宝物的主意，所以，他脑子里只有一个念头，那就是要死死看住自己的宝物，为此，他平常总是让施穆克时不时瞧瞧有没有人溜进这个至圣所。

"您这套收藏，挺棒的，"雷莫南克诡谲地说，"做旧货生意的人都会动心的；我对古玩不在行，可先生在众人眼里是个大鉴赏家，尽管我不太懂行，可先生的东西，我闭着眼睛都会收……要是先生需要钱用，这种病，花钱可多了……我家妹子上次经血不畅，十天花了三十苏的药钱，实际上，那病不看也会好的……医生啊，全都是些骗子，趁我们身体不好捞钱……"

"再见了，谢谢，先生。"邦斯很不放心地瞧了废铁商几眼，对他说道。

"我去送他走。"茜博太太低声地对病人说，"免得他碰了什么东西。"

茜博太太带上了房门，这引起了邦斯的疑心。茜博太太见马古斯还一动不动地待在那四幅画前。艺术的完美可以激起人们难以言述的激情，只有对理想之美，对这种激情敞开心扉的人，才可以理解马古斯此时一动不动、赞叹不已的神态，因为他们也一样，往往几个小时一动不动地站着观赏艺术之最，观赏莱奥纳多·达·芬奇的《蒙娜丽莎》，柯勒乔的代表作《安提俄珀》，安德利亚·德尔·萨尔多的《神圣之家》、《提香的情人》，多米尼冈的《鲜花拥簇的孩子》，拉斐尔的小单彩画和他的那幅老人肖像画。

"你们快走吧，别作声！"她说。

犹太人慢慢地往后退去，两只眼睛望着画，就像一个情郎望着离别的情人。等犹太人走到楼梯平台，刚才见他看得出神，心里早已有数的茜博太太拍了拍马古斯干瘪的胳膊，说道：

"您每幅画给我四千法郎，不然就算……"

"我可没有钱啊！……"马古斯说，"我想得到这些画，那是因为喜欢，仅仅因为对艺术的爱，我漂亮的太太！"

"你太狠了，小子！"女门房说，"我看不出你有这种爱。要是你今天不当着雷莫南克的面答应给我一万六千法郎，明天可就是两万了。"

"一万六千，我答应了。"犹太人连忙回答，被这看门女人的贪婪给吓坏了。

"一个犹太人，他能凭什么发誓呢？……"茜博太太问霍莫南克。

"您可以相信他，"废铁商回答道，"他这人跟我一样诚实。"

"那您呢？"女门房问道，"要是我卖给您，您给我多少？……"

"赢利对半分。"雷莫南克连忙说。

"我还是愿意马上给个数，我不是做买卖的。"茜博太太说。

"您对生意很懂行！"埃里·马古斯微笑着说，"要做买卖，您可是一个了不得的生意人。"

"我请她跟我合伙，连财产带人。"奥弗涅人拿起茜博太太圆滚滚的胳膊，像锤子似的用力拍了几下，说道，"我不要求她别的投资，只要她的美貌就行了。您不该死守着您那个土耳其人一般的茜博和他的缝衣针！像您这么漂亮的女人，一个小小的看门人能让您过上富日子吗？啊！要是在大街上开个店，摆满古董，跟收藏家们一个劲地聊天，把他们的心给说动了，那您该有多风光！等您捞了这笔钱，给我把门房丢到一边去，咱们俩在一起过，您到时瞧吧，那是什么日子。"

"捞钱！"茜博太太说，"这里一根针的东西，我都不会拿的！您听清没有，雷莫南克！"女门房嚷叫道，"在这个地方，谁都知道我是个清白的女人。"茜博太太的两只眼睛在冒火。

"噢，放心吧！"埃里·马古斯说，"这个奥弗涅人看样子太爱您了，不会故意冒犯您的。"

"她一定会给您招来很多生意！"奥弗涅人高声道。

"你们也要公道点，好小子们，"茜博太太口气软了下来，继续说道，"你们想想我在这儿的处境……整整十年来，我累死累活，侍候这两个老单身汉，可除了空话，他们什么也没给过我……雷莫南克会告诉您，我给这两个老人吃包伙，每天我都要搭上二三十个苏，一点儿积蓄全都花光了，我拿我母亲在天之灵发誓！……我来到这个世上，只知道我娘；全是真话，就像我活在这个世上一样，就像头顶照着我们的太阳一样，要是我说的有半句谎话，那咖啡就会变成毒药把我毒死！……哎，现在有一个就要死了，不是吗？他们两个人，就他有钱，可我把他们俩都当自己的孩子看待！……您会相信吗，我亲爱的先生，二十天来，我三番五次对他说，他就要死了（因为布朗先生已经判了他死刑！……）可这个老吝啬鬼，闭口不提要把我列到他遗嘱上的事，好像根本就不认识我似的！说实话，咱们该得的，得自己去拿才会有，我这个

161

老实女人也算看透了。您去靠继承人吧！……不行！哎，说句不中听的话，世界上的人全是混蛋！"

"真是这样。"埃里·马古斯阴险地说，"还是我们这些人最老实……"他看了看雷莫南克，又补了一句。

"别打岔，"茜博太太继续说，"我才不是为你们说话……以前那位戏子说过，人要是再三恳求，总会被接受的！我向你们发誓，那两位先生欠我差不多三千法郎，我的一点儿积蓄全都给他们买药，买东西花光了，要是他们不认我这一笔账就走了，那就倒霉了！……我这个人真傻，老老实实的，都不敢跟他们提这事。唉，您是生意人，我亲爱的先生，您是不是劝我去找个律师？……"

"找个律师！"雷莫南克嚷叫道，"可您比哪一个律师都懂行！……"

一件东西重重地落到了饭厅的方瓷砖上，声音一直传到空荡荡的楼梯口。

"啊！我的天哪！"茜博太太叫了起来，"出什么事了？好像是先生摔倒了！……"

她推了一把两个同谋，他俩脚步利索地下了楼梯；然后她转过身，朝饭厅奔去，发现邦斯身上穿着件衬衣，躺在地上，已经昏了过去！她急忙抱起老单身汉，像举着根羽毛似的，把他抱到床上。等她把病人在床上安顿好，马上拿了些烧焦的羽毛给他闻，又拿科隆香水擦他的太阳穴，终于让他苏醒了过来。见邦斯睁开双眼，活过来之后，她把两个拳头往腰里一插，说道：

"拖鞋也不穿！身上只有一件衬衣！您是在找死！您为什么就信不过我！……要是这样的话，再见了，先生。十年来，我天天侍候您，把自己的钱花在你们身上，一点儿积蓄全搭上了，为的是不让那个可怜的施穆克伤心，他像个孩子，总躲在楼梯口抹眼泪……您就这样来报答我！您是在监视我……上帝给了您惩罚……活该！我拼命把您抱起来，顾不得这后半辈子落下个什么毛病……啊！我的天哪！门我还没关呢……"

"您刚才跟谁说话？"

"又疑心了不是！"茜博太太嚷叫道，"哼！我是您奴隶？我用得着跟您说吗？您要清楚，您要再这样烦我，我马上什么都不管！您去雇个女看护来侍候您好了！"

邦斯被这么一威胁，吓呆了，无意中让茜博太太看到了这柄达摩克勒斯利剑可以帮她大忙。

"我就犯这个毛病！"邦斯可怜地说。

"算了！"茜博太太口气生硬地说。

说着，她便走了，丢下邦斯去后悔，去反省，这女人照顾他，虽然嘴巴厉害，却忠心耿耿，真叫他欣赏，他不由得暗暗责备自己，再也感觉不到方才跌倒在饭厅地砖上，致使病情加重的巨大痛苦。茜博太太看见施穆克正从楼梯往楼上走。

"来，先生……情况不好，快来！邦斯先生疯了！……您想一想，他光着身子从床上起来，跟着我……不，他刚才就躺在这儿，直挺挺的……问他为什么，他什么都说不上来……他不行了。我又没有惹他，他竟然做这种过火的事情，要不就是因为跟他谈起他过去的风流事，激起了他的邪念……男人啊，谁看得透呢？都是些老风流……我不该让他看我的胳膊，他的眼睛啊，像红宝石似的，真亮……"

施穆克在听着茜博太太，好像在听她讲希伯来语一样。

"我使了好大的劲，恐怕这后半辈子都落下了毛病！……"茜博太太继续说，装出全身疼得厉害的样子；她只不过肌肉有那么一点酸，可她觉得自己灵机一动，随便想到的这个念头，完全可以好好利用一番。"我太傻了！我见他躺在地上，马上使劲把他抱起来，一直抱到床上，只当抱个孩子！可现在，我感到用过劲了！哎哟！真疼啊！……我下楼回家去。看好我们的病人。我去叫茜博把布朗先生喊来给我看病！我宁愿死也不愿落个残疾……"

茜博太太抓着楼梯扶手，装着疼痛难忍的样子，一步步往楼下爬，嘴里哼哼直叫，惊得所有的房客都跑出门，来到楼梯口。施穆克泪水汪汪地扶着她，向大家解释这个看门的女人如何舍己救人。楼里的房客和四邻八舍很快全都知道了茜博太太的英勇壮举，说她为了抱那个榛子钳老人，用力过猛，落下了致命的病根。施穆克来到邦斯身边，把他们女管家的伤情告诉了他，两人你看着我，我看着你，说道："没有她，我们可怎么办呀？……"施穆克见邦斯瞎跑弄成这副样子，也就没敢责怪他。

"该死的古董！我宁肯把它们全烧了，也不愿失去我朋友！……"等他了解到事故的原委，施穆克嚷叫了起来，"茜博太太把她的积蓄都借给了我们，还对她起疑心！这真不该；可这是你的毛病……"

"哎！讨厌的毛病！我真变了，我感觉得出。"邦斯说，"我真不愿让你难过，我的好施穆克。"

"你有气朝我出吧！"施穆克说，"别再为难茜博太太……"

茜博太太本来有落下残疾的危险，可布朗大夫几天就给消除了，他的名声在玛莱居民区里大振，因为这病能治好，真是奇迹。医生在邦斯家里说，这次能治好茜博太太的病，全仗着她有个好身体。到了第七天，茜博太太便又回到两个朋友身边，继续侍候他们，让他们俩好不高兴。这件大事百分之百地提高了女门房对这对榛子钳的影响和说一不二的权利。这个星期里他们俩又添了债，全由她给还了。茜博太太趁机让施穆克（多么轻而易举！）给她立了一张两千法郎的借据，这钱她说是以前借给两个朋友的。

"啊！布朗先生真是个了不起的医生！"茜博太太对邦斯说，"他一定会把您的病治好的，我亲爱的先生，他都把我从棺材里救过来了！我可怜的茜博以为我是死定了！……噢，布朗先生恐怕已经跟您说了，我躺在床上时，心里只惦记着您，我说：'我的上帝，把我带走，让我亲爱的邦斯先生活着……'"

"可怜的好茜博太太，您为了我差点落了个残疾！……"

"啊！要没有布朗先生，我早就进棺材了，那是谁也躲不掉的！哎，就像从前那个戏子说的，人总免不了要倒霉的！得想开点。我不在的时候，你们是怎么对付的？……"

"全靠施穆克照顾我。"病人回答道，"可怜我们的钱柜，还有我们的学生，肯定都受了影响……我不知道他是怎么对付的。"

"你放心，邦斯！"施穆克高声道，"我们有茜博老爹这个银行老板呢……"

"别这么说，我可爱的小羊羔！你们俩都是我们的孩子！"茜博太太大声说，"我们的积蓄全存在你们这儿了！你们比银行还可靠。只要我们有一块面包，你们就有一半……这根本不值得一提……"

"可怜的茜博太太！"施穆克说着走开了。邦斯缄口不语。

"您相信吗，我的小天使，"茜博太太见病人惶惶不安的样子对他说道，"我人快不行那阵子，我看见死神，挺近的！……那时，最让我痛苦的，是丢下你们，让你们孤零零的，还丢下我可怜的

165

茜博，他连一个子儿都没有……我的积蓄根本就算不了什么，因为谈到我的死，谈到茜博，我才顺便跟你们提一提，茜博可是个天使！不，他把我当皇后侍候，为我哭得死去活来！……可我这个老实人是相信你们的，真的。我对他说：'放心，茜博，那两位先生决不会丢下你不管，让你没饭吃……'"

对这场有关遗嘱的攻势，邦斯没有答一声，女门房沉默不语，等着他开口。

"我一定会把您托付给施穆克的。"病人终于说道。

"啊！"女门房大声说，"不管您做什么，都是好的！我相信您，相信您那颗心……我们千万不要说这些，您让我挺难为情的，我亲爱的小天使，还是留心快把病治好吧！您的寿命一定比我都长……"

茜博太太的心里突然出现了深深的忧虑；她拿定主意，一定要设法让她先生把话挑明，准备给什么遗产；自朋友病倒后，施穆克一直都在邦斯床前吃饭。茜博太太一不做，二不休，晚上等施穆克吃完晚饭，便出门上布朗大夫家去了。

第十七章　巴黎所有初出道的人的历史

　　布朗大夫家住奥尔良街。他占着底层一套不大的房子，有一个前厅，一个客厅和两间卧室。一间紧挨着前厅并与一间卧室相通的小屋被改成了诊室，另外还有一间厨房，一个仆人住的房间和一个小小的地窖。这套租用的房子处在正屋的侧面部分，正屋是座很大的建筑，建于第一帝国时期，原是一家老邸宅，花园至今还保留着，底屋的三套公寓各占一部分。

　　大夫的这套房子四十年来一直没有变过样。里面的油漆、墙纸和装饰全都是第一帝国时代的风格。四十年的积尘烟臭给镜子、画框、墙纸图案、天花板以及油漆蒙上了一层灰色。这套房子处在玛莱区的深处，虽然面积很小，但每年租金高达一千法郎。大夫的母亲布朗太太已经六十七岁，占着另一间卧室，打发已经不多的日子。她帮专做裤子的裁缝师傅干些针线活，缝缝长筒鞋套、皮短裤、背带和腰带什么的，总之都是些与裤子有关的，如今已经相当不景气的活计儿。她既要照顾家务，还要看着他儿子雇用的唯一的一个下人，所以从不出门，只是常从客厅的一扇落地窗走出来，到小花园里去换换空气。她已经守了二十年的寡，当初丈夫死时，她把专做裤子的小铺子盘给了手下的大伙计，这个伙计给她不少针线活，保证她每天能挣三十来个苏。她为培养自己的那根独苗苗牺牲了一切，不惜代价，一定要让儿子有个比他老子高的地位。她对自己造就的这个埃斯库拉普神①十分自豪，相信他一定能够出人头地，于是继续为他献出自己的一切，为能照顾他，为他积攒几个钱感到幸福，一心只希望他日子过得好，精心地爱着他，这可不是所有做母亲的都能办得到的。布朗太太始终没有忘记自己是女工出身，她不想让儿子丢脸，叫人笑话，因为这个好女人说起话来 s、sh 不分，就像茜博太太那样，张口总是呀字；就这样，偶尔有什么高贵的病人来求诊，或儿子以前的同学、医院的同行上门时，她总躲到自己房间去。大夫也就从来不用为自己的母亲脸红了。大夫对母亲倒是挺敬重的，因为她在教育方面的缺陷被她这种高尚的情爱给弥补了。小裁缝铺总共卖了两万法郎左右，寡妇把钱全都买了一八二〇年的公债，她的全部家财就是买公债得的一千一百法郎的年息。所以，在很长一段时间里，邻居发现大夫和他母亲总是把洗过的衣服晾在花园的绳子上。为了省钱，家里的东西全都是女用人和布朗太太自己洗。这件日常的小事对大夫很不利，因为见他这么穷，谁也不承认他有多高的医术。一千一百法郎年息用在了房租上。开头那些年，矮胖的好老太婆干活挣些钱，勉强能维持这个贫苦人家的开销。经历了十二年的不懈努力和坎坎坷坷之后，大夫终于每年有一千埃居的收入，这样一来，布朗太太手头差不多可以支配五千法郎。熟悉巴黎的人都知道，要过日子，这点钱是最起码的了。

病人候诊的客厅布置得很俗气，有一张普通的长沙发，是桃花心木的，面子是黄颜色的乌得勒支花丝绒，还有四张安乐椅，六把椅子，一张小圆桌和一张茶桌，都是裁缝师傅在世时亲手挑选，

---

① 罗马宗教中主医道的神。

后来留下来的。座钟总是盖着玻璃罩，像把竖琴的形状，座钟两侧，摆着两个埃及式烛台。窗帘是黄底子红玫瑰花案的平布做的，人们都感到纳闷，这帘子是用什么方法挂到窗户上去的，竟然这么长时间都没换过，因为那布料可是当年儒伊厂出的货。一八〇九年棉制品工业出的这些产品再也糟糕不过，可奥布冈普夫竟然得到皇上的夸奖。大夫的诊室也按这种趣味布置，里面的家具都是从父亲卧房里搬来的。一切都是那么呆板，寒酸，没有一点生气。如今，广告万能，协和广场的华柱全都描了金，让穷苦人真以为自己是个阔公民而感到安慰，在这个年头，一个医生既没有名气，家里又没有多少装饰，那还会有什么病人相信他的医术呢？

前厅也当作饭厅用。要是不在厨房干活，或不陪大夫的母亲，女用人就在前厅做事。一进门，看到这间朝向院子的小屋子窗上挂着发黄的小布帘子，谁都会感觉得到，这套死气沉沉半天不见人影的屋子已经惨得不能再惨了。壁橱里准是藏着发霉的剩肉糜，缺角的盘子，老掉牙的瓶塞，整个星期不换的餐巾，总而言之，都是些巴黎小老百姓迫于生计、舍不得扔的破烂，其实早该扔进垃圾篓里去了。眼下这个年代，就连一枚一百苏的硬币，都让人心里老惦念着，总挂在嘴边，那一个已经三十五岁的医生，又有一个什么门路都没有的老母亲，自然还是光棍一条。十年来在他上门看病的那些人家，从来都没有遇到过能浪漫一下的机会，再小的机会也没碰上，因为在他行医的那个圈子里，那些人的处境跟他都是一个样；他遇到的人家不是小伙计，就是开小作坊的，跟他的家境差不多。最有钱的主顾是开肉铺，开面包铺的，还有居民区里的那些零售店的大老板，可这些人病一好，十有八九总是说这病本来就该好的，而且见大夫是走路上门看病，竟然能拿四十个苏来打发他。干医这一行，不能没有医术，但更不能少了马车。

　　生活总是那么平常，从来没有机遇，就是对一个最喜欢冒险的人来说，最终也会有影响的。人总是会顺从命运的安排，接受生活的平庸。就这样，布郎大夫干了十年的医，还是继续像西西弗那样做他那永远没有出头之日的行当，而且再也不感到绝望，不像当初那么让他苦闷。不过，他还是有一个梦想，巴黎人哪一个都有自己的梦。雷莫南克有，茜博太太也有。布朗大夫梦想有一天被叫到一个有钱有势的病人跟前，一定要把他的病治好，然后凭这个人的信誉，谋取一个差事，当个医院的主治大夫，监狱医生，大街戏院的医生，或部里的医生。再说他就是靠这一手当上了区政府的医生的。茜博太太曾给他带来一个病人，那就是茜博夫妇的房东佩勒洛特，大夫精心照顾，把他的病治好了。佩勒洛特先生是部长太太、博比诺伯爵夫人的舅公，愈后上门答谢，发现大夫家确实贫穷，便照顾这个年轻人，要求那个身为部长但很敬重他的外甥女婿给了他这个区政府医生的位置。大夫在这个位置上已经干了五年，薪水虽然微薄，但来得倒也及时，使他放弃了过火的计划——流亡到国外去。对一个法国人来说，离开法国，实在是走投无路的事。布朗大夫自然去对博比诺伯爵表示感谢；可这位政治家的医生是大名鼎鼎的皮昂松，本想求个差事做的布朗大夫马上明白他是绝不可能到这个人家做事的。博比诺伯爵是最有影响的部长之一，是一只有力的大手在内阁会议桌的绿毯上摆弄了十六年的十四五张主牌之一，可怜的大夫为得到了这位人物的保护着实炫耀了一阵子之后，又重新回到了玛莱区，在穷人和小布尔乔亚家混碗饭吃，另外还担了个检验死亡的差事，每年一千两百法郎的报酬。

布朗大夫当年在医院做实习医生时相当出色，后来自己开业，也很谨慎，有不少经验。再说，他手下死了人，也不会闹得沸沸扬扬；所以，他尽可以在无足轻重的生命身上①研究各种疾病。不难想象，他内心里有多少积怨。他本来就长着一副长长的脸孔，很是忧郁，有时的表情更是吓人，就像是一张黄色的羊皮纸上画着一双达尔杜弗模样的发红的眼睛，那神气跟阿尔西斯特一样乖戾。论医术，他觉得自己跟大名鼎鼎的皮昂松一样棒，可感到被一只铁手禁锢在一个没有出头之日的圈子里，据此，大家便可想象得出他该会是怎样的举止、神态和目光！布朗大夫不可能不跟皮昂松进行比较，最幸运的日子，他每天也只有十法郎的收入。可皮昂松可以得五六百法郎！对民主的各种仇恨，这不就尽可以理解了吗？再说，这个遭受压迫的野心家没有任何可以指责自己的地方。他也曾想过发财，发明了一种与莫里松丸差不多的通便丸。他把这项发明交给了原来在医院一起做实习医生，后当了药剂师的同学去开发，可药剂师迷上了滑稽喜剧院的一个并不走红的女戏子，最后弄得倾家荡产，而通便丸的发明专利证写的是这个药剂师的名字，于是这一伟大的发明肥了他继承人的腰包。老同学远走高飞，去了黄金之国墨西哥，走时又卷走了可怜虫布朗一千法郎。为了得到一些补偿，布朗大夫到女戏子那儿去讨钱，可被她当作了放高利贷的。自从治好了老佩勒洛特的病有了那么点好运气之后，有钱的主顾再也没有上过他的家门。布朗靠他那两条腿，在玛莱区到处奔跑，就像一只瘦猫，跑上二十次，才得到两个苏到四十个苏不等的诊费。对他来说，给大钱的主顾，那简直就是神鸟，

---

　　① 原文为拉丁语 in anima vili。

就像尘世间所说的"白乌鸦"。

没有案子的年轻律师，没有病人的年轻医生，在巴黎城，最绝望的莫过于这两种人，他们苦不堪言，一切都憋在心里，身穿线缝都已经发白的黑衣黑裤，叫人想起盖在顶楼上的镀锌铁皮，身上的缎子背心磨得发亮，头上的帽子珍贵得像宝贝，戴的是旧手套，穿的是平布衬衣。这是一首悲惨的诗歌，就像巴黎裁判所的监狱一样阴森可怖。其他人也有穷的，如诗人、艺术家、演员、音乐家，可他们有着艺术家天生的乐观，有着天才人物那种放荡不羁、无忧无虑，乃至我行我素的天性，所以穷归穷，倒也开心！可是对那两种穿着黑衣黑裤，靠两条腿走路的人来说，一切都是创伤，人生给他们展示的，只是丑恶的一面，经受了初出道时的种种屈辱之后，他们脸上现出了阴沉、挑衅的表情，目光里迸射出郁结已久的仇恨与野心，就像是一场潜伏的大火突然蹿起的火苗。当两个老同学二十年后不期而遇，有钱的会避开穷困潦倒的同学，会不认识他，会为命运之神在他们之间挖掘的鸿沟感到吃惊。一个人是驾着财运亨通的骏马或踩着步步高升的彩云畅游人生；另一个人则是在巴黎城下的污水沟里爬行，遍体鳞伤。见了布朗大夫那身外套和背心而避开的老同学，真不知有多少！

在茜博太太那出生命垂危的喜剧里，布朗大夫为何配合那么出色，现在就很容易明白了。形形色色的贪欲和野心，都是可以感觉到的。见女门房身上的器官没有丝毫损伤，脉搏跳动均匀，四肢活动自如，喊叫起来声音高得惊人，大夫马上便明白，她口口声声说自己已经死到临头，准是有所图谋。如果这假装的重病很快治愈，肯定能让他在居民区里轰动一阵，于是，他把茜博太太所谓的内伤说得更加严重，要不是抢救及时，就没命了，总之，他给女门房开了所谓的药，做了一次神奇的手术，终于妙手回春。他在戴斯甫朗的偏方宝典中找了一个怪方，用在了茜博太太身上，很谦虚地说这次手术成功全靠那位伟大的外科医生，自称是效仿了他的做法。巴黎所有初出道的人都是这么大胆。一切都可用作他们往台上爬的梯子。可是，任何东西都会用坏，就是梯子也不例外，所以不管是哪一行，那些初闯天下的人都不清楚哪种木头做梯子最结实。有的时候，巴黎人对别人轰动根本就没有丝毫反应。他们搭台搭厌了，会像宠惯的孩子一样闹脾气，不再需要什么偶像；或者，说句真话，往往没有什么才子让巴黎人迷恋。矿脉中可以开采出天才，可也有贫乏的时候；这时，巴黎人便会抗议，不总是乐意为平庸之才贴金，把他们当作偶像来崇拜。

茜博太太像平时那样风风火火地闯进门去，正碰上医生和他老母亲在桌上吃饭，吃的是所有生菜中最便宜的野苣生菜，当餐后点心用的只有一小尖角布里奶酪，旁边摆着一小盘"四叫花子"干果，只见里边有很多葡萄干的碎渣，还有一盘很差的苹果。

"母亲，您不用走。"医生按着布朗太太的胳膊说，"是茜博太太，我跟您提起过的。"

"太太好；先生好。"茜博太太说道，一边往医生指给她的椅子上坐。"噢！这位就是您母亲大人？有位这么有才的儿子，真有福气！太太，您儿子可是我的救命恩人，是他把我从死神手中拉回来的。"

布朗寡妇听见茜博太太这么恭维她儿子，觉得她很可爱。

"我是来告诉您，我亲爱的布朗先生，这话就我们之间讲讲，可怜的邦斯先生情况很糟糕，我必须跟您谈谈他的事……"

"到客厅去。"布朗大夫说道，一边向茜博太太指了指女用人，这手势的意思已经够明白了。

来到客厅，茜博太太便一五一十地谈起了她跟那对榛子钳相处的情况，又把她借钱的事美化了一番，说她十年来为邦斯和施穆克帮了很多大忙。听她的意思，似乎没有她慈母一般的照顾，那两个老人早就不在人世了，她装着一副慈善天使的模样，抹着眼泪说了一大堆谎话，还真把老布朗太太的心给说动了。

"您明白，我亲爱的先生，"她最后说道，"万一邦斯先生死了，他到底对我有什么安排，无论如何得弄清楚；我并不希望他死，因为您知道，照顾这两个好人，就是我的生活；要是他们中哪一位不在了，我还会照顾另一位。我呀，天生就好做别人的母亲。要是没有人让我照顾，让我当孩子待，我就不知道该怎么办才好……所以呀，要是布朗先生乐意，请给我帮个忙，我感激不尽，我想要先生跟邦斯先生谈谈我的事。我的天哪！一千法郎的年金，是不是太多了，您看呢？这等于是为施穆克先生要的……咱们那位可爱的病人跟我说过的，他一定会把我托付给那个可怜的德国人，看来施穆克就是他的继承人……可是用法语连个意思都讲不清的人，能指望吗？再说他朋友一死，他肯定很伤心，会回到德国去的……"

"我亲爱的茜博太太，"大夫变得严肃起来，说道，"这类事情跟医生不相干。要是他们知道我跟病人立遗嘱的事情有牵扯，就会禁止我干这一行。法律是不允许医生接受病人遗产的……"

"多蠢的法律！把给我的遗产分给您，谁阻止得了我？"茜博太太立即回答说。

"还有呢。"大夫说，"我是当医生的，我的良心不允许我跟邦斯先生谈他死的事。首先，他还没有病到这个危险地步；其次，我要是跟他谈这件事，会让他受刺激，病得更厉害了，造成生命危险……"

"可是我实话实说，我劝过他把后事料理好，他也没有病得更厉害嘛……"茜博太太嚷叫起来，"他对这事已经习惯了！……别担心什么。"

"再也不要跟我提这事了，我亲爱的茜博太太！……这不关医生的事，归公证人管……"

"可是，我亲爱的布朗先生，要是邦斯先生主动问起他的情况，问您该不该先做些准备，您是否愿意告诉他，把后事全料理好对他恢复健康是件大好事？……然后，您顺便再跟他提一提我……"

"噢！要是他跟我谈遗嘱的事，我决不会阻拦他。"布朗大夫说。

"噢，这就对了！"茜博太太嚷叫道，"我到这里来，是要感谢您对我的照料。"她把一个装着三块金币的小纸包塞到大夫手里，补充说道，"我现在只能表示这点意思。啊，我要是有钱，您也会有的，您就是来到人世的好上帝……太太，您这个儿子是个天使！"

茜博太太站起身，布朗太太客气地给她行了礼，大夫把她送到楼梯平台。就在平台上，这个下等阶层的恶婆麦克白突然脑中一闪，仿佛受到了魔鬼的点拨：她心领神会，觉得医生一定会做她的同谋，因为她的病是假的，可诊费他收下了。

"我的好布朗先生，"她对大夫说，"我不慎受伤，您给我治好了病，怎么您就会不愿意为我说几句话，让我不再过穷日子呢？……"

医生感觉到自己已经让魔鬼抓住了头发，难以挣脱那无情的、血红的魔爪。他害怕为这点小事失去诚实的本分，连忙以一个同样邪恶的念头来对付茜博太太的鬼主意。

“听我说，我亲爱的茜博太太，”他又让茜博太太回到屋里，把她领到诊室，说道，“我在区政府的位置，是靠您才得到的，我欠您的情，我现在就还您……”

“我们以后平分吧。”她有力地说。

“分什么？”大夫问。

“遗产。”女门房回答道。

“您不了解我。”大夫摆出一副瓦勒里乌斯·普布里科拉式的姿态，说道，“我们不要再谈这事了。我有个中学同学，他聪明极了，我俩关系很亲密，因为生活中彼此的运气差不多。我在大学读医学时，他学法律；后我在医院做实习医生，他在诉讼代理人古杜尔先生那里干些抄抄写写的事情。他父亲是个鞋匠，我父亲是个专做裤子的裁缝。他周围没有多少人对他有特别的好感，他自然也就得不到多少资本；因为说到底，资本是靠好感才能得到的。后来，他只能到外省的芒特盘了一个事务所……可是外省人很不理解巴黎人的聪明才智，总找我朋友的碴子。”

“那是些混蛋！”茜博太太骂道。

“是的，”大夫继续说，“他们全都串通一气对付我朋友，故意找事，好像都是我朋友的错，逼得他又盘掉了事务所；检察官出面解决这件事，可这位法官是当地人，当然为当地人说话。我可怜的朋友名叫弗莱齐埃，逃到我们区落了脚，他比我还穷，比我穿得还破，住得跟我也差不多；他是个律师，可最终只能在违警法庭和治安法庭为人出庭辩护。他家离这儿很近，就在珍珠街。您到九号去，登上四楼，在楼梯平台可以看到一块四方的小红山羊皮招牌，上面印着几个金字：弗莱齐埃先生事务所。弗莱齐埃专门为我们区的门房、工人和所有穷人办理一些诉讼案子，收费也便宜。

他是老实人，我用不着跟您细说，凭他的本事，要是个小人，进出早就有马车迎送了。今晚我去看我朋友弗莱齐埃。您明天一早就到他家去；他认识商警洛夏尔先生，治安法庭的执达吏塔巴洛先生，治安法官维代尔先生和公证人特洛尼翁先生。他在居民区那些最受尊敬的吃公务饭的人当中已经有些名气了。要是他接了您的事，要是您能把他推给邦斯先生做顾问，那您看着吧，他一定会像您自己一样为您办事。只是千万不要像对我这样，提一些伤害他自尊心的折中做法。他有才有智，你们会配合好的，至于怎么酬谢他，我做你们的中间人……"

茜博太太没好意地看了大夫一眼。

"老坦普尔街开针线铺的弗洛利蒙太太上回跟她朋友闹遗产，是不是帮她解决难题的那一位，那个吃法律饭的？……"

"就是他。"大夫回答说。

"真可怕，"茜博太太嚷叫道，"人家为她争到了两千法郎的年金，向她求婚，她竟然不答应，据说，她只给了他一打荷兰布衬衣，两打手帕，反正送了那么一包东西，她以为就算还了情了！"

"我亲爱的茜博太太，"大夫说，"那包衣服值一千法郎呢，弗莱齐埃那时在居民区刚刚起步，还真用得着。再说，账上记的诉讼费，她二话没说全都付了……这个案子给弗莱齐埃招来了不少别的案子，他现在可忙了，不过，他跟我一样，凡是我们的主顾，都一样看待……"

"这世上吃苦的尽是好人！"女门房说道，"那再见了，谢谢，我的好布朗先生。"

一个单身汉送命的悲剧，或者说可怕的喜剧，在这里开场了。命运的力量把这个单身汉抛进一帮贪婪无比的家伙手中，他们挤在他的病床前，各怀鬼胎，一个是嗜画如命的家伙；一个是贪得无厌的弗莱齐埃老爷，见他潜藏在窟中的模样，准会叫你浑身发抖；还有一个是欲壑难填的奥弗涅人，为了弄到资本，他什么事都干得出来，哪怕犯罪也不在乎。上面所讲的这一部分可以说是这出喜剧的开场白，剧中人物，至此全已登场。

第十八章　一个吃法律饭的

词语的贬值是风格的种种怪象之一，要解释清楚，恐怕需要写几本书。您若给一个诉讼代理人写信，称呼他"homme de loi"①，那就是对他的不敬，其程度不亚于在给一个专门做殖民地食品生意的大商人的信中，称呼对方"某某杂货商先生"。这些处世之道的微妙所在，上流社会的人理应是精通的，因为他们的本领也就在此，可他们中有相当一部分人都不知道"homme de lettres"②的称呼是对一个作者最恶毒的侮辱，要说明词语的生命与死亡，"monsieur"（先生）一词是最好的例子。"monsieur"的意思是"monseigneur"，从前是很了不起的称呼，可现在人人都称"monsieur"，只是把"monsieur"中的"sieur"改作"sire"之后，专用于称呼国王。实际上，"messire"一词不过是"monsieur"的替代词和同义词，可要是有人偶然在讣告中使用一下，马上便会招致共和党报纸的大肆攻击。法官、推事、法学家、审判员、律师、司法助理、诉讼代理人、法律顾问、执达吏，诉讼经纪人和辩护人等是司法或干法律这一行的不同类别。其中最低的两级叫作"办案的"和"吃法律饭的"。

---

① 法语中"homme de loi"的本义为"法律界人士"，但在俗语中，意思为"吃法律饭的"，有一定贬义。

② 法语中"homme de lettres"的本义为"文人，作家"，可在俗语中，作"吃笔头饭的"、"耍笔杆子的"解。

"办案的"又俗称为公差，因为偶尔办个案子之外，主要是协助执达吏判决，可以说是处理民事的廉价刽子手，至于"吃法律饭的"，则是干法律这一行中的特殊侮称。司法界"吃法律饭的"，就等于文学界"吃笔头饭的"。法国的各行各业，都有你死我活的竞争，也就少不了相互贬低的用语。每一行必有刻薄的称呼，可"homme de lettres"与"homme de loi"一旦变为复数，也就没有了贬的意思，"gens de lettres"（文学界人士）和"gens de loi"（法律界人士）的说法很通行，不会伤害任何人。不过，巴黎的任何一个行业都有垫底的，正是这些垫底的，降了他们那一行的格，跟那些在街头混饭吃的，跟那些平民百姓处在了同一档次。因此，在巴黎的某些居民区，至今还有"吃法律饭的"，还有这种揽案子办的经纪人，就像中央菜市场，还能见到那种以星期为期限的放款人；这种人之于大银行，无异于弗莱齐埃先生之于诉讼代理公会。事情也怪！平民百姓就怕部里的司法助理，就像怕进时髦的饭店。他们有事只找小经纪人，喝酒只上小酒店。只跟自己一个档次的人打交道，这是不同社会阶层运作的普遍规律。只有那些冒尖的人物才喜欢往上爬，他们不会为自己站在比他们地位高的人面前感到痛苦，相反，他们能为自己争得立足之地，像博马舍那样，敢把试图侮辱他的一个大老爷的表摔在地上；另外，那些暴发户，那些善于改变自己出身的新贵，也是了不起的例外。

第二天清晨六点，茜博太太便来到了珍珠街，细细打量着她未来的法律顾问，那个吃法律饭的弗莱齐埃大爷的房子。这是一座从前的小布尔乔亚阶层住的那种旧房屋。一条小道通进屋里，底层的一部分用作门房，还有一部分开了个木器铺子，木器加工厂和堆的货几乎占满了里边的小院子，此外便是过道和楼梯间，到处硝迹斑斑，潮乎乎的，整座房子像是害了麻风病。

茜博太太直奔门房，在里边看到了茜博的同行，他是个做鞋的，还有他妻子和两个年龄很小的孩子，住的地方总共只有十尺见方，窗户朝向小院子。茜博太太一报自己的身份、名字，谈起她在诺曼底街做事的那家情况之后，两个女人立即变得再也亲热不过，弗莱齐埃先生的女门房一边给做鞋子的丈夫和两个孩子做午饭，一边跟茜博太太闲聊，一刻钟之后，茜博太太把话题引到房客身上，谈起了那位吃法律饭的。

"我来请教他，"她说，"有点事情要问问。是他的一个朋友布朗大夫介绍我来找他的。您认识布朗先生吧？"

"当然啰！"珍珠街的女门房说，"上回我小孩害喉炎，就是他救了孩子的命。"

"他也救了我一命，太太……哦，这个弗莱齐埃先生，人怎么样？"

"他这个人呀，我的好太太，"女门房说，"每到月底，人家上门来收他欠的邮费，难着呢。"

茜博太太很聪明，这句话的意思够明白了。

"穷归穷，但也可能是个正派人。"她说道。

"但愿如此。"弗莱齐埃的女门房说，"我们没有大把的金子、银子和铜钱，可我们从来不欠别人一个子儿。"

茜博太太听到了自己的那套话。

"那么，我的小妹子，这人信得过？是不是？"茜博太太问。

"啊！太太，要是弗莱齐埃先生真想帮人的话，我听弗洛利蒙小姐说他可是谁也比不上的。"

"她靠他才得到了那笔财产，可她为什么不嫁给他呢？"茜博太太激动地说，"一个开小针线铺的女人，一直靠一个老头养着她，要是能做一个律师的老婆，已经不错了……"

"为什么？"女门房把茜博太太拉到过道里，对她说，"太太，您不是要上楼找他吗？……行，等您到了他办公室，您就知道为什么了。"

楼梯靠几扇小院子的拉窗才有点光亮，一走上去，便可知道楼里除了房东和弗莱齐埃之外，其他房客都是做手艺的，脏兮兮的楼梯带着每个行业的印记，可以看到铜屑、碎纽扣、纱布头和草根等。住在最上面几层的学徒工随手画了不少下流的图画。女门房的最后一句话激起了茜博太太的好奇心，她已经拿定主意，一定要去请教一下布朗大夫的朋友，但是不是要请他出面办她的事情，要视她的感觉再定。

"我有时候感到纳闷，索瓦热太太一直服侍他，怎么受得了。"女门房跟在茜博太太身后，像是在讲解似的。"我陪您上去，太太，"她又说，"我要上楼给房东送牛奶和报纸。"

上了紧贴二楼的第三层，茜博太太来到了一扇俗不可耐的门前。门锁边二十公分宽的地方，黑乎乎的一层，那是日子久了手留下的污迹，在典雅的公寓里，建筑师们往往在锁孔上下方安上镜子，设法解决这个难题，可在这扇门上，却涂了一层说红不红的油漆。门上的小窗，封了一层金属渣似的东西，就像一些酒家为仿造陈年佳酿发明的那种瓶塞材料，再配上三叶草形状的铁条，可怕的铰链和粗大的钉头，实在是不折不扣的牢门。只有吝啬鬼或跟全世界的人都闹翻了的小报记者才会发明出这种装置。楼里排泄污水的铅管发出臭气，楼梯上到处臭烘烘的，头顶的天花板像是装饰了阿拉伯式的图案，那是蜡烛的烟熏出来的，真是乱七八糟！门铃拉绳的末端挂着一个脏乎乎的橄榄球，是门铃的拉手，门铃很小，微弱的铃声说明门铃已经有了裂缝。总之，每样东西都跟这个丑陋不堪的画面很协调。茜博太太听到了沉重的脚步声和哮喘病人似的呼吸声，索瓦热太太出现了。这是个大胖女人，就像阿德里昂·布劳尔那幅《去参加巫魔夜会的巫婆》中的老妖婆，身高五尺六寸，长着一张大兵似的脸，脸上的胡子比茜博太太还要多得多，身子胖得像患了肥胖症，套了件廉价的罗昂布裙，头上包着一块马德拉斯布头巾，还用主人家收到的那些免费赠送的印刷品做了卷发纸卷起了头发，耳上挂着两只马车轮似的金耳环。这个凶神恶煞的女人手里拿着一只凹凸不平的白铁锅，溢出的牛奶又使楼道里多了一股气味，虽然味道重得让人直想呕吐，可在楼道里却不怎么突出。

"您有什么事呀，太太？"索瓦热太太问道。

说着，她恶狠狠地瞅了茜博太太一眼，恐怕她觉得茜博太太穿得太好了点。她那两只眼睛天生充血，使她的目光显得格外凶狠。

"我来看弗莱齐埃先生，是他朋友布朗大夫介绍来的。"

"进来，太太。"索瓦热太太说道，她的神态顿时变得和蔼可亲，说明她早已知道茜博太太一大早要上门。

弗莱齐埃先生这个半男不女的仆人像在台上演戏似的行了个礼，砰的一声打开了办公室的门，办公室临街，里边正是从前在芒特待过的那位诉讼代理人。这间办公室跟三等执达吏的那种窄小的办公室绝对一模一样，文件柜是用黑乎乎的木料做成的，上面的卷宗旧得发毛，像是长了神甫似的胡子，扎卷案的红线可怜巴巴地耷拉着，那夹子里明显看得出有老鼠在打闹，地板灰不溜秋的，尽是灰尘，天花板被熏得发黄，壁炉架上的镜子照不见人影；壁炉里的铸铁柴架上，放着不能再节省的几块木柴；座钟是现代的嵌木工艺，只值六十法郎，准是在一次法院拍卖中买来的；两边的烛台是锌制的，模仿洛可可式样，结果弄得四不像，上面油漆已经有多处剥落，露出了里面的金属。弗莱齐埃先生矮小的个子，干巴巴的，一副病态，发红的脸上长满肉刺，看样子血液有毛病；再说，他总是不停地搔着右胳膊；头上戴着一顶假发，由于戴得太靠后，露出一个砖红色的脑袋，模样实在吓人。他从铺着绿色摩洛哥皮垫的椅子上站起身来，装出一副讨喜的样子，端过一把椅子，声音尖尖地说：

"我想是茜博太太吧？……"

"是的，先生。"女门房失去了平时的自信，回答道。

茜博太太被她未来的顾问律师门铃声一般的嗓音和暗绿色的眼睛里那道绿得可怕的目光吓呆了。办公室里散发着主人弗莱齐埃的气味，仿佛里边的空气带着瘟疫似的。茜博太太这才明白为什么弗洛利蒙小姐没做弗莱齐埃太太。

"布朗跟我谈起过您，我亲爱的太太。"吃法律饭的用的是假嗓子，拿俗话说，假惺惺的，不过，声音发尖，刺耳，就像乡下人做的酒，挺呛人。

说着，这个代人打官司的想摆出一点架子，拉了拉便袍的两片下摆，想遮住那两只裹着破烂不堪的粗呢裤的瘦膝盖。袍子是用印花布做的，已经很旧，破了好几处，里边的棉花无拘无束地露在外面，可棉花的分量还是把下摆往两边拉，露出了一件已经黑乎乎的法兰绒内衣。弗莱齐埃一副自命不凡的派头，把那件不听话的袍子的带子紧了紧，显出了芦苇秆似的腰身，然后拿起火钳，把两块像仇人似的亲兄弟永远合不拢的柴火拨到一起。紧接着，他突然又闪出一个念头，站起身来，喊了一声：

"索瓦热太太！"

"什么事？"

"谁来我都不见。"

"哎哟！不用说！我知道了。"泼妇似的老女人回答道，那口气像是主人。

"她是我的老奶妈。"吃法律饭的样子尴尬地对茜博太太说。

"她现在还有许多奶水呢。"当年在中央菜市场的女主角回答道。

对这种无聊的打趣，弗莱齐埃笑了笑，闩上了门，免得女管家再来打断茜博太太的悄悄话。

"好了，太太，把您的事跟我讲讲。"他说道，一边往下坐，总是忘不了把袍子拉拉好。"我在世上就那么一个朋友，他介绍给我的人，完全可以信赖我……绝对可以！"

茜博太太一口气讲了半个小时，没有让代人打官司的有任何插嘴的机会；他像个年轻的新兵在听一个第一帝国时代的老兵讲话。弗莱齐埃一声不吭，老老实实的，好像全神贯注地听着茜博太太那瀑布般不断的东拉西扯——在茜博太太对可怜的邦斯的那几幕里，大家已经亲眼目睹过这种场面——女门房疑心病本来很重，再加上刚才见到的那些丑陋的事情，心里有不少戒备，可这下几乎放松了几分，当茜博太太把话说完，等着对方给她出主意的时候，个子矮小的弗莱齐埃早已经用那两只长满黑点的绿眼睛把未来的主顾研究了个透，他突然一阵咳嗽，咳得几乎要进棺材似的，他端起一只搪瓷碗，一口把半碗草药水喝了下去。

"没有布朗，我早就没命了，我亲爱的茜博太太，"见女门房朝他投来慈母般的目光，弗莱齐埃回答说，"他会把我病看好的……"

看他的样子，仿佛早已忘记了女主顾跟他说的那些心里话，茜博太太真想赶紧离开这个死鬼。

"太太，关于遗产问题，在着手办之前，必须先弄清楚两件事，"原来在芒特做诉讼代理人的弗莱齐埃变得严肃起来，继续说，"第一，那遗产值不值得拿；第二，谁是继承人；因为遗产是战利品，继承人是敌人。"

茜博太太谈到了雷莫南克和埃里·马古斯，说这两个狡猾的同伙估计收藏的那套画值六十万法郎……

"这个价钱他们愿意买吗？……"当年在芒特的诉讼代理人问道，"要知道，太太，生意人是不相信画的。一幅画，要么是一块值四十个苏的画布，要么就是值十万法郎的名画！而十万法郎一幅的名画大家都是知道的，对这些画的价值，即使最有名的行家，也常常出错！有一个大金融家，他收藏的画，备受称赞，很多人看过，也刻印过（刻印过！），据说他花过几百万法郎……后来他死了，人嘛，总要死的，嗨，他那些真正的画只卖了二十万！得把那两位先生给我带来……现在再谈继承人。"

弗莱齐埃先生又摆出那副洗耳恭听的姿态。一听到卡缪佐庭长的名字，他摇了摇脑袋，又咧了一下嘴巴，弄得茜博太太专心极了。她试图从他脑门上，从他这种丑陋的面部表情上，看出一点意思，可最终看到的，只是生意上所说的那种木头脑袋。

"对，我亲爱的先生，"茜博太太又重复说道，"我的邦斯先生是卡缪佐·德·玛维尔庭长的亲舅舅，他那些亲戚，他每天都要跟我唠叨十来次。丝绸商卡缪佐先生……"

"就是刚刚被提升为贵族院议员的那位……"

"他的第一个妻子是邦斯家的小姐，跟邦斯先生是党兄妹。"

"那他们是堂舅舅堂外甥的关系……"

"他们什么关系都没有了，他们闹翻了。"

来巴黎之前，卡缪佐·德·玛维尔先生在芒特法院当过五年院长。他不仅在那儿留下不少让人回忆的东西，也保留了不少关系；他的后任就是他手下关系最亲的一个推事，现在还在那儿当院长，因此对弗莱齐埃的底细一清二楚。

等茜博太太终于关上了她嘴巴的那两道红色的闸门，封住了滔滔不绝的话语之后，弗莱齐埃说道：

"太太，您将来的主要对头，是一个可以把人送上断头台的人物，您知道不知道？"

女门房从椅子上跳了起来，就像是玩偶盒里弹出的玩偶。

"别慌，我亲爱的太太。"弗莱齐埃继续说，"您不知道巴黎最高法院审判庭庭长是何许人，这没有什么奇怪的，可您应该知道邦斯先生有一合法的自然继承人。德·玛维尔庭长先生是您那位病人的独一无二的继承人，不过是第三亲等的旁系亲属；因此，根据法律，邦斯先生可以自由处理他的财产。您还有所不知，庭长先生的女儿至少在六个星期前就已经嫁给了前农商部部长、法兰西贵族院议员博比诺伯爵的长子，博比诺伯爵是当今政界最有影响的人物之一。这门亲事使庭长变得更加可怕，他就不仅仅是重罪法庭至高无上的人物了。"

听到重罪法庭这几个字，茜博太太又是一阵颤抖。

"是的，就他能把您往那儿送。"弗莱齐埃继续说，"啊！我亲爱的太太，您不知道穿红袍的有多厉害！有一个穿黑袍的跟您作对就已经够受了。您看我在这儿穷得一无所有。头也秃了，身上都是病……唉，那都是因为我在无意中触犯了外省一个小小的检察官！他们逼得我亏本卖了事务所，我虽然破了财，但能离开那儿还算万幸呢！要是我硬顶着，恐怕律师这个饭碗都保不住了。您还有一点不知道，如果仅仅涉及卡缪佐庭长，那还不要紧；您知道，他有个妻子！……要是您迎面碰到那个女人，您肯定会浑身发抖，就像踏上了断头台，连头发都会竖起来。庭长太太报复心很强，准会不惜用上十年工夫，非布下圈套，把您逼进死路才甘心！她指挥起她丈夫来就像孩子玩陀螺似的。她这一辈子已经使一个可爱的小伙子在巴黎裁判所的监狱自杀丢了命，替一个被控告犯有伪造文书罪的伯爵洗刷了罪名。她还差点使查理十世宫中最显赫的一个爵爷丢了封号。最后，她还把总检察长德·格朗维尔先生赶下了台……"

"就是住在圣弗朗索瓦街拐角，老坦普尔街的那一位？"茜博太太问。

"就是他。传说她一心想要让她丈夫当司法部长，我不知道她是否可以达到目的……要是她起了邪念，要把我们俩送上重罪法庭，让我们去坐牢，我虽然像个刚出生的孩子一样无辜，也得马上弄个护照，跑到美国去……我对司法界的情况太了解了。我亲爱的茜博太太，据说年轻的博比诺子爵将是您房东佩勒洛特先生的继承人，庭长太太为了让她的独生女嫁给博比诺子爵，把自己家的那点财产都花光了，眼下庭长和他太太只得靠他当庭长的薪俸过日子。我亲爱的太太，您以为在这种情况下庭长太太会不把您邦斯先生的遗产放在心上吗？……我宁愿让霰弹来轰我，也不愿意让这样一个女人跟我作对……"

"可他们闹翻了呀……"茜博太太说。

"这又怎么样？"弗莱齐埃说，"闹翻了，才更在乎呢！把一个讨厌的亲戚杀了，是一回事，可继承他的遗产，是件开心的事！"

"可邦斯老人恨死了他的继承人；他经常跟我说，那些家伙，我还记得他们的名字，有卡尔多先生，贝尔迪埃先生，等等，那些家伙像一车石头轧一个鸡蛋似的，把他压得都没命了。"

"您也想被碾碎吗？"

"我的天哪！天哪！"女门房嚷叫道，"啊！封丹娜太太说得有道理，她说我会遇到不少障碍；可她说我会成功的……"

"听我说，我亲爱的茜博太太……您可以从中得到三万法郎，这不错；可遗产，您不要想……昨天晚上，布朗大夫和我谈了您，谈了您的事……"

听到这句话，茜博太太又从椅子上跳了起来。

"您怎么啦？"

"哼，您早就知道我的事，何必让我费劲说这半天呢？"

"茜博太太，我是早就知道您的事，可我一点不了解茜博太太！有多少主顾，就有多少种脾气……"

这时，茜博太太朝她未来的顾问投去一束异样的目光，充分表示了她的怀疑，恰好被弗莱齐埃看在了眼里。

第十九章　弗莱齐埃的底细

　　"我再说下去，"弗莱齐埃说，"我们的朋友布朗多亏了您才与博比诺伯爵夫人的舅公老佩勒洛特先生拉上了关系，这是我愿意为您效力的原因之一。布朗每半个月都要去看您的房东（这点您要记住！），通过他了解到了一切内情。从前做大宗生意的佩勒洛特参加了他曾外孙女的婚礼（因为这是个有遗产的舅太公，他差不多有一万五千法郎的年金，二十五年来，他一直过着修士一般的生活，每年开销不过一千埃居……），后来把这门亲事的前因后果都跟布朗说了。听说是因为您那个音乐家想报仇，想糟蹋庭长一家名声，他们才闹翻的。谁也不能只听一面之词……您的病人说自己是无辜的，可别人却把他看成是魔鬼……"

　　"说他是个魔鬼，我才不觉得奇怪呢！"茜博太太嚷叫道，"您想想，十年来，我把自己的钱都搭上了，他自己心里也清楚，他花了我的积蓄，可就是不愿意在他的遗嘱上提我一笔……不，先生，他就是不肯，他才固执呢，真是头倔骡……十天来，我一直跟他谈这事，可老家伙就像个界桩似的，就是不让步。他怎么也不松口，看着我，那模样……最后只跟我说了一句话，说会把我托付给施穆克先生的。"

　　"那他是打算把那个施穆克立为继承人？"

　　"他一定会把所有的东西都给他……"

"听着，我亲爱的茜博太太，要想让我有明确的看法，制定出计划，我得先认识施穆克先生，看看组成遗产的那些东西，跟您刚才说的那个犹太人谈一谈；到时您再让我教您怎么办……"

"我们到时再看吧，我的好弗莱齐埃先生。"

"怎么，我们到时再看！"弗莱齐埃像毒蛇似的扫了茜博太太一眼，亮出了他本来的嗓子，说道，"怎么回事！我到底是不是您的顾问？我们先讲讲清楚。"

茜博太太感到自己的心思被猜透了，不由得脊背发冷。

"我百分之百地相信您。"她回答道，发现自己落到了一只老虎手里。

"我们这些代人打官司的，对当事人的背叛，都已经习惯了。先看看您的情况吧：那真是好极了。要是您按照我给您出的主意一步步去做，我给您打保票，您一定可以从遗产中捞到三四万法郎……不过这件好事还有另一面。假如庭长太太得知邦斯先生的遗产值一百万，您想从中吃一块的话，这种事情，总会有人说出去的！……"他顺便说道。

这顿了一顿，顺便说的一句话，茜博太太听了浑身直打哆嗦，她马上想到弗莱齐埃一定会当这种告密的角色。

"我亲爱的主顾，不消十分钟，就能让佩勒洛特老头辞掉您门房的差事，限您两个小时搬家……"

"这又怎么样！"茜博太太像贝娄娜一样昂首挺胸地站立着，说道，"那我就待在那两位先生的家里，做他们信得过的管家。"

"噢，见这种情况，那他们就会给您设一个圈套，哪天等你们夫妇俩一觉醒来，会发现自己已经在地牢里，担着天大的罪名……"

"我！"茜博太太嚷叫道，"我可不欠人家一个子儿！……

我！……我！……"

她一口气讲了五分钟，弗莱齐埃细细地看着这位伟大的艺术家演奏着自我吹嘘的赞歌。他态度冷漠，含讥带讽，眼睛像一把尖刀刺透了茜博太太，心里在暗暗发笑，头上干枯的假发在微微抖动，这模样俨然似当年那个善作四行诗、别称"法国诗仙"的罗伯斯庇尔。

"怎么样？为什么？有什么借口？"她末了连声问道。

"您想知道您怎么会上断头台吗？……"

茜博太太脸色煞白，如死人一样，因为弗莱齐埃这劈头一问，就像是断头台的铡刀落到了她的脖子上。她神色惶惑地看了看弗莱齐埃。

"请好好听我说，我可爱的孩子。"弗莱齐埃继续说。他见女主顾被吓成这样，心里很得意，但忍着没有表现出来。

"我宁愿就这么算了……"茜博太太喃喃地说。

说着，她想站起身来。

"别走，您应该了解一下您面临的危险，我也有责任给你讲明白。"弗莱齐埃不容置辩地说，"您会被佩勒洛特先生辞掉，这是肯定的，对吧！您要当那两个先生的仆人，很好！也就是说庭长夫人和您要大战一场。您不顾一切，要想尽一切办法弄到那笔遗产……"

茜博太太做了个手势。

"我不指责您，这是我的职责。"看见女主顾的手势，弗莱齐埃回答说，"这种事就像是打仗，您一定会走得很远，超过您的想象！人要是昏了头，打起来就会不要命……"

茜博太太身子一挺，又表示否认。

“哎哟，得了，我的小娘，”弗莱齐埃以可怕的亲热劲儿继续说道，“您一定会走得很远……”

“哼！您把我当贼？”

“得了，娘，您没花多少钱便得到施穆克先生的一张借据……啊！您是在这儿忏悔，我漂亮的太太……不要欺骗您的忏悔师，何况他能看透您的心……”

茜博太太被这人的洞察力给吓坏了，终于明白了刚才他为什么那么专心地听她说话。

“噢，”弗莱齐埃继续说，“您一定会承认，在这场遗产争夺赛中，庭长太太绝不会让您占上风的……他们会注意您，会暗中监视您……您要让邦斯先生把您写进遗嘱……这很好。可有一天，司法机关的人会找上门，搜到一杯药茶，在药茶里发现砒霜；会把您和您丈夫抓起来，判刑，给您定罪，说您想谋害邦斯老爷，得到他的遗产……我在凡尔赛给一个可怜的女人出庭辩护过，她也跟您一样，是无辜的；事情就像我跟您说的那样，我唯一能做到的，就是救她一命，那可怜的女人被判了二十年苦役，进了圣拉扎尔监狱。”

茜博太太害怕到了极点。她脸色越来越苍白，看着这个绿眼睛矮个子的干瘪男人，那神态，就像对自己的信仰忠贞不渝的那个可怜的摩尔女人听到自己被判处火刑时望着审判官。

“您是说，我的好弗莱齐埃先生，只要把我的事交给您，让您去办，我就多少可得一点，而且什么也不用担心，是吗？”

“我保证您得到三万法郎。”弗莱齐埃胸有成竹地说。

“您也知道我是多么喜欢亲爱的布朗先生，”她以最甜蜜不过的声音说，“是他让我来找您的，那是个老实人，决不会让我到这儿来听候宣判，把我当个谋财害命的女人送上断头台……"

她号啕大哭起来，一想到断头台，恐怖揪住了她的心，她整个儿吓昏了。弗莱齐埃享受着胜利的快意。刚才见女主顾犹豫不决，眼看着就要失去这桩生意，他马上打定主意一定要制服茜博太太，吓唬她，把她吓得目瞪口呆，让她束手就范。女门房只要进了这间办公室，那就像一只苍蝇投进了蜘蛛网，必定会被缚住手脚，动弹不得，成为这个野心勃勃、吃法律饭的小人的嘴中食。弗莱齐埃的确是想在这个案子里捞到养老的口粮，过上舒适的日子，得到幸福，受到敬重。在前一天晚上，他和布朗已经全都考虑到了，一切都认真掂量过，仔细研究过。大夫把施穆克的情况向朋友弗莱齐埃作了细致的介绍，两个精明的家伙对种种可能性，对各种方法以及各种危险都进行了探讨和研究。弗莱齐埃抑制不住内心的冲动，高声道："我们俩的财运终于到了！"他发誓，一定要让布朗当上巴黎哪家医院的主任医生，让自己成为区里的治安法官。

当一个治安法官！对他这个富有才干，但却袜子都穿不起的法学博士来说，这个职位竟如一头怎么也骑不上去的怪兽，他始终想这个位置，就像已经当上了议员的律师想着大法官的长袍，意大利神甫想着教皇的三重冕。他简直都要想疯了！弗莱齐埃办案都要经过治安法官维代尔先生，这个老头已经六十九岁，身体有病，还相当重，一直说要马上退休，弗莱齐埃常常跟布朗说他就要接替治安法官的位置，布朗也一样，常跟弗莱齐埃提到某个有钱的继承人，说等他治好她的病，就要娶她做太太。巴黎的那些常设的位置激起多少人的觊觎，人们有所不知。住到巴黎去，是天下人普遍的愿望。只要哪家烟草行、印花税局空出一个位置，

194

那一百个女人就会闻风而起，让亲朋好友四处活动，把位置争到手。巴黎那二十四个税务处只要有一处可能空缺，那众议院就会出现野心毕露的大骚动。这些位置的分配都是开会决定的，任免事宜是国家要事。在巴黎，一个治安法官的年薪为六千法郎左右。法官手下的书记的位置就值十万法郎。所以，那是司法界最让人羡慕的位置之一。弗莱齐埃要当上治安法官，又有一个当医院主任医生的朋友，一定能体面地成家，他也一定要为布朗大夫娶个太太；他们就这样互相帮衬。黑夜沉沉，形形色色的念头在从前芒特的诉讼代理人脑中打转，一个可怕的计划产生了，这是一个复杂的计划，必有丰富的收获，但也少不了阴谋诡计。茜博太太是这出戏的关键。因此，这一机关若不服帖，那就必须制服；本来确实没有料到女门房会不顺从，但弗莱齐埃充分发挥了他的邪恶的本性，全力以赴，大胆的女门房被击倒在了他的脚下。

"我亲爱的茜博太太，您放心吧。"他抓起茜博太太的手，说道。

他这只手像蛇皮一样冰冷，给女门房造成了一种可怕的感觉，由于生理上有了反应，她心里倒不再紧张了；这个戴着红棕色假发，像门一样吱呀乱叫的家伙就像一瓶毒药，她觉得碰到它比碰到封丹娜太太那只名叫阿斯塔洛的癞蛤蟆还更危险。

"别以为我是乱吓唬您。"弗莱齐埃注意到了茜博太太再一次表现出反感，继续说道，"使庭长太太恶名远扬的那些事情，法院里无人不知，随您去问谁，都可了解到。那位险些丢了封号的大爵爷就是德·埃斯巴尔德男爵。德·埃斯格利尼翁男爵就是从苦役监牢里救出来的那一位。还有那个小伙子，又有钱，又英俊，本来前程远大，可以娶法兰西门第最高的一位小姐为妻，可却吊死在巴黎裁判所监狱的单身牢房里，他就是有名的吕西安·德·吕邦普雷，这一事件曾在巴黎掀起轩然大波。事情的起因还是遗产，有一个由情人供养的女子，就是大名鼎鼎的埃斯代尔，她死后竟留下了几百万的遗产，有人控告那个小伙子，说是他毒死了埃斯代尔，因为他是埃斯代尔遗嘱上指定的继承人，姑娘死的时候，那位年轻的诗人并不在巴黎，他根本不知道自己是继承人！……他再也清白不过了。可是，那个年轻人被卡缪佐先生审问了一顿之后，吊死在了地牢里……法律就像医学，总有它的牺牲品的，若属于第一种情况，那是为社会而死；若为第二种情况，就是为科学献身。"说到这里，他露出了一丝狰狞的笑容，"哎，您知道的，我自己也尝过了危险……我就是被法律弄得倾家荡产的，我这个可怜的无名鼠辈。我的教训是惨重的，对您是有用的……"

"我的天，不，谢谢……"茜博太太说，"我全都不要了！不然我就是忘恩负义的小人了……我只要自己应得的一份！三十年来我一直老老实实做人，先生。我的邦斯先生说过，他会在遗嘱上把我托付给施穆克先生的；好了，我以后就在那个好心的德国人家里安安心心地养老……"

弗莱齐埃没有击中目标，把茜博太太吓得死了心，他不得不设法抹去给她造成的凄惨印象。

"不要灰心。"他说道，"您安心地回家去。放心，我们会把事情办妥的。"

"可需要我做些什么，我的好弗莱齐埃先生，才可以得到年金，又不……"

"又不感到内疚，是吧？"他打断了茜博太太的话，有力地说，"噢！正是为了做到这一点，才有了代人办案的人；这种事，要是不在法律范围里去办，那就什么也不能得到……您不了解法律；

我可了解……跟我一起办，您就站在合法的一边，您就可以放心地支配别人，至于良心，那是您的事。"

弗莱齐埃的这番话说得茜博太太心里痒痒的，很高兴，她说道："那好！您说吧。"

"我不知道。这事该采取什么方法，我还没有研究，我只是想到了它会有什么障碍。首先，听着，您要逼他立遗嘱，而且您不能走错半着棋；不过，第一步还是先要了解清楚邦斯会立谁为财产继承人，因为要是您为继承人……"

"不，不会的，他不喜欢我！啊！要是我早知道他那些小玩意儿的价值，早知道他跟我说的那些风流事，我今天也就不担心了……"

"总之，您得一步步去做！"弗莱齐埃继续说，"死到临头的人总有些奇怪的毛病，反复无常，我亲爱的茜博太太，他们往往让人抱有幻想。先让他立遗嘱，我们再看。不过，首先要给组成遗产的那些东西估个价。因此，您想办法让我跟那个犹太人，跟那个雷莫南克联系上，他们对我们是很有用的……您就相信我吧，我会竭尽全力为您效劳。对我的顾客，我是患难与共的朋友，只要顾客也拿我当朋友。不是朋友就是敌人，我的性格就这么干脆。"

"那好，我全听您的。"茜博太太说，"至于酬金，布朗先生……"

"别提这事，"弗莱齐埃说，"还是设法让布朗守在病人床头吧，大夫是个好心肠，是我见过的最纯洁、最老实的人；您明白吧，我们这事需要一个靠得住的人……布朗比我强，我都变坏了。"

"看您的样子是坏。"茜博太太说，"可我信得过您……"

"那就对了！"他说，"……遇到什么事就来找我，行了……您是聪明人，一切都会好的。"

"再见了，我亲爱的弗莱齐埃先生；祝您身体好……时刻听您吩咐。"

弗莱齐埃把女主顾送到门口，就像前一天茜博太太跟大夫一样，弗莱齐埃在门口跟她最后说了一句：

"要是您能让邦斯先生请我当顾问，那事情就进了一大步。"

"我一定想办法。"茜博太太回答道。

弗莱齐埃又把茜博太太拉回到办公室，继续说道："我的胖嫂子，我跟公证人特洛尼翁先生很熟，他是本居民区的公证人，要是邦斯先生没有自己的公证人，就跟他提这一位……让他请特洛尼翁先生。"

"明白了。"茜博太太回答说。

女门房离开的时候，听到了袍子的窸窣声和尽量想显得轻一些的沉重的脚步声。到了街头独自走了一阵之后，女门房才恢复了清醒自如的头脑。尽管还没有摆脱这次谈话的影响，仍然十分恐惧断头台、法律和法官，但她已经本能地打定了主意，暗地里要跟她那个可怕的顾问较量一番。

"哼！我有什么必要找这些合伙老板呢？"她自言自语道，"先发了财再说，以后他们让我帮忙，给我什么我都拿着……"

下面我们可以看到，这个主意加速了可怜的音乐家的死亡。

第二十章　茜博太太去戏院

"喂，我亲爱的施穆克先生，"茜博太太一进屋子便问道，"咱们那个可爱的宝贝病人怎么样？"

"情况不好，"德国人回答说，"邦斯整夜都在说胡话。"

"他都说些什么？"

"尽说些蠢话！他要把他所有的财产都归我，条件是任何东西都不能卖掉……他不停地哭！可怜的人！让我真伤心！"

"这会过去的，我亲爱的小宝宝！"女门房继续说，"我给你们的早饭都耽搁了，现在都九点了；可不要指责我……您知道，我有很多事要忙……都是为了你们。我们手头已经没有一个子了，我弄了点钱来！……"

"怎么弄来的？"钢琴家问。

"上当铺！"

"上什么当？"

"当铺！"

"什么当铺？"

"啊！可爱的人，真纯啊！不，您是一个圣人，一个爱神，一个纯洁的天使，就像从前那个演员说的，一个老实不过的稻草人！您在巴黎都二十九年了，见过了……七月革命，可您竟然不知道当铺……就是拿您的破衣烂裳去典的地方！……我把我们所有的银餐具，八套烫金线的，都典掉了。没关系！茜博可用阿尔及尔金属餐具吃饭吧，就像俗语说的，那才吃得多呢。用不着跟咱们那个宝贝说了，他会着急的，脸色会变得更黄，他现在的脾气已经够躁了。先救他的命要紧，其他的事以后再说。什么时候办什么事，对吧。战争的时期就像战争的时期，不对吗？"

"好太太！多好的心肠啊！"可怜的音乐家说道，他抓起茜博太太的手，按在自己的心口上，一副深受感动的神态。

这位天使朝天上抬起双眼，只见他热泪盈眶。

"快别这样，施穆克老爹，您真有意思，这不太过分了吗！我是个平民百姓的后代，为人老老实实。瞧，我的心就这样，"她拍了拍胸口说道，"跟你们一样，像金子一样……"

"施穆克老爹？"施穆克说，"不，我痛苦极了，流的都是血泪，要进天堂了，我的心都要碎了！邦斯一走，我也活不长……"

"唉！我知道，您不要命了……听我说，我的小宝贝……"

"小宝贝？"

"喂，我的孩子……"

"孩子？"

"哎呀，我的小宝宝！要是您更乐意。"

"我还是不明白……"

"好吧，听着，让我来照顾您，为您作安排，要是您再这样下去，您知道吧，我就会有两个病人的拖累……咱们俩商量好，这里的事，咱们分担一下。您再不能到巴黎到处去上课了，这样会累着您，回到这里什么都干不成了，现在夜里得有人守着，因为邦斯先生的病越来越重了，我今天就到您那些学生家里去，告诉他们您病了，不是吗……这样，您每天夜里陪咱们的那个好人，早上您再睡觉，从早上五点一直睡到……就睡到下午两点吧。白天，就由我来侍候，那是最累人的了，我要给你们做中饭，做晚饭，还要侍候病人，帮他起床，换衣服，吃药……照这个样子，我十天都撑不下去了。咱们已经整整熬了三十天了。要是我病倒了，你们怎么办？……您也一样，让人担惊受怕的，瞧瞧您现在这副模样，就因为昨天守了一夜……"

她把施穆克拉到镜子前，施穆克发现自己变多了。

"就这样，要是您同意我的主意，我这就去给你们做早饭。然后您去陪咱们的宝贝，一直到下午两点钟。不过，您得把您学生的名单给我，我很快就会通知到的，您可以有半个月时间不用上课。等我回来您就睡觉去，一直睡到晚上。"

这个提议非常通情达理，施穆克马上同意了。

"别跟邦斯说什么；您知道，要是我们告诉他戏院和教书的事暂时要停一停。他肯定会觉得什么都完了。可怜的邦斯先生会以为他的那些学生就再也招不回来了……他肯定会胡思乱想……布朗先生说，我们得让这个宝贝绝对安心养病，才能救他的命。"

"啊！好！好！您去做早饭，我这就给您写个名单，把他们地址也要来！……您说得对，我弄不好也会病倒的！"

一个小时之后，茜博太太换了节日的服装，坐着马车走了，雷莫南克觉得很奇怪。原来，茜博太太打定了主意，一定要以两个榛子钳信得过的女人形象，体体面面地出现在两个音乐家授课的寄宿学校和学生家。

茜博太太在寄宿学校和学生家里跟老师及家长们扯的那些话，只不过是同一主题的不同变奏而已，这里无须细作介绍，我们只说说在大名鼎鼎的戈迪萨尔的经理室发生的那一幕。进这间经理室，女门房确实颇费了一番周折。

在巴黎，戏院经理比国王和大臣的防卫还严。在他们和其他凡夫俗子之间，布下了森严壁垒，其原因不难理解：国王要防备的不过是野心，而戏院经理所担心的，则是艺术家和作家的自尊心。

茜博太太和门房一见面就熟，凭这一点，她通过了道道关卡，跟每个行业的同行一样，看门的人彼此一眼就能认出来。每行都有每行的暗号，正如每行都有每行的不幸和印记。

"啊！太太，您是戏院的门房。"茜博太太说，"我呀，可怜巴巴的，给诺曼底街的一处房子看门，你们戏院的乐队指挥邦斯先生就住在那儿。啊！要是我能有您的位置，看着戏子、舞女和作家们进进出出，那多开心啊！就像以前那个戏子说的，您这儿可是我们这一行的统帅啊。"

"那个好心人邦斯先生，他怎么样？"戏院女门房问道。

"他情况很不好；已经两个月没下床了，看来他要两条腿直挺挺地被人抬出屋去了。"

"这太可惜了……"

"是的。我今天代他来向你们经理谈谈他的情况；小妹子，想办法让我跟经理谈一谈……"

戏院女门房把茜博太太托给了在经理室当差的一个小伙子，小伙子通报道：

"有位太太，是邦斯先生派来的！"

戈迪萨尔刚刚为排戏赶到戏院，碰巧又没有人要找他谈事，因为这部戏的编剧和演员都还没有到；能听到乐队指挥的消息，他自然很高兴，遂做了个拿破仑式的手势，茜博太太于是进了经理室。

原来给人跑生意的戈迪萨尔如今掌管着一家很吃香的戏院，他把股东当作合法的妻子一样来欺骗。他发了大财，人也跟着发福了。由于天天美味佳肴，再加上戏院办得红红火火，他是心宽体胖，满面红光，完全变了个样，活脱脱一个门托尔的形象。

"咱们是越来越像博戏了！"他试着自嘲地说。

"眼下你还不过像是杜尔加莱。"比克西乌回答他说。此君常常代替戈迪萨尔，跟戏院的头牌舞女，名气很响的爱洛伊斯·布利兹图打交道。

从前那非同一般的人物戈迪萨尔如今经营戏院，自然是只为自己拼命地捞好处。他想方设法，成了不少部芭蕾舞剧、杂剧和滑稽歌舞剧的所谓合作者，后来又趁编剧们因生活所迫走投无路的时候，出钱买下他们那一半剧作权。这些杂剧、滑稽歌舞剧，再加上其他一些走红的戏，每天可为戈迪萨尔带来好几块金币的收入。另外，他请人为他做黑票买卖；同时公开拿一些票算作经理的补贴，从中又刮了戏院的一部分进项。除了这三项收入，他还私卖包厢，收受一些女戏子的贿赂，这些人虽然没有一点才智，却非要登台扮演个小角色，当个侍从或王后什么的露露脸。这样一来，利润中他本该只占的三分之一就大大超过了，而本该得到另三分之二的股东只勉强分得收益的十分之一。不过，尽管只是十分之一而已，仍还合到原来资本百分之十五的利息。戈迪萨尔仗着这百分之十五的红利，经常标榜自己如何能干，如何诚实，如何热心，又说他的那些股东如何有福气。当博比诺伯爵装出关切的神气，问玛迪法先生、玛迪法先生的女婿古罗将军和克莱威尔对戈迪萨尔是否满意时，已成为法兰西贵族院议员的古罗回答道：

"听说他骗了我们，可他那么风趣，那么孩子气，我们也就满意了……"

"这还真像是拉封丹寓言故事。"前部长微笑着说。

戈迪萨尔把钱投在了戏院以外的一些项目上。他看准了格拉夫、施瓦布和布鲁讷，与他们一起合伙办铁路。他掩饰起精明的本质，表面显得像是风流鬼，处事洒脱，什么都不在乎，只知道吃穿打扮，寻欢作乐；可实际上，他什么都放在心上，充分利用他替人跑生意时积累的丰富经验。这个玩世不恭的暴发户住着一套豪华寓所，屋子经他的建筑师精心装饰过，常请名流来府中做客，以盛宴招待。他喜欢排场，凡事都讲究个完美，可看上去却像是个很随和的人，拿他自己的话说，过去跑生意时用的那套"行话"还在使用，不过又夹杂了戏剧这一行当的切口，所以在别人眼里，他就更不构成什么威胁了。再说，干戏剧这行的艺术家们说起话来无所顾忌，别有风趣，他从后台确实借用了不少妙语，再加上跑生意的人的那种精彩的玩笑，合二为一，倒也显得他高人一筹。眼下，他正考虑把戏院盘出去，用他的话说，他要"换个行当做一做"。他想当个铁路公司的头儿，成为一个正经人，做个经营家，娶巴黎最有钱的一位区长的千金米纳尔小姐为妻。他希望靠她那一条线当上议员，并在博比诺的庇护下进入行政院。

"请问您是谁？"戈迪萨尔以十足的经理派头把目光落在茜博太太身上，问道。

"先生，我是邦斯先生的女管家。"

"噢，那位可爱的单身汉身体怎么样？"

"不好，很不好，先生。"

"怎么搞的！怎么搞的！我真难过……我要去看望他，像他那样的人实在难得。"

"啊！是的，先生，他真是个天使……我在纳闷像他这样的人怎么还会在戏院做事……"

"可是，太太，戏院是一个风气很正的地方。"戈迪萨尔说，"可怜的邦斯！……说真的，大家应该想方设法保护他这样的人才是……那是个模范，富有才华！……您觉得他什么时候可以再来上班？因为很不幸，戏院和驿车一样，不管有没有客，到了钟点就得开：每天六点钟一到，这儿就得开场……我们再怜悯也无济于事，总变不出好音乐来……噢，他现在情况究竟怎么样？"

"唉，我的好先生，"茜博太太掏出手绢，掩着眼睛说道，"说来实在可怕，我想他恐怕要离开我们了，尽管我们像保护自己的眼睛一样细心照料着他。施穆克先生和我……我这次来还要告诉您，连施穆克先生恐怕您也不能指望了，他每天夜里要陪病人……谁都不会不去尽最后一点希望，想方设法把那个可爱的好人从死神手中救出来……大夫对他已经没有希望了……"

"他得的是什么绝症？"

"是因为伤心出的毛病，得的是黄疸病，肝病，里边牵扯着许多亲戚之间的事。"

"又碰上那么一个医生。"戈迪萨尔说，"他应该请我们戏院的勒布朗大夫。又不用他一分钱……"

"先生的那个医生简直就是个上帝……可病因那么复杂，一个医生本事再大，又有什么用？"

"我正需要这对榛子钳，为我新排的幻梦剧奏乐……"

"那我能不能替他们做点什么？"茜博太太一副若克利斯①式的神态问道。

---

① 西方戏剧中一个天真可笑的角色，因十八世纪多维尔涅的《绝望的若克利斯》一剧而得名。

戈迪萨尔不禁哈哈大笑。

"先生，我是他们信得过的管家，有许多事情那两位先生都让我……"

听到戈迪萨尔的哈哈大笑声，一个女人嚷叫道：

"既然你在笑，我可以进来吧，老兄？"

说着，那位头牌舞女便闯进了经理室，往独一无二的长沙发上坐了下来。这就是爱洛伊斯·布利兹图，身上披着一条叫作"阿尔及利亚"的漂亮披肩。

"什么事让你笑得这么开心？……是这位太太？她是来干什么的？……"舞女朝茜博太太瞥了一眼，那目光就像一个演员打量着另一个有可能登台演出的演员。

爱洛伊斯是个极有文学天赋的姑娘，在文艺界名声很响，跟许多大艺术家关系密切，人又漂亮、机灵，风度优雅，比普通的头牌舞女要聪明得多；她一边问，一边闻着一个香气扑鼻的小香炉。

"太太，所有的女人只要长得漂亮，都是一样的，虽然我不去闻那小瓶里的瘟气，腮帮上不抹那红不叽叽的东西……"

"凭上天给您的这副容貌，要抹上去，那不就多余了吗，我的孩子！"爱洛伊斯朝经理送去了媚眼，说道。

"我是个堂堂正正的女人……"

"那算你倒霉！"爱洛伊斯说，"有个男人供养，你，那可不容易！我就有男人养我，太太，棒极了！"

"什么倒霉！"茜博太太说，"尽管您身上披着阿尔及利亚披肩，卖弄风情，可您比不上我，没有多少人跟您说过、表白过爱情，太太！您绝对比不上蓝钟饭店的牡蛎美人……"

舞女猛地站起身来，做了个立正的姿态，右手往前额一举，就像战士向将军敬了个礼。

"什么！"戈迪萨尔说，"我父亲常跟我说起的牡蛎美人，您就是？"

"那太太肯定不知道西班牙响板舞和波尔卡舞吧？太太都五十出头了！"爱洛伊斯说。

舞女说着摆出做戏的架势，念出这样一句台词：

"那我们做个朋友吧，西拿！……"

"哎哟，爱洛伊斯，太太不是对手，放过她吧。"

"这位太太就是新爱洛伊斯①啰？……"女门房故作天真，含讥带讽地问。

"不错，这老太婆！"戈迪萨尔高声道。

"这个文字游戏已经说滥了，都长出灰胡子来了，再找一个，老太太，要不抽支烟。"舞女说道。

"对不起，太太。"茜博太太说，"我太伤心了，没心思再回答您，我有两个先生，他们病得很重……为了让他们吃饱，免得他们心里着急，今天上午我把丈夫的衣服都拿去当了，瞧，这是当票……"

"啊！这事挺惨的！"漂亮的爱洛伊斯惊叫道，"到底是怎么回事？"

"太太刚才急匆匆闯进门，就像是……"茜博太太说。

"就像是头牌舞女。"爱洛伊斯说，"继续往下说，我给您提词，太太！"

"算了，我忙着呢，别再瞎闹了！"戈迪萨尔说，"爱洛伊斯，这位太太是我们那位可怜的乐队指挥的管家，他都要死了。她刚

---

① 《新爱洛伊斯》是卢梭的一部著名小说，女门房以谐音讽刺对方。

才来告诉我,我们不能再指望他了,我正为这事犯愁呢。"

"啊!可怜的人!应该为他搞一次慈善义演。"

"这一来反而会让他倾家荡产的!"戈迪萨尔说,"说不定第二天还会倒欠慈善会五百法郎呢,他们除了自己的那些穷人,决不会承认巴黎还会有别的穷苦人。不,我的好女人,这样吧,既然您有心想得蒙迪翁奖⋯⋯"

戈迪萨尔按了一下铃,戏院的当差应声出现了。

"让出纳给我支一千法郎。请坐,太太。"

"啊!可怜的女人,她在哭呢!⋯⋯"舞女惊叫道,"真傻⋯⋯我的娘,别哭了,我们一定去看望他,您放宽心吧。——喂,你,中国人,"她把经理拉到一边,对他说道,"你想让我演《阿里安娜》舞剧的主角。可你又要结婚,告诉你,我会让你倒霉的!⋯⋯"

"爱洛伊斯,我这人的心上了铜甲,就像战舰一样。"

"我会借几个孩子来,就说是你生的!"

"我们的关系我早声明过了⋯⋯"

"你行行好,把邦斯的位置给加朗热;那个可怜的小伙子很有才华,就是没有钱;我向你保证,一定不打搅你。"

"可等邦斯死了再说吧⋯⋯那老人说不定还会回来呢。"

"啊!这,不可能,先生。"茜博太太说,"从昨天夜里起,他就已经神志不清,尽说胡话。可怜他不久就要完了。"

"那就让加朗热代理一下!"爱洛伊斯说,"所有报刊都捧着他呢⋯⋯"

这时,出纳走进屋子,手里拿着一千法郎。

"把这给太太。"戈迪萨尔说,"——再见了,我的好太太;好好照顾那个可爱的人,转告他我一定去看他,明天或以后⋯⋯一有空就去。"

"他是没救了！"爱洛伊斯说。

"啊！先生，像您这样的好心人，只戏院里才有。愿上帝保佑您！"

"这钱怎么记账？"出纳问。

"我这就给您签字，记在奖金那一项。"

出门前茜博太太向舞女行了个漂亮的屈膝礼，接着听见戈迪萨尔问旧日的情妇：

"加朗热能不能在十二天之内把我们的舞剧《莫希干人》的音乐赶出来？要是他能帮我解决了这个难题，就让他接替邦斯的位置！"

女门房做了这么多坏事，反而得到了比做善事还更丰厚的酬报。万一邦斯病好了，那两个朋友的所有收入和生计也就给她彻底断了。这一卑鄙的勾当恐怕几天之内就能使茜博太太如愿以偿：把埃里·马古斯垂涎的那些画卖出去。为了实现这第一个抢掠计划，茜博太太首先得让她自己招来的那个可怕的同谋弗莱齐埃蒙在鼓里，教埃里·马古斯和雷莫南克绝对保守秘密。

至于奥弗涅人，他渐渐产生了一种特殊的欲望，就像那些从偏僻的外省来到巴黎的文盲一样，由于过去住在乡村，与世隔绝，满脑子死疙瘩，加之原本愚昧无知，一旦产生什么欲望，就会变成顽固不化的念头。茜博太太的雄浑之美、满身朝气和在中央菜市场养成的那种性格，成了旧货商注意的目标，他想把她从茜博手中拐走，做他的姘妇，在下等阶层，这种一妇二夫的情况在巴黎远比人们想象的要多。可是贪心像一个活结，随着日子一天天过去，它越缩越小，最后终于扼杀了理智。雷莫南克估计自己和埃里·马古斯的佣金有四万法郎，于是邪念变成了罪恶，他要把茜博太太弄到手做他的合法妻子。抱着这种纯粹投机性的爱，雷莫南克经常抽着烟斗，倚在店门上胡思乱想，时间一长，产生了让小裁缝去死的念头。他想象着自己的资本转眼间几乎扩大了三倍，茜博太太又是一个很棒的生意人，在大街上开个漂亮的铺子，她往里面一坐，该多神气。这双重的贪欲使雷莫南克头脑发昏。他要在玛德莱娜大街租个铺面，摆上故世的邦斯那套收藏品中最漂亮的古玩。等他躺在金子铺的床上，在烟斗的缕缕青烟中看见了数百万法郎之后，不料一觉醒来，迎面碰见了小裁缝：奥弗涅人打开店门，往货架上放商品，看见小裁缝正在打扫院子和门前的街面。自从邦斯病倒以后，茜博便担起了他妻子的那些职责。在奥弗涅人的眼里，这个又矮又瘦，脸色发青，像铜的颜色一般的小裁缝是他获得幸福的唯一障碍，他一直思忖着如何摆脱。这一越来越强烈的欲望使茜博太太好不得意，因为她已经到了女人们开始意识到自己也会变老的那个年纪。

一天早晨，茜博太太起床之后，若有所思地看着雷莫南克往货架上摆他那些小玩意儿，很想知道他的爱情可能会达到哪一步。

"喂，"奥弗涅人走过来对她说，"情况怎么样，如您的愿吗？"

"就您让我担心。"茜博太太回答说，"您一定会连累了我。"她又添了一句："街坊们准会发觉您那两只鬼眼睛。"

她离开大门，钻进了奥弗涅人的小店。

"什么念头！"雷莫南克说。

"来，我有话跟您讲。"茜博太太说道，"邦斯先生的继承人马上就要动起来了，他们肯定会让我们犯难。要是他们派一些吃公家饭的人来，像猎狗一样到处乱嗅，天知道我们会出什么事。您得真心爱我，保守秘密，我才会去促动施穆克先生卖几幅画……啊！嘴巴一定要严，即使脑袋架在断头台上，也什么都不要说……不要说出画是哪儿来的，是谁卖的。您明白，等邦斯先生一死，人也埋了，即使发现只有五十三幅画，而不是六十七幅，谁也没有办法弄清的！再说，那画是邦斯先生生前卖的，谁也没有什么可说的。"

"好。"雷莫南克回答说，"对我来说，这不要紧；可埃里·马古斯先生想要正式的票据。"

"票据也照样会给您的，哼！您以为我可以为您出票据！……得要施穆克先生来写。不过，请您跟您那个犹太人说一声，"女门房继续说，"请他跟您一样，不要走漏风声。"

"我们一定像鱼一样，决不吭声，干我们这一行都是这样。我嘛，我会读，可不会写，所以我需要一个像您这样又有文化又能干的女人！……过去，我一心只想挣些钱以后好养老，可我现在想要几个小雷莫南克……您给我把茜博甩了吧！"

"瞧，您的犹太人来了。"女门房说，"我们可以把事情安排妥了。"

"喂，我亲爱的太太。"埃里·马古斯隔三天就起大早来这儿一次，想知道什么时候可以买那些画。"现在情况到哪一步了？"

"没有人跟您谈起邦斯先生和他那些小玩意吗？"茜博太太问。

"我收到一封信，"埃里·马古斯回答说，"是一位律师写来的；可我觉得那家伙挺可笑，准是个专门揽案子做的小人，我就信不过这种人，所以没有回信。过了三天，他来见我，留了一张名片：我已经跟门房说过，要是他来，就说我不在……"

"您真是个好犹太人。"茜博太太说道，她不太了解埃里·马古斯处事向来谨慎。"好，我的小子们，这几天，我就设法让施穆克先生卖给你们七八幅画，最多十幅。可我有两个条件。第一，绝对保守秘密。是施穆克让您来的对不对，先生？是雷莫南克把您介绍给施穆克先生来买画的。总之，不管怎么说，事情与我无关。您出四万六千法郎买四幅画，对不对？"

"行。"犹太人叹了口气说。

"很好。"女门房继续说，"第二个条件，您得给我四万三千，只给施穆克先生三千法郎，算是买价；雷莫南克买四幅画给施穆克两千，其余都归我……另外，您知道，我亲爱的马古斯先生，这事成了之后，我要设法跟您和雷莫南克做成一笔好买卖，条件是赚到的钱我们三人平均分。以后我带您上那个律师家去，或者他会到这儿来。您给邦斯先生家的东西全都估个价，您出个买价，好让弗莱齐埃先生对遗产的价值有个数。只是我们这笔交易还没有做成之前，不能让他来，明白了吗？"

"明白了。"犹太人说道，"不过，要仔细看那些东西，估个价钱，需要很长时间。"

"到时给您半天时间。得了，这是我的事……孩子，你们俩把这事商量一下；后天就可以成交。我要到弗莱齐埃家去跟他谈谈，因为他通过布朗大夫，对这里发生的事了解得一清二楚。要稳住这家伙，可不容易啦。"

茜博太太从诺曼底街去珍珠街，走到半路，碰到弗莱齐埃，他正上她家里来。照他的说法，他急于了解案子的详细情况。

"噢！我正上您家去呢。"她说。

弗莱齐埃抱怨埃里·马古斯没有见他；可女门房告诉他马古斯刚刚旅行回来，最迟两天后就安排他跟马古斯在邦斯的住处见面，确定那套收藏的价值。这一说，很快消除了律师眼中闪现出的疑惑神气。

"您跟我办事要实实在在。"弗莱齐埃对她说，"我很可能要代办邦斯先生继承人的事，处于这种位置，就不仅仅只是为您效劳了。"

这话冷冰冰的，茜博太太听了不禁浑身哆嗦。这个吃法律饭的，像是饿鬼，肯定跟她一样在暗中活动；她决定赶紧动手，尽早把画卖了。茜博太太的这番猜测并没有错。确实，律师和医生出了一笔钱，给弗莱齐埃做一套新衣服，好让他穿得体体面面的上卡缪佐·德·玛维尔庭长太太家去。这次见面无疑决定着那两位朋友的命运，只是因为做衣服需要时间，才推迟了。弗莱齐埃原来计划跟茜博太太见了面后，去试一试他的上衣、背心和裤子。可他发现衣服全都已经做好了。他回到家里，换了一顶新假发，雇了一辆马车，在上午十点钟光景去了汉诺威街，希望能见庭长太太一面。弗莱齐埃系着白色领带，手戴黄色手套，头顶崭新的假发，身上洒了葡萄牙香水，那模样，就像用水晶瓶包装的毒药，那白色的封皮，标签，以及标签的细线，都很俏丽，因此而显得格外危险。他那说一不二的神气，尽是小肉刺的脸膛，得病的皮肤，发绿的眼睛和邪恶的趣味，好似蓝天上的乌云一般显眼。在办公室里，他在茜博太太的眼中，是杀人凶手用的一把普普通通的刀；可在庭长太太门前，他便成了少妇的小摆设中的一把漂亮的匕首。

第二十一章　心花怒放的弗莱齐埃

　　汉诺威街发生了巨大的变化。博比诺子爵夫妇和前部长夫妇都不愿意庭长夫妇把房子作为陪嫁送给女儿之后，离开家到外面租房子住。三楼原来住着一位老太太，她想到乡下去养老，把房子给退了，于是庭长夫妇搬进了三楼腾出的屋子。卡缪佐太太还留着玛德莱娜·威维、厨娘和一个仆人，可生活变得像以前那样拮据，幸好这套租金为四千法郎的房子，用不着他们交房租，另外还有一万法郎的年俸，日子才稍微松快一些。这种平平的家境，德·玛维尔太太自然很不满意，她想拥有足够的财产，以满足她的勃勃野心，可惜自从他们把所有财产让与女儿之后，庭长的被选举资格也就跟着丧失了。不过，阿梅莉是不会轻易放弃原来的计划的，她一心要使丈夫当上议员，想方设法要让庭长在玛维尔田庄所在的区里当选，不达目的，决不罢休。因此，两个月来，她死死缠着卡缪佐男爵——老卡缪佐新进了贵族院，受封为男爵——要他在生前先赠予十万法郎的遗产，她说，要用这笔钱把玛维尔田庄中间那块属于别人的地买下来，这样，除了捐税之后，每年差不多还有两千法郎的收益。将来，她和丈夫就到那儿去安家，离儿女也近。玛维尔田庄也就更完整，面积也就更大了。为此，庭长太太使劲在公公面前表白，说为了把女儿嫁给博比诺子爵，她自己落得个家底空空；她还一再追问老人是否愿意堵住他长子的路，

214

因为要是在议会中得不到举足轻重的一席之地，那绝不可能得到司法界的最高位置，而她丈夫是有能力当上议员，让那些部长们敬畏的。

"那些家伙，要不使劲地拉他们的领带，勒得他们吐舌头，他们绝不会给你任何东西。"她说道，"都是些忘恩负义的家伙！……他们什么不是靠卡缪佐得到的！是卡缪佐促成七月法案，奥尔良家族才上了台！……"

老人说他已经被铁路的投资套住了，已经力不从心，他承认是应该给一笔钱，可得等股票涨了再说。

几天前好不容易得到了一个承诺，可还是说不准的，这让庭长太太感到很扫兴。看来玛维尔田庄的原主人是不可能参加下届议会的改选了，因为被选举人必须拥有一年以上的地产权。

弗莱齐埃轻而易举便见到了玛德莱娜·威维。这两个蝰蛇一样狠毒的人一看就知道是同一货色。

"小姐，"弗莱齐埃声音甜得肉麻地说，"我想跟庭长太太见一面，有件事跟她个人有关，涉及她的财产问题；请转告她，关系到一笔遗产……我跟庭长太太不熟，没有这份荣幸，对她来说，我的名字无关紧要……我平常很少离开办公室，可我知道应该如何敬重庭长太太，所以我就自己来了，再说这事一刻也不能耽搁了。"

以如此措辞提出的请求，经女仆添油加醋一说，自然得到了肯定的答复。此时此刻，对弗莱齐埃抱有的两种野心来说，都是个关键。因此，尽管这个在外省待过的小律师有着不屈不挠的性格，脾气暴烈，凶狠，而且刁钻，但也不免像决战前的统帅，有着成败在此一举的感觉。他皮肤患有可怕的毛病，毛孔闭塞，哪怕最强烈的发汗药，都起不到任何作用，但是，当他踏进阿梅莉在里边等着他的小客厅的时刻，他感到脊背和脑门渗出了些许冷汗。

"即使我发不了财，"他暗自想道，"我也有救了，布朗向我保证过，只要我皮肤能出汗，就可治好我的病。""太太……"他见庭长太太穿着便服走来，连忙叫了一声。

弗莱齐埃打住话，行了个礼，毕恭毕敬的，这在司法界中，是承认对方高于自己一等的表示。

"请坐，先生。"庭长太太说，她一眼就看出了这是个法律界的人。

"庭长太太，我之所以不揣冒昧，前来求见，跟您商谈与庭长先生利益有关的事，是因为我认识，由于德·玛维尔有着很高的地位，他也许会听其自然，对事情不闻不问，这样，他就会白白失去七八十万法郎，依我之见，做太太的对这些私下的事，远要比最优秀的法官高明，因为他们对这种事从来是不屑一顾……"

"您刚才谈到遗产的事……"庭长太太打断了对方的话。

阿梅莉听到这么一大笔钱，心中一惊，她试图掩饰住自己惊诧和幸福的神情，装出一副模样，像是性急的读者，迫不及待地想知道小说的结局。

"是的，太太，是一笔对你们已经失去的遗产。啊！已经彻底失去了，不过，我有办法，我有能力为你们再争取回来……"

"说吧，先生！"德·玛维尔太太冷冷地说，以锐利的目光轻蔑地打量着弗莱齐埃。

"太太，我知道您有着杰出的才能，我是从芒特来的。德·玛维尔先生的好友勒勃夫院长先生可以向他提供有关我的情况……"

庭长太太不禁身子一摇，这动作是那么残酷而意味深长，弗莱齐埃不得不赶紧作一解释。

"像您这样非凡的女性，您肯定马上就会明白我为什么先要谈我自己。这是尽快谈及遗产问题的捷径。"

对这一巧妙的解释，庭长太太没有搭腔，只做了个手势。

"太太，"弗莱齐埃获准继续往下说道，"我在芒特当过诉讼代理人，我的那个事务所可以说是我的全部家产，因为那是我从勒弗鲁先生那儿盘下来的，您肯定认识他吧？……"庭长太太点了点头。

"盘事务所的钱是我借来的，还有我自己的万把法郎；我离开了代斯洛舍，那可是巴黎最有能力的诉讼代理人之一，我在他手下干了六年的一等书记，不幸的是，我得罪了芒特的检察官，名字叫……"

"奥利维埃·维纳。"

"对，总检察长的儿子，太太。他当时在追着一位可爱的太太……"

"他？"

"追着瓦蒂纳尔太太……"

"啊！瓦蒂纳尔太太……她可是真漂亮，真的……在我那个时候……"

"她对我很好：Inde irae①。"弗莱齐埃继续说，"我很努力，想把欠朋友的钱全还清，然后结婚；我需要案子，到处招揽；没有过多久，我一人承接的案子比其他同行的加起来还多。唉！这一下，我把芒特的诉讼代理人，包括公证人，甚至执达吏，都得罪了。他们找我的碴子。您知道，太太，在我们这可怕的行当中，要想

---

① 拉丁语，意思是"祸由此而起"。

害一个人，是很容易办到的。他们发觉我在一件案子中接受了当事双方的诉讼代理委托，这事是有点轻率；可有的事情，在巴黎是允许的，比如诉讼代理人之间的互相帮助。可在芒特就行不通了。我给布约纳先生帮过类似的小忙，可他在同行的逼迫下，特别是在检察官的怂恿下，把我给出卖了……您瞧，我对您毫无隐瞒。这下可激起了公愤。我成了个无赖小人，他们把我说得比马拉还黑，逼我把事务所给卖了，从而失去了一切。我来到巴黎，想方设法要再办一个事务所，可我的身体给毁了，每天二十四小时没有两个小时是好的。今天，我只有一个愿望，一个很小很小的愿望。您有朝一日也许能当上掌玺大臣或首席院长的太太；我这个病恹恹的可怜虫，只想求个差事做做，平平安安地混日子，与人无争。我想在巴黎当个治安法官。对您和庭长先生来说，为我谋这么一个差事，是不会费事的，因为连现任的掌玺大臣恐怕都怕你们三分，巴不得为你们效劳……不，太太，还没有说完呢。"弗莱齐埃见庭长太太给他做了个手势，想要开口，便赶紧说道，"我有个朋友，他是一位老人的医生，庭长先生应该是那位老人的继承者。您瞧，我们谈到正事了……这位医生的合作是不可缺少的，他的情况跟我现在的处境一样，有才能，但没有运气！我从他那儿得知，你们的利益受到很大损害，因为就在我跟您谈话的这一刻，很可能一切都完了，可能立了一张遗嘱，剥夺了庭长先生的继承权……那位医生想当一个医院的主任医生，或是王家中学的医师；总之，您明白，他要在巴黎得到一个位置，跟我的一样……请原谅我提出这两件如此棘手的事情，可对我们这件事，不得有半点含糊。再说，那位医生是一个很受敬重的人，学识渊博，他救过您女婿博比诺子爵的祖父佩勒洛特先生一命。现在，如果您愿意答应这两个位置，让我当上治安法官，为我朋友谋到医院的美差，那我向您保证，一定给您奉上那份遗产，几乎原封不动……我说几乎原封不动，是因为其中必须去掉一小部分，给遗产接受人以及那几个我们少不了他们帮忙的人。您的诺言，在我的诺言兑现之后再履行。"

庭长太太刚才一直抱着手臂，好像在被迫听人说教似的，这时松开双臂，看了弗莱齐埃一眼，说道：

"先生，凡是与您有关的事，您都已经讲得清清楚楚，这不错，可有关我的事，您可没有说明白……"

"只要两句话，就可以全都说明白了，太太。"弗莱齐埃说道，"庭长先生是邦斯先生第三等亲的唯一继承人。邦斯先生现在病得很重，他要立遗嘱，如果现在还没有立的话，要立他的朋友，一个叫施穆克的德国人为他的继承人，遗产高达七十余万法郎。三天之后，我可望了解到准确的数目……"

"要是这样的话，"庭长太太听到有可能得到这样一笔财产，大吃一惊，自言自语道，"那我跟他闹翻，攻击他，实在是犯了个大错……"。

"不，太太，因为如果不闹翻的话，那他准会快活得像只燕雀，活得比您，比庭长先生，比我都长……天有天道，我们不可测！"他又添了一句，以掩饰他那卑鄙的念头，"您能有什么法子！我们这些代人办案子的，只看事情实际的一面。您现在已经明白了，太太，德·玛维尔庭长先生处在他那个重要的位置上，会什么都不管的，处在他现在的地位，他也不可能去做什么。他跟舅舅闹得成了死对头，你们再也不见邦斯的面，把他从上流社会中驱逐了出去，你们这样做，自然有十分充分的理由；可那老人病了，他要把财产遗赠给他唯一的朋友。对在这种情况下立的一份手续完备的遗嘱，巴黎最高法院的庭长是不能说什么的。可是，太太，我们之间说说，本来有权获得七八十万法郎的遗产……谁知道，也许有一百万，而且是法定的唯一继承人，可却一个子也得不到手，又得陷入卑鄙的阴谋勾当之中；那种勾当很难，很烦，得跟那些下等人，跟那些仆人、下属打交道，要紧紧地盯着他们，这样的案子，是巴黎任何一个诉讼代理，任何一个公证人都不能办好的。这就需要一个像我这样一个没有案子的律师，既有真正的、实在的才能，又有耿耿忠心，而且地位又很不稳固，跟那些下等人不相上下……我在区里专门为小布尔乔亚、工人和平民百姓办案子……是的，太太，是因为如今在巴黎为代理检察长的那个检察官容不得我高人一筹，对我起了恶意，我才落到了这个地步……我了解您，太太，我知道您这个靠山有多稳固，我觉得若为您效劳，就有希望不再过苦日子，我的朋友布朗大夫也能有出头之日了……"

庭长太太在想着心事。这是可怕的一刻，弗莱齐埃如受煎熬。芒特的那位检察官，一年前被任命为巴黎代理检察长，他父亲叫维纳，是中间党派的代言人之一，已经当了十六年的总检察长，曾有十次被提名担任掌玺大臣，是生性好忌恨他人的庭长太太的对头……傲慢的总检察长从不掩饰对卡缪佐庭长的蔑视。弗莱齐埃不知道这一情况，而且也不该知道。

"除了您当年接受了当事双方的诉讼委托之外，难道就没有别的事让您良心不安吗？"她眼睛紧逼着弗莱齐埃，问道。

"庭长太太可以去见勒勃夫先生；勒勃夫先生对我一向很好。"

"您有把握勒勃夫先生一定能对德·玛维尔先生和博比诺伯爵说您的好话吗？"

"我保证，何况奥利维埃·维纳先生已经不在芒特了；我们私下说说，那个个子矮小瘦干巴的检察官让勒勃夫先生感到害怕。再说，庭长太太，如您同意，我可以去芒特见勒勃夫先生，这不会耽误事的，因为要在两三天后我才能知道遗产的确切数目。这件事的各种关节，我不愿也不应该告诉庭长太太；不过，我忠心耿耿为您效劳所期望得到的酬报，不是成功的保证吗？"

"好，那您去安排，设法让勒勃夫先生为您说话，如果遗产确实如您说的那么多，我现在还表示怀疑，那我答应给您那两个位置，当然要以事成为条件……"

"我保证，太太。只是当我需要您的公证人和诉讼代理人的时候，请您让他们到这儿来，以庭长先生的名义给我一份委托书，并让他们按我的指示办，绝不能擅自行动。"

"既然由您负责，"庭长太太郑重其事地说，"您应该掌握全权。可是，邦斯先生病得真很重吗？"她微笑着问。

"说真的，太太，他的病是会好的，尤其给他治病的是布朗大夫，那是一个很认真的人；太太，我朋友是无辜的，他只不过听我调遣，为了您的利益刺探一点内情而已，他是有能力把老音乐家救过来的；不过病人身边有个女门房，为了得到三万法郎，她会把病人送进坟墓……她不会暗害他，给他下砒霜，她没有这么慈悲；她要邪恶得多，要在精神上把他折磨死，每天变着法子去气他。可怜的老人，要是在乡下，有个清静安宁的环境，有朋友好好照料他，安慰他，那他一定会恢复健康；可是，那个像埃弗拉尔太太一样的女人整天纠缠着他，那个女人年轻的时候，是巴黎红极一时的三十个牡蛎美人之一，生性贪婪，饶舌，人又粗野，为了让病人立遗嘱，给她一份丰厚的遗产，她折磨着病人，在这种情况下，病人必定会得肝硬化；说不定现在已经得了结石，得开刀才能取出来，而他肯定经受不住这样的手术……大夫，是个好人！……他现在的处境真为难。他本该让病人辞掉那个女人的……"

"那个泼妇可真是个魔鬼！"庭长太太用笛子一般的小嗓门喊叫道。

听到邪恶的庭长太太的声音跟自己这般相似，弗莱齐埃不禁暗自一笑，天生刺耳的嗓子发出这种虚假、甜蜜的声音，其用意何在，他是很清楚的。他想起了路易十一故事中的一位主人公，那是一个法院院长。院长有一个太太，如苏格拉底太太的模子里刻出来的一样，可他不像伟大的苏格拉底那么旷达，便在燕麦中掺了盐给马吃，可不准给它们水喝。后来，太太坐了马车沿着塞纳河去乡下，那些马飞一般地冲进河去喝水，上帝自然帮助他摆脱了太太，他为此感激不尽。而此时，德·玛维尔太太正在感谢上帝为邦斯先生安排了一个女人，可以正大光明地帮她除掉邦斯。

"如果要担个不清白的罪名，"她说道，"一百万我也不要……您的朋友应该跟邦斯先生讲明白，把那个看门的女人打发走。"

"太太，首先，施穆克和邦斯先生都以为那个女人是个天使，弄不好会先赶走我朋友。其次，那个狠毒的牡蛎美人是大夫的恩人，是她把大夫介绍给佩勒洛特先生。他叮嘱那女人对病人要尽可能温柔，可他的这番嘱咐反给她点明了加重病势的方法。"

"您朋友对我舅舅的病情怎么看？"庭长太太问道。

"六个星期之后，就可以开始遗产的继承。"

弗莱齐埃的回答是如此直截了当，目光是如此锐利，一眼便看透了这颗跟茜博太太一样贪婪的心，令德·玛维尔不禁浑身哆嗦。

庭长太太垂下眼睛。

"可怜的人！"她尽可能想显出副伤心的样子，可是怎么也装

222

不出。

"庭长太太有什么事要吩咐勒勃夫先生吗？我准备乘火车去芒特。"

"好吧，您在这儿待一会，我去写封信，让他明天来我们这儿吃饭；我需要见他一面，一起商量商量，设法为您过去遭受的不公做点补救。"

等庭长太太一走，弗莱齐埃仿佛觉得自己已经成了治安法官，跟过去的他已经完全不一样了：他显得大腹便便，尽情地呼吸着幸福的空气，沐浴在成功、吉祥的气氛中。他在神秘的意志宝藏中汲取了新的力量，那是神圣的强大力量，他感到自己像雷莫南克一样，为了成功就是犯罪也在所不惜，只要不留下证据。他大胆地来到庭长太太面前，把推测当作事实，把胡言乱语变成了真凭实据，唯一的目的就是要得到她的委托，去抢救那笔遗产，最终让她成为自己的靠山，他和布朗两人有着无边的苦难，也同样有着无穷的欲望，他要傲然地一脚踢掉珍珠街那个可恶的家，仿佛已经看到茜博太太手中的那一千埃居酬金，还有庭长手中的五千法郎。这足够去租一套像样的公寓了。这样，他欠布朗大夫的情分也就清了。有些人，虽然凶狠，刁钻，因为痛苦或遭受疾病的折磨会做出邪恶的勾当，但有时也会产生迥然而异的念头，而且十分强烈：黎希留是个善良的朋友，也同样会是残酷的敌人。布朗大夫的搭救之恩，弗莱齐埃感激不尽，为了他，即使粉身碎骨也愿意。庭长太太手里拿着一封信回到小客厅，偷偷地看了看这个坚信将过上幸福富裕生活的家伙，觉得他不像第一眼看到的那么丑陋了；再说，他马上就要为她效劳，一件属于我们自己的工具和一件属于邻居的工具，在我们的眼里，自然是有所区别的。

"弗莱齐埃先生，"她说道，"您已经向我证明，您是一个有头脑的人，我相信您一定是坦诚的。"

弗莱齐埃做了个意味深长的姿势。

"那么，"庭长太太继续说道，"我要求您老老实实地回答下面这个问题：您的这些做法会不会连累德·玛维尔先生，或者连累我？……"

"要是哪一天我有可能会指责自己把污泥溅到了你们身上，哪怕只有针尖大的一点，我也不会来找您的，太太，因为那污点到了你们身上，就会显得像月亮那么大。您忘了，太太，要想当上巴黎的治安法官，我首先得让你们满意。我一生中已经有过一个教训，它对我来说，太沉重了，我不可能再经受那样的打击了。最后，还有一句话，太太，凡我采取的行动，只要涉及你们，事先一定向你们报告……"

"很好。这是给勒勃夫先生的信。我现在就等着有关遗产价值的消息了。"

"这才是关键所在。"弗莱齐埃狡黠地说，一边向庭长太太行了个礼，脸上尽可能显示出亲切的神态。

"天意啊！"弗莱齐埃边下楼梯边想道，"卡缪佐太太真是个厉害的女人！我得有一个像她这样的女人！现在，得动手了。"

他动身去了芒特，到那里，他必须得到一个他并不怎么认识的人的好感；他把希望寄托在瓦蒂纳尔小姐身上，很不幸，他过去的那些倒霉事都是因为她造成的，但爱情的苦果往往像一个正派的债务人难以兑付的借据，那是要计息的。

第二十二章　给老鳏夫的忠告

三天后，与老音乐家分担了照料、看护病人的重任的茜博太太，趁施穆克在睡觉，跟可怜的邦斯先生发生了一次她所说的"口角"。有必要指出的是，肝炎有个可怕的症候。凡是肝脏或多或少受到损害的人，都容易急躁，容易发火，人发了火，心里暂时会轻松一点，正如人发高烧的时候，会感到身上特别有劲。可高烧一退，就会一点力气都没有，出现医生所说的虚脱，体内组织遭受的损害极为严重。因此，得肝病的人，尤其是因为悲伤过度患了肝病的人，发火之后造成的身体虚弱就格外危险，因为肝炎病人的饮食是受到严格限制的。那就像是一种高烧，专门破坏人的体液机能，因为它与血，与大脑都无瓜葛。对整个人的刺激造成忧郁症，病人甚至会对自己生气。在这种状况下，任何事情都会惹病人发怒，而这是很危险的。尽管大夫再三叮嘱，可茜博太太这个既无切身经历又未受过教育的下等女人，就是不相信体液系统会骚扰人的神经组织。布朗先生的解释对她来说只是医生的想法而已。她和所有的平民百姓一样，绝对想让邦斯吃饱，如果要想阻拦她不偷偷地给邦斯一片火腿，一个摊鸡蛋或一杯香草巧克力，那布朗大夫必须要把话给她说死：

"您只要给邦斯先生随便吃一口什么东西，那就等于一枪把他毙了。"

平民阶层在这方面是十分固执的，病人讨厌去医院，其根本原因就是他们认为医院里不给病人吃东西，会把人饿死。做妻子的总是偷偷地给生病的丈夫带来吃的，造成很高的死亡率，以致医生不得不作出规定，凡是亲属来探望病人的日子，必须对探望者进行极为严格的搜身检查。茜博太太为了尽快实现自己的利益，必须时不时跟邦斯闹点不愉快，为此，她把去找戏院经理以及跟舞女爱洛伊斯小姐斗嘴的事都跟邦斯说了。

　　"可您到那里到底去干什么？"病人第三次问茜博太太，可她只要一打开话匣子，病人是无法阻挡的。

　　"……待我抢白了她一顿之后，爱洛伊斯小姐才知道了我是谁，她马上认输，我们成了世界上最好的朋友。——您问我到那儿到底去干什么？"她帮邦斯的问题重复了一遍。

　　有的饶舌鬼，可以说是饶舌的天才，往往会这样捡过对方的插问、反对的意见和提出的看法，当作自己的说话材料，补充自己的长篇大论，仿佛那会枯竭似的。

　　"可我去那儿是为了帮您的戈迪萨尔先生解决难题；他急需为一部舞剧配音乐，亲爱的，您身体不行，不能写东西，无法交您的差……我顺耳听到他们准备叫一个叫加朗热先生的给《莫希干人》写音乐……"

　　"加朗热？"邦斯气得嚷叫起来，"加朗热，那家伙一点才气都没有；我当初就没有接受他当我的第一提琴手！不过，他很风趣，倒就音乐写过不少好文章；他能作曲，我才不信呢！……您真见鬼，怎么想起去戏院的？"

　　"这个魔鬼，多死板的脑袋！啊哟，我的猫咪，我们别这样一说就生气……您现在这个身体，还能写音乐？您从来没有到镜子前去照过吧？您要镜子照一照吗？您只剩下一张皮包着骨头了……您已经弱得像只麻雀了……还以为有力画您的那些符号……连我的账您都没劲记了……噢，我倒想起来了，我得上四楼要账去，他们还欠我们十七法郎呢……有十七法郎也是好的，因为付完药费，我们只剩二十法郎了……所以得跟那个人说说，他看样子是个好人，那个戈迪萨尔先生……我喜欢他这个名字……他真像是罗杰·邦当，很合我的脾气……他那样的人，才不会得肝病呢！……我得跟他谈谈您现在的情况怎么样……唉！您身体不好，他暂时让人顶替了您的工作……"

"顶替了！"邦斯从床上坐了起来，声音吓人地喊叫道。

一般来说，凡是病人，尤其是已经落入死神魔掌的人，总是疯狂地抓住自己的位置不放，就像初出道的人拼命地找差事做。因此，自己被人顶替，这在可怜的病人看来，已经是死到临头了。

"可是大夫跟我说过，"他继续说道，"我身体会很快好的，我不久就可以恢复正常生活！您害了我，您毁了我，您要了我的命！……"

"哎呀！呀！呀！"茜博太太叫了起来，"您又来了！好吧，我是您的刽子手，哼，等我身子一转，您就在背后跟施穆克说这些好听的……您说些什么，我听得一清二楚，算了……您是个忘恩负义的魔鬼。"

"可是您不知道，要是我的病再拖个半个月，等我的身体好了，他们会对我说我已经老了，不中用了，我的时代已经过去了，会说我是帝政时代的人，老掉牙了！"病人一心想再活下去，嚷叫道，"加朗热在戏院会交上很多朋友，从检票处到顶楼都会交上朋友！他会降低声调去讨好根本没有好嗓子的女戏子，去舔戈迪萨尔先生的皮靴；他会通过他的朋友在小报上到处捧他；茜博太太，在那种地方，连秃子头上都可以找出虱子来的！……您怎么见鬼跑到那里去了？"

"是见鬼了！施穆克先生为这事跟我商量了一个星期呢。您能有什么法子！您眼里只有您自己！您自私透了，为了保住自己的命，恨不得让别人去死！……可怜的施穆克先生，一个月来已经拖垮了，已经无路可走，什么地方都去不成了，没有办法去上课，去戏院上班了。您难道就什么都看不见？他夜里陪着您，我白天陪着您，原来我以为您没什么，值夜的事尽由我来做，可现在要是再整夜陪着您，我白天就得睡觉！那家里的事，吃饭的事情谁来管呀？……您有什么法子呢，病总是病呀！……没办法！"

"施穆克会出这种点子，这不可能……"

"那您现在的意思是说那点子是我出的啰！您以为我们都是铁打的？要是施穆克继续忙他那些事，一天上七八节课，晚上又要去戏院指挥乐队，从六点半一直忙到十一点半，那出不了十天，他就没命了……那个人为了您，叫他献出生命也愿意，难道您真要他死吗？我以我父母起誓，这一辈子从来没有见过像您这样的病人！……您的理智都到哪儿去了，是不是送到当铺去了！这里的人都为您拼命，什么事都尽量做好，可您还是不满意！……您真的想把我们全都逼疯？……就说我吧，都已经累得快死了！"

茜博太太尽可以说个痛快，因为邦斯已经气得说不出话来；他在床上乱滚，痛苦地哼叫着，眼看着就要死去。每到这个时刻，争吵总是会突然变成亲热。茜博太太朝病人扑去，捧起他的脑袋，逼他睡好，又把被子给他盖上。

"怎么会弄成这样子呢！我的猫咪，说到底，都是因为您的病！

善良的布朗先生就是这样说的。哎哟，您安静一下。我的好宝宝，您乖乖的。凡是跟您接近过的人，都把您当作宝贝似的，连大夫每天都要来看您两次！要是他见您急得这副样子，他会说什么呢？您可真要气死我了！这对您没有好处……有茜博太太照料您，得尊重她才是……您乱喊乱叫的！……您绝对不能这样！您自己也清楚。乱叫会刺激您的……您为什么要生气呢？所有的错都是您造成的……您还总是跟我过不去！瞧您，我们要讲道理！施穆克先生和我都爱您，简直把您当心肝宝贝一样看待，要是我们觉得自己已经做得不错的话……那么，我的小天使，那就真做得很好了！"

"施穆克先生不会不跟我商量就让您去戏院的……"

"那个可怜的好人正睡得香呢，要不要把他喊醒，让他来做证？"

"不！不！"邦斯叫了起来，"要是我善良又温柔的施穆克做出了这样的决定，我的情况也许比我想的要糟。"邦斯说道，一边朝装饰着房间里的那些艺术品看了看，目光中满含着极度的忧伤。"得跟我心爱的画，跟所有这些我当作朋友的东西……跟我那上帝一样的施穆克告别了！……啊！是真的吗？"

茜博太太，这个残忍的女戏子，用手绢捂着眼睛，这一无声的回答使病人陷入了悲切的沉思之中。在社会生活和身体健康的这两个最为敏感的地方，他遭受了沉重的打击，饭碗丢掉了，死亡就要临头，他已经无招架之力，连发怒的力气都没有了。就这样，他像一个害了肺病的人，痛苦地挣扎了一番之后，有气无力地愣在那儿。

"您瞧，为了施穆克先生的利益，"茜博太太见她的受害者已经被彻底制服，便说道，"您还是让人把居民区的公证人找来为好，就是那个特洛尼翁先生，那人很正直。"

"您总是跟我提那个特洛尼翁！……"病人说。

"啊！请他还是请别人，对我都一个样，随您以后给我多少！"她摇摇头，表示根本就瞧不起钱财。于是又出现了沉默。

这时，已经睡了六个小时的施穆克饿醒了，他起床来到了邦斯房间，一时默不作声地细细看着他，因为茜博太太把手指放在嘴唇上，朝他发出了"嘘"的一声。

接着，她站起身，走到德国人身边，凑到他的耳边，对他说道：

"谢谢上帝！他总算是要睡着了，他呀，凶得就像头红驴子！您有什么办法呢！他是在跟他的病斗……"

"不，恰恰相反，我是很有耐性的。"受害人反击道，声音凄惨，表明他已经沮丧到可怕的地步。"我亲爱的施穆克，她上戏院叫人把我给辞了。"

他停了下来，没有力气把话说完，茜博太太趁这个间隙给施穆克做了个手势，意思是说邦斯脑子出了问题，已经丧失理智了。她说道：

"别惹他生气，会要他命的……"

"她说是你让她去的……"邦斯看着诚实的施穆克，说道。

"是的，"施穆克勇敢地回答道，"必须这么做。你别多说！……让我们把你救过来！你有那么多宝物，还不要命地做事，真是太傻了……你快点养好病，我们卖掉几件古董，带上这个好茜博太太，找一个地方安安静静地过我们的日子……"

"她把你带坏了！"邦斯痛苦地说。

病人见茜博太太不在，以为她已经走了，可她是站到床后去了，好打手势，不让邦斯看见。

"她要了我的命！"邦斯又说道。

"怎么，我要了您的命？"她连忙蹿了出来，双拳叉腰，眼睛像火烧一样，说道，"我像只鬈毛狗一样忠诚，可就落得这样的报答？……上帝啊上帝！"

她泪如雨下，顺势倒在一张扶手椅上，这一悲剧性的动作给邦斯造成了最致命的震动。

"好吧，"她又站了起来，朝那两位朋友投去仇恨的目光，那目光就像射出的子弹，迸出的毒汁，"我在这拼死拼活，也不落个好，我受够了。你们去找个女看护来吧！"

两个朋友惊恐地面面相觑。

"啊！你们就像演戏似的你看着我我看着你吧！就这么说定了！我这就去让布朗大夫给你们找个女看护来！我们马上把账给算算清楚。把我用在你们这儿的全都还给我……我本来是永远不准备问你们要的……我还上佩勒洛特先生家，向他借了五百法郎呢……"

"都是因为他的病！"施穆克朝茜博太太奔去，抱住她的腰说，"您耐着点性子！"

"您，您是个天使，让我舔您的脚印，我也乐意。"她说道，"可邦斯先生从来没有爱过我，他一直恨着我！可能还以为我想上他的遗嘱呢……"

"嘘！您这样会要他的命的！"施穆克大声道。

"再见了！先生。"她走过来像雷劈似的瞪了邦斯一眼，说道，"尽管我对您不好，您还是多保重吧。等您对我客气了，觉得我做的一切是对的，我再来！在这之前，我就待在自己家里……您是我的孩子，哪里见过孩子反抗妈妈的？——不，不，施穆克先生，我什么都不愿意听……我会给您送晚饭，侍候您的；可您去要个女看护来，去找布朗先生要一个。"

说罢，她猛地拉上门，走了，震得一些贵重细巧的东西直晃动。病人听到了瓷器的叮当声，这样折磨着他，就像是车轮刑的致命一击。

一个小时之后，茜博太太又来了，可她没有进邦斯的屋子里，而是隔着房门喊施穆克，告诉他晚饭已经做好，放在饭厅里了。可怜的德国人又来到饭厅，脸色苍白，眼睛挂满泪水。

"我可怜的邦斯都糊涂了。"他说，"他竟然说您是个坏人，这都是他生病的缘故。"他想把茜博太太的心说动，而又不责备邦斯。

"啊！我受够了，他的病！听着，他既不是我父亲，又不是我丈夫，也不是我兄弟，我孩子。他嫌恶我，好吧，那就算了！您呀，您知道，您到天边，我也会跟着您；可是，一个人献出了自己的生命，献出了自己的心，拿出了所有积蓄，甚至连丈夫也顾不上，可不是嘛，茜博都病倒了，到头来却被当作坏人……这实在有点儿太过分了……"

"太过分？"

"是的，太过分了！废话就别说了。还是谈谈正事吧，你们欠我三个月的钱，每月一百九十法郎，总共五百七十法郎！另外，我代付了两个月房租，这儿是收据，加上小账和税，为六百法郎；两项加起来一千二不到一点，最后还有那两千法郎，当然不要利息，总共是三千二百九十二法郎……您再想一想，要请女看护，再算上请医生，买药和女看护吃饭的开销，您至少还得预备两千法郎。所以，我又向佩勒洛特先生借了一千法郎。"她拿出戈迪萨尔给的那一千法郎，说道。

施穆克听着她算这笔账，自然是整个儿听呆住了，因为他对这种钱的事情，就像猫对音乐一样，一窍不通。

"茜博太太，邦斯是糊涂了！您原谅他吧，继续照顾他，当我们的恩人吧……我向您下跪，求求您了。"

德国人说着跪倒在茜博太太面前，吻着这个刽子手的双手。

"听着，我的好猫咪。"她扶起施穆克，亲了亲他的额头说道，"茜博都病倒了，躺在床上，我刚刚让人去找布朗大夫。在这种情况下，我得把事情都安排清楚。再说，茜博刚刚见我回去时泪汪汪的，气极了，不愿我再到这儿来。是他提出来要钱的，您知道，那是他的钱。我们这些做女人的，有什么法子呢。不过，要是把这三千两百法郎还给他，也许他会消点气。这是他的全部家产了，可怜的人，结婚三十六年了，就这么点积蓄，都是他的血汗钱。明天就得还他钱，没有一点商量余地……您不了解茜博：他一发起火来，会杀人的。唉，我也许还能求得他同意，让我再继续照顾你们俩。您放心吧，我随他说去，随他怎么想。他这口气，我受就受了，因为我喜欢您，您是个天使。"

"不，我这人很可怜，只爱自己的朋友，愿意为救朋友的命而牺牲自己……"

"可是钱呢？……我的好施穆克先生，就算您一个子儿也不给我，您也得弄三千法郎供自己开销啊！说真的，要我是您，您知道我会怎么办吗？我会一不做二不休，卖掉七八幅蹩脚的画，然后再把因为地方挤沿墙堆在您房间里的画拿几幅挂到客厅去！管他是这一幅还是那一幅，有什么关系呢？"

"为什么要这么做呢？"

"他太坏了！不错，这是因为他生病的缘故，他身体好的时候，简直像只绵羊！他有可能会起床，到处乱看；虽然他已经弱得连房门都迈不出，可万一他到了客厅，画的数目总算一幅也不缺吧！……"

"不错！"

"等他身体完全恢复了，我们再把卖画的事告诉他。到时，要是您愿意向他承认卖画的事，就把一切责任往我头上推，就说得还我钱。没关系，我不在乎……"

"不是我的东西，我不能随便做主……"善良的德国人爽直地回答说。

"那好，我让您和邦斯上法庭去。"

"那会要他的命……"

"您挑选吧！我的天哪！把画给卖了，然后您告诉他……您把法院的传票给他看……"

"行，您就让法院来传我们吧……我也就算有了个理由……我把判决给他看……"

当天七点钟，茜博太太去跟一个执达吏商量过后，来叫施穆克。德国人来到了塔巴洛先生面前，塔巴洛勒令他付钱；施穆克浑身哆嗦答了话，就这样，他和邦斯被传讯，要他们上法院去听候付款的判决。看面前这个人的模样，再加上字迹潦草难辨的法律文书，施穆克吓坏了，再也无力反抗。

"把画给卖了吧。"他含着泪说。

第二天清晨六点，埃里·马古斯和雷莫南克把他们要的画都取了下来，两千五百法郎的两张收据完全合乎手续：

"兹代表邦斯先生，将四幅画售与埃里·马古斯先生，其得款两千五百法郎整，此款应用作邦斯先生的生活费，第一幅为疑系丢勒所作的一幅女人肖像；第二幅为意大利画派风格，亦为肖像画；第三幅为布勒盖尔的荷兰风景画；第四幅为佛罗伦萨画派的《神圣家族》，作者不详。"

雷莫南克给的那张收据也是同样的措辞，有格勒兹、克洛德·罗朗、鲁本斯和凡·戴克的画各一幅，但都以法兰西和佛来米画派的作品为遮掩。

"这笔钱让我相信了这些小玩意儿还真有点价值……"施穆克接过五千法郎，说道。

"是有点价值……"雷莫南克说，"这儿的东西，我愿意出十万法郎。"

奥弗涅人受托帮了个小忙，从邦斯放在施穆克房间的那些次等的画中，挑了八幅尺寸一样框子也一样的画，取代了原来那八幅画的位置。四幅杰作一到手，埃里·马古斯马上以算账为名，把茜博太太领到家中，可他拼命叫穷，说画有毛病，得重新修补，只能给茜博太太三万法郎作为佣金；他给茜博太太拿出法兰西银行印有一千法郎字样的票子，一张张煞是耀眼，茜博太太忍不住接受了！雷莫南克拿他四幅画作抵押，跟马古斯借钱，马古斯让他也给茜博太太同样数目的佣金。雷莫南克的四幅画，马古斯觉得太美了，他怎么也舍不得再还回去，第二天，便给古董商送来了六千法郎的纯利，古董商开了一张发票，把画让给了他。茜博太太有了六万八千法郎的家财，旧话重提，又吩咐那两位同谋一定要绝对保守秘密；她请犹太人帮她出主意，怎样才能存放这笔款子而又不让人知道是她的钱。

"去买奥尔良铁路股票，目前市价比票面低三十法郎，三年内您就能翻一番;这样,您只有几张破纸头,往钱包里一放就没事了。"

"您在这儿等等,马古斯先生,我到邦斯家的代理人那儿去一下,他想知道您肯出多少钱买上头的那些东西……我马上去把他给您找来。"

"她要是寡妇,"雷莫南克对马古斯说,"那我就赚了,瞧她现在有的是钱……"

"要是她用她那些钱买奥尔良铁路股票,两年后就能翻倍。我那点可怜巴巴的积蓄都买了股票。"犹太人说,"那是我女人的陪嫁……律师还没来,我们到大街上去转转吧……"

"茜博已经病得很重了,要是上帝想把他召去,"雷莫南克说,"那我就有一个了不起的女人,让她去开个商店,我的生意就可以做得很红火了……"

第二十三章　施穆克登上了上帝的宝座

"您好，我的好弗莱齐埃先生。"茜博太太走进法律顾问的办公室，声音甜蜜蜜地说，"噢，您的门房跟我说，您要从这儿搬走了，是吗？……"

"是的，我亲爱的茜博太太；我在布朗大夫那幢房子的二楼租了套住房，就在他的上面。我正想办法借两三千法郎，准备买点家具，把屋子布置得像个样，噢，屋子很漂亮，房东新修过的。我已经跟您说过，现在由我代理德·玛维尔庭长和您的利益……我要不干这个代理办案的行当了，我要正式注册律师公会，因此得有个很好的住房。要注册巴黎律师公会，得有像样的家具，还得有一个书房，等等。我是法学博士，做过实习，如今又有很有势力的靠山……噢，我们的事到哪一步了？"

"我有笔积蓄存在银行里，"茜博太太对他说，"我没多少钱，二十五年来省吃俭用，就剩下这三千法郎，要是您愿意接受……您就给我来一张兑款单，像雷莫南克说的，因为我什么都不懂，别人教给我怎么办，我才知道怎么办……"

"不，律师公会条例是严禁律师出兑款单的；我给您出一张收据吧，百分之五的利息，要是我能在邦斯的遗产中为您争取到一千二百法郎的终身年金，您把收据再还给我。"茜博太太上了圈套，没有作声。

"不作声就是默认。"弗莱齐埃接着说，"您明天给我把钱送来。"

"啊！我很乐意先付您酬金，"茜博太太说，"这样我的年金也就跑不掉了。"

"我们的事到哪一步了？"弗莱齐埃点了点头说，"我昨天晚上见了布朗，据说您在狠狠地折磨您的病人……要是再像昨天那样来一场，他胆囊里准会生结石……对他要悠着点，明白吧，我亲爱的茜博太太，不要弄得良心不安。这样活不长的。"

"什么良心不良心，别再折腾我了！……您莫非还想跟我提断头台？邦斯先生，是个老顽固！您不了解他！是他惹我的！再没有比他更坏的人了，他的亲戚说得对，他呀，人又奸诈，报复心很重，还顽固……马古斯先生在家，这事我跟您说过的，他在等着您。"

"我！……我跟您同时赶到。您年金多少就看这套收藏品的价值了；要是有八十万法郎，您可以得一千五百法郎的终身年金……可是一大笔啊！"

"那我这就去跟他们说，估价要认认真真的。"

一个小时之后，趁邦斯睡得正死——施穆克让他喝了点安神的药水，药是大夫开的，可茜博太太背着德国人加大了一倍的剂量——弗莱齐埃、雷莫南克和马古斯这三个恶魔，把老音乐家的一千七百件藏品一件一件地仔细看了个遍。

施穆克也睡着了，这些乌鸦嗅着死尸，无法无天。

"别作声！"每当马古斯见到一副杰作，就像醉了似的，跟雷莫南克争辩，告诉他该值多少钱时，茜博太太都少不了这样提醒一句。

四个贪心的家伙，各怀鬼胎，都巴不得邦斯早死，如今趁他熟睡，都在仔细地掂量他的遗产，这场面，实在让人寒心。他们给客厅里的东西都估了价，整整花了三个小时。

"这里的东西，平均每件值一千法郎。"非常吝啬的老犹太人说。

"那总共就是一百七十万法郎了！"弗莱齐埃惊叫道。

"我看没有。"马古斯继续说道，眼里发出道道寒光，"我最多出八十万法郎；因为谁也不知道这些东西要在店里存多少时间……有的珍品十年都卖不出去，当初进的价，加上复利，就贵一倍了；可我要是买，是要付现钱的。"

"房间里有不少彩绘玻璃、珐琅、细密画、金银鼻烟壶。"雷莫南克提醒说。

"能去看看吗？"弗莱齐埃问。

"我去看看他是否睡死了。"茜博太太回答说。

女门房打了个手势，三只猛禽便扑进了屋子。

"珍品在那里！"马古斯指了指客厅，说道，他的毛胡须每一根都在抖动。"可这儿的东西值钱！太值钱了！就是君主的宝库里也没有比这更漂亮的东西了。"

一见鼻烟壶，雷莫南克眼睛刷地一亮，就像红宝石似的炯炯发光。弗莱齐埃则不动声色，冷冷的，如同一条蛇伸着身子，扯着扁扁的脑袋，那模样恰似画家笔下的墨菲斯托菲里斯。这三个不同的吝啬鬼，见了黄金不要命，就像魔鬼对天堂的露水一样饥渴；他们不约而同地朝拥有如此宝物的主人看了一眼，因为主人动了一下，像正做噩梦。在三道魔光的照射下，病人突然睁开眼睛，发出刺耳的叫喊声：

"有贼！……他们在这儿！……警察快来！他们要杀我！"

显然，他人虽然已经醒了，但还在继续做梦，因为他从床上坐了起来，两只眼睛瞪得大大的，翻着白眼，直勾勾的，一动不动。

埃里·马古斯和雷莫南克跑到门口；可病人一声喊叫，他们像被钉子钉住一样站着不动了：

"马古斯在这里！……我被出卖了……"

病人本能地醒了过来，这是保护自己珍藏的宝物的本能，它与人的自身保护本能一样强烈。

"茜博太太，这位先生是谁？"他见弗莱齐埃站着一动不动的模样，浑身颤抖地嚷叫起来。

"哎哟！我难道能把他赶到门外去吗？"她眨着眼睛，朝弗莱齐埃直递眼色，"先生刚刚代表您亲属的名义来看您……"

弗莱齐埃身子不禁一动，表现出对茜博太太的钦佩之情。

"对，先生，我是代表德·玛维尔庭长太太，代表她的丈夫和她女儿来对您表示他们的歉意；他们偶然听说您病了，想来亲自照顾您……他们提出请您到玛维尔田庄去看病；博比诺子爵夫人，就是您很喜欢的那个小塞茜尔，准备专门做您的护理……她在母亲面前一直为您分辩，终于让她明白了自己的过错。"

"那么，是我的那些继承人把您派来的！"邦斯气愤地嚷叫道，"还给您找了个巴黎最精明、最狡猾的行家当向导？……啊！这差使真妙！"他疯一样地狂笑道，"你们是来估价，给我的画，我的古董，我的鼻烟壶和我的细密画估价！……那你们就估吧！跟您来的这个人不仅样样内行，而且还可以出钱买，他是个千万富翁……我的遗产，我的那些可爱的亲戚用不着等多久了。"他满含讥讽地说，"他们要了我的命……啊！茜博太太，您自称是我母亲，可却趁我睡觉，把做买卖的，把我的对头，把卡缪佐家的人领到这里来！……你们全给我滚出去！……"

在愤怒和恐惧的双重刺激之下，可怜的人竟然撑起瘦骨嶙峋的身子，站了起来。

"扶住我的胳膊，先生。"茜博太太连忙向邦斯扑去，怕他摔倒。"您静一静，那些先生全都走了。"

"我要去看看客厅！……"快死的病人说道。

茜博太太示意那三只乌鸦赶紧飞走，然后抓住邦斯，像捡一根羽毛似的把他抱了起来，不管他又喊又叫，硬把他放倒在床上。见可怜的收藏家已经没有一点儿力气，茜博太太才去关上了寓所的大门。可是邦斯的那三个刽子手还站在楼梯平台，茜博太太见他们还在，喊他们等一等，就在这时，她听到弗莱齐埃对马古斯说道：

"你们俩给我写一封信，共同署名，承诺愿出九十万法郎现款买邦斯的收藏品，我们到时一定让你们大赚一笔。"

说罢，他凑到茜博太太耳边说了一个字，只有一个字，谁也没有能听清，然后，跟着两个商人下楼到门房去了。

"茜博太太，"等女门房回到屋里，可怜的邦斯问道，"他们都走了吗？……"

"谁……谁走了？……"她反问道。

"那些人？"

"哪些人？……哎哟，您又看到什么人了！"她说道，"您刚刚发了一阵高烧，要不是我，您早从窗户摔下去了，现在还跟我说什么人……您脑袋怎么总是这个样？……"

"怎么，刚才不是有个先生说是我亲戚派来的吗？……"

"您又要和我犟嘴了。"她继续说道，"我的天，您知道该把您往哪儿送吗？送夏朗东去！……您见到了什么人……"

"埃里·马古斯！雷莫南克！"

"啊！雷莫南克嘛，您是有可能见他，因为他刚才来告诉我，我可怜的茜博情况很不好，我只得丢下您，让您自己去养了。您知道，我的茜博比什么都重要！我男人一生病，我就什么人都不认了。您还是尽量安静点，好好睡两个小时吧，我已经叫人喊布朗先生了，我等会再跟他一块来……喝吧，乖一点。"

"我刚才醒来时房间里真没有人？……"

"没有！"她说，"您可能在镜子里看到了雷莫南克先生。"

"您说得有道理，茜博太太。"病人说道，变得像绵羊一样温顺。

"好，您终于又懂事了……再见，我的小天使，安静地待着。我等一会就过来。"

邦斯听到寓所的大门关上之后，竭尽全力想爬起来。他心里在想：

"他们在骗我！他们偷我的东西！施穆克是个孩子，会让人家捆在袋子里！……"

刚才的可怕场面，病人看得很真切，觉得不可能是幻觉，于是一心想弄个明白，在这种力量的支撑下，他竟然走到了房间门口，吃力地打开门，来到了客厅。一见到他那些可爱的画、塑像，佛罗伦萨铜雕和瓷器，他立即精神焕发。餐具橱和古董橱把客厅一隔为二，收藏家身着睡衣，赤着脚，拖着发烧的脑袋，像逛街似的转了一圈。他第一眼，便把里边的藏品数了一遍，发现东西全在。可正要往房间走时，目光被格勒兹的一幅肖像画给吸引住了，那地方原来挂的是塞巴斯蒂亚诺·德·比翁博的《在祈祷的马尔特骑士》。他脑子里立即闪现了疑惑，就像一道闪电划过暴风雨来临前那乌云密布的天空。他看了看原先挂着八件主要画品的位置，发现全都被换了。可怜虫的双眼顿时蒙上了一层黑翳，他身子一软，摔倒在地板上。这一次他完全昏了过去，躺在那儿整整两个小时，直到德国人施穆克醒来，从房间出来去看他朋友的时候，才发现了他。施穆克好不容易才抱起已经快死去的病人，把他安放在床上；可是当他与这个死尸般的人说话，发现邦斯投来冰冷的目光，断断续续地说着含混不清的话时，可怜的德国人非但没有昏了头脑，反而表现出了壮烈的友情。在绝望中，这个孩子般的德国人竟被逼出了灵感，就像所有充满爱心的女人和慈母一样。施穆克把毛巾烫热（他居然找到了毛巾！），裹着邦斯的双手，放在他的心窝；然后又用自己的双手捂着他那汗涔涔的冰冷的脑门，以提亚纳的阿波罗尼奥斯般的强大意志，呼唤着生命。他吻着朋友的眼睛，仿佛伟大的意大利雕塑家在《圣母哀痛耶稣之死》的浮雕上表现的圣母玛丽亚吻着基督。这神圣的努力，将一个人的生命灌输给另一个人，就像慈母和情人的爱，终于有了圆满的结果。半个小时之后，邦斯暖和了过来，恢复了人样：眼中又现出了生命的色彩，体外的温暖又激起了体内器官的运动。施穆克让邦斯喝了一点掺了酒的蜜里萨药水，生机顿时传入他的身体，起初像块石头般毫无反应的脑门重又放射出智慧的光芒。邦斯这时才明白过来，他的复生是靠了多么神圣的耿耿忠心和多么强大的友情力量。

"没有你，我就死了！"邦斯说道，他感到脸上洒满了温暖的泪水，那是善良的德国人惊喜交加落下的热泪。

刚才，可怜的施穆克一直在希望的煎熬中等待着邦斯开口说话，几近绝望的地步，浑身已经没有一丝力气，所以一听到这句话，他立即像只泄了气的皮球似的，再也支撑不住。他身子一歪，往扶手椅上倒了下去，紧接着双手合十，做了个虔诚的祷告感谢上帝。

对他来说，刚刚出现的是奇迹！他不相信是自己的心愿起的作用，而是他祈求的上帝显了圣迹。其实，这种奇迹是自然的结果，医生们是常常可以看到的。

一个病人如有爱的温暖，得到对他的生命关切备至的人们的照料，那他就有可能得救，相反，如果一个病人由一些用钱雇来的人侍候，那他就有可能会丧命。这是无意中感应的磁性所起的作用，对此，医生们往往不愿意承认，他们认为，病人得救是严格执行医嘱、护理得法的结果；可是许多做母亲的都知道，恒久不灭的愿望迸发出强大的力量，确有起死回生的功效。

"我的好施穆克？……"

"别说话，我可以听到你的心……好好歇着！好好歇着！"音乐家微笑着说。

"可怜的朋友！高尚的造物！上帝的儿子，永远生活在上帝的身上！爱过我的唯一的人！……"邦斯继续地说，声音中出现了从未有过的声调。

即将飞升的灵魂，整个儿就在这几句话中，给施穆克带来了几乎可与爱情相媲美的快感。

"活着！要活着！我会变成一只狮子！我会拼命干活，养活我们两个人。"

"听着，我忠实、可敬的好朋友！让我说，我时间已经不多了，我就要死了，这接二连三的打击，我是没救了。"

施穆克像个孩子似的哭着。

"听我说，你等会再哭……"邦斯说，"基督，你应该服从命运安排。我被人骗了，是茜博太太骗的……在离开你之前，我应该让你对生活中的事情认识清楚，那些事，你一点都不懂……他们拿走了八幅画，那是很值钱的。"

"请原谅我，是我给卖了⋯⋯"

"你？"

"我⋯⋯"可怜的德国人说，"我们接到了法院的传讯⋯⋯"

"传讯！⋯⋯谁告的？⋯⋯"

"等一等！⋯⋯"

施穆克去找来了执达吏留下的盖了章的文书。

邦斯仔细地读着天书一样难懂的文书，然后任那纸张飘落在地，默默无语。这位人类创作的鉴赏家，从来就不留心人的道德品质，如今终于看清了茜博太太策划的一切阴谋诡计。于是，艺术家的激情，当初在罗马学院的智慧，以及整个的青春年华，一时在他身上复现。

"我的好施穆克，请像军人一样服从我。听着！下楼到门房去，告诉那个可恶的女人，说我想再见一见我那个当庭长的外甥派来的人，要是他不来，我就要把我的收藏品赠给国家博物馆；告诉她是为我立遗嘱的事。"

施穆克跑去传话；可刚一开口，茜博太太便笑了一笑，说道：

"我的好施穆克，我们那个可爱的病人刚才发了一阵高烧，他觉得看见有什么人在他房间，我是个清白的女人，我发誓，没有什么人代表我们那个可爱的病人的亲属来过这儿⋯⋯"

施穆克带着这番答话回来，一五一十地又传给了邦斯。

"她比我想象的要更厉害，更狡猾，更诡诈，更阴险。"邦斯微笑着说，"她扯谎都扯到门房去了！你想不到，今天上午她把三个人领到了这里，一个是犹太人埃里·马古斯，另一个是雷莫南克，第三个我不认识，可他一人比那两人加起来还可怕。她指望趁我睡熟了，来给我的遗产估价，可碰巧我醒了，发现三个人在细细掂量我的那些鼻烟壶。那个陌生人还说是卡缪佐家派来的，我跟他说了话……可是该死的茜博太太总说我是做梦……我的好施穆克，我没有做梦！……我明明听到了那个人的声音，他跟我真说了话……另两个做买卖的吓得夺门而跑……我认为茜博太太会如实招来的！……可这次努力没成功……我要再设一个圈套，那个坏女人会自投罗网的……我可怜的朋友，你把茜博太太当作天使，可这个女人一个月来一直想要我的命，想满足她的贪心。我真不愿相信，一个女人几年来忠心耿耿地侍候我们，可却这么邪恶。因为看不透她，把我自己给断送了……那八幅画，他们给了你多少钱呀！……"

"五千法郎。"

"上帝啊！它们至少值二十倍！"邦斯叫了起来，"那是我整个收藏的精华；没有时间提出诉讼了；再说，这会连累你，你上了那帮无赖的当……要起诉的话，会把你毁了的！你不知道什么叫司法！那是条阴沟，世界上所有卑鄙丑恶的污水都集中到那里去了……像你这样的灵魂，要是见了那么多罪恶，那会经受不住的。何况你以后会相当有钱的。那几幅画当初花了我四万法郎，我已经保存了整整三十六年……我们被偷了，他们手段高超，可真是惊人！我已经在坟墓边上了，我只担心你……你是世界上最好的人。我所有的一切都归你，我不愿意你被别人偷得光光的。你得提防任何人，你呀，从来就没有提防过谁。上帝会保佑你，这我知道；可上帝有时可能会把你忘了，那时，你就会像一条商船，被海盗抢得一干二净。茜博太太是个魔鬼，她害了我！可你却把她看作天使；我要你认清她的面目；你去请她给你介绍一个公证人替我立遗嘱……我到时一定把她当场抓住，让你看看。"

施穆克听着邦斯往下讲，仿佛在给他讲授《启示录》。如果真如邦斯所说，世界上存在着像茜博太太这样邪恶的造物，那对施穆克来说，不啻是对上帝的否定。

"我可怜的朋友邦斯病得已经不行了，"德国人下楼来到门房，对茜博太太说，"他想要立遗嘱；您去找个公证人来……"

他说这话时，在场的有好几个人，因为茜博的病已经几乎没有救了，当时，雷莫南克和他妹妹，从隔壁来的两个女门房，大楼房客的三位下人，还有二楼临街的那个房客，都站在大门口。

"啊！您完全可以自己去找个公证人来，"茜博太太泪水汪汪地嚷叫起来，"要让谁立遗嘱都可以！……我可怜的茜博都要死了，我可不能离开他……世界上所有的邦斯我都舍得，只要能保住茜博……我们结婚三十年了，他从来没有让我伤心过！……"

说罢，她进了门房，留下施穆克在那儿发愣。

"先生，"二楼的房客对施穆克说，"邦斯先生真病得那么厉害？……"

这个房客名叫若利瓦尔，是法院办公厅的一个职员。

"他马上就要死了！"施穆克极为痛苦地回答道。

"附近的圣路易街有个公证人，叫特洛尼翁先生。"若利瓦尔说，"他是本居民区的公证人。"

"您要不要我去把他请来？"雷莫南克问施穆克。

"好极了……"施穆克说，"茜博太太不愿意再照看我的朋友了，他病成这样，我不能离开他……"

"茜博太太跟我们说他都疯了！……"若利瓦尔说。

"邦斯，疯了？"施穆克恐惧地嚷了起来，"他从来就没有像现在这样清醒过……就是因为这我才为他的身体担心。"

　　当时在场的所有人当然都很好奇地听着这段对话，并且牢牢地印在了脑子里。施穆克不认识弗莱齐埃，所以不能注意到他那只撒旦式的脑袋和两只闪闪发亮的眼睛，弗莱齐埃刚才在茜博太太耳边说了两句，是他一手策划了这场大胆的表演，虽说已经超过了茜博太太的能力，但她却表演得极其巧妙。把快死的病人说成疯子，这是吃法律饭的家伙用以建筑他那座大厦的基石之一。早上出现的意外倒给弗莱齐埃帮了忙；要是他不在场，当正直的施穆克来设圈套，请她把邦斯亲属的代表再叫回来的时候，她也许会在慌乱之中露出马脚。雷莫南克见布朗大夫来了，正求之不得，赶紧溜走，原因如下——

第二十四章　立遗嘱人的计策

十天来，雷莫南克一直担当着上帝的角色，这很让正义之神讨厌，因为上帝自认为是正义的唯一代表。雷莫南克想不惜一切代价摆脱阻拦他获得幸福的障碍。对他来说，所谓的幸福，就是能把诱人的女门房娶回家，使自己的资本增加三倍。因此，当他看见小裁缝喝着汤药时，他起了歹念，要把小裁缝的小病变成绝症，而他做废铜烂铁买卖，这恰好给他提供了方便。

一天清晨，他背倚小店的门框，抽着烟斗，正在梦想着玛德莱娜大街富丽堂皇的铺子，打扮得漂漂亮亮的茜博太太端坐在店中，这时，他的目光落在了一个氧化得很厉害的圆铜片上。脑子顿时生出一个念头，想用再也简便不过的办法，将小铜片在茜博的汤药里洗刷干净。圆铜片的大小像一百苏一枚的硬币，雷莫南克在上面系了一根细线，每天都趁茜博太太去照顾她那两位先生的时候，上门询问裁缝朋友的病情，探望三五分钟，顺手把铜片浸入汤药中，走时再提起细线，取回铜片。这些氧化了的铜成分，俗称铜绿，虽然分量极少，但却在有益于健康的汤药中悄悄地带入毒素，久而久之便起了不可估量的破坏作用。这一罪恶的手段确实产生了恶果。从第三天起，可怜的茜博便开始掉头发，牙齿也松动了，身体各组织的调节机能被这一微乎其微的毒素给破坏了。布朗大夫看见汤药造成了这样的后果，便绞尽脑汁寻找原因，他这人学识相当渊博，知道肯定有某种破坏性的因素在起作用。他趁大家不注意，把汤药带回家，亲自进行了化验；可他没有发现任何异常。原来那一天，雷莫南克对自己一手造成的后果也害怕了，碰巧没有往汤药里放那块致命的铜片。布朗大夫最后向自己，也向科学做出了解释，认为裁缝从不出门，总待在潮湿的门房，面对着装有铁栅的窗户，伏在桌子上，缺乏运动，再加上整天闻着臭水沟里发出的各种气味，有可能使他的血质发生了变化。诺曼底街是巴黎市还没有装上水龙头的几条老街之一，路面裂着口子，各家的污水在黑乎乎的排水沟里慢慢地流淌，渗入街面，造成了巴黎市特有的污泥。

茜博太太总是东奔西走，可他的丈夫，干活不要命，像个苦行僧似的总坐在小窗前。裁缝的两个膝关节变得强硬，血都集中在上身；弯曲的细腿几乎废了。所以，茜博那紫铜般的脸色早就被人认为是一种病态。在大夫看来，妻子的健康和丈夫的疾病是很自然的结果。

"我可怜的茜博得的到底是什么病？"女门房问布朗大夫。

"我亲爱的茜博太太，"大夫回答说，"他得的是门房病……他全身干枯，说明他的血液在变质，这病已经没救了。"

对人下手，却没有目的，没有丝毫的好处和任何利害关系，这最终消除了布朗脑中起初产生的疑虑。谁有可能谋害茜博呢？他妻子？她往茜博的汤药中加糖时，大夫明明看见她自己尝过的，逃脱社会惩罚的许多谋杀案，一般来说跟这一桩都很相似，并没有可怖的施暴证据，如流淌的血，勒扼或击打的痕迹，总之，没有那些笨拙的方法留下的证据；但是，这种谋杀案大都没有明显的利害关系，而且都发生在下等阶层。一桩谋杀案的暴露，总是有其先兆，如仇恨，或者明显的贪心，那都是逃不出周围有关人的眼睛的。可小裁缝、雷莫南克和茜博太太的情况却不同，除了大夫，谁都没有兴趣去追究死因。这个一脸铜色、病魔缠身的门房，老婆对他很好，他既无财产，也无死敌。而古董商的杀机和痴情都藏在暗里，就像茜博太太的横财一样。医生对女门房的为人和内心一清二楚，他知道茜博太太做得出折磨邦斯的事，但要她去犯罪，她既无利可图，也没有这个能量；再说，每次大夫到这儿来，她给丈夫喂汤药时，她都自己先吃一匙。这事唯有布朗一人可以弄个水落石出，可他却认为疾病都有某种偶然性，有着某种惊人的例外，正是这些例外使医学这一行充满冒险。确实，小裁缝很不幸，由于长期营养不良，身体状况十分糟糕，这微乎其微的一点铜氧化物便会要了他的命。至于邻居和那些长舌妇，他们认为茜博突然死亡并不奇怪，这种态度也就为雷莫南克开脱了罪责。

"啊！"有一位高声道，"我早就说过茜博先生肯定不行了。"

"他太劳累了，这个人。"另一位回答说，"他把血都给熬干了。"

"他不愿听我的话。"一个邻居说，"我劝他星期天出去走走，星期一再歇歇，一个星期有两天时间放松一下，并不算太多。"

街头的议论往往起着告密的作用，司法机关总是通过警察所所长这个下等阶层的国王的耳朵，一一听着，对小裁缝的死，街坊的议论已经做出了十分清楚的解释。可是，布朗总是一副若有所思的模样，双眼透出忧愁，这使雷莫南克很不安；所以，他一见大夫走来，便迫不及待地请施穆克让他去找弗莱齐埃认识的那个特洛尼翁先生。

"立遗嘱的时候我会回来的。"弗莱齐埃凑到茜博太太耳边说，"尽管您很痛苦，可必须盯住即将到手的东西。"

251

矮小的诉讼代理人像影子一样轻轻地走了，路上碰到了他的医生朋友。

"喂！布朗。"他说道，"一切都很好。我们得救了！……今天晚上我再跟你细谈！看看哪个位置对你合适，你一定会得到的！至于我嘛，我要当治安法官！塔巴洛再也不会拒绝把他女儿嫁给我了……你嘛，就让我来安排，让我们的那位治安法官的孙女维代尔小姐嫁给你。"

这番疯话把布朗惊呆了，弗莱齐埃任他愣在那儿，自个儿像颗子弹似的，往大街飞速奔去；他招手上了现代的大型公共马车，十分钟后下了车，来到了舒瓦瑟尔街。此时约莫四点钟，弗莱齐埃知道庭长夫人准是一人在家，因为法官们从来不会在五点钟之前离开法院。

德·玛维尔太太以特殊礼遇接待了弗莱齐埃，这说明勒勃夫先生兑现了向瓦蒂纳尔太太的承诺，为原来在芒特的那位诉讼代理人讲了好话。阿梅莉对弗莱齐埃的态度几乎到了柔媚的地步，就像蒙邦西埃公爵夫人对雅克·克莱芒一样；因为这个小小的诉讼代理人，是阿梅莉的一把刀。当弗莱齐埃拿出埃里·马古斯和雷莫南克联名写的那封声明愿意出九十万现款买邦斯全部收藏的信时，庭长太太朝律师投出一束异常的目光，从中仿佛闪现出那个大数目。这是贪婪的巨流，几乎把诉讼代理人淹没了。

"庭长先生让我邀您明天来吃饭，"她对弗莱齐埃说道，"都是家里人，客人有我的诉讼代理人代尔洛舍律师的后任戈代夏尔先生，我们的公证人贝尔迪埃先生，我女婿和我女儿……吃过晚饭后，根据您先前提出的要求，您，我，还有公证人及诉讼代理人，我们在小范围内谈一谈，我要把我们所有的权利委托给您。那两位先生一定要听从您的吩咐，按您的主意办事，保证一切都能办妥。至于德·玛维尔的委托书，您需要时就可给您……"

"当事人死的那一天我要用……"

"到时一定准备好。"

"庭长太太，我要求有份委托书，不让您的诉讼代理人出面，倒不是为了我自己，主要是为了您的利益……我这人，只要我投入，就要百分之百地投进去。因此，太太，我也要求我的保护人对您——我不敢说我的主顾，也表现出同样的信任和忠诚。您也许会认为我这样做是为了把生意抓到手；不，不，太太，万一出现什么闪失……因为在遗产的处理上，人都要牵扯进去的……尤其涉及九十万法郎这样重要的遗产……那时，您总不能让戈代夏尔律师为难，他是一个十分正直的人；但尽可以把全部责任往一个邪恶的小律师身上推……"

庭长太太钦佩地看了看弗莱齐埃。

"您这个人既可上天也可入地。"她说道，"要我处在您的位置上，才不盯着治安法官的那笔养老金呢，我要当检察官……去芒特！要飞黄腾达。"

"就让我干吧，太太！治安法官的位置对维代尔先生来说是匹驽马，可我却可让它变成一匹战马。"

庭长太太就这样被拉着跟弗莱齐埃道出了最知心的话。

"在我看来，您绝对关心我们的利益，"她说道，"我有必要把我们的难处和希望跟您谈一谈。当初考虑女儿和一个现在当了银行家的阴谋分子的婚事时，庭长一心想把当时有人出售的好几块牧场买过来，扩充玛维尔的田产。后来为了成全女儿的婚姻，我们割舍了那个漂亮的田庄，这您是知道的；可是我就这个独生女，

253

我很想把那剩下的几块牧场买下来。那牧场很漂亮，有一部分已经卖掉了，牧场的主人是一位英国人，在那儿住了整整二十年，现在要回英国去；他有一座十分迷人的别墅，环境幽雅，一边是玛维尔花园，另一边是牧场，原来都属于田庄的一部分。那英国人为了修一个大花园，以惊人的价格买回了一些小屋，小树林和小园子。这座乡间别墅及其附属设施像是风景画中的建筑一样漂亮，与我女儿的花园只有一墙之隔。牧场及别墅，也许花七十万法郎就可以买下来，因为牧场每年的净收入为两万法郎……可是，如果瓦德曼先生知道是我们要买，他肯定会多要二三十万法郎，因为如果照乡下田产买卖的一般做法，建筑物不算什么的话，那他是有损失的……"

"可是，太太，依我之见，那份遗产可以说是非您莫属了，我愿意代您出面扮演买主的角色，以尽可能低的价格把那份田产弄到手，而且通过私下交易的途径，采取地产商的做法……我就用这一身份去见那个英国人。这方面的事务我很熟悉，在芒特专干这一行。瓦蒂纳尔事务所的资本就靠这种办法增加了一倍，因为当时我是在他的名下做事……"

"于是您就有了跟瓦蒂纳尔小姐的关系……那个公证人如今肯定很富有吧？"

"可是瓦蒂纳尔太太很会挥霍……就这样吧，太太，请放心，我一定让英国人乖乖地为您所用……"

"若您能做到这一点，我将对您感激不尽……再见了，我亲爱的弗莱齐埃先生。明天见……"

弗莱齐埃临走时向庭长太太行了礼，但已经不像上一次那样卑躬屈膝了。

"明天我要到德·玛维尔庭长府上吃饭了!……"弗莱齐埃心里想,"嗨,这些家伙,我全都抓在手中了。不过要绝对控制这件案子,我还得通过治安法官的执达吏塔巴洛,当上那个德国人的法律顾问。那个塔巴洛,竟然拒绝把他的独生女嫁给我,要是我成为治安法官,他一定会拱手相让。塔巴洛小姐,这姑娘高高的个子,红头发,虽然患有肺病,但在母亲名下有一座房子,就在罗亚尔广场;到时自然有我一份。等她父亲死后,她还可以得到六千磅的年金。她长得并不漂亮;可是,我的上帝!要从零到拥有一万八千法郎的年金,可不能只盯着跳板看!……"

从大街到诺曼底街的路上,他尽情地做着黄金梦:想象着从此不愁吃不愁穿的幸福生活;也想到把治安法官的女儿维代尔小姐嫁给他朋友布朗。他甚至想到自己跟居民区的皇上之一布朗大夫联合起来,控制着市政、军事和政治方面的一切选举。他一边走一边任他的野心随意驰骋,大街也就显得太短了。

施穆克上楼回到朋友邦斯身边,告诉他茜博已经奄奄一息,雷莫南克去找公证人特洛尼翁先生了。一听到这个名字,邦斯愣了一下,茜博太太以前没完没了地唠叨时,常常跟他提起这个名字,说这人十分正直,推荐他做邦斯的公证人。自上午以来,病人的疑惑已经得到了绝对的肯定,这时,他脑中闪出一个念头,进一步补充了他的计划,要把茜博太太好好耍弄一番,让她的面目在轻信的施穆克眼前彻底暴露。

可怜的德国人被这许许多多的消息和事件搅得头脑发昏,邦斯握住他的手说:"施穆克,楼里恐怕会很乱;要是门房快死了,那我们基本上就可以有一段时间的自由,也就是说暂时没有探子在监视我们,你要知道,他们一直在刺探我们!你出去,要一辆马车，然后去戏院，告诉我们的头牌舞女爱洛伊斯小姐，我死前要见她一面，请她演出后在十点半钟到我这儿来。接着，你再去你的那两个朋友施瓦布和布鲁讷家，你请他们明天上午九点钟来这儿，装着路过这里，顺便上楼来看看我，问问我的情况……"

老艺术家感到自己就要离开人世，于是制定了这样的计划。他要把施穆克立为他全部遗产的继承人，让他成为富翁；为了使施穆克摆脱一切可能出现的麻烦，他准备当着证人的面给公证人口述他的遗嘱，让人家不再认为他已经丧失理智，从而使卡缪佐家再也找不到任何借口来攻击他的最后安排。听到特洛尼翁这个名字，他马上看到其中必有什么阴谋，觉得他们肯定早就设计好遗嘱在形式上的瑕疵，至于茜博太太，她也准是早已设下圈套出卖他。因此，他决定利用这个特洛尼翁，口述一份自撰遗嘱，封签后锁在柜子的抽屉里。然后，他准备让施穆克藏在床边的一个大橱子里，亲眼看一看茜博太太将如何偷出遗嘱，拆封念过后再封上的一系列勾当。等到第二天九点钟，他再撤销这份自撰遗嘱，重新当着公证人的面，立一份合乎手续、无可争辩的遗嘱。当茜博太太说他是疯子，满脑子幻觉的时候，他马上意识到了庭长太太的那种仇恨、贪婪和报复心。两个月来，这个可怜人躺在床上睡不着觉，在孤独难熬的漫长时光中，把他一生中经历的事情像过筛子似的全都细细过了一遍。

无论古代还是现代的雕塑家，往往都在他们坟墓的两侧设置几尊手执燃烧的火炬的保护神。火炬的光芒为即将离世的人们照亮了通向死亡的道路，同时，也指出了他们一生所犯的错误和过失。就此而言，雕塑确实体现了伟大的思想，表明了一个人性的事实。人在临终之际，都会产生智慧。人们常常看到，一些极其普通的

256

姑娘，年纪轻轻，但却有着百岁老翁那般清醒的头脑，一个个像是预言家，评判她们的家人，不受任何虚情假意的蒙骗。这就是死亡的诗意所在。但是，有必要指出奇怪的一点，那就是人有两种不同的死法。这首预言的诗，这种透视过去或预卜未来的天赋，只属于肉体受伤，因肉体的生命组织遭到破坏而死亡的人。因此，如路易十四那些害坏疽病的，患哮喘病的，如邦斯那种发高烧的，如莫尔索夫太太那种患胃病的，以及那些如士兵一样身体突然受伤的人，都有着这种卓越的清醒头脑，他们的死都很奇特，令人赞叹；而那些因精神疾病而死亡的人，他们的毛病就出在脑子里，出在为肉体起着中介作用，提供思想燃料的神经系统，他们的死是彻底的，精神和肉体同时毁灭。前者是没有肉体的，他们体现了圣经中所说的魂灵；而后者则是死尸。

邦斯这个童男，这个贪食的卡顿，这位几乎十全十美的完人，很晚才看透了庭长太太心中的毒囊。他在即将离开尘世的时刻才认识了世人。因此，几个小时以来，他很痛快地打定了主意，如同一个快活的艺术家，一切都是他攻击、讽刺别人的材料。他和人生的最后联系，那激情的链接，那将鉴赏家和艺术杰作联结在一起的坚固的纽带，在早上全都断了。发现自己给茜博太太骗了之后，邦斯便与艺术的浮华与虚空，与他的收藏，与他对这众多美妙的杰作的创造者的友谊诀别了；他唯独只想到死，想到我们祖先的做法，他们把死当作基督徒的一件乐事。出于对施穆克的爱，邦斯想方设法要在自己入棺后还继续保护他。正是这一慈父般的感情，使邦斯作出了选择，求助于头牌舞女来反击那些奸诈的小人，他们现在就聚集在他的身边，以后恐怕决不会饶过将继承他全部遗产的人。

爱洛伊斯属于那种表现虚假但却不失真实的人，对出钱买笑的崇拜者极尽玩弄之能事，就像洁妮·卡迪娜和约瑟法之流；但同时又是一个善良的伙伴，不畏人间的任何权势，因为她已经看透了他们，那一个个都是弱者，在少有乡间色彩的玛比尔舞会和狂欢节上，她早已习惯于跟巴黎警察分庭抗礼。

"她既然怂恿别人把我的位置给了她的宠儿加朗热，那她一定会觉得更有必要帮我这个忙。"邦斯心想。

施穆克出了门，由于门房里一片混乱，没有引起别人的注意。他以极快的速度赶回家，以免让邦斯一个人待得太久。

特洛尼翁先生为遗嘱的事跟施穆克同时赶来了。尽管茜博就要离开人世，但他妻子还是陪着公证人，把他领进邦斯的卧室，然后离去，留下施穆克，特洛尼翁先生和邦斯在一起；可她手中却握着一块制作奇妙的小镜子，站在她没有关严实的门口。这样，她不仅可能听见里面的讲话，还可能看清此时在屋子里发生的一切，这对她来说是至关重要的。

"先生，"邦斯说，"很不幸，我的神志很清楚，我感觉到自己就要死了；恐怕是上帝的意愿，死亡的种种痛苦，我怎么也难以逃脱！……这位是施穆克先生……"

公证人向施穆克行了个礼。

"他是我在这世上的唯一的朋友，"邦斯说，"我想立他为我全部遗产的继承人；请告诉我，我的遗嘱得采取什么方式才能使我这个朋友继承我的遗产而不引起异议，他是个德国人，对我们的法律可一点都不懂。"

"异议总会有的，先生，"公证人说，"人间要讲公道总有这个麻烦的。不过，立的遗嘱也有驳不倒的。"

258

"哪一种遗嘱呢？"邦斯问。

"如当着公证人和证人的面立的遗嘱，如果立遗嘱人没有妻子、儿女、父母、兄弟的话，那些证人可以证明他是否神志清醒……"

"我没有任何亲人，我的全部感情都给了我的这位亲爱的朋友施穆克……"

施穆克在哭。

"如果您果真只有旁系远亲的话，那法律就可以允许您自由处置您的动产和不动产；另外，您提出的继承条件不应该有悖于道德，恐怕您已经看到过，有的遗嘱就是因为立遗嘱人提出了古怪的条件而遭受异议。这样的话，当着公证人的面立的遗嘱就驳不倒了。因为遗嘱确系本人所立，又有公证人证明其精神状况，这样签署的遗嘱就不会引起任何争议……此外，一份措辞明确、合乎手续的自撰遗嘱也基本上是无可置疑的。"

"鉴于只有我本人知道的原因，我决定由您口授，我亲自来立一份遗嘱，交给我这位朋友……这样办行不行？……"

"当然行！"公证人说，"您来写？我马上口授……"

"施穆克，把那个布尔小文具盒给我拿来。"

"先生，您给我口授吧，声音要低，"邦斯补充说道，"可能有人偷听。"

"您先得跟我说说，您有哪些愿望？"公证人问。

十分钟后，茜博太太——邦斯在一面镜子中看见了她——看见施穆克点着一支蜡烛，公证人仔细读过遗嘱后，将它封好，然后由邦斯交给了施穆克，让他把遗嘱藏在写字台的一个密格里。立遗嘱人要回了写字台的钥匙，系在手帕的一角上，再将手帕放在了枕头下。邦斯送给了尊称为遗嘱执行人的公证人一幅贵重的画，这是法律允许赠给公证人的东西之一。公证人出了门，在客厅遇见了茜博太太。

"喂，先生，邦斯先生是不是想到了我？"

"大妈，您总不至于指望一个公证人泄露别人告诉他的秘密吧。"特洛尼翁回答道，"我现在可以告诉您的，只有一点，那就是很多人的贪欲都将受挫，很多人的希望都将落空。邦斯先生立了个很好的遗嘱，合情合理，而且很有爱国心，我非常赞成。"

谁也想象不出茜博太太被这番话一刺激，好奇到了何种程度。她下了楼，为茜博守夜，盘算着等会儿让雷莫南克小姐来代替她，准备在凌晨两三点钟之间去偷看遗嘱。

第二十五章　假遗嘱

爱洛伊斯·布利兹图晚上十点半钟来访，这在茜博太太看来是相当自然的事；但她很害怕舞女提起戈迪萨尔给的那一千法郎，所以一直陪着头牌舞女，就像对皇后似的，毕恭毕敬，拼命讨好。

"啊！我亲爱的，您在自己的地盘上要比在戏院强多了。"爱洛伊斯上楼梯说，"我劝您继续干您这一行！"

爱洛伊斯是她的知心朋友比克西乌用车送来的，她衣着华丽，因为要赴歌剧院赫赫有名的头牌舞女之一玛丽埃特的晚会。二楼的房客，原在圣德尼街开绦带铺的夏波洛先生，跟他太太和女儿刚从滑稽剧院回来，在楼梯上遇到一个如此穿着的漂亮女子，不禁眼睛发花。

"这位是什么人，茜博太太？"夏波洛太太问。

"什么都不是！……是个贱女人，每天晚上只要花四十个苏，就能看到她光着半拉子屁股跳舞。"女门房凑到原来开绦带铺的夏波洛太太耳边说道。

"维克托莉娜！"夏波洛太太对女儿说，"我的小宝贝，快让太太走过去！"

做母亲的大惊失色，这一叫的意思，爱洛伊斯自然明白，她转过身子，说道：

"太太，难道您女儿比火绒还糟糕，您害怕她一碰到我就烧起

261

来？……"

爱洛伊斯一副讨喜的模样，微笑着看了夏波洛一眼。

"天哪，她在台下可真是太漂亮了！"夏波洛先生说道，愣在楼梯平台上。

夏波洛太太死劲拧了丈夫一把，把他推进屋里。

"这里的三楼就像五楼一样。"爱洛伊斯说。

"可小姐是习惯于爬高的。"茜博太太打开房门，说道。

"喂，老朋友。"爱洛伊斯走进房间，看见可怜的音乐家躺着，脸色苍白，瘦得不成样子。"情况不好？戏院的人都挂念着您，可是，您是知道的，尽管心都很好，但都忙着各人的事，抽不出一个钟点来看望朋友。戈迪萨尔天天都说要来，可每天早上都被经营上的麻烦事缠得分不开身。不过，我们大家都很喜欢您……"

"茜博太太，"病人说道，"劳驾您行个好，让我们和小姐单独待一会，我们要谈谈戏院和有关我那个乐队指挥位置的事……施穆克请送一送太太。"

邦斯使了个眼色，施穆克把茜博太太推出门外，插上了门销。

"啊！这个德国无赖！他也学坏了，他！"茜博太太听到很说明问题的插门声，心里想，"是邦斯先生教会了他这些混账事儿……可是，我的小老弟，你们这笔账是要给我算清的……"茜博太太边下楼边想，"哼！要是这个卖艺的下贱女人跟他谈起一千法郎的事，我就告诉他们这纯粹是戏班子的闹剧。"

她坐在茜博的床头，茜博在哼哼直叫，说他胃里像起了火，因为雷莫南克刚才趁茜博太太不在，又让他喝了汤药。

"我亲爱的孩子，"等施穆克送走茜博太太，邦斯对舞女说，"我有件事只能托您办。请您帮我挑选一个正直的公证人，让他明天早上九点半钟准时来给我立遗嘱。我想把我的一切财产全都留给我的朋友施穆克。万一这个可怜的德国人受到迫害，我希望那个公证人能做他的顾问，为他辩护。所以，我想要一个受人敬重，而且很有钱的公证人，不像那些吃法律饭的，顾虑重重，轻易屈服；我这个可怜的受赠人应该从他那儿得到依靠。我不放心卡尔多的后任贝尔迪埃；您认识的人很多……"

"噢！你的事我明白了！"舞女回答说，"弗洛利娜和德·布鲁埃尔伯爵夫人的公证人莱奥波尔德·昂纳坎是个很有道德的人，连什么叫交际花都不知道！他就像一个从天上掉下来的父亲，是个很正直的人，他会阻止您用挣来的钱干蠢事；我管他叫吝啬鬼之父，因为他总给我的那帮女朋友灌输节俭的原则。我亲爱的，首先，除了他的事务所，他还有六万法郎的年金；其次，他这个公证人，完全是过去的那种公证人！无论他走路，还是睡觉，都忘不了自己是公证人；他养的儿女恐怕都是做公证人的……最后，他是个学究气十足的人，很迂；不过，只要他办起事来，绝不向任何权势屈服……他从来没有过偷情的女人，是个老派的家长！他妻子很爱他，尽管是公证人的太太，但从不欺骗他……你要我怎么说呢？在巴黎，没有比他更好的公证人了。他就像个族长；不像卡尔多对玛拉加那样滑稽有趣，可也决不会像跟安托妮娅一起生活的那个小东西一样动不动就溜！我明天早上八点就让我的人来……你可以放心地睡觉。我希望你能康复，再给我们作些漂亮的音乐；可不管怎么说，你也知道，人生是很惨的；当老板的斤斤计较，做国王的巧取豪夺，当大臣的营私舞弊，有钱的吝啬抠门……艺术家就更惨了！"她拍了拍心窝说，"这年月真没法活……再见了，老兄！"

"爱洛伊斯，我求你千万不要走漏一点风声。"

"这不是舞台上的戏。"她说，"这对一个女艺术家来说，是很神圣的。"

"我的小宝贝，你现在的老爷是哪一位呀？"

"就你这个区的区长，博杜瓦伊先生，这人跟已故的克勒威尔一样蠢；你知道，克勒威尔原来是戈迪萨尔的股东之一，他几天前死了，他什么也没给我留下，连瓶发乳也没留。就是因为这事，我才跟你说我们这个世道真让人恶心。"

"他怎么死的？"

"死在他老婆手里！……要是他一直跟我在一起，那准还在人世！再见了，我的好老兄！我之所以跟你谈死人的事，是因为我觉得出不了十五天，你就会到大街上去散步，到处去嗅，看看哪儿有小古董，你没有病，我从来没有看过你的眼睛这么有精神……"

说罢，舞女走了，坚信她的宠儿加朗热的那根乐队指挥棒是拿定了。加朗热是她的堂兄弟……所有的门都留着一条缝，屋里的人都站着看头牌舞女从门口走过。她的出现在楼里确实轰动了一阵。

弗莱齐埃就像獒狗，咬住了肉是绝对不会松口的，他一直守在门房里，陪着茜博太太，直到舞女走到大门口，让门房给开门。他知道遗嘱已经立过了，特意来探探女门房采取的措施；因为公证人特洛尼翁先生拒不透露遗嘱的事，不仅对弗莱齐埃没说一个字，对茜博太太也一样。这个吃法律饭的禁不住瞧了舞女一眼，暗自打定了主意，要从这次临终探访中掏出一点什么。

"我亲爱的茜博太太，"弗莱齐埃说，"对您来说，关键的时刻来到了。"

"是的！……"她说道，"我可怜的茜博！……我以后有了钱，他是再也享受不到了，一想到这，我就难过。"

"关键是要了解清楚邦斯先生是否给您留了点什么；总之，要知道您是否上了遗嘱，或干脆被忘了。"弗莱齐埃继续说，"我代表的是自然继承人，不管怎么说，您只能从他们那儿得到一点好处……遗嘱是自撰的，必定有很多漏洞……您知道我们那个人把遗嘱放在哪儿了？"

"放在写字台的一个暗屉里，他把钥匙拿走了。"她回答说，"那钥匙系在他的手绢上，手绢就压在他的枕头底下……我全看见了。"

"遗嘱上过封吗？"

"哎！上过。"

"要是把遗嘱偷出来再毁掉，那就是犯了大罪，可要是只看一眼，那算轻罪；说到底，一点小过失，又没有证人看见，那算得了什么？他睡觉死不死，我们那个人？……"

"很死；可上次，你们想把那些东西全都看个仔细，估个价，他本该睡得死死的，可却醒了……我得去看看！今天凌晨四点钟左右，我要去换施穆克先生，要是您愿意的话，到时可以把遗嘱拿来给您看十分钟……"

"好！我四点钟左右起床，到时轻轻敲门就是了……"

"雷莫南克小姐到时替我给茜博守夜，我会关照她给您开门的。不过，请敲窗户，免得惊醒什么人。"

"好的；您到时会有火的，对不对？只要点支蜡烛就足够了……"

半夜里，可怜的德国人坐在扶手椅里，悲痛地望着邦斯，邦斯的脸在抽搐，就像一个临终的病人，耗尽了精力，脑袋耷拉着，仿佛就要断气。

"我想我还有点气，勉强可以熬到明天晚上。"邦斯冷静地说，"我可怜的施穆克，我的临终时刻恐怕就在明天夜里。等公证人和你们两位朋友一走，你就去把圣法朗索瓦教堂的杜普朗迪神甫找来。那个好人不知道我病了，我想在明天正午领受圣事……"

他停顿了很长时间。

"上帝不愿意我过上我所梦想的生活。"邦斯继续说，"我也很想有个妻子，有几个孩子，有个家！……我的愿望，不过是在某个僻静的地方，能有人爱我！生活对所有人来说都是痛苦的，因为我看到有些人，虽然他们拥有了我希望得到而又未能实现的一切，可并不觉得幸福……在我人生的最后时刻，慈悲的上帝给了我一个像你这样的朋友使我得到了意想不到的希望……我的好施穆克，我问心无愧，没有误解你，或小视你；我把我的心，把我所有的爱的力量，全都给了你……不要哭，施穆克，不然我就不说了！能跟你谈谈我们俩，这对我来说是多么美好……要是当初听了你的话，我一定还会活下去。我本该离开上流社会，改掉我的习惯的，那样就不会造成致命的创伤。说到底，我只愿把你放在心上……"

"你错了！……"

"别跟我争，我听说，亲爱的朋友……你很天真，坦诚，就像个从来没有离开过母亲的六岁孩子，这是很得人敬重的；我觉得上帝应该亲自照顾像你这样的人。可是世上的人那么邪恶，我必须提醒你，要提防着他们。你就要失去你那高尚的信任，你那神圣的轻信，这一纯洁的灵魂美只属于天才和像你这样的心灵……因为你不久就要看到茜博太太会来偷这份假遗嘱，刚才她透过微开的门一直在监视着我们……我料定这个坏女人今天清晨会在觉得你睡熟了的时候动手。请你好好听我的话，不折不扣按我的吩咐办……我的话你听清了吗？"病人问。

施穆克痛苦难忍，心跳得可怕，脑袋一歪，耷拉在扶手椅的靠背上，像是昏了过去。

"是的，我听清了！可你好像离我两百步那么远……我觉得我跟你一块陷进了坟墓！……"德国人痛苦不堪，说道。

他走到邦斯跟前，拿起他的一只手，用自己的双手捧着，就这样在心底作了虔诚的祈祷。

"你在用德语嘟哝着什么呢？……"

"我求上帝把我们俩一起召到他那儿去！……"祈祷之后，他简单地回答了一句。

邦斯艰难地探出身子，因为他肝脏疼痛难忍。他好不容易挨近了施穆克，亲了亲他的额头，把自己的灵魂化作了祝福，献给这个像上帝脚下的羔羊一样的人。

"喂,听我说,我的好施穆克,快死的人的话,是必须服从的……"

"我在听着呢！"

"你的房间和我房间是通的，你床后那个凹进去的地方有一扇小门，正对着我的一个珍品橱。"

"是的，可那儿全堆满了画。"

"你马上把那扇门腾出来，声音不要太响！……"

"好……"

"你先把两头的过道腾出来，你和我房间的都要腾开；然后再把你的房门虚掩着，等茜博太太来换你给我守夜时（她今天很可能提前一个小时来），你像平时一样去睡觉，要显得非常疲劳。尽可能装出睡得很熟的样子……可一等她在扶手椅上坐下来，你就从你的门进去，守在那里，把那扇小玻璃门的细布帘子稍稍撩开一点，好好看着那边的动静……你明白了吗？"

"我明白了。你觉得那个坏女人会把遗嘱烧掉吗……"

"我不知道她会做些什么。可我相信你从此再也不会把她看作天使。现在，给我来点音乐，你随便来几支曲子，让我高兴高兴……这样你就可以集中注意力，不被那些伤心的念头缠住，你就用你的诗来给我充实这悲怆的一夜吧……"

施穆克坐到钢琴前。在这个天地里，没过几分钟，痛苦的战栗和刺激所唤起的音乐灵感，便如往常一样把善良的德国人带向了另一个世界。他寻找到了一些崇高主题，任意渲染，忽而表现出肖邦的那种拉斐尔式的悲怆和完美，忽而充满李斯特的那股但丁式的激情和气势，这是最接近于帕格尼尼的两种音乐表演。音乐演奏到如此完美的境界，那演奏家自然便可与诗人平起平坐，演奏家之于作曲家，就像演员之于剧作家，是一个神圣的传达者，传达的是神圣的内容。可是，在这天夜里，施穆克让邦斯提前听到了天国的音乐，这音乐是如此美妙，连圣塞西尔听了都会放下手中的乐器，他集贝多芬和帕格尼尼于一身，既是创造者，又是表演者！不尽的乐声和夜莺的歌唱，像夜莺头顶的天空一样崇高，似啼啭声回荡的森林一般绚烂多彩，他在超越自我，把老音乐家引入了拉斐尔笔下的那种令人陶醉的境界，在博洛涅美术馆中，可以一睹这一风采。突然，一阵可怖的铃声打断了这一充满诗情画意的演奏。二楼房客的女用人奉主子之命，前来请求施穆克不要吵了。夏波洛先生、夏波洛太太和夏波洛小姐给吵醒了，再也睡不着，说戏院的音乐白天有的是时间练习，还说在玛莱区的公寓里，不应该半夜里弹钢琴……此时，已经是凌晨三时左右。邦斯仿佛听到了弗莱齐埃和茜博太太谈话似的，不出他的所料，果然在三点钟，茜博太太出现了。病人朝施穆克投去会心的一瞥，意思是说：
"瞧，我猜得不是很准吗？"接着，他躺好，像是睡得很熟的样子。

对施穆克的天真无邪，茜博太太是坚信不疑的——儿童的各
种狡猾诡计正是凭着天真这一伟大的手段才得以奏效——所以，
看到他向她走来，一副悲喜交集的样子跟她说话时，她绝对不可
能起疑心，怀疑他在撒谎：

"今天夜里，他的情况糟糕透了！像见鬼似的，尽折腾；我没
办法，只得给他弹奏音乐，想让他安静下来，可二楼的房客上了楼，
让我别吵了！……真是讨厌，这可关系我朋友的生命。我弹了一
夜琴，累死了，今天早晨都要倒下了。"

"我可怜的茜博情况也很不妙，要是再像昨天那样来一天，他
就要断气了！……您有什么法子呢！是上帝的意愿！"

"您的心真纯，灵魂多美，要是茜博老爹死了，我们就一起生
活！……"狡猾的施穆克说道。

一旦纯朴正直的人作起假来，那就太可怕了，绝对像是孩子，
设的圈套不留一点痕迹，就像野蛮人一样精于此道。

"那您去睡觉吧，我的小伙子！"茜博太太说，"看您的眼睛，
太累了，肿得就像是拳头。快去吧！想到能跟您这样的好人一起养
老，即使失去了茜博，也算有点安慰。放心吧，我会好好教训教
训夏波洛太太……一个卖针线出身的女人竟敢这么难说话？……"

茜博太太刚才没有把门关死，等施穆克回到自己房间，弗莱
齐埃进了屋，把门轻轻地关上了。律师手里拿着一支点着的蜡烛
和一根极细的黄铜丝，预备拆遗嘱用。茜博太太轻而易举就拉出
了邦斯枕头底下那块系着写字台钥匙的手绢，因为病人故意把手
绢露在长枕头外面，脸冲着墙，睡觉的姿势也给茜博太太采取行

动提供了方便，要取手绢很容易。她径直朝写字台走去，尽量不出声地打开锁，找到了暗屉的机关，拿到遗嘱便跑进了客厅。看到这情况，邦斯不胜惊讶。至于施穆克，从头到脚都在发抖，仿佛自己犯了罪。

"快回您的位置去。"弗莱齐埃从茜博太太手中接过遗嘱，说道，"他要是醒来，得看见您待在那儿才是。"

弗莱齐埃打开信封，动作之灵巧，说明他不是初显身手，他念着这份古怪的文件，感到无比惊奇：

我的遗嘱

今日为一八四五年四月十五日，本人神志清醒，与公证人特洛尼翁先生共拟此遗嘱，其内容可资证明。我二月初得病，自感不久就要离开人世，故想对本人财产作出处置，兹立遗嘱如下：

我向来震惊于历代名画遭受破坏，甚至毁灭的厄运；哀叹美妙的画作总在各国辗转，不能永久地集中一地，以供杰作的仰慕者们前来观赏。我一贯以为大师的真正不朽之作应归国家所有，展现在万民眼前，一如上帝创造的光明，共为子民所享。

我以毕生精力搜集并精选了几幅画，均系绝代名家的辉煌之作，画面完整，未经任何修补；这些画是我一生的幸福所在，想到它们有可能被拍卖，有的落入英国人之手，有的流落到俄罗斯，就像我搜集到它们之前那样，流散四方，我不胜悲伤；因此，我决意使这些名画，以及均出自能工巧匠之手的漂亮画框摆脱厄运。

鉴于此，我将藏画全部遗赠国王，捐给卢浮宫，条件是，若此遗赠被接受，给我朋友威廉·施穆克两千四百法郎的终身年金。

若国王以卢浮宫享有用益权者的名义，不接受附有上述条件的遗嘱，那么，藏画则遗赠给我的朋友施穆克，遗赠还包括我所拥有的一切有价之物，条件是将戈雅的《猴头》一画交给我外甥卡缪佐庭长；将亚布拉罕·米尼翁绘有郁金香的《花卉》一画送给我指定的遗嘱执行者、公证人特洛尼翁先生，以及给十年来为我操持家务的茜博太太两百法郎的年金。

最后，由我朋友施穆克将鲁本斯的那幅安特卫普名画的草图《垂下十字架》交给堂区，装饰本区教堂，以向杜普朗迪神甫的善意表示感谢，我得仰仗于他，才能以基督、天主徒的身份离开尘世。（下略）

"完了！"弗莱齐埃心里想，"我的指望全部落空了！啊！庭长太太说这个老艺人生性狡猾，这下我真开始相信了！……"

"怎么样？"茜博太太过来问道。

"您先生是个魔鬼，他把一切都给了国家美术馆。谁也无法跟国家打官司！……这份遗嘱是推翻不了的。我们被偷了，毁了，全被剥光了，连命也丢了！……"

"他给了我什么？……"

"两百法郎的终身年金……"

"做得真绝！……可这无赖没救了！……"

"您去看看。"弗莱齐埃说，"我要把您那个无赖的遗嘱再封起来。"

第二十六章　索瓦热女人再次登场

茜博太太一转身，弗莱齐埃立即用一张白纸换下了遗嘱，把遗嘱放进了自己的衣袋；接着，他以出色的技巧封好纸套，等茜博太太回来时，把护封给茜博太太看，问她是否能够察觉到动过的痕迹。茜博太太拿过封套，摸了摸，觉得鼓鼓的，不禁深深叹了口气。她本来指望弗莱齐埃把这份决定命运的文件烧掉的。

"哎，怎么办呢，我亲爱的弗莱齐埃先生？"她问道。

"啊！这是您的事！我又不是继承人；不过，要是我对这些玩意儿有点权利的话，"他指了指收藏品说，"我很清楚该怎么办……"

"我正问您这事呢……"茜博太太相当愚蠢地问道。

"壁炉里有火……"他说着站起身来，准备离去。

"对了，这事只有您知我知！……"茜博太太说。

"谁也无法证明有过什么遗嘱。"吃法律饭的继续说。

"那您呢？"

"我？……要是邦斯没有留下遗嘱便死了，我保证您得到十万法郎。"

"噢，是嘛！"她说道，"许起诺来总是连金山也愿意给，可东西一到手，需要付钱时，便坑骗人，就像……"

她停顿得很及时，险些跟弗莱齐埃谈起埃里·马古斯。

"我走了！"弗莱齐埃说，"为了您好，不应该让别人看见我在这房子里；我们到楼下门房里再见面吧。"

茜博太太关上门，转过身，手里拿着遗嘱，打定主意，要把它扔到火里烧了；可当她走近房间，正往壁炉走去时，突然感到被两只胳膊抓住了！……她发觉自己被邦斯和施穆克夹在中间，原来他们俩身子贴着隔墙，一边一个，在门的两旁等着她。

"啊！"茜博太太叫了起来。

她身了冲前摔倒在地，浑身可怕地抽搐起来，到底是真是假，谁也无法澄清。这场面给邦斯造成了极大的刺激，险些要了他的命，施穆克任茜博太太倒在地上，赶紧扶邦斯上床。两个朋友浑身发抖，仿佛在执行一项痛苦的旨令，实在力不从心。邦斯重新躺好，施穆克刚刚恢复了一点力气，这时，耳边传来了哭声，只见茜博太太跪在地上，泪水汪汪，朝两个朋友伸着手，一副极其生动的表情，在苦苦哀求。

"完全是因为好奇！"她发现两个朋友盯着她，便说道，"我的好邦斯先生！您知道，女人就爱犯这毛病！我不知道怎样才能读到您的遗嘱，所以就送回来了！……"

"滚吧！"施穆克猛地站了起来，因为气愤而变得神色威严，"你是个魔鬼！你想要害我朋友邦斯的命。他说得对！你比魔鬼还坏，你该下地狱！"

茜博太太见天真的德国人一脸厌恶的神色，马上像达尔杜弗一样傲慢地站了起来，朝施穆克瞪了一眼，吓得他浑身哆嗦；然后，她顺手牵羊，把梅佐的一幅小巧玲珑的名画藏在衣裙里，走出门去。这幅画，埃里·马古斯十分欣赏，他曾赞叹道："此乃一宝啊！"茜博太太在门房里见到了弗莱齐埃，他一直在等着她，指望她把封套和那张替换了遗嘱的白纸烧了呢；看见他的主顾心惊胆战，满脸惊慌的样子，他感到很诧异。

"出什么事了？"

"我亲爱的弗莱齐埃先生，您口口声声说给我出好主意，教我听您调遣，可您把我彻底毁了，年金给丢了，那两位先生也不信任我了……"

于是，她又滔滔不绝地数落开来，这可是她的拿手好戏。

"别说废话，"弗莱齐埃打断了他主顾的话说道，"到底出什么事了？什么事？快讲。"

"事情是这样的。"

把刚刚发生的一幕一五一十说了一遍。

"我可没有毁了您什么。"弗莱齐埃说道，"那位先生早就对您的为人表示怀疑了，他们才给您设了这个圈套；他们早在等着您，偷偷监视着您！……您还瞒着我别的事情……"吃法律饭的又补充了一句，朝女门房投出老虎一般凶猛的目光。

"我！还瞒着您什么事！……我都跟您一起干了那么多的事！……"她哆哆嗦嗦地说。

"可是，我亲爱的，我可没有干过任何见不得人的事！"弗莱齐埃说，看来，他是想赖掉夜里去过邦斯家的事。

茜博太太感到脑壳上的头发像烧起来一样，紧接着浑身冰冷。

"怎么？……"她整个儿呆住了。

"这可明摆着是犯罪！……您会被处以盗窃遗嘱罪。"弗莱齐埃冷冷地说。

茜博太太吓得直抖。

"放心吧，我是您的法律顾问。"他继续说，"我不过是想向您证明，要做到我跟您说过的事，不管采取什么方法，都是很容易的。

快说，您到底做了什么事，会弄得那个如此天真的德国人也瞒着您躲在房间里？……”

“没什么，要么就是因为前两天的事，我说邦斯总是出现幻觉。打从那天起，那两个先生对我的态度就完全变了。说到底，我的所有不幸，全是您造成的，因为既然我已经控制不住邦斯先生，可对那个德国人，我还是有把握的，他已经说过要娶我或带我跟他一起走，反正是一回事儿！”

这理由极为充分，弗莱齐埃只得满足这一解释。

“不要担心什么，”他又说道，“我已经答应过您，保您会得到年金，我一定会信守诺言的。在此之前，这件事还全都是假定；可现在，它就像是银行的现钞一样了……您的终身年金保证不会少于一千两百法郎……可是，我亲爱的茜博太太，必须服从我的指令，巧妙地去执行。”

“是，我亲爱的弗莱齐埃先生。”女门房已经被彻底降服，低三下四地说。

“那好，再见了。”弗莱齐埃带着危险的遗嘱，离开了门房。

他兴高采烈地回到家里，因为这份遗嘱是件很可怕的武器。

“要是德·玛维尔庭长太太背信弃义，”他心里想，“我也保证能对付了。如果她翻脸不认账，不再信守诺言，那她的遗产也就白丢了。”

一大早，雷莫南克就开了店门，让他妹妹帮着照看，前去探望他的好朋友茜博，几天来，这已经成了他的习惯；他发现女门房正在细细端详梅佐的画，心想一块小木板涂了点颜色，怎么就能这么值钱。

“啊！啊！”雷莫南克从茜博太太的肩膀上方望去，说道，“马古斯就为没弄到这幅东西感到遗憾呢；他说要是得到这件小玩意儿，那他就幸福了，就什么也不缺了。"

"他能出多少呢？"茜博太太问。

"要是您答应做了寡妇就嫁给我，"雷莫南克回答说，"我负责从埃里·马古斯那儿给您弄到两万法郎；要是不嫁给我，您卖这幅画，得到的钱绝不会超过一千法郎。"

"为什么？"

"因为您得以物主的身份签一份发票，这样，继承人就会让您吃官司。要是您是我妻子，就由我把画卖给马古斯先生，按有关要求，做买卖的只要在进货账上记一笔就行了，我可以记上是施穆克卖给我的。得了，就把这画放到我家去吧……要是您丈夫死了，您会有很多麻烦事，不像在我家，找出一幅画来绝不会大惊小怪……您很了解我。再说，要是您愿意，我可以给您写张收据。"

在自己犯罪被人当场捉住的情况下，贪婪的女门房无奈接受了这一建议，使她从此永远与旧货商牵扯到了一起。

"您说得对，把收据写好给我送来吧。"她把画藏进衣橱，说道。

"邻居，"旧货商把茜博太太拉到门口，压低声音说，"我看我们再也救不了我们可怜的朋友茜博的命；昨天晚上，布朗大夫对他已经绝望了，说他今天白天不来了……真太不幸了！可说到底，这儿可不是您待的地方……您的位置，是在嘉布遣会修女大街一个漂亮的古董店里。您知道吧，十年来我挣了差不多十万法郎，要是您有朝一日也有了这样一笔，我保证您能发大财……如果您是我妻子……您就可以当老板娘了……有我妹妹好侍候您，料理家务……"

小裁缝一阵撕心裂肺的喊叫声打断了引诱者的话，他已经到了临终时刻。

"您走吧，"茜博太太说，"您真是个魔鬼，我可怜的人都已经这副样子，快要死了，您还跟我提这些事……"

"啊！这是因为我爱您，"雷莫南克说，"为了得到您，把什么都弄混了……"

"要是您爱我，这种时候就不会跟我说什么。"她反驳道。

于是，雷莫南克进了自己的家，心想把茜博太太娶过来是稳拿的事了。

十时许，大门前像是出现了一阵骚乱，原来神甫在给茜博先生授临终圣体。茜博的所有朋友，诺曼底街和附近几条街上的男女看门人都来了，把门房，大门过道和门口的街面挤得满满的。所以，谁也没有注意到来人。莱奥波尔德·昂纳坎先生和他的一个同事，以及施瓦布和布鲁讷先后进了邦斯的屋里，都没有被茜博太太发现。公证人进来时问隔壁房子的女门房邦斯住在哪一层，那女人指了指邦斯的公寓。至于跟施瓦布来的布鲁讷，他以前来观赏过邦斯的收藏馆，所以一声不吭地直往里走，给他的合伙人引路……邦斯正式撤销了前夕的遗嘱，立施穆克为他全部遗产的继承人。立遗嘱仪式一结束，邦斯谢过了施瓦布和布鲁讷，又激动地委托昂纳坎先生照管施穆克的利益，由于半夜里跟茜博太太发生的那一场，再加上社会生活的这最后一幕，耗尽了他的精力，使他虚弱到了极点，要求给他授临终圣体，施穆克不愿离开朋友的床头，请施瓦布去把杜普朗迪找来。

茜博太太坐在丈夫的床前，她已经被两位朋友撺走了，不再给施穆克做饭；而施穆克经历了早上发生的那些事，又目睹了邦斯视死如归，对临终的苦难泰然处之的场面，不胜悲痛，根本就没有感觉到饿。

到了下午二时许，女门房还是不见德国老人，感到很奇怪，又对自己的利益放心不下，便请雷莫南克的妹妹上楼去看看施穆克是否需要点什么东西。这时，可怜的音乐家刚刚对杜普朗迪神甫作了最后的忏悔，神甫正在给他举行临终敷圣油仪式。雷莫南克小姐三番五次地拉门铃，把这个仪式给搅了。不过，邦斯害怕有人偷他的东西，早已让施穆克发过誓，谁来也不让进，所以施穆克任雷莫南克小姐拉铃，就是不理会。小姐惊慌不已，跑下楼，告诉茜博太太，说施穆克不给她开门。这一重要的情况被弗莱齐埃记在了心里。施穆克从来没有看见过死人，如今手头有个死人，而且在巴黎，无依无靠，没有人代办丧事，给他帮忙，肯定会遇到各种难处。弗莱齐埃很清楚，真正悲伤的亲属在这种时候准会昏了头脑，所以吃过早饭以后，他一直待在门房里，不停地跟布朗大夫商量，最后打定了主意，要亲自出马，指挥施穆克的一切行为。

下面可以看到，布朗大夫和弗莱齐埃这两个朋友是如何行动，取得这一重要成果的。

圣弗朗索瓦教堂的执事，名叫康迪纳，原来是个玻璃商，家住奥尔良街，与布朗大夫的房子紧挨着。康迪纳太太是负责教堂椅子出租的管理员之一，布朗大夫为她免费治过病，出于感激之情，她与大夫的关系自然很紧密，常常把自己生活中的种种不幸讲给他听。每逢星期天和节假日，那两个榛子钳都到圣弗朗索瓦教堂望弥撒，与执事、门卫、分发圣水的人，总之跟在巴黎被称为下层圣职人员的那些在教会做事的，关系都很好，对这些人，善男信女们总少不了给一点小钱。因此，康迪纳太太跟施穆克彼此都很熟。这位太太有两个痛苦的创伤，给弗莱齐埃提供了机会，可以利用她无意中做一个盲目的工具。小康迪纳，对戏剧着了迷，本来可以在教堂里当个门卫，但他却拒绝在教堂里做事，而到奥林匹克马戏团做了个跑龙套的，过着放荡的生活，常常逼着母亲借钱给他，把她的钱袋搜刮得干干净净，让她伤透了心。而老康迪纳，就爱喝酒，人又很懒，早年就因为这两个毛病离开了商界。这个可怜的家伙后来当上了教堂执事，非但不痛改前非，反而从中获得了满足他那两个嗜好的机会：他什么事都懒得做，尽跟驾喜车的马夫、殡仪馆的人以及受教士救济的穷光蛋一起喝酒，一到中午，就喝得像主教似的，满脸通红。

康迪纳太太直抱怨，当初带了一万两千法郎嫁妆给了丈夫，没想到这后半辈子过着苦日子。这不幸的故事，她给布朗先生已经讲过了上百遍，不禁使大夫生出一个念头，想利用她把索瓦热太太安插到邦斯和施穆克家当厨娘兼打杂。要把索瓦热太太推荐到两个榛子钳家，这实在是无法办到的事，因为他们俩的疑心已经到了极点，刚才拒不给雷莫南克小姐开门，就足以使弗莱齐埃认识到这一点。可是，弗莱齐埃和布朗大夫这两个朋友心里很明白，要是由杜普朗迪神甫推荐一个人去，那两个虔诚的音乐家肯定不加考虑就会接受的。根据他们的计划，康迪纳太太将由索瓦热太太陪着去；而弗莱齐埃的用人一到了那里，那就等于他自己亲自出马了。

杜普朗迪神甫走到大门口，一时被茜博的那一伙朋友挡住了去路，他们都是来向本居民区资格最老、最受人尊敬的门房表示慰问的。

布朗大夫向杜普朗迪神甫行了个礼，把他拉到一旁，对他说道：

“我去看看可怜的邦斯先生；他可能还有救；可是得让他下决心，接受手术治疗，把胆结石取出来；那结石用手摸都能感觉到；就是那些结石引起肝脏发炎，最终会要了他的命；现在要是动手术，也许还来得及。您应该利用您对那个忏悔者的影响，促使他接受手术治疗；要是手术时不出现任何令人遗憾的意外，我可为他的性命担保。”

　　“我先把圣体匣送回教堂，马上就回来。”杜普朗迪神甫说，“因为施穆克情况不佳，需要得到宗教方面的帮助。”

　　“我才知道他是孤身一人。”布朗大夫说，“这个好德国人今天早上跟茜博太太发生了口角，茜博太太十年来一直在那两位先生家当用人，他们现在闹翻了，想必只是暂时的；可是处在目前的情况下，没有人帮施穆克，可不行啊。要是能帮帮他，也是一件善事。——喂，康迪纳，”大夫喊了一声教堂执事，说道，“您去问问您的妻子是不是愿意代替茜博太太照看邦斯先生，再照顾一下施穆克先生的家，就几天时间……即使没有跟他们吵翻闹翻，茜博太太也得找个替工了。康迪纳太太可是个正直的女人。”大夫对杜普朗迪神甫说。

　　“不可能找到更好的了，”善良的神甫回答道，“我们教堂的财产管理委员会也很信任她，让她负责收椅子的租钱。”

　　过了一阵之后，布朗大夫来到邦斯床头，看着他一步步进入临终时刻，施穆克苦苦哀求，让邦斯答应做手术，可白费力气。可怜的德国人已经彻底绝望，老音乐家对他一个劲的哀求只是摇头，有时还表现出了不耐烦。末了，临终的病人使出了全身的力气，朝施穆克投出了一束可怕的目光，对他说道：

　　“你就让我安安静静地死吧！”

施穆克痛不欲生；可他还是拿起邦斯的手，轻轻地吻了一下，捂在自己的两只手中，试图再一次通过这种方式，把自己的生命灌输给他。这时，布朗大夫听到了门铃声，他上前给杜普朗迪神甫打开了门。

"我们可怜的病人已经开始死前的最后挣扎了。"布朗说，"他再过几个小时就要断气；您今天夜里得派一个教士来为他守灵。另外，还得赶快让康迪纳太太带一个打杂的女用人来帮帮施穆克先生，他可是什么主意都没有的，我真为他的脑子担心，这里有很多值钱的东西，得让几个靠得住的人来看着。"

杜普朗迪神甫是个善良而又正直的教士，从来不起疑心，也没有任何坏心，听了布朗大夫这番话，觉得很有道理；再说，他对本区医生的品质向来是相信的；因此，他站在病人的房门口，打了个手势，让施穆克过来，有事要谈。施穆克怎么也舍不得松开邦斯的手，因为邦斯的手在抽搐着，紧紧地抓着他的手不放，仿佛跌进了深渊，想死命抓住一点什么，不再往下滚。可是，正如大家所知道的，临终的人都会出现幻觉，致使他们碰到什么就抓住不放，就像在大火中那些抢救贵重物品的人一样急迫，就这样，邦斯松开了施穆克，抓起被单，拼命往自己身上裹，那种急切和吝啬的模样，实在可怕而又意味深长。

"您朋友一死，您孤单一人怎么办呢？"德国人终于走了过来，教士问他，"茜博太太又走了……"

"她是个魔鬼，害了邦斯的命！"他说。

"可您身边总该有个人。"布朗大夫说，"因为今天夜里得有人守尸。"

"我会守着他的，我会祈祷上帝的！……"纯洁的德国人回答道。

"可得吃饭呀！……现在谁给您做饭？"大夫问。

"可是，"布朗说，"还得跟证人一起去报告死亡，给死人脱掉衣服，用裹尸布给他裹好，还得去殡仪馆定车子，给守尸的人和守灵的教士做饭；这些事，您一个人干得了吗？……在一个文明世界的首都，死个人可不像死条狗！"

施穆克瞪着惊恐的双眼，像要发疯了似的。

"可邦斯不会死的……我会救他的！……"

"您要是不睡觉，守不了多长时间的，到时谁换您？因为得照顾邦斯先生，给他喝的，给他弄药……"

"啊，这不错！……"德国人说。

"所以，"杜普朗迪神甫接着说，"我想叫康迪纳太太来帮您，那是个诚实的好女人……"

朋友一死，他要承担这么多社会责任，这一件件、一桩桩，把施穆克惊呆了，他恨不得跟邦斯一块去死。

"这是个孩子！"布朗大夫对杜普朗迪神甫说。

"是个孩子！……"施穆克像机器人似的重复道。

"好了！"神甫说，"我去跟康迪纳太太说，把她给您叫来。"

"您不用费心了，"大夫说，"她是我邻居，我这就回去。"

死神就像一个无形的凶手，垂死的人在与他搏斗；人到临终时刻，经受着最后的打击，但还试图回击，进行挣扎。邦斯就处在这一最后的时刻。他发出了一阵呻吟，其中夹杂着几声喊叫。施穆克，杜普朗迪神甫和布朗连忙奔到了他的床头。突然，邦斯受到了那最后的猛烈一击，击断了他肉体和灵魂的联系。临终前的痛苦挣扎之后，他一时恢复了绝对清醒的头脑，脸上显出了死的宁静，几乎带着微笑看了看他周围的人。

"啊！大夫，我吃尽了苦；可是，您说得对，我现在好一些了……谢谢，我的好神甫；我刚才在纳闷施穆克到哪儿去了！……"

"施穆克从昨天晚上到现在一点东西没有吃，现在都下午四点钟了！您身边一个人也没有了，要把茜博太太叫回来，又很危险……"

"她什么事都做得出来。"邦斯一听到茜博太太的名字，马上表现出极度厌恶的神气，说道，"是的，施穆克需要一个老老实实的人。"

"杜普朗迪神甫和我，"布朗说，"我们想到了你们俩……"

"啊！谢谢！"邦斯说，"我真没想到。"

"他建议请康迪纳太太来帮您……"

"啊！那个出租椅子的女人！"邦斯叫了起来，"对，她是个大好人。"

"她不喜欢茜博太太，"大夫接着说，"她一定会好好照顾施穆克先生……"

"就让她到我这儿来，我的好杜普朗迪先生……叫她和她丈夫一起来，这下我就放心了。别人再也偷不走这里的东西了……"

施穆克拿起邦斯的手，高兴地握着，心想他的病终于要好了。

"我们走吧，神甫先生。"大夫说，"我马上就让康迪纳太太来；我知道，她恐怕见不到活着的邦斯先生了。"

第二十七章　死亡的本来面目

正当杜普朗迪神甫说服临死的邦斯打定主意，雇康迪纳太太做看护的时候，弗莱齐埃已经把那个出租椅子的女人叫到家中，用他那套腐蚀人心的宣传和极端刁钻奸猾的手段,把她制服了。确实，他那一套是谁也难以抵挡的。康迪纳太太面黄肌瘦，一口大牙齿，两片冷冷的嘴唇，像大多数平民女子一样，因历经磨难而变得反应迟钝，贪到了一点日常的小利，就觉得来了运气，所以，很快答应把索瓦热太太带去打杂。至于弗莱齐埃的女用人，她早已接到了命令。她答应一定要在两个音乐家周围布起一张铁丝网，死死监视着他们，就像一只蜘蛛盯着网中的苍蝇。事成之后，将给索瓦热一个烟草零售的执照，作为对她的回报。就这样，弗莱齐埃找到了两全其美的办法，既打发走了他所谓的奶妈，又把索瓦热女人安插在了康迪纳太太身边当密探和警察。两位朋友家有一间仆人的卧室和一间小厨房，索瓦热女人可以在那儿搭张帆布床，为施穆克做饭。当布朗大夫带着两个女人上门时，邦斯刚好断气，可施穆克一点也没有察觉到，双手还捧着朋友那只渐渐变凉的手。他示意康迪纳太太别出声；可索瓦热太太长得五大三粗，一副丘八的模样，使他大吃一惊，不由得表现出恐惧的样子，对此，这位像男人般的女人早已习以为常。

“这位太太是杜普朗迪先生担保来的。”康迪纳太太说，“她在一个主教家当过厨娘，为人诚实，以后就由她来做饭。"

"啊！您大声说话不碍事的！"嗓门很大，但却患有哮喘病的索瓦热女人嚷叫道，"可怜的先生已经死了！……他刚刚断气。"

施穆克发出一声尖利的喊叫，他感到邦斯的手已经冰凉，在渐渐变硬，他眼睛直定定地看着邦斯，要是索瓦热太太不在身边，施穆克准会被邦斯那两只眼睛的模样吓疯。索瓦热太太恐怕对这种场面已经司空见惯，她拿着一面镜子走到床前，放在死者的唇前，发现镜子上没有一点呼吸的痕迹，便一使劲，把施穆克和死人的手拉开了。

"快松手，先生，不然就抽不出来；您不知道骨头会变得有多硬！死人凉得很快。要是不趁他身子还有点暖气给他换好衣服，等会非要扯断他的胳膊腿不可……"

可怜的音乐家断了气，竟是由这位可怕的女人给他合上双眼。看护这行当，她已经干了十年，所以很有经验地给邦斯脱下衣服，把他放平，然后把他的双手贴在身旁，拉起被单盖住他的鼻子，那架势，绝对像是个伙计在商店里打包。

"得用块床单把他裹起来；哪儿有床单？……"她问施穆克。这场面把施穆克给吓坏了。

刚刚目睹宗教的仪式，对一个将进入天国，拥有无限前程的人表现出深深的敬意，可现在却看到自己的朋友像件货物一样任人包扎，他痛苦极了，几乎就要丧失思维的能力。

"您爱怎么办就怎么办吧！……"施穆克像个机器人似的回答说。

这个纯洁无邪的人是第一次看见人死，而这个人恰好又是邦斯，是他唯一的朋友，是唯一理解他、爱他的人！……

"我去问问茜博太太床单放在哪里。"索瓦热女人说。

"得找张帆布床给这位太太用。"康迪纳太太对施穆克说。

施穆克摇摇头，泪水涌出了眼眶。康迪纳不再理会这个可怜的人；可过了一个小时，她又回来问他：

"先生，我们要去买东西，您有钱吗？"

施穆克看了康迪纳太太一眼，这目光足可以消除最为恶毒的仇恨；他指了指死人那张苍白、干瘪、尖尖的脸，仿佛这是对一切的最好回答。

"要什么都拿走吧，让我哭，让我祈祷！"他跪了下来，说道。

索瓦热太太去给弗莱齐埃禀报了邦斯死了的消息，弗莱齐埃急忙乘马车赶到了庭长太太家，问她要第二天要用的委托书，该委托书将赋予他代表继承人利益的权利。

问过施穆克一个小时之后，康迪纳太太又来对他说："先生，我去找过茜博太太了，她在你们家打过杂，应该告诉我东西放在什么地方；可她刚刚失去茜博，几乎把我臭骂了一顿……先生，您听我说，好不好！……"

施穆克看了这个女人一眼，可她一点也意识不到自己的残忍；因为平民百姓已经习惯了消极地忍受精神上最剧烈的痛苦。

"先生，我们要床单做裹尸布，要钱买帆布床给这位太太睡，还得要钱买厨房用具，要买盘子、碟子，还有玻璃杯，因为晚上有个教士要来守夜；可这位太太在厨房里什么东西都找不着。"

"可是，先生，"索瓦热女人说，"我准备晚饭，得要柴，要煤，可我什么也没看到！这也难怪，原来一切都是茜博太太给你们提供的……"

"可是，我亲爱的太太，"康迪纳太太说道，指了指躺在死人脚下的施穆克，他已经完全失去了知觉，"您还不相信我的话呢，他什么都不搭理。"

"喂，我的小妹子，"索瓦热太太说，"我来告诉您在这种情况下该怎么办。"

索瓦热太太朝房间扫了一眼，就像盗贼的眼睛一样，想一眼看出什么地方有可能藏着钱。她径直走向邦斯的柜子，拉开了第一个抽屉，看到了钱袋，里边放着施穆克卖画剩下的钱；她把钱袋拿给施穆克看了看，施穆克像机器人似的点点头，表示同意。

"钱在这里，我的小妹子。"索瓦热太太对康迪纳太太说，"我去数数，拿些钱把该用的都买回来。要买酒，买食品，买蜡烛，什么都得买，因为他们一样东西都没有……到衣橱里给我找一块床单来，我要把尸体裹起来。他们都告诉我这个可怜的先生很老实；可我想不到他是这个样，太差劲了。简直就像个刚出生的娃娃，还得喂给他吃……"

施穆克看着两个女人和她们的一举一动，就像个疯子似的盯着她们。他痛不欲生，几乎处于蜡屈症的状态，目不转睛地细细端详着邦斯那张迷人的脸，长眠之后的绝对安息，使邦斯的脸部线条显得那么纯净。施穆克只希望死去，对他来说，一切都无所谓。就是房间被大火吞噬了，他也会一动不动。

"总共有一千两百五十六法郎……"索瓦热女人对他说。

施穆克一耸肩膀。当索瓦热女人准备裹邦斯的尸体，拿了块床单在他身上比划着大小，想裁剪缝制裹尸布的时候，她和可怜的德国人之间发生了一场可怖的搏斗。施穆克简直就像一条狗，谁要碰它的主子一下，就咬谁。索瓦热女人实在不耐烦了，她一把抓住德国人，像赫拉克勒斯一般使劲地把他按倒在沙发上，动弹不得。

"喂，我的小妹子，快用裹尸布把死人裹起来。"她对康迪纳太太说。

等缝好裹尸布，索瓦热太太才把施穆克放回了原位，让他待在床跟前，对他说道：

"您明白吗？这可怜人死了，也总得把他打发走啊！"

施穆克哭了起来；两个女人丢下他，占据了厨房。没一会儿，她们便弄回来了所有的生活必需品。开了三百六十法郎的第一笔账后，索瓦热女人开始准备四个人的晚餐，那是怎样的一顿晚餐！正菜有肥鹅，另有果酱摊鸡蛋，生菜，还有一个绝妙的蔬菜牛肉浓汤，作料用得多极了，最后熬得像是肉冻。晚上九点钟，本堂神甫派来为邦斯守灵的教士跟康迪纳一起来了，带着四支大蜡烛和教堂的大蜡台。教士发觉施穆克睡在床上，紧紧地抱着他那死去的朋友。他们最后不得不动用教会的权威，才让施穆克松开了尸体。德国人马上跪在地上，而教士则舒舒服服地坐在扶手椅上。当教士念祷文的时候，施穆克跪在邦斯的尸体前，祈祷上帝显示圣迹，让他跟邦斯相会，跟朋友同埋在一个墓穴里。康迪纳太太到坦普尔街为索瓦热女人买了一张帆布床和一整套床上用品；因为那袋中的一千两百五十六法郎成了搜刮的对象。晚上十一点钟，康迪纳太太来看施穆克是否吃了点什么。德国人示意别打搅他。

"夜宵给您预备好了，巴斯特洛先生。"出租椅子的女人招呼道。

等到只剩下施穆克一人的时候，他露出了笑容，就像个疯子，觉得终于恢复了自由，可以实现像孕妇那样强烈的愿望了。他朝邦斯扑去，又紧紧地抱着他。半夜，教士回到屋里；施穆克被训斥了一顿，松开了邦斯，又开始祈祷。天一亮，教士便走了。早上七点钟，布朗大夫来看施穆克，一副关切的样子，想逼他吃点东西；可德国人就是不听。

"要是您现在不吃饭，等会儿回来时就会饿得慌。"大夫对他说，"因为您得带个证人到区政府去报告邦斯死亡的消息，领一张死亡证书……"

"我？"德国人惊恐地问。

"那谁去？……这事您是免不了的，因为您是唯一亲眼看到邦斯死的人……"

"我没有时间……"施穆克回答说，央求布朗大夫帮个忙。

"您要辆车。"虚伪的大夫口气温和地说，"我已经确认了死亡。请楼里的哪个房客陪您一道去。您不在的时候。这两个太太要看着屋子。"

面对这种真正悲伤的事，法律上到底有多少麻烦，真想象不到。那简直让人憎恨文明，宁愿要野蛮人的风俗。九点钟，索瓦热太太扶着施穆克下了楼；他上了马车，临时只得请雷莫南克跟他一起上区政府去证明邦斯的死。在这个醉心平等的国度里，巴黎却处处事事都显示出不平等。就说死吧；也同样表现出这一不可扭转的必然规律。有钱的人家死了人，一个亲戚，一个朋友，或经纪人，就可替那些悲痛的家属免除那些可怕的麻烦事；可在这方面，就像分摊苛捐杂税一样，平民百姓和一无所有的穷人无依无靠，什么痛苦，他们都得担着。

"啊！您失去他，很痛苦，这也难怪。"听见可怜的受难者长叹一声，雷莫南克说道，"他可是个大好人，为人正派，留下了一套多美的收藏品；可是，您知道吧，先生，您是外国人，您马上要遇到很大的麻烦，因为到处都在传说您是邦斯先生的继承人。"

施穆克根本没有听他说话；他沉浸在巨大的痛苦之中，几乎到了丧失理智的边缘。精神就像肉体一样，也会得强直性痉挛的。

"您还是请个法律顾问，找个经纪人做您的代表为好。"

"找个经纪人！"施穆克像机器人似的重复了一遍。

"您看着吧，您到时非得有个人做您的代表不可。我要是您，就找个有经验的人，在居民区也有名气，而且可以信赖……我平常的一些小事情，都是用……执达吏……塔巴洛……只要给他的首席书记一份委托书，您就什么都不用担心了。"

这番暗示，是弗莱齐埃出的主意，并由雷莫南克和茜博太太事先商定的，它深深地印在了施穆克的记忆中；因为在痛苦使人的大脑凝固，停止活动的时刻，随便一句话，都会在记忆中留下印迹。

施穆克听着雷莫南克说话，两只眼睛瞪着他，那目光里已经没有丝毫的灵气，旧货商便不再往下说了。

"要是他一直像这样呆呆的，"雷莫南克心里想，"那我花十万法郎就可以把楼上的那些东西全买下来，只要继承人是他……先生，区政府到了。"

雷莫南克不得不把施穆克从马车上抱下来，扶着他来到了民政办公室，可施穆克却闯到了来登记结婚的人当中。巴黎常有不少巧事，其中之一，就是办事员手中碰巧有五六份死亡证书要办。施穆克只好等着。在这里待着，可怜的德国人痛苦极了，不亚于耶稣受难。

"这一位是施穆克先生吗？"一个穿黑衣服的人对着德国人问道，施穆克听到有人叫他的名字，感到很吃惊。

他看了那人一眼，目光呆滞，就像刚才面对雷莫南克的神态。

"喂，"旧货商对那个陌生人说道，"您找他有什么事？不要打搅他，您没有看见他有多伤心吗。"

"先生刚刚失去他的好友，他肯定会体体面面地纪念他的朋友，因为他是继承人。"陌生人说，"先生绝不会舍不得几个钱：他一定会给他朋友买块永久的墓地。邦斯先生生前那么热爱艺术！要是他的墓上没有掌管音乐、绘画和雕塑的……那三尊漂亮的女神全身塑像，对他表示哀悼，那就太可惜了……"

雷莫南克做了个奥弗涅人特有的动作，让那个人走开，可对方也回敬了一个动作，那可以说纯粹是生意人的架势，意思是说："我做我的生意，您别多管！"旧货商马上明白了。

"我是索纳公司的经纪人，敝公司专门承接墓地纪念物的雕塑业务。"经纪人接着说，"按沃尔特·司各特起的浑名，我就是那种跟墓地打交道的小伙计。要是先生想委托我们订货，我们可以去市政府代买墓地，安葬艺术界失去的这位朋友，免得这位先生麻烦……"

雷莫南克点头表示同意，用肘推了推施穆克。

"我们每天都代为一些死者家属办理各种手续。"经纪人看见奥弗涅人的那个动作，受到了鼓励，继续说道，"开始一段时间，继承人都很痛苦，很难亲自去办那些麻烦的小事，可我们已经习惯了为顾客办这些烦琐的事情。先生，我们的那些纪念雕像，都论米计价，材料有方石，有大理石……我们还承接全家合葬的墓穴挖掘工程……一切都可代办，价格十分公道。美丽的埃斯代尔·高布赛克小姐和吕西安·德·鲁邦普莱的那一宏伟的纪念像，就是我们公司承办的，那是拉雪兹神甫公墓最壮观的装饰之一。我们有最好的工匠，我劝先生对那些小承包公司要提防着点，他们包的工程质量很蹩脚。"他又补充了一句，因为他发现有另一个穿黑衣服的人又凑上前来，想为另一家大理石雕刻制品公司揽生意。

人们常说死亡是人生旅程的终点，可谁也不知道这一比喻在巴黎有多真切。一个死人，尤其是一个有身份的死人到了冥府，就像游客到了码头，给为旅馆拉生意的捐客闹得精疲力竭。除了某些哲学家和一些生活安稳，有着宽敞的住宅，在生前就修建了坟墓的家庭之外，谁也不会考虑到死和死后的社会后果。死总是来得太早；再说，某种完全可以理解的感情因素，又总是致使继承人不去设想家人有可能会死。因此，谁要是死了父亲，母亲，妻子或儿女，捐客们马上就会蜂拥而至，在痛苦带来的一片混乱之中，连骗带哄地招揽生意。从前，墓地纪念工程的承包商们都集中在著名的拉雪兹神甫公墓附近，由此而形成了一条街，可称之为陵墓街；他们总守在公墓附近或出口处，见到继承人便围上去；可同行的竞争和投机的天性，使他们在不觉中扩大了地盘，如今已经进了城，直逼各区的区政府。捐客们常常手中拿着一张坟墓的图样，闯到死人的家中。

"我在跟先生谈生意呢。"索纳公司的捐客对另一个凑上前来的捐客说。

"邦斯死了！……证人在哪儿？……"办公室的当差嚷叫道。

"您来，先生。"捐客对雷莫南克说。

施穆克就像一堆死肉似的瘫在长凳上，雷莫南克请捐客帮着拉他起来；两人扶着他来到栏杆前，死亡登记员就躲在这道栏杆后，避开了大众的痛苦。施穆克的救星雷莫南克又请布朗大夫帮助，由大夫提供了有关邦斯出生年月和地点的必要情况。除了知道邦斯是自己的朋友之外，施穆克便一无所知了。签完字后，雷莫南克和大夫以及他们身后跟着的捐客，一起把可怜的德国人架上了马车，那拉捎客像疯了似的，一心想做成这笔生意，也挤进了车子。一直守在大门口的索瓦热女人在雷莫南克和索纳公司经纪人的帮助下，把几乎已经不省人事的施穆克抱上了楼。

"他的情况将很糟糕！……"捎客嚷叫道，他说他的买卖刚刚开了个头，这桩买卖，他是非要有个结果不可。

"我想也是！"索瓦热太太回答道，"他哭了一天一夜，什么也不愿意吃。人一伤心，最伤胃了。"

"可是，我亲爱的顾客，"索纳公司的经纪人对施穆克说，"您喝碗汤吧。您要做的事情很多：得上市政厅去买一块地，修建纪念像，您不是想要纪念那位热爱艺术的朋友，以表达对他的感激之情吗。"

"这可是太不通情达理了！"康迪纳太太端来了浓汤，并拿了些面包，对施穆克说。

"您想想，我亲爱的先生，您身体弱成这个样子，"雷莫南克说，"您得考虑找个人做您的代表，因为您要办的事太多了：得去定送葬的车！您总不愿意把您的朋友当作一个穷人随便葬了吧。"

"哎哟，喝吧，我亲爱的先生。"索瓦热女人见施穆克的脑袋倒在扶手椅的靠背上，连忙抓住机会说道。

她往施穆克的嘴里送了一匙汤，像喂孩子似的强迫他吃了点东西。

"现在，要是您真懂事的话，既然您想一个人安安静静地伤您自己的心，那您就得找个人做您的代表……"

"既然先生有心为他的朋友修建一座宏伟的纪念像，"捎客说道，"那他就把所有的事情都委托给我好了，由我去办……"

"怎么回事？怎么回事？"索瓦热女人说，"先生向您定过什么东西了？您是干什么的？"

"我是索纳公司的经纪人之一，我亲爱的太太，我们是承接墓地纪念工程的最大公司……"他说着掏出了一张名片，递给了身体强壮的索瓦热女人。

"那好，行，行！……合适的时候，我们会去找您的；可不能趁先生这种模样下手，这太过分了。您没看见先生已经头脑不清了吗……"

"要是您能安排定我们的货，"索纳公司的经纪人把索瓦热太太拉到楼梯平台，凑到她的耳朵旁说，"我可以给您四十法郎……"

"好吧，把您的地址给我。"索瓦热太太顿时变得很通人情，说道。

施穆克见只剩下了自己一个人，而且刚才喝了点汤，又吃了点面包，感觉好多了，急忙又跑到了邦斯的房间，祈祷起来。他陷入了痛苦的深渊之中，一个身着黑衣服的年轻人连喊了十一声"先生"，又抓住他的衣袖拼命地摇，他才有所感觉，听到了喊声，挣脱了死亡的境地。

"又怎么了？……"

"先生，多亏加纳尔大夫，我们才有了那一伟大的发明；是他使埃及人的奇迹得以复现，对他的这一伟大功绩，我们并不否认；可他的发明有了更进一步的发展，我们取得了惊人的成果。如果您想再见到您的朋友，完全像他活着的时候一样……"

"再见到他！……"施穆克叫了起来，"他会跟我说话吗？"

"那不一定！……他就是不能说话。"拉尸体保存生意的掮客说道，"可您会看到，经过香料防腐处理，他会永远保持原样不变。手术只需要很短的时间。只要切开颈动脉，再注射一针，就行了；

可得抓紧时间了……您要是再等一刻钟，就再不可能保存好尸体，让您称心如意了……"

"见您的鬼去吧！……邦斯是个灵魂！……他这个灵魂在天上。"

跟著名的加纳尔大夫竞争的公司不少，这位年轻人就是其中一家公司的捐客，他经过大门口时，说道：

"他这个人一点良心都没有，死活不肯为他朋友做防腐处理。"

"您有什么法子，先生！"茜博太太说，她刚刚为亲爱的丈夫做了防腐术，"他是个继承人，是个受遗赠人。只要他们这桩生意做成了，死人也就没有一点用场了。"

第二十八章　施穆克继续受难：人们由此
可知巴黎是这样对待死人的

一个小时之后，施穆克看见索瓦热太太来到房间里，后面跟着一个穿一身黑衣服，像是工人模样的人。

"先生，"她说，"康迪纳很客气，他把教区的棺材店老板给您叫来了。"

棺材店老板带着同情和安慰的神气行了礼，可看这人的架势，像是这笔生意必定做成，少了他不行似的；他以行家的目光瞧了瞧死者……

"先生想要什么样的：冷杉木的？普通橡木的，还是橡木加铅皮的？橡木加铅皮的是最合适的。这尸体是一般尺寸……"

他摸了摸脚，测算了一下尸体的尺寸。

"一米七〇！"他补充说道，"先生恐怕想要请教堂安排葬礼吧？"

施穆克看了那人几眼，就像疯子想要闹事时看人的目光。

"先生，"索瓦热女人说，"您应该找个人，让他替您办这些具体的事。"

"是的……"受难者终于开了口。

"您想要我去把塔巴洛先生给您找来吧？您手头要办的事太多了。您知道，塔巴洛先生是本居民区最正派的人。"

"是的……塔巴洛先生！有人跟我提起过……"施穆克给制服了，说道。

"噢，只要跟您的代理人谈过之后，先生就可以清静了，随您怎么伤心都行。"

两点钟光景，塔巴洛的首席书记很有分寸地进了门，这是一个将来准备当执达吏的年轻人。青年人就有这样惊人的好处，不会让人害怕。这位名叫维勒莫的小伙子坐到了施穆克的身旁，等着跟他说话的机会。这种审慎的态度深深地打动了施穆克。

"先生，"他对施穆克说，"我是塔巴洛先生的首席书记，塔巴洛先生派我来这里照看您的利益，代为办理您朋友的丧事……您是不是有这个愿望？"

"您是救不了我的命的，我的日子不长了，可您保证能不打扰我吗？"

"唉！肯定不让您麻烦。"维勒莫回答说。

"那好！那我该做些什么呢？"

"这里有份文书，您委托塔巴洛先生为您的代表，代办有关遗产继承的一切事宜，请您在上面签个字。"

"好！拿来！"德国人想马上就签。

"不，我先得把委托书念给您听听。"

"念吧！"

这份全权委托书到底写了些什么，施穆克根本就没有听，便签了字。年轻人听着施穆克一一交代有关送殡行列、购买墓地和在教堂举行葬礼仪式的事，德国人希望那块墓地能有他的墓穴位置；最后，维勒莫对施穆克说，以后再也不会打搅他，向他要钱了。

"只要能落个清静，我有什么都愿意给。"不幸的人说着又跪

297

倒在朋友的遗体前。

弗莱齐埃胜利了，受遗赠人被索瓦热女人和维勒莫紧紧地控制在他们的圈子中，在此之外不可能有任何自由的行动。

天下没有睡眠战胜不了的痛苦。因此，在傍晚时分，索瓦热太太发现施穆克躺在邦斯的床跟前睡着了；她抱起施穆克，像慈母一样把他安顿在自己的床上，德国人一直睡到了第二天。等他一觉醒来，也就是说等他经过休息又恢复了痛苦的知觉的时候，邦斯的遗体已经被安放在大门下的停尸室里，里面点着蜡烛，这是三等殡仪的规格；施穆克在家里没有找到他的朋友，觉得房子空空荡荡的，只有可怕的记忆。索瓦热女人像奶妈对小孩那样，对施穆克严加管教，逼他上教堂前一定要吃点东西。可怜的受难者勉强吃着饭，索瓦热女人像唱《耶利米哀歌》似的提醒他，说他连一套黑衣服也没有。施穆克的衣着一直是由茜博太太照管的，到了邦斯生病的时候，已经像他的晚饭一样，简单得不能再简单了，总共还只有两条裤子和两件外套！……

"您准备就这样去参加先生的葬礼？这太不像话了，全居民区都会耻笑我们的！……"

"那您要我怎么去？"

"穿孝服呀！"

"孝服！……"

"孝服！……"

"按礼节办……"

"礼节！……我才不在乎那些无聊玩意儿呢！"可怜的人说，痛苦已经把这颗孩童般的心推向了愤怒的顶点。

一个先生突然出现在屋子里，让施穆克吓了一跳，索瓦热太太朝这人转过身去，说道："这可真是个忘恩负义的魔鬼。"

这位公务人员穿着漂亮的黑衣服，黑短裤和黑丝袜，戴着白袖套，挂着银链子，上面坠着一枚徽章，系着体面的平纹细布领带，双手戴着白手套；这种官方人物是为了公众的丧事在同一个模子里刻出来的，他手执一根他那个行业的标志——一根乌木短棍，在腋下夹一顶饰有三色徽记的三角帽。

"我是葬礼司仪。"这位人物声音温和地说。

由于职业的关系，这人已经习惯于每天指挥送殡行列，出入或真或假都沉浸在悲伤气氛中的家庭，他和所有同行一样，说起话来声音很低，也很柔和；他举止端庄、礼貌，很有分寸，仿佛一尊代表死神的雕像。听了他的自我介绍，施穆克不禁心惊肉跳，就像见了刽子手似的。

"先生是死者的儿子，兄弟，还是父亲？……"司仪问道。

"我都是，而且还不止这些……我是他的朋友！……"施穆克泪如泉涌，说道。

"您是继承人吗？"司仪问道。

"继承人？……"施穆克重复了一遍，"世界上的一切我都无所谓。"

说罢，施穆克又恢复了死一般的痛苦神态。

"亲戚朋友都在哪儿呢？"司仪问。

"都在这儿！"施穆克指了指画和古董，嚷叫道，"它们从来都不惹我的邦斯伤心！……他爱的就是我和这一切！"

"他疯了，先生。"索瓦热女人对司仪说，"算了，听他的没什么用。"

施穆克坐了下来，又成了一副痴呆的模样，像木头人似的抹着眼泪。这时，执达吏塔巴洛的首席书记维勒莫出现了；司仪认出了谈送殡行列事宜的就是这个人，便对他说：

"喂，先生，该出发了……枢车已经到了；可像这样的出殡仪式我很少见过。亲戚朋友都在哪里？……"

"我们时间不是很多，"维勒莫先生回答说，"先生这么痛苦，什么主意也没有；不过，也只有一个亲戚而已……"

司仪以怜悯的神态瞧了瞧施穆克，因为这位鉴别痛苦的行家看得出是真是假，他来到施穆克身旁：

"喂，我亲爱的先生，勇敢点！……想一想，是为了悼念您的朋友。"

"我们忘了发讣告了，可我还是专门派人给德·玛维尔庭长先生报了丧，德·玛维尔庭长先生就是我刚才跟您说的那位唯一的亲戚……朋友是一个也没有……我看死者生前任乐队指挥的那家戏院不会有人来的……我想这位先生是全部遗产的继承人。"

"那出殡行列应该由他领头。"司仪说道。"您没有黑衣服？"他看了看施穆克的装束，问道。

"我心里可是一片黑！……"可怜的德国人声音凄惨地说，"全黑了，我感到死神就在我心里……上帝一定会保佑我，让我跟我朋友在坟墓里相会……我太感激了！……"

说罢，他双手合十。

"我早就跟我们的管理部门提过，"司仪对维勒莫说，"虽然已经添了很多设备，但还应该设一间丧服室，租丧服给继承人……这事越来越有必要办了……既然先生是继承人，他应该披送丧的长外套，我带来的这一件可以把他全都遮住，别人看不到里边那身很不合适的装束……您能行个好，站起来吗？"他对施穆克说。

施穆克站起身来，可双腿摇摇晃晃。

"请扶着他，既然您是他的代理人。"司仪对首席书记说。

维勒莫用胳膊架着施穆克，司仪抓起继承人送灵柩去教堂时穿的那件肥大丑陋的黑外套，披在施穆克的身上，再用黑丝带在他的颌下系牢。

于是，施穆克一身继承人的打扮。

"现在，我们还有一个大难题。"司仪说，"我们要配四根绋……要是没有人，那绋谁来执呢？……现在都十点半钟了。"他看了看表说，"教堂那边都在等着我们呢。"

"啊！弗莱齐埃来了！"维勒莫很冒失地叫了起来。

这无异于同谋的供词，可谁也无法把它录下来。

"这位先生是谁？"司仪问。

"噢！是亲属。"

"什么亲属？"

"被剥夺继承权的亲属。他是卡缪佐庭长先生的代表。"

"好！"司仪露出了满意的神态，说道，"至少有两根绋有人执了，一根由您执，另一根由他执。"

司仪很高兴已经有两个人执绋，过去拿了两双漂亮的白鹿皮手套，彬彬有礼地分别给了弗莱齐埃和维勒莫。

"两位先生是否愿意各执一根绋？……"他问道。

弗莱齐埃一身惹眼的黑衣服，白领带，那副煞有介事的样子，让人看了发抖，仿佛诉讼案卷已经全部在手。

"愿意，先生。"他回答道。

"要是再来两个人，"司仪说道，"那四根绋就全有人执了。"

就在这时，来了索纳公司那个不知劳苦的经纪人，身后，还跟着一位，是如今还记得邦斯，想到要为他送葬的唯一的一个人。此人是戏院的当差，专门负责为乐队摆放乐谱；邦斯知道他养着一家人，以前每个月都给他五法郎小钱。

"啊！多比纳（托比那）！……"施穆克认出了当差，叫了起来，"你是爱邦斯的，你！……"

"先生，我可是每天早上都来打听先生的消息……"

"每天都来！可怜的多比纳！……"施穆克紧紧握着戏院当差的手，说道。

"可他们恐怕把我当成亲属了，对我很不客气！我一再说我是戏院来的，想打听一下邦斯先生的消息，根本就没有用，他们说这一套根本骗不了谁。我要求看一看那位可怜又可爱的病人，可他们就是不让我上楼。"

"该死的茜博！……"施穆克把戏院当差那只长满老茧的手紧紧按在自己的心口。

"邦斯先生是天底下最好的人。他每个月都给我一百苏……他知道我有个妻子，有三个孩子。我妻子在教堂呢。"

"我以后有饭一定跟你分着吃！"施穆克为身边有个爱邦斯的人，不禁高兴地说。

"先生愿意执绋吗？"司仪问道，"这样四根绋就全了。"

让索纳公司的捐客帮助执绋，这对司仪来说是轻而易举的事，何况还给捐客看了那副漂亮的手套，按规矩，这手套用后就归他了。

"现在都十点三刻了！……无论如何得下楼了……教堂那边在等着呢。"司仪说。

于是六个人走下楼梯。

"把房子关严实，守在里边别走。"凶狠的弗莱齐埃对站在楼梯平台的两个女人说道,"尤其是您,康迪纳太太,要是您想当看护的话。啊!那可是四十苏一天的工钱!……"

大门下的过道里停着两个灵柩,又同时有两个出殡行列,一个是茜博的,一个是邦斯的,这事确实很巧,但在巴黎却毫不奇怪。艺术之友邦斯的灵柩引人注目,但却没有一个人来表示哀悼;而附近的所有门房却纷纷拥向门房茜博的遗体,给他洒圣水。茜博出殡行列的踊跃和邦斯身后的寂寞不仅在大门口形成了对照,而且在街上也如此。邦斯的枢车后只跟着施穆克,殡仪馆的一个当差挽扶着他,因为这位继承人每走一步都有可能倒下来。两个出殡行列从诺曼底街向圣弗朗索瓦教堂所在的奥尔良街前进,街道两旁站满了看热闹的人,正如我们在前面已经说过的,在这个居民区,不论什么事都会引起轰动。人们看到了富丽堂皇的白色枢车,上面挂着一个徽章,徽章上绣着一个大大的 P 字,枢车后只跟着孤孤单单的一个人;另一辆下等阶层用的普普通通的枢车,却有无数的人送行。幸好施穆克被窗口和街道两旁看热闹的人吓蒙了,什么也听不见,那蒙着泪水的眼睛,也只隐隐约约地看到了拥挤在一起的人群。

"啊!是榛子钳……"一个人说,"是个音乐家,您知道吧!"

"执绋的都是些什么人?……"

"噢!是些演戏的呗!"

"瞧,这是可怜的茜博老爹的灵柩!又少了一个干活的!他干活多卖力啊!"

"他从来不出门,这个人!"

"他从来没有歇过一天。"

"他多爱他妻子!"

"又是一个苦命的女人！"

雷莫南克走在他的受害者的枢车后面，一路上听着人们为他失去了邻人而向他表示安慰。

两个送殡行列来到了教堂，康迪纳首先和门丁采取了措施，不让乞丐向施穆克开口；维勒莫早有承诺，一定让继承人免受打扰，所以死死地看着他的主顾，由他来负责一切开销。茜博那辆简简单单的枢车在六十至八十人的护送下，热热闹闹地进了公墓。在教堂的出口处，停着四辆为邦斯送殡的车，一辆是为教士准备的，还有三辆是为死者亲属准备的；但是只要有一辆就足够了，因为索纳公司的经纪人早在做弥撒的时候就已经离开，去通知索纳先生送殡行列的出发时间，以便能在公墓的出口处向全部遗产的继承人介绍纪念像的图样和造价。就这样，弗莱齐埃、维勒莫、施穆克和多比纳坐进了一辆车。另两辆空车也没有返回殡仪事务处，而是跟着去了拉雪兹神甫公墓。这种驾着空车白跑的情况是经常发生的。死者没有名气，引不来众人送行，自然就有多余的车辆。在巴黎，人们都恨不得每天有二十五个小时，人死后要想有亲属或朋友送他去上公墓，那生前得很受爱戴不可。可是，车夫要是不跑一趟，就没有了酒钱。因此，不管车上有没有人坐，他们照旧赶着去教堂，去公墓，然后回到死人家，伸手要小钱。靠死人混酒喝的何其多，谁也想象不到。教堂的小职员，穷人，殡仪馆的当差，马车夫，挖坟墓的，这些人全像海绵似的，一见枢车就吸上去，不喝得鼓鼓的绝不罢休。一出教堂，继承人施穆克便被一群穷人包围了，门丁很快给他解了围。从教堂到拉雪兹神甫公墓的路上，可怜的施穆克就像罪犯从法院押赴沙滩广场。他是在为自己出殡，紧握着多比纳当差的手，因为唯有此人对邦斯的逝世表示真诚的哀悼。多比纳为有幸被邀执绋，感到极其激动，又很高兴能坐上马车，得到一副手套，把为邦斯出殡看成是他人生的一个伟大的日子。施穆克陷入痛苦的深渊，唯一的依靠就是握着的这只有着心灵感应的手，他任自己在深渊中滚去，犹如那些不幸的小牛被推车运往屠宰场。弗莱齐埃和维勒莫坐在车子的前座上。然而，凡是不幸送过亲人上安息之地的人都知道，只要上了车，就不可能再有虚伪的表现了，从教堂到公墓，路程往往很长，尤其是去巴黎东区的公墓，那是集浮华与奢侈为一体，壮丽的雕塑林立的地方。在这路上，冷漠的送葬人开始了闲谈，结果连悲伤的人也听起了他们的闲聊，精神得到了放松。

"庭长先生已经到法院去了。"弗莱齐埃对维勒莫说，"我觉得没有必要让他分心，丢开法院的事务，就是赶来，也来不及了。他是合法的自然继承人，但却被剥夺了遗产，让施穆克先生得到了好处，我想只要他的代理人到场就够了……"

多比纳凑近了耳朵。

"那个执着第四根绋的滑稽家伙是谁？"弗莱齐埃问维勒莫。

"是个承包墓地纪念工程的公司的捐客，他想把邦斯的墓地工程包下来，并建议雕三尊大理石像，让音乐、绘画和雕塑那三位女神落泪哀悼死者。"

"倒是个主意。"弗莱齐埃说，"那个好人确实配得上；可这组纪念像至少要花七八千法郎。"

"啊！是的！"

"如果是施穆克去订这项工程，千万不能跟遗产发生瓜葛，因为这样的开销，什么遗产都会被耗尽的……"

"弄不好会打官司，不过会打赢的……"

"那就是他的事啦！"弗莱齐埃继续说，"倒可以好好耍一耍那些承包商……"弗莱齐埃凑到维勒莫的耳边说道，"要是遗嘱给撤销，这事我可以担保……或者根本就没有什么遗嘱，那谁付给他们钱呢？"

维勒莫像猴子似的笑了笑。塔巴洛的首席书记和律师于是放低了声音，咬着耳朵交谈起来。可是，尽管车轮发出沙沙的声响，又有各种各样的打扰，戏院的当差在后台跑惯了，很善于察言观色，还是猜测到，那两个法律界的人准是在策划阴谋，想让可怜的德国人吃苦头；末了，他听到了很说明问题的"克利希"①一词！打从这一时刻起，这位喜剧界的高尚而又诚实的仆人便打定了主意，一定要维护邦斯的朋友的利益。

维勒莫早已通过索纳公司的那位经纪人，向市政府买了三公尺的墓地，并说明将要在墓地立一座宏伟的纪念像；到了公墓，施穆克由司仪领着穿过了看热闹的人群，来到邦斯将安葬其间的墓穴旁。邦斯的灵柩已经架在墓穴上方，四个人在用绳索拉着，教士在做着最后的祈祷；一看到这个四四方方的泥坑，德国人感到一阵揪心的痛苦，晕了过去。

---

① 巴黎一监狱名。

第二十九章　人们由此看到：开始继承，
　　　　就得先封门

多比纳在索纳公司的经纪人和索纳先生本人的帮助下，把可怜的德国人抬到了大理石加工铺，索纳太太和索纳先生的合伙人维特洛的太太对施穆克百般殷勤，关怀备至。多比纳待在铺子里，因为他发现弗莱齐埃一副凶神恶煞的嘴脸，在和索纳公司的经纪人商议着什么。

一个小时之后，约莫下午两点半钟，天真、可怜的德国人恢复了知觉。施穆克仿佛感到过去的两天是在做梦。他觉得自己一定会醒来，看到邦斯还好好的活着。大家在他额头上放了一块又一块湿毛巾，又给他嗅了多少盐和醋，最后终于让他打开了眼睛。索纳太太逼他喝了一大盘浓浓的肉汤，因为大理石加工铺也做砂锅的买卖。

"伤心到这种地步的主顾，我们不常看到；可每两年还能见到一个……"

施穆克说要回诺曼底街去。

"先生，"索纳先生说，"这是维特洛特意为您准备的图样，他画了一夜！……他确实很有灵感！一定会修得很漂亮。"

"肯定会是拉雪兹神甫公墓最漂亮的一座！……"身材矮小的索纳太太说，"不过，您朋友把财产全留给了您，您确实应该好好纪念他……"

这张所谓特意准备的图样，原来是为赫赫有名的德·玛尔塞部长设计的；可部长遗孀想把纪念工程交给斯迪德曼；这些承包商的图样因而被拒绝，因为人家实在害怕质量低劣的纪念物。那三尊雕像原来代表着七月革命时期那位伟大的部长出头露面的三天。后来，索纳和维特洛进行了修改，变成了军队、财政和家庭三大光荣的象征，准备用作夏尔·凯勒的纪念工程，可这项工程还是交给了斯迪德曼。十一年来,这张图样为适应各种家庭的具体情况，进行了一次又一次的修改；但这一次，维特洛又模仿了原样，将三尊雕像改作了音乐、雕塑和绘画女神像。

"要是想想制作的细节和整个工程，这张图样算不了什么，不过，只要六个月时间，我们就可完工。"维特洛说，"先生，这是工程预算表和订单……总共七千法郎，石工费用不包括在内。"

"如果先生想要大理石的，"索纳主要是做大理石生意的，他说道，"那总价为一万两千法郎，先生和您朋友也就可以永垂不朽了……"

"我刚刚得知将有人对遗嘱提出异议，"多比纳凑到维特洛的耳边说道，"还听说继承人将重新享有遗产继承权；您快看看卡缪佐庭长先生，因为这个可怜的老实人弄不好会一个子儿都得不到……"

"您总是给我们拉这种主顾来！"维特洛太太开始找维勒莫的碴，冲他说道。

多比纳领着施穆克走回诺曼底街，因为送殡的马车早已回去。

"别离开我！……"施穆克对多比纳说。

多比纳把可怜的音乐家送到索瓦热太太手中后，想马上就走。

"已经四点钟了，我亲爱的施穆克先生，我得去吃晚饭了……我妻子在戏院干引座的活儿，她会为我担心的。您知道，戏院五点三刻开门……"

"对，我知道……可您想想，我现在孤零零一个人，没有一个朋友。您为邦斯的去世也感到很伤心，请给我指点一下，我已经掉在了深深的黑夜里，邦斯说我身边围着一群坏人……"

"我已经有所察觉，您差点要进克利希，是我刚刚救了您！"

"克利希？"施穆克叫了起来，"我不明白……"

"可怜的人！哎，您放心吧，我会再来看您的，再见。"

"再见！再会了！……"施穆克说着，他累得差不多已经快死了。

"再见，先生！"索瓦热太太对多比纳说，她的神态让戏院的当差吃了一惊。

"噢！你有什么事，你这位当用人的？……"戏院当差含讥带讽地说，"你这副样子可真像戏里的内奸。"

"你才是内奸呢！这里的事你掺和什么！莫非是想做先生的生意，骗他的钱？……"

"骗他的钱！……你这下人……"多比纳傲气十足地说，"我不过是个戏院的穷当差，可我热爱艺术家，告诉你，我对别人从来就无所求！我求过你什么吗？欠你什么吗，哼！老妈子！……"

"你是戏院的当差，你叫什么名字？……"泼妇问。

"多比纳……乐意为你效劳……"

"代问家人好，"索瓦热女人说，"如果先生已经结婚，请代为问候夫人……我别的不想知道。"

"您怎么了，我的美人？……"康迪纳太太突然进了门，问道。

"我的小妹子，您在这儿待着，准备一下晚饭，我要到先生家里跑一趟……"

"他在楼下，在跟可怜的茜博太太说话呢，茜博太太把眼泪都哭干了。"康迪纳女人说。

索瓦热女人飞快地跑下楼梯，连脚下楼梯板都震动了。

"先生……"她把弗莱齐埃拉到一旁，跟茜博太太有几步的距离，对他说道。

凡在后台混的人，或多或少都有着诙谐的天性，凭自己在后台领悟到的一点小计谋，戏院当差竟然使邦斯的朋友幸免于难，没有落入别人的圈套，从而了却了欠给恩人的旧情，心里感到很高兴。他暗暗发誓，一定要保护他乐队里的这位乐师，让他注意别人欺他忠厚而设置的陷阱。当他走过门房的时候，索瓦热女人指了指他，说道：

"您看这个小可怜虫！……倒是个正直的人，想插手施穆克先生的事……"

"他是谁？"弗莱齐埃问。

"噢！什么都不是……"

"生意场上没有什么都不是的人……"

"哦！"她回答说，"是个戏院的当差，名叫多比纳……"

"好，索瓦热太太！您再这样干下去，肯定能得到烟草零售的执照。"

说罢，弗莱齐埃又继续跟茜博太太谈话：

"我刚才是说，我亲爱的主顾，您对我们可不光明磊落，对一个欺骗我们的合伙人，我们是用不着负责的！"

"我欺骗您什么了？……"茜博太太两只拳头往腰里一插，说

310

道，"您以为凭您阴险的目光，冰冷的神气，就能吓得我发抖！……您是在无事生非，想推翻原来许的诺言，还口口声声说什么规矩人！您知道您是什么东西？是个混蛋！是的，是的，您搔您自己胳膊去吧！……把您这一套收起来！"

"别吵了，别发火，老朋友，"弗莱齐埃说，"听我说！您已经捞着了……今天早上，在准备出殡的时候，我发现了这份目录，有正副两份，由邦斯先生亲笔所写，我无意中看到了其中这一段。"说着，他打开手写的目录，念道：

第七号：精美肖像画，大理石底，塞巴斯蒂亚诺·德·比翁博作，一五四六年，原存特尔尼大教堂，由某家族从大教堂取出卖给了我。此画像有姊妹作一幅，为一主教像，由一英国人买走。此画画的是一位在祈祷的马尔特骑士，原挂在洛西家族墓的上方。若无年月为证，此画可以说为拉斐尔所作。在我看来，此画胜过美术馆所藏的《巴乔·班迪内利肖像》，后者略嫌生硬，而马尔特骑士像以石板为底，保存完好，色泽鲜润。

"我瞧了瞧，"弗莱齐埃继续说，"在第七号的位置，我看到的却是一幅夏尔当作的女人肖像，第七号不见了！……在司仪找人执绋的时候，我把画全部检查了一遍，发现邦斯先生注明的八幅重要画作再也找不着了，全都换成了没有标号的普通画……最后，还少了一幅梅佐的小木板画，此画标为珍品。"

"我，我是保管画的？"茜博太太说。

"不，可您曾经是女管家，为邦斯先生料理家务，做事，而画被盗……"

"被盗！告诉您吧，先生，画是施穆克按照邦斯先生的吩咐，为解决生活问题卖掉的。"

"卖给了谁？"

"埃里·马古斯和雷莫南克……"

"几幅？"

"可我记不清了！……"

"听着，我亲爱的茜博太太，您已经捞了一笔，捞足了！……"弗莱齐埃继续说，"我以后一定要看着您，把您握在我的手中……您要是为我效劳，我就不声张！不管怎么说，您是明白的，您既然觉得剥夺卡缪佐庭长先生的遗产继承权是合适的，那您就不应该再指望从他那儿得到什么了。"

"我早就知道，我亲爱的弗莱齐埃先生，我最后肯定一切都落空……"茜博太太回答说，不过，听了"我就不声张"这句话，她口气变软了。

"您这是在找太太的碴儿，这可不好！"雷莫南克突然闯进来说道，"卖画的事，是邦斯先生和我以及马古斯先生自愿商定的，邦斯先生连做梦都是他的画，我们谈了三天，才与他达成了一致意见！我们有合乎手续的收据，要是我们给了太太几枚四十法郎的硬币，那也是情理中的事，我们跟别的东家做成一笔买卖，都要给点钱，她得的只不过是这点小钱而已。啊！我亲爱的先生，要是您以为一个无依无靠的女人就可以要弄的话，那您就不是一个正经的买卖人！……听明白了吗，做生意的先生？这里的事全由马古斯先生管，要是您对太太不客气点，答应的东西不给她，那我一定在拍卖藏品的时候等着您，您瞧着吧，您跟马古斯和我

312

过不去，我们可以把所有商人都煽动起来，看您到时会有多大损失……您别想有什么七八十万，连二十万都卖不到。"

"行，行，我们到时瞧吧！我们到时不卖，"弗莱齐埃说，"或者到伦敦去卖。"

"伦敦我们可熟了！"雷莫南克说，"马古斯先生在那儿的势力跟在巴黎一样大。"

"再见，太太，您的事，我要好好去查一查。"弗莱齐埃说，"除非您永远听我调遣。"他又补了一句。

"小骗贼！"

"当心点！"弗莱齐埃说，"我就要当治安法官了！"

他们就这样分了手，而彼此对这番恐吓的意义都是颇为欣赏的。

"谢谢，雷莫南克！"茜博太太说，"一个可怜的寡妇能得到一个人保护，真是太好了。"

晚上十时许，戈迪萨尔把乐队的当差召到他的办公室。戈迪萨尔站在壁炉前，俨然一副拿破仑的姿态，自从他手下有了这么一帮演戏的、跳舞的、跑龙套的，以及乐手和置景工人之后，又常跟剧作家打交道，慢慢便养成了这种架势，习惯将右手插在背心里，抓着左边的背带，侧歪着脑袋，眼睛望着空中。

"喂！多比纳，您享有什么年金吗？"

"没有，先生。"

"那您是在找一个比您现在更好的位置？"经理问道。

"不，先生……"当差脸色发白，回答道。

"见鬼！每次首场演出，都是让你妻子引座……我这样对她，完全是出于对我前任的敬重……我给了你活干，白天擦后台灯，

313

后来又让你分发乐谱。这还不算！当戏里有地狱的场面，还让你扮魔鬼，扮魔鬼头儿的角色，好挣个二十苏的小钱。这样的位置，戏院里所有临时工都很羡慕，我的朋友，戏院里的人都在嫉妒你，你有不少敌人。"

"不少敌人！……"多比纳说。

"你有三个孩子，大的还常在戏里当个儿童的角色，拿个五十生丁！……"

"先生……"

"你想掺和别人的事，插手遗产官司！……可是，可怜虫，你会像只鸡蛋似的，被压个稀烂！我的保护人就是博比诺伯爵老爷，他脑子聪明，富有天才，连国王都很识相，把他请进了内阁……这位国务活动家，高层的政治家，我是在说博比诺伯爵，替他长子娶了德·玛维尔庭长的千金，玛维尔庭长是司法界最有势力最受敬重的人之一，是高等法院的一把火炬。你知道高等法院吧？告诉你，他就是我们的乐队指挥邦斯的继承人，邦斯是他舅舅，你今天早上不是去为邦斯送葬了吗，我并不是责备你去悼念那个可怜的人……可是，如果你插手施穆克先生的事，那就管得太宽了；施穆克先生是个可敬的人，我也很希望他好，可他跟邦斯继承人的关系不久将变得很棘手……鉴于那个德国人对我来说无足轻重，而庭长和博比诺伯爵于我关系重大，我劝你还是让那个可敬的德国人自个儿去处理那些难题吧，有个专门的上帝保佑德国人，你要是想当上帝的副手，一定会倒霉的！明白了吧，还是当你的临时工吧！……你不可能有更好的出路！"

"明白了，经理先生。"多比纳说道，心里十分痛苦。

施穆克原来指望第二天能见到这个可怜的戏院当差，这个唯一对邦斯表示哀悼的人，可是无意中遇到的这位保护人就这样失去了。第二天，可怜的德国人一觉醒来，发现房子空空的，感到非常失落。前两天，事情不断，再加上邦斯的死带来诸多麻烦，他周围乱糟糟，闹哄哄的，分散了他的注意力。可是朋友，父亲，儿子或爱妻进了坟墓之后，随之而至的沉寂是可怕的，那是昏暗，凄凉的沉寂，就像冰一样冷飕飕的。可怜的人被一股不可抵挡的力量拉进了邦斯的房间，可眼前的情景实在让他受不了，他往后退去，回到了饭厅，坐了下来。索瓦热太太已经为他准备好了早饭，可施穆克坐在那里，一点也吃不下去。突然，响起相当急促的门铃声，三个身着黑衣服的人闯进门来，康迪纳太太和索瓦热太太连忙给他们让开了路。原来是治安法官维代尔先生和他的书记官先生。第三位是弗莱齐埃，比以往任何时候都更冷酷，更凶狠，因为他胆大包天偷来的那件强大的武器，被一份合乎手续的正式遗嘱给废了，对他打击不小。

"先生，"治安法官口气温和地对施穆克说，"我们到这儿是来贴封条……"

施穆克像是听到了希腊语，神色惊慌地看了看这三个人。

"我们是应律师弗莱齐埃先生要求而来，他是已故的邦斯先生的外甥、继承人卡缪佐·德·玛维尔先生的代理……"书记官补充道。

"藏品就在这个大客厅和死者的卧室里。"弗莱齐埃说。

"好，咱们走。——对不起，先生，您吃吧，吃。"治安法官说。

三个身穿黑衣服的不速之客把可怜的德国人吓得浑身冰凉。

"先生，"弗莱齐埃说着朝施穆克投去了狠毒的目光，这目光能把受害者彻底慑服，就像蜘蛛能制服苍蝇一样，"先生既然有办法当着公证人面立一个对自己有利的遗嘱，当然应该有思想准备知道亲属方面会提出反对。任何亲属都不会不经过斗争就乖乖让人给剥夺掉遗产继承权，我们到时瞧吧，先生，究竟是哪一方得胜，是作弊行贿的一方，还是亲属一方！……作为继承人，我们有权利要求封存财产，封存是没有问题的，我要让这一保全措施得到严格的执行，决不含糊。"

"我的上帝！我的上帝！我做了什么对不起老天爷的事？"天真的施穆克说。

"楼里对您的议论很多。"索瓦热女人说，"您睡着的时候，来过一个年轻人，穿着一身黑衣服，油头滑脑的，说是昂纳坎的首席书记，他无论如何要跟您谈谈；可您正睡着，而且昨天参加了葬礼，您都累死了，我便告诉他，您已经签过字，让塔巴洛的首席书记维勒莫先生做代理，要是有事，可以去找维勒莫先生。那个年轻人一听便说：'啊！太好了。我会和他商量妥的。我们一起把遗嘱送给法院院长，请他过目，然后放在法院。'我请他让维勒莫先生尽快到我们这儿来一趟。您放心吧，我亲爱的先生，"索瓦热女人继续说，"会有人为您辩护的。他们决不能把您当绵羊在您背上乱剪毛。维勒莫先生可不好惹！他对他们肯定不会客气的！我已经对那卑鄙的无赖女人茜博太太发了一顿火，一个看门的女人，竟敢对房客评头论足，她说您抢了继承人的财产，说您把邦斯软禁起来，折磨他，把他逼疯了。我为您狠狠骂了那个坏女人一顿，我对她说：'你是个小偷，是个小人，你偷了两个先生那么多东西，非上法庭不可……'她这才闭上了她的臭嘴！"

"先生，"书记官来找施穆克，说道，"我们要在死者房间里贴封条了，请先生来看看。"

"去贴吧！贴吧！"施穆克说，"我想我总可以安安静静地去死

316

吧？"

"死的权利总是有的。"书记官笑着说，"我们最重要的公事是跟遗产打交道。可我很少见过受遗赠人跟着立遗嘱者进坟墓的。"

"我就要跟着进，我！"施穆克经受了接二连三的打击之后，感到心里疼痛难忍。

"啊！维勒莫先生来了！"索瓦热女人叫了起来。

"维勒莫先生，"可怜的德国人说，"您就代表我吧……"

"我是跑着来的。"首席书记说道，"我前来告诉您，遗嘱完全合乎手续，肯定能得到法院的认可，由您执管遗产……您将有一大笔财产。"

"我，一大笔财产！"施穆克觉得别人会怀疑他贪心十足，感到非常绝望，嚷叫了起来。

"可是，"索瓦热女人说，"治安法官拿着蜡烛和小布条子在干什么呀？"

"啊！他是在贴封条……来，施穆克先生，您有权利在场。"

"不，您去吧……"

"可是，既然先生是在自己家里，这一切又都是他的，为什么要贴封条呢？"索瓦热太太对法律的态度完全是女人的那种方式，纯粹以自己的好恶来执行法律。

"先生并不是在自己家里，太太，他是在邦斯先生家；也许一切是属于他的，可是，作为一个受遗赠人，要等遗产执管令发出之后，他才能拥有构成遗产的一切东西。遗产执管令要由法院来发。但是，如果被立遗嘱人剥夺了继承权的继承人对遗产执管令提出反对意见，那就要打官司……这样一来，就不知道遗产到底将属于谁，因此，一切有价之物都要封存，并由继承人和受遗赠

317

人双方的公证人在法律规定的期限内逐一清点遗产……情况就是这样。"

施穆克生平第一次听到这番话,整个儿给搅糊涂了,他脑袋一仰,倒在了坐着的扶手椅靠背上,觉得实在太沉了,再也支撑不住。维勒莫跟书记官和治安法官交谈起来,以执行公务者的冷静态度,看着他们贴封条;每次遇到这种情况,只要没有继承人在场,他们总免不了要对这些直到分配遗产时才能启封的东西议论一番,说些打趣的话。最后,四个吃法律饭的关上了客厅,退到了饭厅里,由书记官来封门。施穆克像个木头人似的看着他们履行手续,凡是双扇的门,他们左右各贴一张封条,然后盖上治安法庭的印戳;如果是单扇门或柜子,就把封条贴在门缝上,把门板的两边封死。

"到卧室去。"弗莱齐埃指了指施穆克的卧室,那房门与饭厅是相通的。

"可这是先生的卧室!"索瓦热太太冲上前去,站在房门口,挡住了这几个吃法律饭的。

"这是公寓的租约。"可恶的弗莱齐埃说,"我们是在文书中找到的,上面写的不是邦斯和施穆克两位先生的名字,只写着邦斯先生。这一套公寓全都属于遗产……再说,"他打开施穆克卧室的门,"瞧,法官先生,里面放满了画。"

"不错。"治安法官立即接受了弗莱齐埃的主张。

第三十章　弗莱齐埃的果实

"等等，先生，"维勒莫说，"受遗赠人的资格至今还无争议，你们想现在就把他撵出门外？"

"有，当然有争议！"弗莱齐埃说，"我们反对交付遗赠。"

"有什么理由？"

"您会知道的，我的小兄弟！"弗莱齐埃含讥带讽地说，"眼下，我们并不反对受遗赠人把房间属于他的东西取走；可房间必须封起来。先生爱上哪儿就上哪儿住去吧。"

"不，"维勒莫说，"先生得留在他的房间里！……"

"怎么？"

"我要让法院对你们做出紧急判决，"维勒莫说，"当庭宣布我们是合租该公寓的房客，你们不能把我们赶走……至于画，你们取走好了，要分清哪些是死者的，哪些是我主顾的，可我主顾会留在这儿的……我的小兄弟！……"

"我走！"老音乐家听着这场可怕的争吵，突然恢复了精神，说道。

"这还算便宜了您。"弗莱齐埃说，"您这样走，还可给您省去一些费用，因为这桩附带的官司，您是赢不了的。租约上写得明明白白……"

"租约！租约！"维勒莫说，"这是个信义问题！……"

"这是证明不了的，就像刑事案，光凭人证还不行……您准备请人去鉴定，去核实……要求进行中间判决，按一系列的诉讼程序来办吗？"

"不！不！"施穆克惊恐地嚷叫起来，"我搬走，我走……"

施穆克过的是哲人的生活，是那么简单，无意中成了一个犬儒主义者。他只有两双鞋子，一双靴子，两套衣服，一打袜子，一打围巾，一打手绢，四件背心和一只漂亮的烟斗，那是邦斯连同一只绣花烟袋送给他的。他一气之下，走进房间，捡出他的所有衣物，放在一把椅子上。

"这些是我的！……"他像辛辛纳图斯那样天真地说，"钢琴也是我的。"

"太太……"弗莱齐埃对索瓦热女人说，"请人帮个忙，把这架钢琴搬走，搬到楼梯平台上去！"

"您心也太狠了。"维勒莫对弗莱齐埃说，"这件事由治安法官先生做主，要发号施令，有他呢。"

"里面有不少值钱的东西。"书记官指了指房间说。

"再说，"治安法官指出，"先生是自愿出去的。"

"从来没有见过这样的主顾！"维勒莫把火全撒到施穆克身上，气呼呼地说，"您简直是个软蛋！……"

"在哪里死都一个样！"施穆克走出门外，说道，"这些人长得像老虎似的……我让人来取这些破东西。"他补了一句。

"先生到哪里去？"

"听凭上帝的安排！"受遗赠人做了一个无所谓的崇高姿态，回答道。

"一定让人来告诉我一声。"维勒莫说。

"跟着他。"弗莱齐埃凑到首席书记耳边说。

他们指定康迪纳太太看守被封存的东西，并在现款里先取出五十法郎，作为她的酬金。

"事情进展顺利。"等施穆克一走，弗莱齐埃对维代尔先生说，"要是您愿意辞职，把位置让给我，请去找德·玛维尔庭长太太，您一定能跟她谈妥的。"

"您碰到了一个脓包！"治安法官指了指施穆克说。施穆克站在院子里，朝他那套公寓的窗户看了最后一眼。

"是的，事情已经有把握了！"弗莱齐埃继续说，"您可以放心地把您孙女儿嫁给布朗了，他说要当上巴黎盲人院的主任医生了。"

"到时再说吧！——再见，弗莱齐埃先生。"治安法官一副亲热的样子打了个招呼。

"这人真有手腕，"书记官说，"一定能飞黄腾达，这家伙！"

当时为十一点钟，德国老人心里想着邦斯，像个木头人似的走上了从前和邦斯常在一起走的路；他不断地看到邦斯，觉得邦斯就在身旁，最后走到了戏院，他朋友多比纳刚刚擦完了各处的灯，正好从戏院走出来，一边想着经理的霸道。

"啊！这下成了！"施穆克挡住可怜的当差，叫了起来，"多比纳，你有住的地方吗，你？……"

"有，先生。"

"有家吗？"

"有，先生。"

"你愿意管我的膳宿吗？噢！我当然会付钱的，我有九百法郎的年金……再说，我也活不久了……我决不会让你为难的，我什么都吃！我唯一的嗜好就是抽烟斗……你是唯一跟我一起哀悼邦斯的人，我很喜欢你。"

"先生，我很乐意；可是您要知道，戈迪萨尔狠狠地治了我一下……"

"治？"

"就是说他狠狠地整了我一顿！"

"整？"

"他骂我掺和您的事情……您要是到我家来，千万要留点儿神！可我怀疑您能待得住，您不知道像我这种穷鬼的家是个什么样子……"

"我宁愿住在心肠好、怀念邦斯的穷人家里，也不愿跟人面兽心的家伙住在杜伊勒利宫！我刚刚在邦斯家看到一群老虎，他们要把什么都吃了！……"

"来，先生。"当差说，"您自己去看吧……我们有间小阁楼……跟我妻子商量一下。"

施穆克像只绵羊似的跟着多比纳，由他领着走进了一个可称为"巴黎之癌"的脏地方。这地方叫波尔当村。一条狭窄的小巷，两旁的房子都像是房产投机商盖的；小巷直通篷迪街，巷口正好被巴黎的肿瘤之一，圣马丁门戏院的大厦遮住，黑洞洞的。巷子的路面比篷迪街的马路要低一截，顺着斜坡伸向下方的马图兰杜坦普尔街，最后被一条里弄挡住了去路，构成了一个 T 字形。这两条相交的小巷里，共有三十来幢七八层高的房子，那院子里，楼房里，是各种各样的货栈、加工厂和工场，简直就是一个缩小了的圣安杜瓦纳郊镇。里面有做家具的，雕铜器的，加工戏装的，制玻璃器皿的，绘瓷器的，总之，五花八门，式样新奇的巴黎货，这里都有人做。这条巷子就像它的商业一样肮脏，兴旺，来往的行人，大小的车辆，把巷子挤得满满的，看了叫人恶心。巷子里密集的人口与周围的事物和环境倒也协调。居民们都在工场、作坊做事，一个个都精通手工艺，把一点聪明才智全都用在了手艺上。多比纳就住在这个出产丰富的村子里，因为房屋的租金便宜。他家的那套房子处在七楼，可以看到几座还幸存的大花园，那是篷迪街三四家大邸宅的花园。

多比纳的住房包括一间厨房和两间卧室。第一间是孩子们的天地。里面有两张白木小床和一只摇篮。第二间是多比纳夫妇的卧室。吃饭在厨房。上面有一间所谓的阁楼，高六尺，盖着锌皮，顶上开了一个小天窗。要上阁楼去，得爬一道又窄又陡的白木梯，拿建筑行话说，这种梯子叫作磨坊小梯。小阁楼称作用人卧室，这样一来，多比纳的住房也可以说是一套完整的公寓了，租金因此而定为四百法郎。一进屋，有一个小门厅，起到了遮掩厨房的作用，门厅靠朝向厨房的一个小圆窗取光，实际上只有卧室门、厨房门和大门这三扇门中间的一点位置。三间屋子全都是方砖地，墙上贴的是六个苏一卷的劣等花纸，纯粹作装饰用的壁炉状若滴水石，漆成俗里俗气的仿木色。全家五口人，三个是孩子。因此，墙壁上凡是三个孩子的胳膊够得到的地方，都可以看到一道道很深的痕迹。有钱人绝对想象不到这家人的厨房用具有多简单，总共只有一口灶，一只小锅，一个烤肉架，一只带柄的平底锅，两三把圆顶盖大肚水壶和一只煎锅。餐具都是白色和棕色的陶器，全套也只值十二法郎。一张桌子既当餐桌又当厨房用桌，另有两把椅子和两张小圆凳。通风灶下，堆着煤和木柴。一个墙角处放着一只洗衣服用的木桶，全家的衣服往往要等到夜里才有时间洗。孩子的那间屋子里，拴着不少晾衣服的绳子，墙上贴着五颜六色的戏院海报和报上剪下来或彩图说明书中撕下来的画片。屋子的一角放着多比纳家长子的课本，晚上六点父母去戏院上班时，家里的事显然是由他来操持。在许多下等阶层的家庭里，孩子一到了六七岁，对弟弟妹妹就要担负起母亲的责任。

通过这一简略的描述，各位自可想象到，拿一句已经很通行的俗语说，多比纳一家人虽穷，但清清白白。多比纳约莫四十岁，老婆三十来岁，名叫洛洛特，原是合唱队的领唱，据说做过戈迪萨尔的前任、那个倒台经理的情妇。这个女人以前长得确实很漂亮，但前任经理的不幸对她的影响极大，最后走投无路，不得不以戏院通行的方式，跟多比纳一起过日子。她毫不怀疑，等到他们俩每月能挣到一百五十法郎，多比纳一定会按法律补办结婚手续的，哪怕仅仅是为了他疼爱的孩子有个合法的地位。每天早上空闲的时间，多比纳太太为戏院的商店缝制戏装。这一对勇敢的戏院小工拼死拼活，每年也只能挣个九百法郎。

"还有一层！"多比纳从四楼起就这样对施穆克说，施穆克陷入了痛苦的深渊，根本就不知道是下楼还是上楼。

多比纳跟所有的当差一样，身着白布衣裳，他一打开房门，只听得多比纳太太大声嚷着：

"快，孩子们，别吵了！爸爸来了！"

孩子们对父亲恐怕都是爱怎样就怎样，所以老大照旧学着奥林匹克马戏团的样，用扫帚柄当马骑，在指挥冲锋；老二在继续吹他的白铁短笛，老三尽可能地紧跟着冲锋主力部队。母亲在缝一套戏装。

"别吵了，"多比纳声音吓人地嚷叫道，"再吵我要动手揍了！——非得这样吓唬他们。"他压低声音对施穆克说，"喂，亲爱的，"当差对女引座员说，"这就是施穆克先生，那个可怜的邦斯先生的朋友；他不知道该上哪儿去落脚，想到我们家住；我一再对他说，我们家可没有什么摆设，又在七楼，只能给他个小阁楼，可他还是坚持要来……"

多比纳太太端上一把椅子，施穆克连忙坐下，孩子们见来了个陌生人，一时傻了眼，挤在一起，一声不吭地细细打量着施穆克，可没过一会儿，便不干了，孩子跟狗一样，有个特点，那就是习惯于用鼻子去闻，而不是用心去判断。施穆克睁眼望着这帮漂亮的孩子，其中有一个五岁的小女孩，长着很美的金黄头发，就是刚才吹冲锋号的那一位。

"她像个德国小女孩！"施穆克示意她到他跟前来。

"先生住在这里肯定很不舒适。"女引座员说，"孩子们得在我身边住，不然，就把我们的卧室让出来了。"

她打开房门，让施穆克进去。这间卧室是全套公寓的奢侈之所在。桃花心木的床，挂着镶有白流苏的蓝布床帏。窗上挂的也同样是蓝布帘。衣柜、书桌和椅子虽然全是桃花心木的，但收拾得干干净净，壁炉上放着一口座钟和一对烛台，显然是从前那个倒台经理送的，他的一幅肖像就挂在衣柜上方，像是皮埃尔·格拉苏画的，非常蹩脚。这间屋子，孩子们是从来不准进的，所以他们都想方设法，好奇地往里边瞧。

"先生要住在这里才好呢。"女引座员说。

"不，不，"施穆克回答说，"噢！我也活不了多长了，只要有个死的角落就行了。"

关上卧室的门，他们爬上了小阁楼。一走进去，施穆克便叫了起来：

"这就行了！……在跟邦斯住到一起之前，我还从来没有住过比这儿更好的地方。"

"那好，现在只需要买一张帆布床，两条褥子，一个长枕头，一个方枕头，两把椅子和一张桌子，就行了。这要不了人的命……连脸盆，水壶，再加一条床前铺的小毯子，也只五十埃居的开销……"

一切全都商妥了。可就是缺那五十埃居。施穆克住的地方离戏院只有两步路，又看到新朋友处境如此艰难，他自然就想到了向经理去要薪俸……他说走就走，到戏院找到了戈迪萨尔。经理拿出对付艺术家的那种既礼貌又有点生硬的态度接待了施穆克，听他提出要一个月的薪水，感到很惊奇。不过，经过一番核实之后，发现他的要求并没有错。

"啊！噢哟，我的朋友！"经理对他说，"德国人总是很会算账，哪怕在伤心落泪的时候……我当初奖给了您一千法郎，以为您会很感激呢！那是我给您的最后一年的薪水，怎么也得有张收据吧！"

"我们什么也没有收到。"善良的德国人说，"我今天来找您，是因为我已经流落街头，身无分文……那笔奖金您交给谁了？"

"给您的女门房了！……"

"茜博太太！"音乐家叫了起来，"她害了邦斯的命，偷了他的东西，把他给卖了……她还想烧了他的遗嘱……那是个坏女人！是个魔鬼！"

"可是，我的朋友，凭您的受遗赠人的地位，怎么会弄得身无分文，流落街头，无家可归的呢？像我们听说的，这不符合逻辑呀。"

"他们把我赶出了家门……我是外国人，对法律一无所知……"

"可怜的人！"戈迪萨尔心里想，他已经看清了这场力量悬殊的斗争的可能结局。"告诉我，"他对施穆克说，"您知道该怎么办呢？"

"我有一个代理人！"

"那您马上跟继承人和解吧；这样您可以从他们那儿得到一笔钱，一笔终身年金，可以安安静静地过您的日子……"

"我别无所求！"施穆克回答道。

"那让我替您安排吧。"戈迪萨尔说。在前一天，弗莱齐埃已经跟戈迪萨尔谈过了自己的计划。

戈迪萨尔心里想，要是能把这件肮脏的交易处理好，那一定能博得年轻的博比诺子爵夫人和她母亲的欢心，将来至少可以当个国务参事。

"我全权委托您了……"

"那好，行！您先拿着，这是一百埃居……"这位通俗喜剧界的拿破仑说道。

他从钱袋里拿出十五枚金路易，递给了音乐家。

"这是给您的，算是预支您六个月的薪水；要是您离开戏院，到时再还我。我们算一算！您每年要有多少开销？需要多少钱才能过得快活？说呀！说！就算您过着萨丹纳帕路斯①那种生活！……"

"我只需要一套冬装和一套夏装……"

"三百法郎。"戈迪萨尔说。

---

① 传说中的亚述国王，以其奢侈的生活方式闻名。

"鞋，四双……"

"六十法郎。"

"袜子……"

"来一打吧！三十六法郎。"

"六件衬衣。"

"六件平布衬衣，二十四法郎，六件麻布衬衣，四十八法郎，总共七十二法郎，全部加起来为四百六十八法郎，再加上手绢和领带，就算五百法郎吧，另加一百法郎洗衣费……六百！生活费需要多少？……每天三法郎？"

"不要，太多了！……"

"您还需要几顶帽子……这样就是一千五百法郎，再加上五百法郎的房租，总共两千。您想要我为您争取到两千四百法郎的终身年金？……保证付给您……"

"还有烟草呢？"

"两千四百法郎！……啊！施穆克老爹，您管这叫烟草？……那好，就给您烟草。总共是两千法郎的终身年金……"

"还有呢！我要一笔现款……"

"连针也要！……是这样！这些德国人！还标榜自己有多天真！简直就是老奸巨猾的罗贝尔·马凯尔！……"戈迪萨尔心里想。"您还要什么？"他问道，"可不要再提要求了。"

"那是为了还一笔神圣的债。"

"一笔债！"戈迪萨尔心里想，"好一个骗子！比浪子还坏！他准要胡诌出什么借据来！得赶快刹住！那个弗莱齐埃可没有什么大的目光。"他连忙说："什么债，我的朋友？说！……"

"只有一个人跟我一起哀悼邦斯……他有个可爱的小女孩，长着美丽的头发，我刚才看见她，仿佛看到了我可怜的德国的精灵，我当初就绝对不该离开德国……巴黎对德国人不好，尽耍弄德国人……"他说着微微地摇了摇脑袋，好像已经看透了这尘世的一切。

"他疯了！"戈迪萨尔心里想。

经理对这个老实人顿生怜悯之心，眼角冒出了一滴泪水。

"啊！经理先生，您是理解我的！那个小姑娘的父亲就是多比纳，他在乐队当差，管灯光；邦斯生前很喜欢他，经常接济他，只有他一个人为我唯一的朋友送葬，上教堂，去公墓……我想要三千法郎送给他，另要三千法郎给那个小女孩……"

"可怜的人！……"戈迪萨尔暗自在想。

施穆克的高尚和感激之情，把这个贪婪成性的暴发户的心也打动了；在世人眼里，本来是不足挂齿的小事，可在这只上帝的绵羊看来，却重似博舒哀所说的一杯水①，比征服者赢得胜利还重要。戈迪萨尔虽然爱慕虚荣，想不择手段往上爬，跟他朋友博比诺平起平坐，但却还有一颗善良的心，还有着善良的本性。因此，他消除了自己对施穆克的轻率看法，站到了施穆克的一边。

"所有这一切，您会得到的！我亲爱的施穆克先生，我还会作进一步的努力。多比纳是个老实人……"

"是的，我刚才见到了他，他家很穷，可跟孩子在一起，他很幸福……"

"博德朗老爹就要离开我了，我到时把出纳的位置给多比纳……"

"啊！上帝保佑您！"施穆克叫了起来。

---

① 博舒哀曾说过，给穷人的一杯水，将在评判善恶的天平上起决定性作用。

"那么，我的好人，您今晚四点到公证人贝尔迪埃先生家里去；一切都会为您办妥，这样，您以后的日子就不用愁什么了……您那六千法郎一定给您，您以后跟加朗热共事，就是您过去跟邦斯做的那些工作，薪水不变。"

"不！"施穆克说，"我怎么也活不下去了！……我对什么都不感兴趣了……我觉得自己不行了……"

"可怜的绵羊！"戈迪萨尔向告退的德国人行了个礼，心里在想，"不管怎么说，人活着总得吃肉。卓越的贝朗瑞说过：可怜的绵羊，总得给人剪光了毛！"

他不禁歌唱起这一政治观点，以排遣心中的愤慨。

"让马车开过来！"他吩咐经理室的当差。

他下了楼，对马车夫大声道：

"上汉诺威街！"

他整个儿恢复了野心家的面目：眼里看到了国务参议室。

第三十一章　结局

此时，施穆克买了花，带了点心，几乎乐滋滋地给多比纳的孩子送去。

"我送点心来了！……"他面带微笑说。

这是三个月来在他唇间出现的第一个微笑，谁见了都会怦然心动。

"不过有个条件。"

"您太好了，先生。"母亲说。

"小姑娘得亲我一下，把花插到头发里，就像德国小姑娘那样编在发辫里。"

"奥尔伽，我的女儿，先生要你怎样你就怎样，听话……"女引座员神情严肃地说。

"别指责我的德国小女孩！……"施穆克嚷叫着，他在这个小姑娘的身上看到了他可爱的德国。

"所有东西都让三个搬家工给挑来了！"多比纳走进屋子说。

"啊！"德国人说，"我的朋友，这是两百法郎，拿去开销。您可真有一个好女人，您以后会娶她的，是吗？我给您一千埃居……另给小姑娘一千埃居做陪嫁，您把它存在她的名下。还有，您不用再当差了……您马上就要当戏院的出纳……"

"我，给我博德朗老爹的位置？"

"是的。"

"谁跟您说的？"

"戈迪萨尔先生！"

"噢！简直要让我乐疯了！……嗬！洛萨莉，这下戏院的人要气死了！……可这不可能吧。"他又说道。

"可不能让我们的恩人住在小阁楼上……"

"噢！我活不了几天了！"施穆克说，"这就很好了！……再见！我上公墓去……看看他们把邦斯安排得怎么样了……还要给他的坟墓预订一些花！"

卡缪佐·德·玛维尔太太无比焦急。弗莱齐埃正在她家跟戈代夏尔及贝尔迪埃磋商。公证人贝尔迪埃和诉讼代理人戈代夏尔认为那份当着两个证人的面由两个公证人立的遗嘱是无可辩驳的，因为莱奥波尔德·昂纳坎的措辞十分明确。在正直的戈代夏尔看来，即使施穆克有可能被他现在的法律顾问蒙骗住，但最终一定会醒悟过来，哪怕是受某个律师的点拨，因为有不少律师，为了出人头地，常有高尚正直的不俗表现。两位司法助理离开了庭长太太家，临走时劝她要提防弗莱齐埃，不用说，他们俩早已摸过弗莱齐埃的底细。此时，弗莱齐埃办完封存手续回来，正在庭长的书房起草传票。原来两位司法助理觉得这件事卑鄙龌龊，拿他们的话说，庭长千万不能陷进去，为了能向德·玛维尔太太表明自己的观点，而又不让弗莱齐埃听到，所以刚才让庭长太太把弗莱齐埃支进了庭长的书房。

"喂，太太，两位先生呢？"从前在芒特的诉讼代理人问。

"走了！……临走时让我放弃这件事！"德·玛维尔太太回答说。

"放弃！"弗莱齐埃强压住心头的怒火，说道，"您请听，太太……"

接着，他念起了下面这份文书：

根据 ×××的请求……（赘言从略）：

鉴于巴黎公证人莱奥波尔德·昂纳坎与亚历山大·克洛塔会同定居巴黎的外籍证人布鲁讷与施瓦布受立之遗嘱已送呈初级法院院长之手，根据此遗嘱，邦斯先生，已故，侵害起诉人，即邦斯先生之法定的自然继承人的利益，将其财产赠予德国人施穆克先生；

鉴于起诉人有足够证据表明此遗嘱实为采用卑鄙伎俩和不法行为所得；立遗嘱人生前有意将财产赠予起诉人德·玛维尔先生之女塞茜尔小姐，数位有声望人士可为此做证；又因此遗嘱是在立遗嘱人身体虚弱，神志不清之时强行索取，起诉人要求予以废除；

鉴于施穆克先生为夺取这一概括遗赠，私自软禁立遗嘱人，并阻挠其亲属探望死者，而且达到目的后，便忘恩负义，恶行昭著，引起楼里房客与邻里之公愤，居民区的全体居民均可为此做证，当时，他们恰正为立遗嘱人居住的楼房的看门人送葬；

鉴于另有更为严重之罪行，起诉人正在搜集证据，将于日后向法官先生当面陈述；

故本执达吏（略）依法传唤施穆克先生（略）到庭听候法院第一庭的法官审判，由昂纳坎与克洛塔律师受立之遗嘱显然为欺诈所得，宣判无效，不具备法律效力；另，鉴于起诉人已于今日正式向法院院长提出请求，反对由施穆克先生执管遗产，本执达吏反对施穆克先生享有概括遗赠财产承受人之资格和法定权利。此件之副本已送达施穆克先生，费用为……

（下略）

"我知道那个人，庭长太太，等他读了这张传票，准会让步的。他会去向塔巴洛先生求教：塔巴洛一定会让他接受我们的主张！您给一千埃居的终身年金吗？"

"当然，我恨不得现在就把第一期的钱给付了。"

"三天之内一定办妥……这张传票会把他弄得惊慌失措的，他正在痛苦之中，那个可怜的家伙，他确实很怀念邦斯。邦斯的死真伤了他的心。"

"发出的传票还可以收回来吗？"庭长太太问。

"当然，太太，随时可以撤回。"

"那么，先生，"卡缪佐太太说，"去办吧！尽管去办吧！不错，您为我争取的那份财产值得这样干！我已经安排好维代尔辞职的事，可您要给他六万法郎，就从邦斯的遗产中支付。这样的话，您瞧，就非得成功不可了……"

"您对他辞职有把握吗？"

"有，先生；维代尔先生很信赖德·玛维尔先生……"

"哦，太太，我已经为您省掉了六万法郎，本来准备给那个卑鄙的女门房茜博太太的。不过，给索瓦热女人的那个烟草零卖执照，我还是要的，另外，还得把巴黎盲人院那个空缺的主任医师位置给我朋友布朗。"

"一言为定，这都安排妥了。"

"那好，全都成了……大家都在为您办这件事，连戏院经理戈迪萨尔都在忙，我昨天去找过他，他答应我一定好好收拾那个有可能搅乱我们计划的当差。"

"噢！我知道，戈迪萨尔先生对博比诺家一贯忠心耿耿。"

弗莱齐埃走出门外，不幸的是，他没有碰上戈迪萨尔，那份要人命的传票很快发了出去。

弗莱齐埃走了二十分钟之后，戈迪萨尔上门把他跟施穆克的谈话禀报给了庭长太太，庭长太太听了有多高兴，是所有贪心十足的人都能理解的，当然，所有正直的人们，对此一定会深恶痛绝。庭长太太完全赞同戈迪萨尔的安排，对他感激不尽，觉得他的看法很有见地，帮她打消了心头的一切顾虑。

"庭长太太，"戈迪萨尔说，"来的时候，我心里在想，那个可怜的家伙即使有了钱，也不知道该怎么办！那人就像古时的族长一样淳朴。太天真了，那是德国人的本性，像稻草人，简直可以把他当作蜡制的小耶稣像放在玻璃罩里！……在我看来，给他两千五百法郎的年金，就已经叫他犯难了，您是想促动他过一过放浪的生活……"

"就因为悼念我们的舅舅，便给那个当差一大笔钱，这心地实在高尚。我至今还在遗憾，那件小事把邦斯先生和我弄翻了，当时要是他回头的话，一切都会原谅他的。您不知道我丈夫多么想念他，德·玛维尔先生没有得到他去世的消息，痛苦极了，因为他对亲人的情分向来看得很重，要是知道，他一定会去参加葬礼，为他出殡送葬的，我也会去望弥撒……"

"那么，漂亮的太太，"戈迪萨尔说，"请让人把和约预备好；下午四点，我把德国人给带来……太太，请您在您可爱的女儿，博比诺子爵夫人面前为我美言几句；希望她转告她那善良、仁慈的公公，转告我那位杰出的朋友，伟大的国务活动家，我对他的家人无比忠诚，请他继续赐我以宝贵的恩典。以前，他那位当法官的叔叔救过我的命，如今我又靠他发了财……有权有势又有人品的人，自然有众人的敬仰，我希望通过您和您女儿，得到这份尊敬。我想离开戏院，做一个正经的人。"

"您现在就是，先生！"庭长太太说。

"您真好！"戈迪萨尔吻了一下庭长太太那只干瘪的手，说道。

四点钟，和解书的起草人弗莱齐埃，施穆克的代理人塔巴洛，以及戈迪萨尔和他带来的施穆克都集中到了公证人贝尔迪埃先生的办公室里。弗莱齐埃故意把对方要的六千法郎和第一期的年金六百法郎现钞往公证人的办公桌上一放，就在德国人的眼皮底下。施穆克一看这么多钱，简直惊呆了，丝毫没有注意人家给他念的和解书到底写了些什么。这个可怜的人是在从公墓回来的路上被戈迪萨尔拉住的，刚才，他在墓地跟邦斯进行了长谈，发誓不久就要跟他相会；他的精神受到了沉重的打击，此时还没有完全清醒过来。所以，和解书前言所述的内容，如施穆克亲自到场，并由其代理人兼法律顾问执达吏塔巴洛在场协助，以及庭长为女儿的利益提出诉讼等等，根本就没有进他的耳朵。德国人扮演的是一个可悲的角色，因为他在这份和解书上签字，就等于承认了弗莱齐埃的那些骇人听闻的论点，但是，看到有这么多钱给多比纳家，从而满足自己的心愿，让唯一哀悼邦斯的人过上富足的日子，他实在太高兴，太幸福了，有关诉讼和解书的内容，连一个字也没有听清。和解书念到一半，一个书记走进了工作室。

"先生，"他对老板说，"有个人想要跟施穆克先生说话……"

弗莱齐埃做了个手势，公证人意思很明确地耸了耸肩。

"我们在签署文件的时候，不要来打扰我们！问问那人的名字……是个下人还是位先生？是不是债主？……"

书记回来禀报道：

"他一定要跟施穆克先生说话。"

"他叫什么？"

"叫多比纳。"

"我去。您放心签吧。"戈迪萨尔对施穆克说，"把事情办了；我去看看他找我们有什么事。"

戈迪萨尔明白了弗莱齐埃的意思，他们俩都预感到了危险。

"你到这儿来干什么？"经理对当差说，"你难道不想当出纳？出纳的首要品质，就是处事谨慎。"

"先生……"

"干你的事去吧，要是你掺和别人的事，你什么都成不了。"

"先生，要是进嘴的面包一口都咽不下喉咙，我宁愿不吃！……施穆克先生！"他喊了起来。

施穆克签了字，手里拿着钱，听到多比纳的喊叫声，走了过来。

"这是给德国小女孩和您的……"

"啊！我亲爱的施穆克先生，这些魔鬼想败坏您的名誉，可您却让他们发了大财。我刚才把这给一个正直的人看过了，那个诉讼代理人认识弗莱齐埃，说您应该打这场官司，好好治治那些无赖，他们一定会退缩的……您念念吧。"

说着，这位冒失的朋友把送到波尔当村的传票递给了施穆克。施穆克接过文书，念了起来，发现自己受到这般对待，不明白法律程序为何这样愚弄人，因此而受到了致命的一击。一颗石子堵住了他的心口。多比纳一把接过晕倒的施穆克；当时，他们俩正在公证人家的大门下，一辆车子恰好经过，多比纳把可怜的德国人抱上车；施穆克得了脑溢血，正经受着巨大的痛苦。音乐家的眼睛已经模糊，可他还有一点力气，把钱递给了多比纳。脑溢血是初次发作，施穆克没有马上死去，可已经无法恢复神志；他什么也不吃，只做些毫无意识的动作。十天之后，他死了，连哼也没哼一声，因为他早已不会说话。生病期间，多比纳太太一直照料着他，死后由多比纳操办，无声无息地葬在了邦斯的旁边；给这位德国的儿子送葬的，也唯有多比纳一人。

弗莱齐埃被任命为治安法官，成了庭长家的知己，深得庭长太太赏识。庭长太太不同意他娶塔巴洛家的女儿，答应一定给这个能干的男子汉介绍一门比这要强千倍的亲事，在她看来，她能买进玛维尔的草场和庄园靠的是他，而且庭长先生竞选获胜，于一八四六年国会改选时当选为议员，也全靠他出的力。

各位恐怕都想知道本故事主人翁的下落，不幸的是，本故事的许多细节都是再也真实不过的事实，若与作为姊妹篇的上一个故事联系起来，足以证明社会的强大动力是人的性格。噢，收藏家、鉴赏家和古董商们，你们全都猜得到，这位主人翁，就是邦斯的收藏品！这里只需听一听博比诺伯爵府上的一场对话就成。不久前，博比诺伯爵向几位外国人展示了他那套出色的收藏品。

"伯爵先生，"一位高贵的外国人说道，"您可有不少宝物！"

"噢！爵爷，"博比诺伯爵谦恭地说，"就藏画而言，我可以说不仅在巴黎，而且在欧洲，谁也不敢跟一个不知名的犹太人相比，那人叫埃里·马古斯，是个老怪物，是个画迷王，他搜集的一百多幅画，收藏家们见了准会垂头丧气，放弃收藏。这位富翁死后，法国恐怕要花上七八百万才能把他的藏画买过来……至于古董，我的收藏还是相当不错，值得一提的……"

"可像您这样的大忙人，当初的家业又是本本分分地置下的，靠经营……"

"经营药材，"博比诺打断了对方的话，"您是问为什么还会继续摆弄这些杂七杂八的东西？……"

"不，"外国人回答说，"是问您怎么会有时间去找的？小古董可不会自动落到您手上来的……"

"我公公的收藏原来就有个底子，"博比诺子爵夫人说，"他一向喜欢艺术，喜欢美的创造，可他的宝物中绝大部分是我带来的！"

"您带来的，太太？……您这么年轻！您早就有这种嗜好。"一位俄国亲王说。

俄国人就好模仿，人类的文明病没有一样不在他们那儿扩散。在彼得堡，玩古董都玩疯了，再加上俄罗斯民族天生就有那个胆量，拿雷莫南克的话说，结果把"货价"抬得比天高，弄得谁也收藏不成。这位亲王就是专程来巴黎搜集古董的。

"亲王，"子爵夫人说，"这些宝物是一个很喜欢我的舅公传给我的，他从一八〇五年起，花了四十多年的时间在各国，尤其在意大利，搜集了这些杰作……"

"他的尊姓大名？"爵爷问道。

"邦斯！"卡缪佐庭长回答说。

"那是个很可爱的人，"庭长夫人用甜叽叽的声音说道，"很风趣，很有个性，心肠也好。爵爷，您非常欣赏的那把扇子，原是德·蓬巴杜夫人的，一天上午，他将这把扇子送给了我，还说了句话，妙不可言，请原谅，这话我就不重复了……"说罢，她看了看女儿。

"请说给我们听听，子爵夫人。"俄国亲王要求道。

"那句话跟扇子一样，价值千金！……"子爵夫人答道，她就喜欢这种陈词滥调，"他对我母亲说，邪恶手中物早该回到德善之手了。"

爵爷看了看卡缪佐·德·玛维尔太太，一脸不信的神气，这神气对一个如此干瘪的女人来说，实在是极端的恭维。

"他每星期要在我们家吃三四次饭。"她继续说，"他太喜欢我们了！我们对他也很欣赏；艺术家就乐意跟欣赏他们才气的人在一起。再说，他就我丈夫这门亲戚。不过，当他把遗产传给德·玛维尔先生时，德·玛维尔先生可没有一点思想准备，伯爵先生不忍心这套收藏被拍卖掉，愿意全都买下来；我们也更乐意这样处理，这些精品，曾给过我们可爱的舅舅多少欢乐，要是眼睁睁看着它们失散，也太对不起他了；当时由埃里·马古斯估价……就这样，爵爷，我们才买下了您叔父盖的那座庄园，以后请您赏光，到那儿去看我们。"

早在一年前，戈迪萨尔就把戏院的经营权出让给了别人，多比纳先生还在那里当出纳；可他变得郁郁寡欢，愤世嫉俗；他像是犯了什么罪似的，戏院里那帮恶作剧的家伙还尽开玩笑，说他这样愁眉苦脸，都是因为娶了洛洛特。每次听到弗莱齐埃的名字，都会让老实人多比纳吓一跳。也许人们会觉得奇怪，唯一无愧于邦斯和施穆克的人，怎么会被压在一个通俗喜剧院的最底层。

雷莫南克太太脑子里还印着封丹娜太太的预言，不愿到乡下去养老，至今还守着玛德莱娜大街上的一家漂亮的铺子，又当了寡妇。原来奥弗涅人结婚时立有婚约，谁活得最长，财产便归谁；于是，他在老婆身边摆了一小杯硫酸，指望她出个什么差错；他老婆出于好心，把小杯子挪了个地方，没想到雷莫南克一口全喝进了肚里。这个下场，对那个恶棍来说是罪有应得，它证明了上天还是有眼的；描写社会风俗的作家往往受到责备，说他们疏忽了这一点，也许是因为诸多悲剧都滥用这种结局的缘故。

如有誊写错误，请予原谅！

一八四六年七月至一八四七年五月
于巴黎

图书在版编目（CIP）数据

邦斯舅舅 /（法）巴尔扎克著；许钧译 . —上海：
上海三联书店，2015.6
ISBN 978-7-5426-5159-4

Ⅰ . ①邦… Ⅱ . ①巴… ②许… Ⅲ . ①长篇小说 -
法国 - 近代 Ⅳ . ① I565.44

中国版本图书馆 CIP 数据核字（2015）第 067508 号

邦斯舅舅

著　　者 /〔法国〕巴尔扎克
译　　者 / 许　钧
总 策 划 / 贺鹏飞
策　　划 / 乌尔沁　赵延召
责任编辑 / 陈启甸
特约编辑 / 邓　敏
装帧设计 / Metis 灵动视线
监　　制 / 吴　昊
出版发行 / 上海三联书店
　　　　　（201199）中国上海市都市路 4855 号 2 座 10 楼
　　　　　http://www.sjpc1932.com
印　　刷 / 北京鑫海达印刷有限公司
版　　次 / 2015 年 6 月第 1 版
印　　次 / 2015 年 6 月第 1 次印刷
开　　本 / 640×960　1/16
字　　数 / 204 千字
印　　张 / 23.25

ISBN 978-7-5426-5159-4/I · 1020

定　价：35.00元

世界名著名译文库
柳鸣九主编

第一辑

第二辑

第三辑